랑야방

풍기장림

랑야방

풍기장림 1

하이옌海宴 지음 | 전정은 옮김

마시멜로

풍기장림
인물관계도

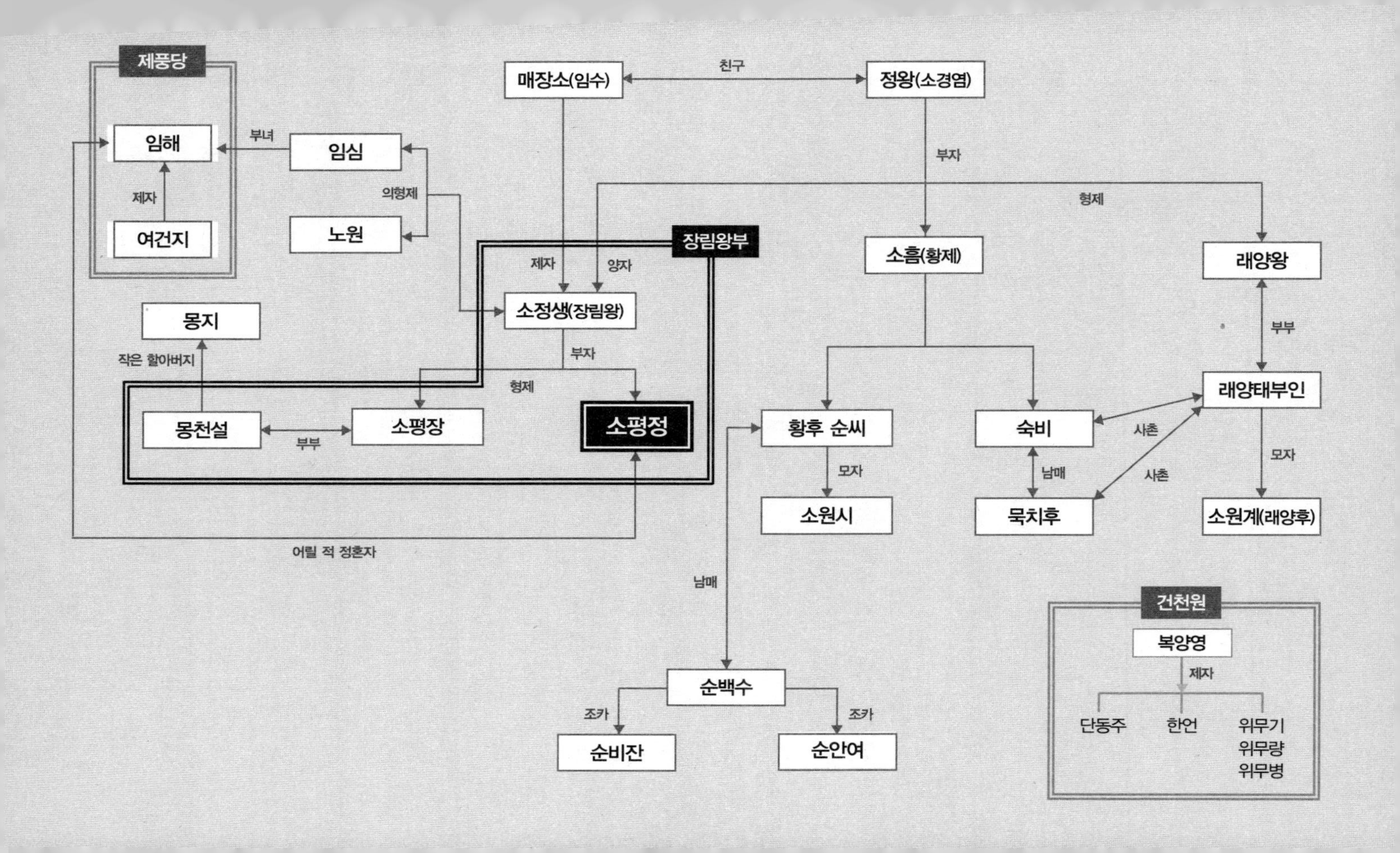
제풍당
임해
여건지
제자
부녀
임심
노원
의형제
매장소(임수)
친구
정왕(소경염)
부자
형제
장림왕부
제자
양자
소정생(장림왕)
몽지
작은 할아버지
부자
형제
몽천설
부부
소평장
소평정
어릴 적 정혼자
소흠(황제)
래양왕
부부
래양태부인
황후 순씨
모자
소원시
숙비
남매
묵치후
사촌
사촌
모자
소원계(래양후)
남매
순백수
조카
순비잔
조카
순안여
건천원
복양영
제자
단동주
한언
위무기
위무량
위무병

풍기장림

차례

등장인물

소평정
장림왕부의 차남. 어린 시절부터 랑야각에서 공부하며 자라, 정치에 관심이 없고 금릉을 답답해하며 강호에서의 자유로운 삶을 꿈꾼다. 남다른 총명함과 무술 실력으로 인해 '작은 임수'라고도 불리우며 조정의 견제를 받기도 한다. 황제의 총애를 받으며 아버지와 형의 보호 속에서 살아왔으나, 형의 부상 이후 사건을 조사하면서 장림왕부를 향한 음모가 벌어지고 있음을 깨닫는다. 백신교 존자 복양영의 계략으로 인해 상골독에 중독되지만, 형의 희생으로 살아난다. 적들의 음모와 계략이 점차 장림왕부를 무너트리자 강호에서의 자유로운 삶을 꿈꾸던 소평정도 점점 사건에 휘말리게 된다.

소평장－장림왕부 세자
장림왕부의 장남이자 장림왕부 세자. 아버지에게는 믿음직한 아들이자 동생에게는 든든한 형, 부인 몽천설에게는 다정하고 좋은 남편이다. 뛰어난 능력과 온화한 성품으로 세간의 존경과 주목을 받고 이로 인해 태자와 비교되어 순 황후의 견제를 받는다. 하나뿐인 동생 소평정이 상골독이라는 독에 중독되자, 목숨을 걸고 치료약을 구해온다. 그 과정에서 본인도 상골독에 중독되지만, 부왕을 구하기 위해 치료를 포기하고 북방의 전쟁터에서 죽음을 맞는다.

소정생－장림왕
장림왕부의 총사령관이자 소평정과 소평장의 아버지. 양나라의 국경을 지키는 능력 있고 용감한 장수이다. 엄격해 보이지만 누구보다 두 아들을 위하고 걱정하는 아버지이다. 어릴 적 임수(매장소)에 의해 액유정에서 벗어나 교육을 받았고, 정왕 소경염에게 입양되어 현 황제인 소흠과 돈독한 우애를 자랑한다. 군주에 충성하고 나라를 지키는 것에 평생을 바쳐왔다. 황제의 신뢰가 두터워 순황후와 순백수의 경계를 산다.

몽천설
장림왕부의 세자비이자 소평장의 부인. 작은 할아버지인 랑야방 고수 1인자 몽지에게 무술을 배운 무술 고수이다. 평장과 금슬 좋은 부부였으나 아이가 생기지 않아 걱정하던 중 그것이 분합에 숨겨진 동해주교 때문이었다는 것을 알게 된다. 평장이 아버지 소정생을 구하기 위해 상골독의 치료를 포기하자 처음에는 울며 애원하지만, 결국 평장의 뜻을 받아들이고 함께 전쟁에 나가 싸운다.

소흠－양나라 황제
정왕(소경염)의 아들이자 양나라의 황제. 정왕의 양자 소정생과는 끈끈한 우애를 나누는 형제 사이로, 서로에 대한 절대적인 믿음을 가지고 있다. 장림왕부의 세 부자에 대한 믿음과 애정이 크고, 특히 소정생의 차남 소평정을 매우 총애하여 황후의 불만을 산다.

순 황후
양나라의 황후. 슬하에 태자인 소원시를 두고 있다. 황제의 신임을 받는 장림왕부를 눈엣가시로 여기고 있어 소평장, 소평정 형제를 경계한다. 태자를 과보호하며 백신교를 맹신하고 복양영에게 의지한다. 동궁 화재 사건을 계기로 복양영의 말에 속아 역병을 일으키는 것을 허락하고 이를 은폐한다. 오빠인 순백수(荀白水)와 결탁하여 장림왕부를 몰락시키고자 한다.

순백수
순 황후의 오빠이자 내각 수보. 순황후와 더불어 장림왕부의 권한이 커지는 것을 경계하며 견제한다. 소원시가 황제에 오른 후 우림군의 재편 건 등으로 장림왕부를 더욱 압박한다.

순비잔
금군통령으로 뛰어난 무술 실력을 가진 고수. 순황후와 순백수의 조카로 부모를 여의고 같은 처지의 사촌 누이 순안여와 함께 순백수의 손에서 컸다. 권력을 위해서라면 물불가리지 않는 순황후, 순백수와 달리 황실의 안위를 첫 번째로 생각하는 강직한 인물이다. 강직하고 충성심이 깊어 장림왕을 존경하고 평장, 평정과도 친하다.

래양후-소원계
래양왕과 래양태부인 사이의 태어난 정왕의 손자이자 현 황제의 친조카이지만 래양왕이 대죄를 지어 사사된 이후 권력의 중심에서 멀리 떨어져 있는 인물이다. 가진 야심과 욕심에 비해 기회가 주어지지 않는 것에 대해 불만을 가지고 있다. 숙비 살인사건의 주모자가 어머니 래양태부인으로 밝혀져 권력에서 더욱 멀어지고 어머니의 장례조차 치르지 못하게 되자 황실에 적의를 가지게 된다. 복양영의 손을 잡고 묵치후의 도움을 받아 남몰래 무술을 연마하며 복수의 기회를 노린다.

임해
제풍당의 의원. 장림왕 소정생의 의형제였던 임심의 딸로, 그가 죽기 전 소정생이 아들 소평정과의 혼인을 약속했지만 어머니가 의원 여건지의 도움을 받아 어린 임해를 데리고 자취를 감춰 소식을 알 수 없었다. 여건지의 제자로 제풍당의 의원이 되어 소평정을 만나게 되고, 그에게 끌리지만 의원으로서의 길을 포기할 수 없어 계속 정체를 숨긴다.

복양영
백신교의 존자. 멸망한 야진국 출신. 야진국의 멸망이 양나라 때문이라고 생각해 복수하고자 한다. 순황후가 백신교를 맹신하게 만든 뒤, 온갖 음해로 황후를 이용해 장림왕부와 황실을 이간질한다. 순황후 외에도 래양태부인, 소원계 등의 인물과 전염병을 이용해 양나라를 분열시키고 멸망하게 하기 위한 복양영의 계략과 첩자들이 곳곳에 숨어있다.

风起长林

—

01

—

온 산에 가을 기운이 넘치고 빽빽한 숲도 온통 물이 들었다. 주위를 휘감은 구름 안개 사이로 가물가물 보이는 층층이 전각은 마치 이 세상의 것이 아닌 듯 신비로움을 더했다.

이곳이 바로 천하에 모르는 사람이 없는 랑야각(琅琊閣)이다.

랑야산 뒷산 봉우리 꼭대기에서 절벽을 따라 쏟아지는 한 굽이 폭포는 산허리에 평방 수십 장(丈)에 달하는 심연을 이루고, 그 옆으로 구불구불 이어진 개울 위로는 좁다란 돌다리 하나가 놓여 있었다.

푸른 이끼 가득한 그늘진 다리 위에는 갈색 장포가 널브러져 있었다. 누군가 아무렇게나 벗어던진 모양인데, 이끼나 흙탕물에 옷이 더러워지는 것은 아랑곳하지 않은 듯하지만 수건과 소매 주머니, 목걸이 같은 자질구레한 것은 더러워지지 않도록 장포 한가운데 조심스럽게 놓여 있었다.

여덟 살에서 아홉 살쯤 된 남자아이가 돌로 된 거친 난간에 앉아 두 발을 밖으로 대롱거리고 있었다. 아이는 동그랗고 조그마한 얼굴을 팽팽하게 긴장시킨 채 깊고 푸른 못 속을 뚫어져라 보며 중얼중얼 숫자를 세는 중이었다.

"육십팔, 육십구, 칠십, 칠십일……."

다리 아래에 펼쳐진 고요한 연못은 잠시 잔물결이 일렁거렸지만, 시간이 갈수록 거울처럼 잔잔해졌다. 아이는 약간 당황한 듯 난간에서 팔딱 뛰어내려 산을 향해 소리소리 질렀다.

"노각주님, 큰일 났어요! 평정 형이 물에 빠져 죽었어요!"

그 외침과 거의 동시에 푸르른 연못 수면에서 물보라가 높이 일며 사람 하나가 불쑥 튀어나왔다. 그가 발끝으로 바위를 살짝 딛고 옆 등나무를 붙잡고 서서 흠뻑 젖은 머리를 마구 흔드는 통에 물방울이 남자아이의 오동통한 얼굴로 마구 튀었다.

곧 만 스물한 살이 되는 소평정(蕭平旌)은 늘씬하고 튼튼하고 훤칠한 청년으로, 관자놀이와 눈썹 윤곽은 남자답게 듬직해 보이지만 턱에는 아직 앳된 티가 남아 있었다. 얼굴에 묻은 물을 아무렇게나 닦아내는 아이를 보자, 그는 배꼽을 잡고 웃었다.

"이 변변찮은 녀석아, 내가 그렇게 쉽게 빠져 죽을 것 같아?"

남자아이는 다툴 생각도 못하고 다급하게 물었다.

"물에 들어간 지 한참 되었단 말이에요. 그건 찾았어요?"

소평정은 등 뒤에서 손을 쑥 내밀어 손바닥에 놓인 반짝반짝 빛나는 색돌 하나를 장난스럽게 흔들어 보였다. 그런 다음 돌을 휙 던지고는 벗어놓은 장포가 있는 곳으로 돌아섰다. 장포 맨 위에 놓인 것은 양가죽 끈으로 만든 목걸이였다. 부드럽고 튼튼한 끈에는 갓난아기에게 주는 조그마한 은쇄(銀鎖)가 달려 있었는데, 모양이 정교하고 아랫부분에는 작은 방울이 쪼르르 달려 있었다. 소평정은 몸을 흠뻑 적신 물기가 은쇄에 닿을까봐 먼저 수건으로 잘 닦은 다음 능숙하게 걸쇠를 풀고 목에 걸었다.

"노각주께서 오늘은 왜 형더러 연못에 들어가 한정석(寒晶石)을 찾으라는 벌을 내리신 거예요?"

남자아이가 한정석을 들고 쫓아오며 호기심조로 물었다.

"또 뭔가 사고를 친 거죠?"

소평정은 한숨을 쉬었다.

"사고는 무슨 사고? 그냥 사실을 말한 것뿐인걸."

남자아이가 입을 삐죽였다.

"거짓말. 노각주께서 사실을 말한다고 싫어하실 리 없잖아요. 대체 무슨 말을 했는데요?"

소평정은 눈을 찡그리며 잠시 고민하더니, 주위에 아무도 없는 것을 확인하고서야 허리를 숙여 아이의 눈동자를 똑바로 들여다보며 말했다.

"소도(小刀), 너한테만 알려주는 거니까 절대 다른 사람에게 말하지 마."

그의 진지한 표정에 소도는 황급히 두 손으로 입을 꼭 막고는 엄숙하게 고개를 끄덕였다.

"오늘 노각주께…… 또 살이 찐 것 같다고 했거든!"

소도는 한참 동안 바보처럼 그를 바라보다가 소평정의 뺨에 장난처럼 주먹질하며 화를 냈다.

"또 나를 놀렸어!"

소평정은 신나게 웃으며 소도를 번쩍 안아올렸다. 그렇게 장난을 치고 있는데, 갑자기 안개 깊숙한 곳에서 한 가닥 맑은 피리

소리가 들려왔다. 처음에는 느리다가 갈수록 빨라지는 곡조였다. 고개를 들고 잠시 귀를 기울이던 소평정은 뜻밖이라는 표정을 지었다.

"저건 그만하고 돌아오라는 절금령(折金令)인데 노각주께서 무슨 바람이 불어 이렇게 빨리 화를 푸셨지?"

뒤쪽 봉우리와 랑야산 앞산은 좁고 가파른 등성이 하나로 아슬아슬 이어져 있었다. 지세가 낮은 덕분에 정오가 채 되기도 전에 산꼭대기의 안개는 씻은 듯이 걷혀 있었다.

손님을 맞이하는 문루(門樓)를 지나자 네모진 마당이 나타났다. 천 년 묵은 은행나무는 막 낙엽이 지기 시작했고, 얄팍하게 바닥을 덮은 황금빛 잎사귀들은 중천 가까이 올라간 해가 쏟아내는 빛을 반사하여 눈부시게 반짝였다.

스물 일고여덟 살쯤 된 훤칠한 청년이 뜰 문으로 들어섰다. 그가 손을 살짝 들자 뒤를 따르던 사람들이 곧바로 걸음을 멈추고 고개를 숙인 채 입구에서 대기했다. 청년은 평상복 차림이지만 어디에도 꿀리지 않는 기운을 풍겼다. 옷깃의 자수며 소맷자락의 용무늬, 허리 아래로 늘어진 티 하나 없는 옥장식이 남달리 존귀한 그의 신분을 드러내 보였다.

랑야각에서 방문객을 접대하는 집사가 계단 아래까지 마중 나와 두 손을 포개어 공수(拱手)하며 예를 갖췄다. 청년도 고개를 끄덕여 마주 인사하며 이름을 댔다.

"장림부(長林府)의 소평장(蕭平章)이오."

집사는 미소를 띠고 몸을 숙였다.

"세자께서는 안으로 드시지요."

랑야각은 의문에 답을 하고 의혹을 풀어주는 일을 하는 곳이라 자처해왔다. 어느 나라 사람이든, 어떤 신분이든, 값을 치를 은자만 넉넉히 지녔다면 누구나 랑야산에 오를 수 있었다. 랑야각이 세워진 뒤로 2백 년간 그 명성은 나날이 높아갔고 찾는 사람 수도 점점 불어났다. 방문객을 위해 만든 앞산의 조그마한 뜰도 처음에는 네 곳이던 것이 아홉 곳으로 훌쩍 늘어나 있었다.

하지만 이 랑야각에 열 번째 접대 장소가 있다는 사실을 아는 사람은 극소수였다. 앞쪽 전각 뒤편에는 매화나무가 가득했는데, 그 매화나무 숲을 통과하면 절벽을 따라 세워진 아찔한 잔도(棧道)가 구불구불 또 다른 봉우리로 이어져 있었다. 봉우리 꼭대기에 자리한 정교한 전각은 난대(蘭臺)라고 불리는데, 역대 각주들이 몸소 청한 귀빈들만 발을 들여놓을 수 있는 곳이었다.

린구(藺九)는 난대의 처마 밑에 조용히 서서 기다리고 있었다. 벌써 가을 문턱으로 들어선 산에는 찬 기운이 짙어지고 있었지만, 그는 푸른 겹옷 한 장만 걸쳐 바람이 옷자락을 펄럭일 때면 더욱 수척해 보였다. 소평장이 랑야산을 방문한 것은 이번이 처음이 아니었기에, 서른도 안 된 눈앞의 남자가 단순한 접대인이 아니라 일찍부터 랑야각 대부분의 일을 도맡아온 사람임을 그는 잘 알았다. 그래서 그는 계단 아래에 걸음을 멈추고 두 손 모아 예의를 차렸다.

린구는 눈썹을 둥글게 휘며 미소 띤 얼굴로 반례한 뒤, 소평장을 안으로 안내해 자리와 차를 권했다. 차를 가져온 동자가 물러나자, 소평장은 찻잔을 들어 주인에게 경의를 표한 뒤 입술을 살짝 축이고 내려놓았다. 가부좌를 튼 무릎에 두 손을 올리고, 허리를 곧게 펴고 턱을 살짝 당긴 자세는 매우 단정했다. 제도(帝都)인 금릉성에서도 장림세자의 빈틈없는 예절과 세심한 일처리에 대해 칭송이 자자했다. 난대의 객청에 앉은 그의 움직임은 다소 느슨하고 부드러워서 완벽한 가운데 여유로움이 묻어났고 긴장은 찾아볼 수 없었다. 예리한 눈을 가진 린구가 아니었다면 그 마음속 깊은 곳에 숨겨진 불안을 알아볼 수 없었을 것이다.

또 다른 젊은 집사가 쟁반을 들고 들어왔다. 쟁반에는 밀봉된 비단 주머니 하나가 놓여 있었다. 린구가 눈짓하자, 젊은 집사는 쟁반을 소평장 앞으로 내밀었다. 소평장은 호흡을 살짝 늦췄지만 곧바로 손을 내밀지는 않았다. 린구가 미소를 지으며 말했다.

"며칠 전 세자께서 사람을 보내 랑야각에 질문을 하셨지요. 이것이 그 답입니다."

소평장은 살짝 몸을 굽혀 감사의 뜻을 전한 후 비단 주머니를 받아들었다. 하지만 역시 곧바로 펼쳐보지는 않았다.

"노각주께서 정말 내가 원하던 답을 이렇게 쉬이 알려주고자 하셨습니까?"

린구가 빙그레 웃었다.

"랑야각은 장사를 하는 곳이니 신용을 지켜야지요. 대가를 받으면 반드시 답을 드려야 합니다. 세자시든 다른 누구든 다르지 않습니다."

그는 이 말을 마친 뒤 천천히 일어나 인사하고 대청에서 물러갔다. 홀로 남은 소평장은 정신을 가다듬으며 비단 주머니를 끄르고 손가락을 넣어 두툼히 접힌 길쭉한 종이를 다소 힘들게 꺼냈다. 펼쳐보니 뜻밖에도 두 장이나 되었다.

보통 랑야각이 내놓는 답은 겨우 몇 글자밖에 되지 않을 때가 많았다. 알아듣건 말건 간단하게만 응답하고 쓸데없는 설명을 덧붙이지 않는 것이 랑야각의 특징이었다. 오래전 대량의 황족이 랑야산을 찾아 거금을 내고 얻었다는 경천동지할 예언도 '기린재자(麒麟才子), 그를 얻으면 천하를 얻는다' 라는 짤막한 글귀가 전부였다.

그런데 지금 그의 손에는 장장 두 장이나 되는 답이 쥐어져 있었다. 종이를 가득 채운 깨알 같은 해서체는 젊은 장림세자를 당황하게 만들었다. 노각주가 갑자기 습관이 바뀐 것인지, 아니면 그가 던진 질문이 이렇게 상세하게 대답할 수밖에 없는 것인지는 모를 일이었다. 창밖으로 낙엽이 떨어지며 바스락 소리를 냈다. 소평장은 고개를 숙이고 한 줄 한 줄 꼼꼼하게 읽어 내려갔다.

한 번 보면 잊은 적이 없다는 장림세자의 기억력 역시 경성의 미담으로 전해지고 있었다. 그가 아홉 살 때 조정에서는 인재를 선발하기 위해 과거를 실시했고, 선제(先帝)는 내원의 살구나무 숲에 조정의 인재들을 불러 모아 시부(詩賦)와 잡문, 책론(策論)을 두루 써서 올리라고 명했다. 마침 장림왕을 따라온 소평장을 본 선제는 별생각 없이 인재들이 써낸 글의 목록을 그에게 보여주었다. 그런데 연회가 무르익을 즈음 갑자기 돌풍이 불어닥쳐 글 쓴 종이들이 사방으로 흩어졌다. 내시들이 한바탕 뛰어다닌 끝에 겨우 모아 다시 어탁(御卓)에 올려놓았는데, 소평장은 부친 곁을 떠나 그 종이들을 한참 동안 뒤적였다. 선제는 그가 장난을 치는 줄 알고 내버려뒀는데, 나중에야 그가 어질러진 종이들을 목록에 나열된 순서대로 정리했으며 수십 장이나 되는 글의 순서가 단 한 군데도 틀리지 않았다는 사실을 알아차렸다. 선제는 몹시 놀라고 기뻐하며, 친히 그를 무릎에 앉히고 아랫자리에 앉은 신하들에게 말했다.

"짐은 짐의 황손들이 모두 평장 같기를 바란다."

무정제(武靖帝) 소경염(蕭景琰)의 이 칭찬이 어린 장림세자에게 복이 될지 부담이 될지는 마지막까지 가보지 않고서야 판단할 수 없지만, 적어도 소평장의 속독 능력과 기억력이 보통 사람보다 뛰어나다는 사실을 알리기에는 충분한 일화였다.

두 장을 꽉 채운 글도, 차를 반 잔 정도 홀짝거리는 동안 한 글자도 빠짐없이 그의 마음 깊이 새겨졌다.

멀리 개울 쪽에서 쇳소리 섞인 피리 소리가 들려왔다. 랑야각 난대 모퉁이에 놓인 모래시계는 어느덧 위쪽이 텅 비어 있었다. 향 두 개가 탈 정도의 시간이 소리 없이 흘렀지만, 소평장은 여전히 고개를 숙인 채 석상처럼 꼼짝도 하지 않았다. 랑야산을 들렀다 가기로 결정한 날부터 많든 적든 마음의 준비를 했고, 종이 두 장에 적힌 내용도 그의 예측에서 벗어나지 않았다. 하지만 앞서 얼마나 준비를 했든 간에, 예측이 명확한 사실로 변하는 순간 가슴 한구석에 가느다란 고통이 이는 것은 어쩔 수 없었다. 수천 수만 개의 바늘이 콕콕 박힌 것 같아 숨을 쉬고 싶지 않을 만큼 괴로웠지만, 고개를 숙여 살피면 상처는 보이지 않았다.

벽 너머로 초조한 달음질 소리가 들리더니, 객청의 문이 우당탕 열리고 맑은 목소리가 딱딱하게 굳은 방 안의 고요를 깨뜨렸다.

"형님!"

머리가 명령을 내리기 전, 소평장의 손가락은 반사적으로 종이를 접어 비단 주머니에 봉하고 소매 속에 넣었다.

소평정이 나는 듯이 달려들어 힘껏 그에게 안겼다. 어찌나 세게 달려들었는지 그의 형은 그 충격에 똑바로 앉아 있을 수도 없었다. 한창 나이의 몸에서 넘쳐흐르는 즐거움과 포옹의 뜨거운 기운이 옷을 뚫고 피부로 스며들자 온몸이 따스해지는 것 같았다. 천천히 손을 들어 아우의 등을 툭툭 두드려주는 소평장의 우울하던 눈빛에도 진심에서 우러나는 웃음이 떠올랐다.

"정말 오실 줄 몰랐어요! 노각주께서 부르시기에 또 저를 놀리려는 줄 알았다고요."

소평장은 아우를 살짝 밀어내고 이리저리 살피면서 미소를 지었다.

"왜, 노각주께서 자주 놀리시더냐?"

"아이고, 말도 마세요. 늙을수록 더 주책바가지라니까요."

소평정은 손을 내젓고는 형에게 바짝 붙어 앉았다.

"형님, 이번엔 며칠 동안 계실 거예요? 가서 방 정리해놓을게요."

"그럴 것 없다. 네 얼굴을 보았으니 충분해. 오래 머무를 수 없어서 당장 떠나야 한다."

"하지만 방금 오셨잖아요?"

소평정은 깜짝 놀라, 불만스러우면서도 다소 의아한 표정을 지었다.

"이렇게 고생스럽게 여기까지 와놓고 하룻밤도 못 머무른다고요? 정말 이렇게 잠깐 보고 몇 마디 하러 오신 거예요?"

소평장은 소매 속에 넣은 손으로 비단 주머니를 쥐었다. 생각이 정리되기 전에는 아우에게 랑야산을 찾은 진짜 목적을 알려주지 않을 작정이기에, 그는 그저 위로하듯 빙그레 웃어 보이며 말했다.

"부왕(父王)께서는 곧 북쪽 국경에서 큰 싸움이 벌어질 거라 판단하시고, 나더러 속히 감주(甘州)로 가서 좌로군(左路軍, 좌측을 맡은 군대—옮긴이)의 방어선을 지키라 명하셨다. 밤낮없이 길을 재촉하던 차에 겨우 반나절 짬을 내어 이쪽으로 온 것이다. 아무래도 국경에 이르기 전에 너를 직접 만나서 하고 싶은 말이 있었으니까."

소평정은 눈을 끔뻑이더니 무언가 깨달은 듯 어깨를 축 내려뜨리고 풀죽은 얼굴로 말했다.

"또 금릉으로 돌아가라는 말이죠? 아버지께서도 허락하신 일인데……."

"부왕께서는 랑야각에서 재주를 익히라 하셨지, 실 끊어진 연처럼 제멋대로 이리저리 날아다니라 하신 게 아니다!"

소평장은 일부러 엄한 목소리를 냈지만, 손은 아우의 목에 비뚜름히 걸린 목걸이를 다정하게 바로잡아주고 있었다.

"평정아, 너도 이제 곧 스물한 살이다. 새해가 되면 폐하께서는 분명 네 혼사를 정하라고 다시금 부왕을 다그치실 터, 혼인을 하고 공을 이루려면 언제까지나 매인 곳 없이 자유로이 떠돌 수는 없지 않으냐? 훗날 장림왕부의 중책도……."

소평정이 모기 소리로 웅얼거렸다.

"장림왕부의 중책이야 형님이 계시잖아요."

소매 속에 든 비단 주머니가 팔뚝 피부에 닿자 활활 타오르는 숯에 덴 듯 뜨끔해서, 소평장은 정신이 아찔했다. 한참 만에야 겨우 마음을 다잡은 그는 정색을 하고 말했다.

"장림부는 장군 가문이고 나라를 지키는 책임은 장림부의 모두에게 있다. 이 형이 언제까지나 네 책임을 대신해줄 수도 없고, 혹시 또 언젠가…… 아무튼 더 말하지 않아도 알아들었으리라 믿으니 잘 생각해보아라. 국경이 안정되고 나면 상황이 어찌되든 반드시 나와 함께 금릉으로 돌아가야 할 것이다."

기민하고 눈치 빠른 소평정은 형이 말을 얼버무리자 불안감이 엄습해 의심스러운 듯 그의 눈동자를 들여다보며 물었다.

"북쪽 국경 상황이…… 많이 위험해요?"

소평장은 태연하게 미소를 지었다.

"물론 쉬운 상황은 아니지. 하지만 부왕과 내가 전체적으로 헤아려본 결과 승산은 있다."

소평정은 그래도 계속 그를 뚫어져라 살폈지만 이상한 점을 발견하지 못하자 겨우 안심하고 가까이 다가가 형을 치켜세웠다.

"형님은 전쟁터에 나갔다 하면 이겼으니 이번에도 그럴 거예요, 그렇죠?"

"아무리 아첨을 해도 소용없다. 내가 전선에서 빠지는 순간 너도 달아날 생각은 꿈도 꾸지 말아야 할 거야."

소평장은 아우를 눈으로 흘기면서 어릴 때처럼 손가락으로 이마를 콩 때린 다음, 탁자를 짚으며 일어났다.

"길을 서둘러야 하니 더 앉아 있을 수가 없구나. 자, 배웅이나 해다오."

소평정도 장군 가문 출신이니 태산 같은 군령(軍令)의 위엄도 알고, 무거운 책임을 짊어진 형이 한가롭게 놀러 다니는 자신과는 입장이 다르다는 것도 알고 있었다. 하지만 반년에 한 번 볼까 말까

한 형과 몇 마디 못하고 헤어지는 것이 너무 아쉬워서 난대 밖까지 배웅하고도 성에 차지 않아 얼굴이 부루퉁했다.

다행히 어려서부터 아우가 자라는 것을 지켜본 소평장은 그 성품이나 좋아하는 화제를 훤히 알고 있었다. 함께 걷는 동안 이런저런 잡담을 꺼냈더니, 소평정은 채 몇 마디 나누기도 전에 헤어지는 아쉬움을 잊고 랑야산에서 배운 것들과 강호를 유람하며 겪은 재미난 이야기들을 신이 나서 떠벌리기 시작했다.

그동안 난대 결채에서 차를 마시고 있던 린구는 평소와 달리 손님을 배웅하지 않고 높은 누대에 올라 두 형제의 뒷모습을 지켜보았다. 그들의 모습이 멀리 사라지자 그는 즉시 뒷산 봉우리 누각으로 올라가 노각주에게 소식을 전했다.

"각주님의 비단 주머니는 장림세자에게 전했고, 평정이 세자를 배웅하고 있습니다."

허연 눈썹을 늘어뜨린 노각주는 가볍게 한숨을 쉬었다.

"나를 만나겠다고 하지 않은 것을 보니 저 답은…… 일찌감치 짐작하고 있었던 게야."

"장림세자 입장에서 당시의 일을 받아들이기가 쉽지 않았을 터인데……."

린구가 눈을 찡그리며 의아한 듯 물었다.

"이렇듯 빠짐없이 알려주는 게 정말로 합당한 일이겠습니까?"

노각주는 한참 동안 말이 없다가 잔을 들고 맑은 차 한 모금을 마신 뒤 대답했다.

"조사를 시작했으니 언젠간 알게 될 일인데 속여 무엇 하겠느냐."

"하지만 지금은 때가 다릅니다. 북쪽 국경의 정세가 심상치 않고, 세자의 감주행은 첫걸음일 뿐 장림왕 역시 병부를 내려달라 주청했으니 일단 허락을 받으면 곧바로……."

"어느 나라든 그 조정의 일은 우리 랑야각과는 무관한 게야."

노각주는 깊고 흔들림 없는 눈동자로 린구를 바라보며 살며시 고개를 저었다.

"알아도 그뿐, 깊이 고민할 필요는 없지."

린구는 다소 마음이 흐트러진 것을 느끼고 눈썹을 살짝 찡그리며 황급히 물러나 허리를 숙였다.

"예."

금릉과 북쪽 국경에서 어떤 파란이 일어나고 있는지, 그리고 노각주와 린구가 각자 속으로 무엇을 염려하고 있는지, 지금의 소평정은 전혀 알지 못했고 관심을 가져야 한다는 생각조차 없었다. 형이 산을 내려간 뒤, 그는 여느 때처럼 근심 걱정 없이 랑야각에서 예전과 같은 나날을 보냈다. 매일 바삐 연공을 하고 책을 읽으며, 소도를 놀리면서 노각주에게는 놀림을 당하지 않으려 애쓰는 나날이었다. 다만 이따금씩 한가할 때 그날 본 형의 짧은 침묵과 얼버무림이 떠오르면, 고요한 연못에 돌멩이를 던진 것처럼 알 수 없는 불안감이 마음속에 퍼져나가곤 했다.

9월 말, 금릉의 비둘기집에서 소식이 왔다. 대량 장림왕이 평소 이끌던 병력 외에 5만의 행대군(行臺軍)을 더 지원받아 친히 북쪽 국경으로 출발했다는 소식이었다.

장림왕 소정생(蕭庭生)이 병력을 이끌고 경성을 출발할 때, 대유(大渝)와 북연(北燕) 두 나라와 인접한 대량의 국경과 군사요충지는 대부분 평화로운 상태였다. 마찰도 없고 분란도 일어나지 않아 큰 싸움이 벌어질 일말의 징조조차 없는데 장림왕이 대량의 황제에게 병부를 내려달라 청한 이유는 단 하나, 군에 바친 수십 년 세월 동안 쌓아온 경험과 예감 때문이었다.

병사를 움직이는 것은 나라의 운명과도 이어져 있기에 병부를 함부로 내리지 않는다는 것은 일반 백성들도 알고 있었다. 소정생이 확실한 근거도 없이 병부를 청하자 조정에서는 반대의 물결이 적잖이 일었다. 대신들 대부분은 군비가 넉넉하고 장림세자가 감주로 달려가 지키고 있으니 행대군까지 움직일 필요는 없다고 생각했다.

엄하고 차갑던 아버지 무정제와는 달리, 당금 황제 소흠(蕭歆)은 너그럽고 온후한 성품이었다. 그는 조양전(朝陽殿)에서 벌어진 장장 두 시진(時辰, 한 시진은 두 시간을 의미—옮긴이)에 걸친 논쟁과 변론을 끈기 있게 들어준 뒤 마침내 이렇게 한마디 했다.

"북쪽 국경의 일이라면 짐은 왕형(王兄, 왕위에 오른 형님을 부르는 말—옮긴이)의 판단을 믿소."

10월 초, 대유의 황속군(皇屬軍)이 매령(梅嶺)을 급습했고, 그 병력은 며칠 만에 15만 명으로 늘어났다. 소정생이 미리 파병한 원군이 때마침 매령 꼭대기에 도착해 적의 공세를 틀어막자, 경성에서 그를 두고 푸념하던 말은 쏙 들어가고 '장림왕은 과연 일대 명장답게 예리하고 노련하다'는 찬양이 그 자리를 대신했다.

그런데 뜻밖에도 대유 황속군의 맹공은 이틀 만에 그쳤고, 그 주력 부대는 밤을 틈타 철군하여 감주를 덮쳤다. 무슨 대가를 치르더라도 감주를 집어삼키고야 말 심산 같았다.

산속 울창한 숲은 진홍색으로 물들었고, 닫히지 않은 창문은 바람에 '끽끽' 흔들리며 방 안으로 찬 기운을 흘려보냈다. 침상에 누워 있던 소평정이 퉁기듯이 벌떡 일어났다. 이마는 식은땀투성이고, 목까지 올라온 비명은 나지막한 중얼거림이 되어 흘러나왔다.

"형님……."

잠에서 깨어났지만 악몽은 여전히 생생했다. 눈부시게 반짝이는 화살이 심장이 서늘해지는 한기를 품은 채 허공을 가르며 날아와 형의 가슴에 박히는 광경을 두 눈으로 똑똑히 본 것만 같았다.

창밖의 하늘은 겨우 희끗희끗해지고 있었다. 입맛이 쓰고 잠이 싹 달아난 소평정은 침상 옆에 벗어둔 겉옷을 집어 서둘러 몸에 걸치고 밖으로 뛰쳐나갔다.

랑야산 앞산은 방문객을 맞이하는 곳이고, 초대 없이는 들어갈 수 없는 뒷산이 랑야각의 진짜 중심지였다. 노각주의 거처는 물론, 서고와 약방도 모두 그곳에 있었다. 남쪽 봉우리의 산허리에는 인공으로 깎아 만든 노대가 있는데, 그 위에 비둘기장을 수십 줄 빽빽하게 세워 천하의 소식을 긁어모으고 있었다.

소평정이 비둘기장에서 수십 장 떨어진 초록각(抄錄閣)으로 뛰어들었을 때는 동쪽 하늘에서 서광이 막 떠오르고 있어 대전과 복도에는 아무도 없었다. 그는 제집처럼 익숙하게 길을 더듬어 린구 혼자 쓰는 서재로 들어갔다. 아직 초록각에 보관되지 않은 북방의 최신 소식을 찾아내자, 그는 바닥에 앉아 창으로 새어드는 희미한 빛에 비춰보았다.

린구가 아침 수련을 마치고 서재에 들어가보니, 바닥에는 종이 쪽지들이 어지러이 널려 있었다.

"또 무슨 일이야?"

린구는 종이를 피해 빈 공간을 밟으며 책상 뒤로 돌아가 앉았다. 질책하는 말투지만 표정을 보면 크게 신경 쓰지 않는 것 같았다.

어느새 모든 소식을 읽은 소평정은 고개를 든 채 한동안 멍하니 있다가 물었다.

"오늘 북쪽에서 온 소식이 있어요?"

"얼마나 북쪽? 북연 소식 말이야?"

"모른 척하지 말고요. 내가 뭘 묻는지 알잖아요."

린구는 책상에 놓인 벼루에 깨끗한 물을 붓고 천천히 먹을 갈았다.

"랑야각은 비록 홍진(紅塵)에 있지만 세상과는 동떨어진 곳이야. 랑야각 사람이라면 세상일에 무관심해야 해. 마치 저기 개울물이 밤낮없이 흐르는 것은 알지만 어디서 오는지, 어디로 가는지는 묻지 않는 것처럼."

"구 형, 제발."

소평정은 머리를 싸매고 한숨을 쉬었다.

"제발 노각주처럼 이상한 소리는 하지 말고 모르면 솔직하게 모른다고 해요, 네?"

소도가 조그마한 쟁반을 들고 문가에 나타났다. 그 역시 방 안에 이리저리 나뒹구는 종이들을 보고 깜짝 놀란 얼굴로 발끝을 세우고 조심조심 책상 앞까지 다가왔다.

"감주와 녕주(寧州)의 비둘기집에서 온 소식이에요. 오늘 아침에 받았어요."

쟁반에는 조그마한 원통 두 개가 놓였는데, 둘 다 뚜껑이 열리고 통 안의 종이가 풀린 것으로 보아 누군가 본 것이 분명했다.

린구가 뜻밖이라는 얼굴로 물었다.

"누가 먼저 열어본 거지?"

"누구긴요? 당연히 노각주시죠."

소평정이 와락 달려들어 소도를 붙잡고 물었다.

"노각주께서 뭐라고 하셨어?"

소도는 잠시 생각한 뒤, 허리를 꼿꼿이 세우고 목청을 가다듬어 노인의 말투를 흉내 냈다.

"대동부(大同府)…… 허 참, 사람 마음은 깊고도 깊어 때로는 자신을 믿지 못하고 때로는 타인을 믿지 못하니, 결국 이 지경이 되는구나."

평소였다면 흉내가 제법이라며 배꼽을 잡고 웃었을 소평정이지만, 지금은 몹시 진지한 얼굴로 종이를 낚아채 펼쳐보았다. 폭이 손가락 반만 한 종이쪽지에는 간단하게 한 줄이 쓰여 있었다.

'대동부 강 유역에서 좌로군의 보급선 세 척이 사고로 침몰.'

눈동자를 굴리며 웅얼웅얼 소리 내어 읽던 소평정의 얼굴이 점점 하얘지더니, 벌떡 일어나 동쪽의 서가를 마구 뒤져 두루마리 하나를 꺼내 바닥에 펼쳤다. 북방 주부(州府, 당시의 행정 구역-옮긴이)의 지도였다.

"좌로……."

빠르게 움직이던 손가락이 지도에서 강줄기를 찾아 잠시 머물렀다가 천천히 위로 미끄러져 '감주'라는 두 글자에 멈췄다. 손가락 끝이 떨리기 시작했다.

린구가 허리를 숙여 그곳을 들여다보더니 의아한 듯 물었다.

"왜 그래, 평정?"

"구 형, 귀찮겠지만 노각주께 좀 전해주세요, 하산해야겠어요!"

소평정은 그 한마디만 남긴 채 대답을 기다리지도 않고 바람같이 밖으로 빠져나갔다. 차 한잔 마실 시간도 지나지 않아, 산길 입구를 지키던 집사는 장림부의 둘째 공자가 항상 지니고 다니던 패검(佩劍)과 조그마한 보따리만 들고 바람처럼 산을 내려갔다고 보고했다.

영문을 모르는 린구는 바닥에 떨어진 종이들을 주워 살폈으나 여전히 아무것도 알아낼 수가 없어, 지도를 내려다보며 생각에 잠겼다.

"생각할 것 없다. 너나 나나 군의 일은 잘 모르니 생각한들 알아낼 수 없을 게야."

뒤에서 서재의 문이 열리고 노각주가 느릿느릿 걸어들어오더니, 펼쳐진 지도를 흘끗 보며 말했다.

"평정은 장군가의 아들이야. 군직을 맡은 적은 없지만 몇 차례 전쟁터에 나갔고 소질도 있지. 이렇게 급히 떠난 것을 보면 필시 감주의 전황이 걱정되어서일 게야."

"감주 말입니까?"

린구는 이해가 가지 않아 눈을 찡그렸다.

"전쟁은 이미 시작되었고 북쪽 국경은 이곳에서 한참 떨어져 있습니다. 지금 출발한다고 해서 무엇을 할 수 있겠습니까?"

"랑야각이 얻은 소식이라면 북쪽 국경에 있는 소정생의 귀에는 더 빨리 들어갔을 게야. 훌륭한 스승을 모시면서 지난날 그 사람의 풍모를 제법 갖췄으니, 감주가 정말 위험해지면 그 누구보다 빨리 반응할 사람이지. 지금 중요한 것은……."

깊은 우물처럼 고요하던 노각주의 눈빛이 살짝 흔들리더니 말이 뚝 끊겼다. 린구는 금방 그 의미를 알아듣고 마음이 무거워졌다. 지금 중요한 것은 바로 장림세자 소평장이 마지막까지 버틸 수 있는가였다.

02

대량 감주의 늦가을 풍경은 높고도 시원했다. 기울어가는 석양 아래 단청을 입힌 성벽의 처마가 어슴푸레 빛을 발했다.

핏자국과 먼지가 묻은 소평장의 전포 자락이 성루의 계단과 청석 바닥을 쓸며 느릿느릿 성루의 성가퀴까지 나아갔다. 성루의 돌계단과 성가퀴 옆에는 병사들이 앉거나 서 있었다. 하나같이 몹시 지친 얼굴이고 대부분 상처를 입었는데, 시간을 아껴 조금이라도 더 쉬려고 악전고투 중에 틈틈이 건량(乾粮)으로 배를 채운 뒤였다.

주위 병사들처럼 소평장의 몸에도 연일 이어진 고전의 흔적이 남아, 오른쪽 어깨의 갑옷 틈으로 피 묻은 붕대가 보였다. 그는 거칠거칠한 성가퀴에 손을 올리고 성벽 아래로 냉엄한 시선을 던졌다. 성 밖에는 격렬한 전투 뒤의 참상이 펼쳐져 있었다. 무너진 투석기와 아직도 불길이 남아 거무스름한 연기를 피어올리는 운제(雲梯)도 있지만, 그보다 더 많은 것은 들판을 뒤덮은 시체였다.

뒤에서 묵직하고 바쁜 발소리가 들려 돌아보니 부장 동청(東青)이었다. 소평장은 눈동자에 한 줄기 희망을 떠올리며 물었다.

"성을 나간 척후병이 돌아왔느냐?"

왼팔에 큰 상처를 입은 듯 삼각건을 가슴 앞에 매단 동청은 슬픈 눈으로 고개를 숙이고 허리를 굽히며 대답했다.

"척후병의 보고로는 좌우와 후방에 아직 원군의 자취가 없다 합니다."

소평장은 몹시 실망했지만 냉엄한 표정은 크게 바뀌지 않았다. 그는 가볍게 고개를 끄덕이고 다시 먼 곳으로 시선을 돌렸다. 멀리 지평선 위로 새까맣게 펼쳐진 것은 바로 빽빽하게 늘어선 적군의 진형이었다.

옆에 있던 나이 든 장군 한 명이 망설이다가 다가와 말했다.

"세자, 스무 날째 보급이 끊겼는데 여태 지키신 것만도 쉽지 않은 일이었습니다. 적군의 다음 공격은 막기가 무척 어려울 것인즉, 아직 기회가 있으니 부디 남문으로……."

소평장은 고개를 돌려 그를 흘끗 보더니, 높지는 않지만 매서운 분노가 담긴 목소리로 말했다.

"장림군 깃발 아래에서 어찌 전쟁이 두려워 달아날 수 있단 말이오?"

가까이 있던 부장 수십 명이 일제히 무릎을 꿇었고, 이야기를 꺼낸 나이 든 장군은 눈물을 글썽이며 나지막이 말했다.

"감주의 방어선도 중요하지만, 아무리 그래도 장림왕부의 세자가 아니십니까? 만에 하나 사고라도 생기면 전하께서……."

"전장에 나온 이상 나 또한 다른 이들과 다르지 않소."

소평장은 어깨의 상처가 아픈지 나지막이 기침을 한 뒤 성가퀴를 짚었던 손을 거두고 허리에 찬 검 자루를 힘껏 쥐었다.

"만에 하나 정말 그런 상황이 온다 해도 부왕께는 아우 평정이 있소."

성루에 꽂힌 깃발은 축 처진 채 비스듬히 기울었고 날카로운 화살에 여기저기 구멍이 뚫려 있었다. 강한 바람이 불자 깃발이 활짝 펼쳐지면서 '장림군' 이라는 세 글자가 춤을 추며 눈부시게 번쩍였다.

장림군의 부원수로서 열여섯 살 때부터 전쟁에 나간 소평장은 감주의 중요성을 그 누구보다 잘 알고 있었다. 감주가 무너지면 마음껏 말을 달릴 수 있는 그 이남의 너른 대량 땅에 닥칠 위험도 훤히 알았다. 적군의 창날이 목전에 와 있는 이 위험한 순간에는 결단코 한 걸음도 물러설 수 없었다.

10월 하순, 전군의 주력을 동원해 외로운 감주성에 공격을 퍼부은 대유의 황속군에는 병사가 자꾸자꾸 늘어났다. 짧디짧은 한 달 동안 크고 작은 싸움이 백여 차례나 벌어졌고, 그 중 가장 긴 것은 사흘 밤낮을 끌고서야 겨우 끝났다.

장림세자 소평장 휘하의 감주영(甘州營) 소속 2만 병사는 성에 의지하여 단단히 지켰고, 군량이 끊겨 위기에 처한 상황에서도 단 한 발짝도 물러서지 않았다. 악전고투를 거듭하며 10월 말까지 버티자 마침내 녕주 주 영채에서 구원하러 달려왔다. 후세 사람들은 이 수성(守城) 싸움을 '감남의 전투' 라고 불렀다.

소평정이 밤낮을 가리지 않고 달려 감주성 밖에 이르렀을 때 전쟁은 이미 휴지기에 들어갔다. 아직 정리되지 않은 전장에는 반쯤 무너진 운제가 성벽에 걸린 채 여전히 불타고 있어 시커먼 연기가 하늘 높이 치솟았다. 성루 위에도 성벽 아래에도 교전을 치른 양쪽

병사들의 시체가 곳곳에 흩어져 있었다. 성안으로 들어가도 참혹한 장면은 나아지지 않았다. 가는 곳마다 누린내가 짙게 깔렸고 성루에서는 다친 병사들이 잇달아 부축을 받아 내려오고 있었다.

성문과 이어지는 긴 거리 끝에서는 나이 든 장군 한 사람이 병사를 지휘하여 떨어진 무기를 줍거나 목책을 옮기는 등 통로를 치우는 중이었다. 소평정은 부왕의 오랜 심복을 한눈에 알아보고 기쁜 목소리로 외쳐 불렀다.

"원숙! 원숙!"

부르는 소리를 듣고 돌아본 원숙은 화들짝 놀랐다.

"둘째 공자? 아니 어떻게 이곳에?"

"부왕과 형님은 어디 계세요? 다들 무사하시죠?"

원숙은 뺨 근육을 살짝 당기며 시선을 내리떴다.

"두 분 다 관아에 계십니다. 아아, 전하께서 딱 하루만 더 일찍 오셨더라면 좋았을 텐데……."

그 말 속에 담긴 의미가 몹시 불길하여 소평정은 심장이 미친 듯이 뛰기 시작했다. 그는 차마 물을 용기가 나지 않아 재빨리 말머리를 돌려 관아가 있는 곳으로 내달렸다.

감주는 온난습윤한 남방과는 달라서, 이제 막 겨울에 접어들었는데도 찬바람은 벌써부터 칼날처럼 매서웠다. 거리 양쪽에 심은 미루나무도 마른 잎사귀가 모두 지고 민둥민둥한 가지만 소리 없이 흔들리고 있었다.

관아 각 곳의 문을 지키던 친위대들은 대부분 둘째 공자를 알고 있었기에 곧바로 길을 터주고 후원으로 가는 방향을 알려주었다.

랑야산에서 꾼 악몽에 아직도 가슴이 서늘한 소평정은 달리면 달릴수록 마음이 어지러웠다. 원락 안으로 들어서는 순간, 때마침 피가 가득 담긴 대야를 들고 나오는 호위병과 마주치자 지금껏 두려움을 느껴본 적 없는 이 젊은이도 결국 다리가 풀려 휘청거렸다. 그는 두어 번 심호흡을 한 뒤에야 가까스로 마음을 가라앉히고 안으로 들어갔다.

바깥 마루와 벽 하나를 사이에 둔 뒷방 한가운데 긴 평상이 놓여 있었다. 그 위에 똑바로 누운 소평장은 상반신이 피투성이에 오른쪽 가슴 약간 위쪽에 화살 한 대가 박힌 상태였다. 얼굴은 창백하고 의식 없는 눈은 반쯤 뜨고 있었다. 갑옷과 전포는 이미 벗겨져 평상 옆에 아무렇게나 쌓여 있었다. 군의(軍醫) 두 사람이 곁에서 돌보았지만 화살은 함부로 건드리지 못했다.

긴 평상 옆에는 소정생이 갑옷을 반쯤 벗고 무릎을 바닥에 짚고 앉아 장남의 이마에 손을 올리고 있었다.

예순두 살의 장림왕은 본디 죄를 지은 노비의 신분으로 액유정에서 태어난 사람이었다. 열한 살 때 사면을 받아 출궁하여 열네 살에 선제 소경염의 양자가 되었고, 열아홉 살에 처음 전쟁에 나간 뒤 스물세 살에 후(侯)에 봉해졌고, 스물일곱 살에는 '장림'이라는 봉호와 함께 왕주(王珠) 다섯 개 달린 관을 받으며 북쪽 국경을 지키는 군대의 원수로 임명되었다. 그리고 그가 마흔다섯 살 때 새 황제가 등극하자 왕주 일곱 개의 친왕에 봉해졌다. 양대 황제의 은혜와 신임 덕에 장림왕부는 조야와 종실의 높은 위치에 우뚝 섰고, 양자라는 신분 때문에 제약을 받는 일은 전혀 없었다.

그러나 지금, 수십 년간 전쟁터를 종횡하며 혁혁한 전공을 세운

이 늙은 왕은 완전히 냉정을 잃은 듯, 어깨가 바짝 긴장되고 안색은 구레나룻처럼 허옇게 질려 있었다. 예상치 못한 막내아들의 출현에도 그는 시선 하나 돌리지 않고 오로지 환자에게만 신경을 쏟았다.

아우가 들어오는 소리를 들었는지, 누워 있던 소평장이 살짝 움직이며 눈을 가늘게 떴다. 소정생이 황급히 몸을 숙이고 부드러운 목소리로 위로했다.

“걱정 말아라. 마침 제풍당(濟風堂)의 여 노당주가 감주에 있어서 이 아비가 사람을 보냈다. 조금만 버티면 곧 도착할 것이다.”

제풍당은 본래 한의(寒醫) 순진(荀珍)이 만든 평범한 약방이었다. 처음에는 랑주(廊州) 지역에서만 장사를 했는데, 입소문이 나면서 수많은 환자가 산 넘고 물 건너 찾아오게 되었고 그 바람에 환자의 병이 도리어 심해지기도 했다. 순 의원은 이를 안타깝게 여겨 적절한 다른 지방에도 분점을 열었다. 매년 하나씩 분점을 열다보니, 여건지(黎騫之)의 대에 이르러서는 경성과 각 주(州)에 제풍당이 생겨난 것은 물론, 북연과 대유에도 분점이 들어설 정도였다.

한 곳에 머물지 않고 각지를 떠돌며 의술을 베푼다는 늙은 당주가 마침 감주에 있다는 소식을 듣자, 얼굴이 시퍼렇게 질린 소평정도 겨우 마음이 놓여 안도의 숨을 내쉬었다. 하지만 다급한 때의 기다림이란 아무래도 평소보다 훨씬 견디기 어려운 법이다. 소평정은 얼마쯤 꾹 참고 기다렸지만 형의 호흡이 가늘어지는데도 문밖에서 아무 기척이 없자, 더는 앉아 있지 못하고 직접 재촉하러 갈 생각으로 벌떡 일어났다.

다행히 그가 문을 박차고 나서자마자 쾌마 몇 필이 달려왔다.

호위병들에 둘러싸인 푸른 옷을 입은 노인이 아마 제풍당 당주 여건지인 모양이었다. 속이 탄 소평정은 인사할 겨를도 없이 달려가 노인을 부축해 내린 뒤 팔을 꼭 붙잡아 다급하게 안으로 안내했다.

대오의 맨 끝에는 눈에 띄지 않는 잿빛 거세마의 등에 스무 살 남짓한 젊은 낭자가 단정하게 앉아 있었다. 청아한 용모의 낭자는 붉은 기가 도는 잿빛 베옷을 입고, 머리는 뒤에서 하나로 묶고, 손에는 죽등(竹藤, 라탄을 말함―옮긴이)으로 짠 약상자를 들고 있었다.

허둥지둥 서두르는 사람들은 아무도 그녀에게 주의를 기울이지 못했고 그녀 역시 주목을 받지 못하는 것에 별로 신경 쓰지 않는 듯 그저 소평정에게 눈길을 한번 주었을 뿐, 알아서 말에서 내려 대오를 뒤따랐다. 그 동작은 여유롭고 느릿느릿해 보였지만, 사실은 허둥거리는 다른 사람들보다 그리 느린 움직임도 아니었다.

바깥의 소리를 들은 소정생은 억지로 정신을 가다듬고 일어나 두 손을 모으며 쉰 목소리로 입을 열었다.

"여 형……."

여건지가 바삐 반례하며 그의 뒤쪽으로 시선을 던졌다. 환자의 가슴에 박힌 화살을 본 순간, 여건지는 눈썹을 살짝 치키며 걸음을 멈칫했다. 하지만 그 찰나의 망설임은 순식간에 사라져 곁에 있던 누구도 알아채지 못했다. 오로지 뒤따르던 여제자 임해(林奚)만 고개를 들고 재빨리 스승의 얼굴을 흘끔 살폈을 뿐이다.

평상 옆에 있던 군의 두 사람이 일어나 자리를 양보하자, 여건지는 부드러운 천으로 피를 닦아낸 뒤 상처를 자세히 관찰하고 임해에게 가위를 가져오라고 손짓했다. 두 사람은 화살과 가위를 나눠 잡고, 밖으로 드러난 화살대를 한 치 정도만 남기고 잘라냈다.

그런 다음 호흡을 가다듬은 뒤, 꼼꼼하게 환자의 맥박을 살폈다.

소정생은 눈 한 번 깜빡이지 않고 늙은 당주의 움직임을 지켜보았다. 진맥을 끝낸 여건지의 표정이 암울하게 어두워지는 것을 보자 그의 마음도 즉시 혼란에 빠졌지만, 오랜 전쟁 경험 덕에 겨우 마음을 추스르고 낮은 소리로 말했다.

"여 형과 알고 지낸 지 벌써 30년 가까이 되었소이다. 상황이 좋은지 나쁜지 솔직히 말해주시오."

그가 솔직하게 묻자, 여건지도 돌려 말하고 싶지 않아 고개를 들며 대답했다.

"전하께서도 아시겠지만 똑같은 상황입니다. 폐가 상했든 무사하든 화살촉은 반드시 빼내야 합니다."

"그 말은……."

소정생의 얼굴이 백짓장처럼 하얘졌다. 가슴에서 피가 통째로 쑥 빠져나가는 느낌이었다.

"평장의 상처가…… 지난날 임심(林深)이 입었던 상처와 같다는 말이오?"

옆에서 듣고 있던 소평정은 다른 것은 몰라도 아버지가 입에 올린 임심이라는 사람이 결국 살아나지 못했다는 것은 알기에 얼음물에 빠진 사람처럼 두 다리가 풀려 평상 옆에 털썩 주저앉았다.

여건지도 슬픈 눈빛을 띠며 고개를 끄덕였다.

"예, 세자께서 버티실 수 있을지 없을지는 반반입니다."

소정생은 한동안 멍해 있었지만 더는 캐묻지 않고 고개를 끄덕였다.

"알겠소. 얼마든지 치료해주시오."

"저는 스무 해 전에 이와 똑같은 상처를 치료하다 실패한 적이 있습니다."

도리어 여건지가 고개를 설레설레 저으며 중얼거리듯 물었다.

"그런데도 전하께서는 제게 세자를 맡기시렵니까?"

핏발 선 소정생의 눈에 눈물이 차올랐다.

"그때 임심을 구하지 못한 것은 여 형의 잘못이 아니었소. 여 형의 의술마저 믿지 못한다면 내 누구를 믿을 수 있겠소?"

두 사람이 이야기를 나누는 동안 옆에 있던 임해는 알아서 바삐 움직였다. 호위병을 시켜 낮은 탁자를 가져와 뒤쪽에 놓게 한 뒤 하얀 천을 펼쳐 약상자에서 압설자(壓舌子, 혀를 누를 때 쓰는 의료 기구—옮긴이)와 바늘꽂이, 조그만 칼 등을 꺼내 가지런히 놓고, 두꺼운 도자기에 심지를 끼운 유등에 불을 붙여 아주 얇고 짧은 칼을 옥그릇에 담긴 약물에 적셨다가 불꽃에 지지는 등 모든 준비를 마치자, 그제야 그녀는 조용히 사부를 불렀다.

"사부님."

지체할 수 없다는 것을 잘 아는 여건지는 마음을 가다듬고 제자의 손에서 은으로 만든 칼을 받아들었다. 임해는 새로 배어나온 피를 깨끗한 천으로 닦아낸 다음, 두 손가락으로 환자의 팔목을 눌러 맥박을 재면서 사부의 움직임을 가만히 지켜보았다.

반짝이는 칼이 천천히 상처 부위로 다가갔다. 하지만 살짝 기울면서 환자의 피부에 닿으려던 칼날이 별안간 파르르 떨리며 허공에 우뚝 멈췄다. 소평정은 그 떨림에 화들짝 놀라 '헉' 하고 찬 숨을 들이켜다가 하마터면 숨이 막힐 뻔했다.

여건지는 제 손가락을 뚫어지게 보더니, 결심한 듯 들고 있던 얇은 칼을 옆의 제자에게 건네고 침착한 눈길로 소정생을 올려다보았다.

"이 제자는 항상 저보다 손이 안정적이지요. 이 아이가 세자의 가슴에 박힌 화살을 뽑아낼 수 있도록 부디 허락해주십시오."

"그럴 수는 없어요!"

소정생이 대답하기도 전에 소평정이 주먹으로 돌바닥을 쾅 내리치며 분노에 찬 목소리로 거부했다.

"이렇게 위중한 형님을 새파랗게 젊은 여자에게 맡기다니…… 노당주께서 용기가 안 나시면 제대로 된 군의에게 맡기면 되잖아요?"

소정생은 손을 들어 아들을 만류하며 여건지의 눈을 가만히 들여다보더니, 잠시 후 자못 힘겹게 고개를 끄덕였다.

"나는 여 형의 판단을 믿소."

"부왕! 형님이잖아요! 완벽을 기하지는 못하더라도 이렇게 경솔하게……."

소평정은 초조한 나머지 얼굴이 벌겋게 달아올라 목소리를 높였지만, 채 말을 마치기도 전에 말문이 턱 막혀 멍청하게 앞쪽을 바라보았다.

소정생이 고개를 끄덕이는 순간, 임해는 아무 망설임도 없이 칼을 놀려 상처를 갈랐다. 화살대를 살짝 당기자 화살촉이 쑥 뽑혀 쟁반 위로 툭 떨어졌다. 그녀는 불꽃에 지진 다른 칼로 재빨리 상처를 눌러 지혈한 뒤, 약을 바른 두꺼운 천으로 상처를 덮고 손바닥으로 눌렀다. 그 동작은 물 흐르듯이 자연스럽고 빨라, 소평정이 미처 말을 마치기도 전에 모두 끝나고 만 것이다.

방 안은 순식간에 조용해졌다. 소평장의 머리가 베개 위에서 살짝 움직이자, 그제야 묵직하게 가라앉은 분위기가 깨졌다.

"평장, 평장아……."

소정생은 몸을 굽혀 장남의 손을 꼭 잡으며 나지막이 불렀다. 소평정도 달려가 형의 이마를 짚어보고, 고개를 들어 임해에게 따져 물었다.

"형님은 어떻소?"

임해는 한 손으로 상처를 누르고 다른 손으로는 환자의 맥박을 짚느라 그가 자신에게 말을 걸고 있다는 것도 모르는 듯했다.

소평정은 더욱 초조해졌다.

"왜 대답이 없소! 폐는 다치지 않았소? 숨소리가 이렇게 약한데도 괜찮은 거요?"

그가 줄줄이 질문을 던지는 동안 임해는 살짝 손가락을 떼고 소정생을 바라보며 간결하게 말했다.

"전하, 저 사람을 내보내주시지요."

소평정은 도저히 믿을 수가 없는 표정이었다.

"지금 뭐라고 했소? 나더러…… 지금 나한테 한 말이오? 나더러 나가라고?"

"어디서 소리를 지르는 게냐?"

소정생은 막내아들을 노려보며 매섭게 꾸짖었다.

"밖으로 나가 기다리거라."

소평정은 불만스러워 이를 악물었지만, 명을 거역할 수 없기에 미적미적 정원으로 물러갔다.

북쪽 지방의 정원은 초목이 무성한 남방과 달리 사철 푸른 측백

나무를 두 줄로 대칭을 이루도록 심어놓은 것이 전부였다. 소평정은 굵직한 나무줄기에 등을 기댔지만, 불안한 마음을 이기지 못해 정원을 거닐거나 자꾸만 방 안을 들여다보았다.

이각(刻, 일각은 15분 정도의 시간─옮긴이)쯤 기다리자 반쯤 닫혔던 문이 살짝 열리고 임해가 혼자 걸어나왔다. 여전히 차분한 표정이었고 미간에는 피로가 살짝 묻어 있었다.

세상물정을 잘 아는 장림부 둘째 공자는 기세를 숙이고 조심스럽게 물었다.

"조금 전엔 내가 경솔했소. 이젠 좀 어떤지 물어봐도 되겠소?"

임해는 걷어올린 소매를 내리며 느리지도 빠르지도 않게 대답했다.

"세자의 상태는 안정적인 편입니다."

이 짧은 한마디는 소평정을 만족시키기에 한참 모자랐기에 그는 황급히 캐물었다.

"그러니까 괜찮다는 뜻이오? 폐는 다치지 않았소? 금방 낫는 거겠지? 언제까지 쉬어야 하오?"

"아직 모릅니다."

"모르다니?"

며칠간 밤낮을 가리지 않고 달려온 소평정은 피로와 근심이 겹쳐 아무래도 성급해져서 죽 뻗은 눈썹을 살짝 치키며 다시 물었다.

"당신은 의원이잖소. 최선을 다했다면 어찌 모를 수가 있소?"

임해는 뺨으로 흘러내린 머리카락을 넘기며 냉랭하게 말했다.

"세상 사람들이 우리 같은 의원에게 품은 오해 가운데 가장 큰 것이 바로 우리를 신선이라 여기는 것입니다. 그 때문에 환자가 낫지 않으면 우리가 최선을 다하지 않은 탓이라고 생각하지요."

그녀의 눈동자가 서늘하게 소평정을 흘끔 보았다.

"장림부 둘째 공자가 랑야각에서 수련하고 있다는 소문이 들리기에 탈속한 분이겠거니 했는데, 오늘 보니 그저 그런 분이셨군요."

말을 마친 그녀는 푸르른 측백나무 길을 지나 정원 문 쪽으로 걸어갔다.

소탈한 소평정은 비웃는 말에는 크게 개의치 않았지만, 그녀가 떠나려 하자 초조해진 나머지 재빨리 따라붙어 팔을 붙잡고 다소 화난 목소리로 말했다.

"당신은 의원이오. 형님이 아직 누워 계신데 어딜 가는 거요? 천명이니 뭐니 하는 건 그렇다 치고, 의원이라면 의당 환자를 돌봐야 최선을 다했다고 말이나 할 수 있지 않겠소?"

방에서 막 나오던 동청이 이 말을 듣고는 허둥지둥 달려와 해명했다.

"둘째 공자, 임 낭자는 세자의 약을 지으러 가던 길입니다. 너무 걱정 마십시오. 제풍당의 의술은 믿을 만하고 세자의 상태도 안정되었습니다."

임해는 소평정의 손아귀에서 팔을 빼낸 뒤 한 마디도 없이 돌아서서 사라졌다. 애초에 그녀에게 무례를 저지를 뜻이 없던 소평정은 민망하고 뒤쫓을 낯도 없어, 제자리에 멍하니 서서 머리만 쥐어뜯었다.

동청의 말대로, 상처를 치료한 뒤로 소평장의 숨소리는 훨씬 평온해졌다. 하지만 이토록 위중한 상처는 재발하기 쉽기 때문에 여건지는 며칠 관아에 머물면서 문제가 생기면 곧바로 응대하기로 했다. 소정생은 겨우 마음이 놓여 여건지에게 정중하게 감사를 표한 뒤 원숙을 불러 거처를 준비하라고 일렀다.

그제야 방 안에 있던 호위병들도 마음 놓고 다가와 피 묻은 갑옷과 전포를 치웠다. 부드러운 비단 주머니 하나가 옷더미 속에서 굴러 떨어지자 호위병은 어떻게 처리해야 할지 몰라 두려운 목소리로 '전하!' 하고 부르며 소정생에게 내밀었다.

자수를 놓은 비단 주머니를 보는 순간, 희끗희끗한 소정생의 눈썹이 살짝 떨렸다. 소평장이 언제 랑야산을 방문했는지 아는 바는 없었지만, 무슨 질문을 했는지는 보지 않아도 훤히 알 수 있었다. 가볍디가벼운 비단 주머니가 그에게는 바위를 든 것처럼 묵직하게 느껴졌다.

문밖에서 발소리가 들리는 것으로 보아 막내아들이 달려오고 있는 것이 분명했다. 소정생은 재빨리 살짝 풀린 주머니를 단단히 묶고 소평장의 베개 밑에 넣은 뒤, 차가워진 아들의 이마를 자연스럽게 어루만졌다.

평상 곁으로 달려온 소평정이 그제야 정식으로 무릎 꿇고 인사를 올렸다.

"부왕께 인사드립니다."

소정생은 고개를 끄덕이고 손짓으로 아들을 창가로 부른 뒤 소리 죽여 물었다.

"멀리 랑야각에 있던 네가 어찌 감주까지 올 생각을 했느냐?"

소평정은 굳은 얼굴로 원망스럽게 대답했다.

"이번 전쟁은 대유가 시작했지만 부왕께서는 이미 예측하고 계셨어요. 형님이 지키고 있는 감주는 가장 공격하기 힘든 곳이라고 예측하셨을 거예요. 그러니 미리 준비한 원군도 이쪽으로 보내실 리 없죠. 그런데 대동부에서 보급선이 침몰해 좌로군의 군수물자가 모조리 끊겼어요. 보급이 끊기고 원군은 멀리 있으니 감주가 위험에 처할 수밖에 없잖아요."

소정생은 얼굴에 웃음기를 띠며 대견한 듯 입을 열었다.

"어려서부터 잡다한 놀이만 좋아하고 병서(兵書)는 읽지도 않더니, 그래도 타고난 소질은 있어 장군 가문의 아들답구나."

마지막 한마디에서 그는 더욱 목소리를 낮추며 벽 모퉁이로 시선을 던졌다. 모퉁이의 작은 탁자 위 푸른 도자기 쟁반에 덩그러니 놓인 피 묻은 화살촉은 보기만 해도 끔찍했다.

소평정도 아버지의 시선을 따라 그쪽을 바라보았다. 두 부자의 얼굴에는 똑같이 노기가 떠올랐다.

—

03

—

감주는 변경의 군사 요충지로, 성의 반이 병사였고 관아의 모습도 다른 성시와는 달랐다. 그러나 규모가 작지 않고 일반 백성도 많아, 일상용품을 사고파는 점포나 한가할 때 찾는 찻집과 술집 등 일반적인 성시에 있는 것들은 빠짐없이 갖추고 있었다.

관아 바로 남쪽에 붙은 조그마한 원락도 본래는 찻집이었다. 하지만 정원을 아기자기하게 고치고 대청이 없는데다 별실은 작아서 두세 명만 들어갈 수 있었고, 북방 사람들이 차를 마실 때 즐겨 쓰는 큰 사발을 내놓지도 않아, 현지 백성들의 입맛이나 시끌시끌한 것을 좋아하는 습성과 맞지 않은 탓에 반년도 못 되어 문을 닫을 지경이 되었다. 소평장은 감주영에 온 후 우연히 길을 지나다 이곳을 둘러보고 몹시 마음에 들어 했고, 주인이 장사를 계속하지 못하게 되자 구입하여 휴식을 취하거나 사사로이 손님을 접대할 때 이용했다.

전쟁이 끝난 뒤 처리해야 할 군무와 장남의 상처를 돌보느라 며칠째 쉬지도 못하고 동분서주하던 소정생은 어렵사리 오후 시간을 비워 옛 벗 여건지를 이곳 별실로 청해 회포를 풀었다.

"여 형이 군을 떠난 뒤로 만날 기회가 많지 않구려. 마지막으로 만난 게 언제였더라? 7년 전 아니오?"

여건지는 빙그레 웃으며 말했다.

"맞습니다. 세자께서 혼례를 올리시던 해에 선물을 드리러 찾아 갔지요."

화로에 놓인 쇠주전자에서 물이 끓어 '칙칙' 하는 소리가 나자, 소정생은 주전자를 들고 세차(洗茶, 차를 끓이기 전에 찻잎에 끓는 물을 부었다가 다시 물을 따라내는 것—옮긴이)를 하며 한숨을 쉬었다.

"나이가 드니 자꾸만 옛날이야기를 하고 싶어지는구려. 지난날 우리 세 사람, 노원(路原) 형님과 나, 아우 임심은 고난 끝에 선생의 도움으로 액유정에서 구출되어 함께 무예를 익히고 같이 군에 몸 담았소. 허나 마지막까지 살아남은 것은 이 몸뿐이구려."

왕주 일곱 개를 지닌 귀한 몸으로 군무에 시달리며 바쁜 나날을 보내는 동안 지난 일들의 기억은 옅어져갔다. 화살에 맞은 장남의 상처가 의를 맺은 아우를 죽음으로 몰고 간 상처와 똑같지 않았더라면, 지난날의 애통함은 이미 잠들어버린 기억 속에서 다시 깨어나지 않았을지도 모른다.

"아우는 끝내 본래의 성을 기억해내지 못해 우리는 그를 소신아(小申兒)라고만 불렀소. 그러다가 열여덟 살 때 군에 들어가면서 '임' 이라는 성을 선택하고 임심으로 개명했소."

소정생은 괴로운 듯 심호흡을 했다.

"사실 아우는 평범한 삶에 더 어울리는 사람이었소. 우리를 따라 전쟁에 나가 싸움을 한 것은 오로지 형제들과 함께 있고 싶어서였지."

장림군 초기, 정왕(靖王)의 잠저(潛邸, 태자가 아니나 황제가 된 황자가 즉위 전에 살던 집-옮긴이) 출신 젊은 장군 셋 중에서 임심은 가장 별볼일 없고 눈에 띄지 않은 사람이었다. 그의 최대 장점은 진실한 성품과 충성심이었다. 그는 주군과 형제, 처자식, 그리고 그렇게 해야 한다는 생각이 드는 사람에게는 늘 남김없이 주곤 했다. 상처가 위중하여 목숨이 위태로울 때에도, 그는 자신은 생각지 않고 태어난 지 채 석 달도 안 된 어린 딸만 걱정했다.

오래전에 가버린 사람의 이름을 다시 거론하자 소정생은 가슴이 아릿하게 아파오고, 손가락 사이사이에도 철철 흐르던 미끌미끌하고 뜨끈뜨끈한 피의 감촉이 되살아나는 듯했다.

소정생이 갓 태어난 둘째아들에게 만들어준 은쇄를 가져와 두 아이를 맺어주는 것이 어떠냐고 물었을 때, 잿빛으로 물든 아우의 두 눈동자에 안심한 표정이 떠오르던 모습이 어제 일처럼 생생했다. 임심은 어린 딸을 평생 보살펴줄 사람이 생겼다는 생각에 괴로워하지 않고 떠나갔다.

그런데 결과는 어떤가? 20여 년 동안 장림왕부는 떠나간 형제의 아내를 찾아내지 못했고, 보살펴주기로 약속한 딸도 찾지 못했다. 소정생이 할 수 있는 일은 그저 지금까지 소평정으로 하여금 그 약속을 지키도록 하는 것뿐이었지만, 안타깝게도 언제까지나 기다린다는 보장도 없었다.

"임심의 부인이 아이를 데리고 몰래 떠난 것은 전하의 책임이 아닙니다."

당시의 상황을 누구보다 잘 아는 여건지가 좋은 말로 위로했다.

"더욱이 둘째 공자께서는 아직도 양가 혼약의 징표를 지니고 계시더군요. 그것만 보아도 전하의 정성을 알 수 있으니 지탄 받을 일이 아니지요."

소정생은 눈을 질끈 감으며 탄식했다.

"평정은 장림부의 아들이고, 나면서부터 전쟁터에 나가기로 정해진 몸이오. 당시 제수씨는 부군을 잃은 슬픔을 이기지 못해 딸을 장군 가문에 시집보내야 하는 이 혼약을 원치 않았소. 그 마음은 내 이해할 수 있소. 허나 작별인사도 없이 아이를 데리고 사라지는 바람에 우리 장림부는 그들 모녀를 보살필 기회를 잃고 말았소. 임종 전 아우가 남긴 부탁을 생각하면 하루도 마음 편할 날이 없소."

늙은 왕의 슬픈 눈빛을 대하자, 여건지는 찔리는 데가 있어 고개를 숙이고 차를 마시며 송구한 눈빛을 감췄다.

의원으로서 그는 항상 환자를 가장 먼저 생각했다. 당시 임심 부인의 슬픔과 두려움은 이성이 감당할 수준을 벗어나 있었다. 부군이 세상을 떠났다는 것도, 딸의 미래가 정해졌다는 것도 받아들이지 못했고, 전쟁에 관련된 그 어떤 말이나 물건을 대할 때마다 거의 미칠 것처럼 발작을 일으켰다. 마음의 병은 치료하기가 어려운 법이었다. 여건지가 할 수 있는 유일한 것은 그녀의 뜻대로 장림왕부의 그 누구도 방해하지 못하는 조용한 곳으로 자리를 옮기게 한 뒤 시간이 지나면서 차차 상처가 아물기를 기다리는 일뿐이었다. 그러나 그 기다림은 10여 년이나 이어졌고, 마음을 다친 여인은 죽는 순간까지도 부군을 잃은 슬픔과 딸 걱정을 내려놓지 못했다.

여건지는 자신이 잘못했다고 생각하지 않았지만, 오랫동안 마음속에 비밀을 묻어온 데다 소정생이 자책하는 모습을 보자 양심의 가책을 느껴 어떻게든 위로하려 애썼다.

"전하께서 수많은 사람을 보내 수소문하셨으니, 만에 하나 그들 모녀가 정처 없이 떠돌아다녔다면 어찌 찾아내지 못하셨겠습니까? 그래도 종적을 찾지 못했다면 아마도 누군가 거두어 보살펴주었다는 뜻일 테니, 필시 큰 고생은 하지 않았을 겁니다."

소정생은 넋이 나간 듯 한참 동안 찻잔을 바라보다가 탄식했다.

"여 형의 말이 옳기를 바랄 뿐이오."

아무래도 제자의 후일이 마음에 걸린 여건지는 이때를 틈타 물어보았다.

"전하께서 약속을 지킬 뜻이 있으시다 해도, 폐하께서는 둘째 공자를 저리 둘 마음이 없으시겠지요?"

"폐하께서는 평정이 1년 더 기다리게 해주되, 그때까지 소식이 없으면 친히 그 아이의 혼사를 정하겠다고 하셨소. 솔직히 말해 폐하께서 평정을 몹시 어여삐 여기시니 이 문제만큼은 나도 어쩔 수가 없소."

"둘째 공자께서 부인을 맞으신 후에 그 아이를 찾게 된다면 어찌되겠습니까?"

"연분은 없지만 의리는 남아 있으니, 당연히 장림왕부에서 온 힘을 다해 보살필 것이오."

소정생은 단순한 잡담인 줄만 알고 손을 내저으며 화제를 돌렸다.

"자, 이 이야기는 그만합시다. 내 오늘 여 형을 청한 까닭은 회포도 풀 겸 상의할 일이 있어서요."

여건지도 짐작 가는 곳이 있었다.

"대동부의 강 유역에서 보급선이 침몰한 일 말씀입니까?"

소정생은 어두운 표정으로 고개를 끄덕였다.

"이틀 전에 들으니 사고가 나던 날 저녁, 보급선 세 척 외에 민간의 작은 객선 한 척도 불행히 휩쓸려 가라앉았다고 하더구려. 그 객선에 탔다가 재난을 만난 사람들이 모두 제풍당의 의원이오?"

"그렇습니다. 저희 제풍당은 각지에 분점이 있는데, 대동부의 분점은 부근 세 개 주에서 제법 이름이 있습니다. 제가 받은 서신에는, 그 의원들이 늦은 시각에 배를 탄 까닭도 타지로 왕진을 가기 위해서였다는군요. 그런데 그런 화를 만날 줄 누가 알았겠습니까?"

소정생은 가슴속의 노기를 억누르며 다소 차가운 눈빛을 떠올렸다.

"오랫동안 종군하며 생사의 관문을 수없이 넘었소만, 가장 무시무시하고 가장 경계해야 할 것은 언제나 그렇듯 등 뒤에서 날아드는 화살이오."

그 말인즉, 대동부의 보급선 침몰 사건이 단순한 사고가 아니라는 뜻이었다. 여건지는 눈을 내리뜨고 잠시 생각하더니 두 손을 포개어 모으며 진지하게 말했다.

"전하께서 이 일을 어찌 처리하시든 저희 제풍당도 미력이나마 다하겠습니다."

대동부에서 보급선 침몰이 사고가 아니라고 판단한 사람은 물론 소정생 한 사람만이 아니었다. 늙은 왕이 옛 친구와 함께 차를 마시며 회포를 푸는 동안, 소평정은 형의 병상 옆에 엎드려 속닥속닥 소식을 전하고 있었다.

“부왕께서 경성에 보낸 상주문을 보았는데, 이곳 전황 외에 대동부의 보급선 침몰 사건도 언급하시면서 그 일이 의심스러우니 특사를 보내 자세히 조사해달라 청하셨더라고요.”

외상으로 인한 고열은 어젯밤에 내렸지만, 소평장은 아직 기운이 없어 베개에 기댄 채 눈을 감고 고개를 끄덕였다.

“음, 부왕께서 벌써 처리하셨구나. 그렇다면 안심이다.”

소평정은 눈을 동그랗게 뜨고 놀란 얼굴로 물었다.

“에이 설마, 경성에 한마디 전했다고 처리가 끝났다니요? 진심이에요, 형님?”

“그렇지 않으면 어쩔 셈이냐?”

“이런 일에 관부에서 조사 나가는 것은 뻔하잖아요. 천자의 특사라면야 위풍당당하고 힘도 있겠지만, 아무래도 익숙지 않은 곳이다보니 반드시 진상을 밝혀낸다고 할 순 없어요.”

소평정은 턱을 괴고 곰곰이 생각하면서 말을 이었다.

“그러니까 경성에만 기대를 걸고 있으면 안 된다고요.”

마침내 소평장이 고개를 돌려 그를 흘낏 보았다.

“네가 생각할 수 있는 것인데 설마하니 부왕께서 모르시겠느냐? 폐하께서 경성에서 어떤 명을 내리시건, 이쪽에서도 따로 사람을 보내 자체적으로 조사할 것이다.”

“관건은 누구를 보내느냐는 거죠!”

어렵사리 여기까지 화제를 이끌어낸 소평정은 다급히 말을 이었다.

“이런 비밀 조사에서 가장 중요한 게 바로 이 ‘비밀’이에요. 형님은 말할 필요도 없어요. 상처를 입은 데다 너무 눈에 띄니까 비밀스럽게 움직이기란 절대 불가능해요. 그야 부왕 휘하에 훌륭한 장수가 구름처럼 많지만, 일대일 싸움이나 임기응변 능력으로 따져서 저보다 나은 사람이 어디 있어요?"

관자놀이를 문지르며 생각에 잠겼던 소평장은 도중에 잠시 동의하는 듯한 표정을 짓기는 했지만 결국에는 고개를 저으며 거절했다.

"너는 성격이 급해 부왕께서 허락지 않으실 거다."

"부왕은 형님 말이라면 다 들어주시잖아요!"

소평정은 평상에 바짝 다가가 형의 팔에 매달려 애원했다.

"저를 보내주세요, 네? 형님처럼 신중하지는 못해도, 전쟁터에 나가본 적도 있고 강호를 다녀본 적도 있잖아요. 대동부에 무슨 흑막이 있든 반드시 밝혀내겠어요!"

소평장은 아우가 마구 잡아당겨 상처를 건드리는 바람에 눈을 찡그리며 찬 숨을 들이켰다. 소평정은 화들짝 놀라 손을 놓고 형을 똑바로 누인 후 아무 말 못하고 울적하게 엎드렸다.

"너는 어려서부터 총명했고 랑야각에서 보통 사람은 따르기 힘든 재주를 배웠으니, 네가 적임자라는 것은 나도 안다."

소평장은 아우를 잠시 바라보다가 손을 뻗어 머리를 쓰다듬으며 웃었다.

"하지만 부왕께 허락을 청하기 전에 내게 두 가지만 약속하거라."

소평정은 벌떡 일어나 앉으며 재빨리 고개를 끄덕였다.

"분부만 하세요, 형님."

"랑야각에서 배웠으니 너를 해칠 수 있는 사람은 많지 않겠지. 하지만 홀로 비밀 조사를 떠나면 무슨 일을 당할지 모른다. 그러니 이것만은 꼭 기억하길 바란다. 진상을 조사하는 것도 중요하지만, 네 안위야말로 가장 중요하다."

소평정은 심장이 뜨거워지는 것을 느끼고 묵묵히 형의 손을 움켜잡으며 힘껏 고개를 끄덕였다.

소평장도 살며시 그 손을 마주 잡으며 말을 이었다.

"두 번째로 명심할 일은 우리 대량에서는 법이 우선이라는 것이다. 계략이나 술수는 써도 되지만, 법에 어긋나는 행동은 절대로 하면 안 된다. 내막을 밝히고 증거를 찾아내면 조정에서 알아서 처결할 것이다. 일시적인 의분 때문에 사사로이 처벌할 생각은 말아야 한다."

형이 이렇게 진지하게 말하자 소평정도 장난스럽게 응수하지 못하고 벌떡 일어나 두 손을 모으며 대답했다.

"형님 말씀, 잘 알겠습니다."

그때 문 쪽에서 발소리가 들리더니 동청이 뜨거운 탕약 그릇을 들고 들어왔다. 임해도 가벼운 걸음으로 뒤를 따르고 있었다.

소평정은 그녀를 돌아보고 본능적으로 히죽 웃음을 지었다. 영리한 그는 형의 치료를 맡은 임해에게 미움을 사서 좋을 것이 없다는 것을 알고 요 며칠 동안 기회를 보아 두 번이나 사과했다.

냉정하게 말해서, 임해는 딱히 그에게 쌀쌀맞게 군 적이 없었다. 그가 사과를 하면 괜찮다고 했고, 그가 친절하게 안부를 물으면 고개를 끄덕여 응답했고, 그가 랑야각의 영약으로 환심을 사려 하면 겸손하게 필요 없다고 대답했다.

하지만 소평정은 임해가 자신에게 특별한 관심이 없다는 사실을 온몸으로 느낄 수 있었다. 지금도 그가 숫제 얼굴에 꽃이라도 필 것처럼 환하게 웃어 보였는데도, 임해는 못 본 척 예의바르게 고개를 끄덕여 인사한 뒤 소평장에게 다가가 예를 올리고는 앉아서 진맥을 시작했다.

소평정도 이번에는 방해하지 못하고 눈이 빠지도록 기다렸다. 하지만 임해는 '상태는 괜찮습니다' 라는 짧디짧은 한마디를 남긴 뒤 그에게 말을 걸 틈도 주지 않고 일어나 미련 없이 나가버렸다.

말할 기회조차 잡지 못한 장림부 둘째 공자는 다소 풀이 죽어 우울하게 자리에 앉아 형에게 하소연했다.

"저 여자 정말 속이 좁다니까요. 그땐 너무 놀라서 별생각 없이 한 말인데 아직도 저렇게 꽁하게 굴잖아요!"

소평장은 탕약을 마시고 입가심을 한 뒤 웃으며 말했다.

"내 보기에 임 낭자는 꽁하는 성품이 아닌 것 같다. 어쩌면 네가 말이 너무 많아 성가신 것인지도 모르지."

장림세자의 이 한마디는 당연히 아우를 놀리려는 것이었지만, 그때 임해에게는 확실히 성가신 일이 있었다.

오랫동안 함께 지내온 덕에, 그녀는 어려서부터 사부가 요즘 무슨 생각을 하는지 훤히 꿰뚫어볼 수 있었다. 소평장이 고비를 넘긴 첫날, 여건지는 그녀에게 지나가는 말처럼 슬그머니 소평정의 첫인상을 물었고, 그 후 며칠간 틈만 나면 그 이야기를 꺼내 몹시 곤란하게 만들었다.

그녀의 어머니는 돌아가시기 전에 마지막 힘을 다해 이렇게 당부했다.

"군에 몸담은 사람에게 시집을 가서, 부군을 전쟁터에 보내고 밤낮 속을 끓이는 기분은 이 엄마가 잘 안단다. 왕부의 부귀영화는 구름 같은 것이야. 엄마는 그저 훗날 네가…… 백발이 될 때까지 평생 곁에 있어줄 사람을 만나기를 바랄 뿐이야."

임해는 내내 어머니의 이 말을 기억하고 있었고, 바로 그 때문에 자신의 신분을 밝히지 말아달라고 사부에게 부탁했다. 하지만 겉으로야 무슨 말을 하건, 어머니의 유언은 핑계에 불과하다는 것을 그녀 자신도 잘 알고 있었다. 사실 그녀는 훗날의 부군이 전쟁터에 나가든 말든 별로 개의치 않았다. 끝까지 사실을 숨기려는 까닭은 단지 시집을 가고 싶지 않기 때문이었다. 특히 삼엄한 왕부에는 시집가고 싶지 않았다.

어려서부터 사부를 따르며 의술을 배운 그녀는 첫 번째 환자를 구해낸 뒤부터 제풍당 한 곳을 맡을 능력이 생길 때까지, 자신이 하고자 하는 일이 무엇인지 줄곧 정확하게 알고 있었다. 부군을 모시고 자녀를 가르치는 것도 아니요, 평온한 삶을 사는 것도 아니었다. 부귀영화를 누리며 남들의 부러운 시선을 받는 것은 더더욱 아니었다. 그녀의 즐거움과 보람은 오로지 의술을 추구하고 연구하는 것이었다. 아직 풀어내지 못한 병을 더 많이 접해보고, 천하를 돌아다니며 다양한 약초를 맛보고 싶었다.

제후에 봉해진 집안만 해도 한번 들어가면 바다처럼 깊어 나오기 어렵다는데, 하물며 왕주 일곱 개의 왕부는 오죽할까. 임해는 깊디깊은 저택에 들어앉아 다른 여자들처럼 평생 부군의 뒷모습만 보고 살아가는 자신은 상상할 수도 없었다.

가슴속 깊이 자리한 이 거부감에 비하면, 장림부 둘째 공자의 인품이 어떤지, 남들이 호감을 가질 사람인지 아닌지는 부차적인 문제에 불과했다.

혼자 묵는 조그마한 뜰로 돌아온 임해는 답답하던 것을 내던지고 마음을 가라앉힌 뒤, 새로 확인한 환자의 상태에 따라 약방문을 고쳤다. 어느덧 하늘이 어두워져 있었다.

옛 벗과 작별하고 돌아온 여건지는 기분이 퍽 좋아 보였다. 그는 제자와 함께 소평장의 약방문을 진지하게 토론하면서, 장림부 둘째 공자 이야기를 꺼내지도, 요즘 늘 그랬듯 솔직하게 신분을 밝히는 것이 어떠냐고 돌려 말하지도 않았다. 덕분에 임해도 다소 마음이 놓였다.

함께 저녁 식사를 할 때도, 늙은 당주는 제자가 좋아하는 화제를 골라 의술에 대해 한참 의견을 나누다가 마지막에야 대동부 이야기를 꺼냈다.

"이번 감주의 위험은 후방의 보급선이 강에서 가라앉는 바람에 벌어진 일이란다. 그 사고로 우리 제풍당도 의원 다섯을 잃었으니 대동부의 분점이 버티지 못할까 걱정이구나."

여건지는 등불에 비친 임해의 차분한 얼굴을 살피며 상의하듯 조심스럽게 말했다.

"세심하고 신중한 성품이라면 내가 데려온 제자 중에 너만 한 아이가 없지. 세자의 상태도 안정되었고 하니, 네가 대동부에 가서 후속 조치를 하는 것이 어떻겠느냐?"

제풍당 의원들이 사고를 당한 일은 임해도 당연히 관심을 갖고 있었다. 여건지가 이런 제안을 하자 그녀는 깊이 생각지 않고 일어나 예를 갖추며 대답했다.

"사부님의 명대로 하겠습니다."

여건지는 얼굴에 웃음을 띠며 손짓해 그녀를 앉혔다.

“의심스러운 부분이 많은 일인지라 장림왕께서도 조사할 사람을 보낸다고 하더구나. 혹여 도울 일이 있으면 전력을 다해 도와주려무나.”

임해는 이해가 가지 않아 멈칫했다.

“왕부에서 사람을 보내면 지방관들이 앞다투어 도울 텐데 어째서 저희 도움이 필요한지요?”

여건지는 고개를 저었다.

“이 일은 대놓고 조사하면 밝혀내기가 힘들단다. 북방에서 왔소, 하고 보란 듯이 우르르 몰려가는 것은 좋지 않아. 장림왕의 뜻을 헤아려보면 한 사람만 보내실 생각 같더구나.”

여건지가 웃으면서 설명했다.

“우리 제풍당이 권세는 없으나 적어도 그 지역에 대해서는 잘 아니 어느 정도 도움이 될 게다.”

임해는 소평정과 연결되어 있다고는 생각지도 못한 채 잠시 고민하다가 말했다.

“만약 이 일이 정말 대동부와 관련 있다면 장림왕부에서는 그곳을 잘 아는 토박이들을 상대해야겠지요. 갑자기 낯선 얼굴이 여럿 나타나면 확실히 의심을 사겠군요.”

제자가 찬성하자 여건지는 길게 이야기하지 않고, 해를 당한 의원들의 후사를 어떻게 치러야 할지 당부한 뒤 일어나 소평장이 쉬고 있는 안채로 향했다.

낮에 마신 탕약 덕분에 한참 동안 꾸벅꾸벅 졸다 일어난 소평장은 정신이 맑아져 동청이 몰래 가져다준 보고서를 뒤적이고 있다가 당주가 들어오자 황급히 베개 밑에 쑤셔 넣었다.

여건지는 모르는 척 웃으며 진맥부터 한 뒤에야 책망했다.

"휴식에 가장 나쁜 것이 신경 쓰는 일입니다. 상태가 좋아지다가 나빠지기를 반복하다보면 결국 지병이 되어 좋을 것이 하나도 없지요. 이리 영명하신 세자께서 어찌 그 도리를 모르십니까?"

온화한 성품인 소평장은 그가 좋은 뜻에서 하는 말인 줄 알기에 반박하지 않고 가만히 듣기만 했다. 하지만 늙은 당주가 나가자마자 참지 못하고 다시 보고서를 꺼내 읽으며 곰곰이 생각에 잠겼다.

감남의 전투가 어딘지 이상하다는 것은 성을 사수하고 있을 때 이미 느꼈는데, 한동안 자리보전하며 조용히 생각할 시간이 주어지자 그 느낌이 점점 더 명확해졌다.

누구나 알다시피 감주영은 세자가 직접 관리하는 부대로, 장림군의 정예 중의 정예로 불렸다. 그가 미리 달려와 이곳을 지키고 있다는 것을 대유 쪽에서도 모를 리 없었다. 북쪽 국경의 전선 전체 상황을 볼 때, 이곳 감남은 분명 주력을 모아 공격할 만한 곳이 아니었다. 하지만 대유의 황속군은 이틀간 매령을 거짓 공격한 뒤, 전군의 5할에서 6할이나 되는 병력으로 감주성을 집중 공격했다. 마치 이 성에 보급이 끊겨 전력이 크게 꺾였다는 사실을 확신하기라도 한 것처럼.

대량의 땅 후방에서 일어난 보급선 침몰 사건을 적국이 어떻게 알았을까?

침상 옆 조그만 탁자 위에 켜둔 등불이 불꽃을 튀며 '파팍' 소리를 냈다. 소평장은 그 소리에 놀라 생각에서 깨어났다. 언제 왔는지 아버지가 문가에 서 있는 것을 발견한 그는 황급히 일어나

앉았다.

"부왕."

천천히 안으로 들어온 소정생은 아들이 든 보고서에 시선을 던지며 달갑지 않은 목소리로 말했다.

"몸조리가 가장 중요하거늘 또 이런 것을 보는구나!"

소평장이 웃음을 지었다.

"잠을 많이 잤더니 피곤하지 않습니다. 마침 할 일도 없고요."

소정생은 평상 옆에 앉아 이불을 정리해주고는, 가능한 한 부드러운 어조로 물었다.

"평정에게 듣자니, 감주로 가기 전에 그 아이를 만나러 밤길을 서둘러 랑야각에 들렀다던데, 정말이냐?"

소평장은 핏기가 가신 입술을 천천히 다물며 눈을 내리깔았다. 혼수상태에서 깨어났을 때 그가 맨 먼저 발견한 것은 전포 속에 넣어둔 랑야각의 비단 주머니가 베개 밑에 멀쩡히 들어 있는 것이었다. 그렇다면 아버지는 알아야 할 일을 이미 알고 있을 터였다.

그가 침묵하자 소정생은 시선을 돌린 채 재촉하거나 캐묻지 않고 조용히 기다렸다. 이 아들은 어릴 때부터 너무 완벽했다. 세상 모든 완벽함 뒤에는 반드시 어마어마한 압박과 고통스런 자기 통제가 있을 수밖에 없었다. 아버지로서, 그는 장남에게 일말의 부담조차 더해주고 싶지 않았다.

"아시겠지만 단순히 평정을 보러 간 것만은 아닙니다."

오랜 침묵 끝에 소평장은 마침내 고개를 들고 베개 밑에서 비단 주머니를 꺼냈다.

"노각주에게 묻고 싶은 것이 있었는데 이것이 그가 준 답입니다. 보셨는지요?"

소정생은 온화한 눈빛으로 가볍게 고개를 저었다.

"내 다 알고 있는데 볼 필요가 있겠느냐. 중요한 것은 네가…… 네가 그 모든 것을 안 뒤 무슨 생각을 했느냐 하는 것이지."

흠칫 당황한 소평장의 눈가에 눈물이 차올랐다.

무슨 생각을 했을까? 랑야각에서 내려온 뒤로 그의 머릿속은 줄곧 혼란스러웠고, 곰곰이 생각하고 싶으면서도 한편으로는 차라리 생각하지 말자 싶었다. 그러다가 가슴으로 날아든 화살이 심장과 폐를 꿰뚫을 뻔했을 때, 애초에 깊이 생각할 필요가 없었다는 것을 불현듯 깨달았다.

이렇게 가버리면 다시는 아버지를 뵐 수도, 평정을 볼 수도, 그가 돌아오기만을 간절히 기다리는 혼인 7년째인 사랑하는 아내를 만날 수도 없건만, 지나간 일에 집착하는 게 무슨 의미가 있을까?

"지난날에 일어난 일은 중요하지 않다는 것을 저도 이제 알았습니다."

소평장은 몸을 반쯤 일으켜 비단 주머니를 화로에 던져 넣더니, 주머니를 휘감은 불꽃이 높이 타오르는 것을 바라보며 말을 이었다.

"부왕께서는 그토록 어려운 상황에서 태어나셨으나 끝내 그 어려움을 물리치고 주어진 책임을 다하셨는데, 저라고 못할 이유가 무엇이겠습니까? 오히려 예전보다 지금이…… 부왕의 마음을 더 이해할 수 있게 되었습니다."

소정생의 가슴속에 따스한 기운이 솟아났다.

"너희 형제는 어릴 때 성격이 판이하게 달랐지. 평정은 시끄럽고 제멋대로에 세상 두려운 줄 모르는 아이라 선제와 폐하께서 무척 좋아하셨다."

그는 장남의 손을 두드리며 목소리를 높였다.

"하지만 너는 알 게다. 그 녀석 따위가 무어란 말이냐. 내가 가장 아낀 아이는 항상 너였단다."

마지막 한마디를 하면서 그는 일부러 소리를 높였고, 막 문가에 도착한 소평정은 입이 툭 튀어나와 이마 옆쪽으로 문틀을 쿵쿵 치며 말했다.

"아버지, 제가 오는 걸 알고 일부러 그러시는 거 다 알아요. 지나온 시간이 얼마인데, 설마 형님을 편애하시는 걸 제가 아직도 모를까봐요?"

소정생은 눈썹을 치키며 꾸짖었다.

"네 스스로 형과 비교해보거라. 아비가 누굴 더 편애하겠느냐?"

웃음을 터뜨리던 형이 상처가 아픈지 허리를 굽히는 것을 보자 소평정은 쪼르르 달려가 등을 쓰다듬어주면서 몰래 눈을 찡긋했다. 그 초조한 눈빛을 본 소평장은 공연히 미안해졌다.

사실 소평정을 대동부로 보내는 것은 어젯밤 아버지와 상의하여 이미 정해놓은 일이었다. 장림왕이 제풍당에 도움을 청하는 동안, 그는 일부러 아우를 도발하여 조급하고 제멋대로인 성품을 억누르려 한 것이다. 미안하기는 하지만 효과가 있었으니 성공한 셈이었다.

"형님, 부왕께 말씀드렸어요?"

입을 꾹 다물고 말이 없는 형의 태도에 소평정은 초조해져서 물었다.

소정생이 목청을 가다듬고 굳은 얼굴로 입을 열었다.

"됐다, 형은 그만 괴롭히거라. 네 형이 방금 너를 몹시 치켜세우기에 내 너를 대동부로 보내는 것을 허락했다. 다만 놀러 가는 게 아니니 정말로 맡을 생각이 있거든 반드시 제대로 해내야 한다."

"걱정 마세요, 부왕. 무릇 사람이 꾸민 일이라면 아무리 교묘하게 숨기려 해도 허점이 생기게 마련이잖아요. 이번에는 절대로 실망시켜드리지 않을게요."

소평정이 손을 들자 어디서 났는지 반짝이는 화살촉이 그의 손가락 사이에 걸려 있었다.

"이 사건 뒤에 누가 있든, 그 사람이 어떤 신분이든, 무엇 때문에 그런 일을 했든, 형님을 이렇게 만든 이상 빠져나갈 생각은 꿈도 꾸지 말아야 할 거예요."

반짝이는 화살촉을 보는 소평정의 눈동자에 날카로운 빛이 번뜩여, 소정생과 소평장은 저도 모르게 흠칫 놀랐다.

소평정의 성품에 관해서는 누구보다 잘 아는 두 사람이었다. 이른바 제대로 된 일에는 별로 관심이 없어 늘 도망 다니기만 하던 그였다. 그런 그가 직접 대동부로 가겠다고 적극적으로 나선 것은 이번 감주의 위험이 마음속 한계선을 넘어섰기 때문이다.

세 부자가 똑같이 가지고 있는 한계선이었다.

잠깐의 침묵 후, 늙은 왕이 손을 휘둘러 소평정의 머리를 콩 쥐어박으며 꾸짖었다.

"보급이 끊겨 전선이 위험에 처한 데다 나라의 누군가가 적국과 결탁했을 가능성도 있는 조정의 대사(大事)이기 때문에 반드시 조사해야 하는 것이다. 한데 그 중대한 사안이 네 말 한마디에 우리 장림왕부의 사사로운 원한이 되지 않았느냐?"

소평정은 머리를 문지르며 불만스럽게 입을 삐죽였다.

"그런 허울 좋은 명분 같은 건 전 몰라요. 제겐 공무이기도 하지만 사사로운 원한인 것도 분명해요! 복수할 테야!"

소정생이 옆에 있던 찻잔을 집어 던지자 소평정은 머리를 싸안고 문밖으로 달아났다.

평상 위의 소평장은 통증도 참으며 웃음을 터뜨렸다.

"참으시지요, 부왕. 랑야각에 그리 오래 있었으니 저렇게 자랄 수밖에 없지 않겠습니까?"

소정생은 쓴웃음을 지으며 고개를 저었지만, 돌아서서 장남의 하얀 입술을 바라보며 웃음기를 살짝 거뒀다.

"허나 저 녀석이 아주 틀린 말을 한 것은 아니다. 누가 이런 짓을 했건 빠져나갈 생각은 꿈도 꾸지 말아야 할 것이야."

—

04

—

감주를 출발한 지 겨우 사흘 만에 임해는 자신이 사부가 쳐놓은 그물에 빠졌다는 것을 알게 되었다. 한두 번은 우연이라고 할 수도 있지만, 내리 사흘째 장림부 둘째 공자의 모습이 불쑥불쑥 눈에 띄었으니 어떻게 된 일인지는 불 보듯 뻔했다.

장림부에서 조사를 위해 대동부로 보냈다는 사람, 사부가 전력을 다해 도와주라던 사람이 바로 소평정인 것이다. 다행히도 임해는 냉정하고 차분한 성품을 타고났기에 딱 한 번 고민한 뒤로는 크게 마음 쓰지 않고 순리에 따르기로 결심했다.

그렇게 닷새를 더 달리자 점차 촌락이 오밀조밀 이어지면서 평화롭고 번화한 대량의 분위기가 느껴지기 시작했다. 진수(津水)를 건너면 바로 대동부가 있는 원주(袁州)의 경내였다.

황혼이 내릴 무렵이라 관선(官船)을 놓친 소평정은 물어물어 민간 나루터를 찾아갔다. 그곳에서 어부들이 한가할 때 길손을 강 건너로 태워주며 푼돈을 번다고 들었기 때문이다. 나루터 주변에는 무성하게 자란 하얀 갈대가 바람에 출렁이며 아름다운 경치를 연출했고 기슭에 우뚝 선 비석에는 '진운도(津雲渡)' 라는 세 글자가 쓰여 있었다.

소평정은 무심코 갈대 하나를 꺾어 손장난을 치면서 건너편으로 간 어선이 노를 저어오기를 기다렸다. 그때 뒤에서 말채찍 소리가 들려 돌아보니, 소박한 마차 한 대가 기슭에 멈추고 임해가 내리는 것이었다. 그녀는 마부에게 동전 몇 개를 지불하고 나루 어귀로 다가와 배를 기다렸다.

두 사람의 여정이 엇비슷했으니, 소평정도 당연히 그녀를 여러 차례 보았다. 생각할 것이 많은데다 임해가 그를 못 본 체하려는 것이 분명했기 때문에 구태여 나서서 인사하지 않았을 뿐인데, 주위에 아무도 없고 두 사람만 배를 기다리고 있는 지금은 모른 체하기가 아무래도 이상했다.

장난기가 솟은 장림부 둘째 공자는 먼저 그녀에게 다가가 고개를 갸웃거리며 농을 던졌다.

"임 낭자, 물론 내가 말을 좀 잘못해서 낭자에게 미움을 사긴 했지만, 사죄는 할 만큼 했고 그 후로 겁이 나서 시비를 붙인 적도 없는데 왜 자꾸 쫓아오는 거요?"

단순히 인사만 했더라면 예의바르게 대했겠으나, 누가 보아도 놀리는 말이 분명했기에 임해는 대답할 마음이 나지 않아 눈만 살짝 찌푸렸다.

"감주에서 이곳까지 오는 동안 몇 날 며칠을 앞뒤로 붙어 왔는데 설마 우연이란 말이오?"

소평정은 아직 어린애 같은 마음이 남아 있어서, 그녀가 모른 체하자 한 발 더 가까이 다가섰다.

"정말 대동부까지 나를 따라올 생각은 아니겠지?"

임해는 다소 짜증이 나서 싸늘하게 그를 흘겨보며 대답했다.

"대동부 강 유역에서 사고가 나던 날 밤, 군수품을 실은 배 세 척 외에 부근에 있던 작은 객선 하나도 뒤집혔습니다. 배에는 제풍당 의원 다섯 명이 타고 있었는데, 두 명은 사고로 목숨을 잃고 세 명은 실종되었지요. 둘째 공자께서 대동부로 가는 이유가 있듯, 우리 제풍당에도 그만한 이유가 있습니다."

히죽거리던 소평정은 얼굴을 굳히고 입을 떡 벌린 채 잠시 할 말을 잃었다. 그도 물론 객선 한 척이 함께 사고를 당했다는 소식을 들었지만, 그 배에 제풍당 사람들이 타고 있었는지는 전혀 몰랐다. 임해의 말을 듣고 보니 방금 자신이 던진 농담이 몹시 부적절했기에 그는 겸연쩍은 표정으로 더듬더듬 해명했다.

"그, 그게…… 미안하게 됐소. 난 전혀 모르고…… 방금은 그냥 농담을 한 거지, 정말 낭자를 그런 식으로 생각한 것은 아니오."

임해는 강 쪽으로 약간 몸을 기울이고 조용히 수면을 바라보았다. 때마침 노 젓는 소리가 들리며 옅은 안개를 뚫고 조그만 배 한 척이 나타났다. 본래부터 이야기를 나눌 마음이 전혀 없던 이 의녀(醫女)는 외부인까지 나타나자 완전히 입을 다물었고, 소평정도 어쩔 수 없이 입을 다문 채 뒤따라 배에 올랐다.

진운도에서의 이 짧은 사건 이후, 잘못을 깨달은 소평정은 가는 동안 어떻게든 보상을 하려 애썼다. 밤에 교외에서 노숙을 할 때면 그녀를 찾아가 장작을 모으고 불을 지펴줬고, 작은 가게에 들러 새참을 먹을 때면 두 사람의 말을 함께 데려가 씻기고 먹이를 주었다. 그러다가 분위기가 괜찮다 싶으면 슬쩍 다가가 몇 마디 건네기도 했지만, 너무 치근덕거리지 않고 제법 분별 있게 굴었다.

임해는 이 동행자의 끈질긴 호의가 처음에는 잘 적응되지 않았다. 하지만 어려서부터 감정 기복이 별로 없던 그녀는 원칙과 무관한 사소한 일에는 남들보다 덜 까다로웠다. 두어 번 피하기도 해보았지만 효과가 없자, 애써 고민할 필요 없는 일이라는 생각이 들어 그가 하는 대로 내버려두기로 했다.

낙천적인 소평정은 금세 이런 태도를 화해의 움직임으로 받아들이고, 잘못을 인정하고 고친 자신의 행동에 몹시 흡족해했다. 이렇게 해서 대동부에 거의 다 왔을 때쯤, 그는 임해를 진짜 동료처럼 여기게 되어 매일 아침마다 임해를 찾아가 함께 길을 나섰다.

"자자, 어서 갑시다!"

대량의 분강(汾江) 이북 10여 개의 주부(州府) 가운데 대동부는 관할 구역이 넓고 뱃길과 뭍길이 이어져 군수품을 조달하는 주요 통로로 사용되었고, 민간에서도 남북으로 화물을 운송할 때 대부분 이곳을 경유했기 때문에 성문 밖은 끊임없이 이어지는 인파로 몹시 흥청거렸다.

비밀 조사를 나온 소평정은 당연히 신분을 숨겨야 했다. 그와 임해는 통행증을 완벽하게 갖춘 덕택에 별 무리 없이 이곳까지 왔지만, 대동부에 들어선 뒤부터는 주변 분위기가 팽팽히 긴장되기 시작했다. 객잔이며 역참은 꼼꼼하게 수색 당했을 뿐 아니라 거리를 순찰하며 수시로 사람들을 조사하는 관병 수도 눈에 띄게 많았다. 때때로 무슨 일이라도 벌어지면 겉으로라도 조용히 처리하려는 기색조차 없었다.

다시 사흘을 달려 대동부 성 밖에 이르러 보니, 문루 밑에 수문 병사 외에 소규모 부대가 두 갈래로 방책을 치고 지키는 중이었고, 그 수장은 둘둘 말린 초상을 들고 이따금씩 펼쳐보고 있었다. 소평정과 임해가 다가가자 관병이 두 사람에게 직접 손짓하여 부르더니, 바로 옆에 있던 중년 남자를 시켜 자세히 조사하게 했다.

성문으로 들어가자 멀지 않은 곳에 돌로 만든 조그만 패방(牌坊, 문짝이 없는 대문 모양의 기념물-옮긴이)이 있었다. 소평정은 그 뒤에 숨어 잠시 살핀 뒤 소리 죽여 말했다.

"대동부 경내에서 군수품을 실은 배가 침몰하는 큰 사고가 있었으니, 조정에서 조사를 나올 것은 물론이고 북쪽에서도 은밀히 조사하리라는 것은 누구나 생각할 수 있는 일이오. 언제든 비밀 조사원이 나타날 수 있는 상황에서 저렇게 눈에 띄게 움직이다니, 대관절 왜 저러는 것 같소? 대체 얼마나 중요한 일이기에?"

옆에서는 아무 대답도 없었다. 소평정은 그제야 임해가 자신을 기다리지 않고 인파 속으로 사라진 것을 알고 허둥지둥 중심가를 따라 쫓아갔다.

다른 분점들이 그렇듯, 제풍당 대동부 분점 역시 성안에서 가장 번화하고 눈에 띄는 곳에 있었다. 성문에 이어지는 큰길을 쭉 따라가면 중심가 한가운데에서 제풍당을 찾을 수 있었다. 정오가 가까워진 지금은 하루 중에서 사람이 가장 많이 몰리는 시간인데, 약방의 문은 꼭 닫혀 숫제 장사를 하지 않는 것 같았다.

임해는 거리 맞은편에서 눈을 찡그린 채 바라보다가 그쪽으로 걸음을 옮기려 했다. 때맞춰 뒤따라온 소평정이 재빨리 그녀를 붙잡고 잠깐 기다리라는 손짓을 한 뒤, 길 가는 보부상을 가로막고 물었다.

"말 좀 묻겠소. 저기 저 약방의 의원이 솜씨가 좋다 하여 일부러 멀리서 찾아왔는데 왜 문을 닫았소?"

운이 좋았는지 그 보부상은 말하는 것을 무척 좋아해서 기다렸다는 듯이 멜대를 내려놓고 싱글벙글하며 대답했다.

"허이고, 어쩜 이렇게 딱 맞춰 왔소? 딱 하루만 빨랐어도! 바로 어제 말이오, 사람을 죽인 흉악범이 달아나 저 약방으로 뛰어들었다지 뭐요? 관병들이 쫓아들어가 흉악범을 잡는다고 약방이 아주 난장판이 되었소. 한 며칠 정리를 해야 다시 문을 열 수 있을 테니 좀 더 기다려야 할 거요."

소평정은 몹시 안타까운 표정으로 고맙다고 인사한 후 임해에게 돌아가 목소리를 낮춰 말했다.

"성문에서 무엇을 찾는지 대강 알았소. 이곳에도 지켜보는 눈이 있으니 당장 들어가지 말고 객잔을 찾아 묵는 것이 어떻겠소?"

임해는 잠시 생각하더니 고개를 저었다. 그리고 그를 데리고 중심가를 따라 반 골목 내려갔다가 좁은 길로 들어가 이리저리 꺾은 끝에 작은 거리에 이르렀다. 거리 끝은 막다른 길로 까맣게 칠한 조그마한 샛문이 하나 있을 뿐이었다. 임해가 문고리를 몇 번 두드리자, 차 한잔 마실 시간이 흐른 뒤 문이 안으로 반쯤 열리고 상냥해 보이는 마흔 살가량의 아주머니가 나왔다. 그녀는 임해를 보자마자 감격한 목소리로 외쳤다.

"어머나, 낭자! 드디어 오셨군요!"

임해는 고개를 살짝 끄덕였다.

“안녕하셨어요, 운(雲) 아주머니? 들어가서 이야기해요.”

운 아주머니는 재빨리 샛문을 활짝 열고 길을 내주었다. 소평정도 누가 청하기 전에 알아서 임해를 따라 들어가며 주변을 둘러보았다. 샛문 안은 휑하니 넓었는데, 바닥에 크기가 제각각인 칸을 질러 서로 다른 풀을 키우고 있는 것으로 보아 약초밭이 분명했다. 밭을 돌아가자 약초를 말리고 약을 만드는 작업실이 나왔고, 그곳을 통과하니 안팎을 나누는 복도가 조그마한 원락 세 곳으로 이어져 있었다. 무척 정갈하게 잘 보수된 집이었다.

두 사람은 운 아주머니를 따라 동쪽 곁채에 있는 다실(茶室)로 들어갔는데, 자리를 잡고 앉기도 전에 한 중년 남자가 급한 걸음으로 달려왔다.

운 아주머니가 웃으며 말했다.

“낭자께서 직접 오시니 곽(霍) 주인장도 이제야 겨우 숨을 돌리겠군요.”

분점의 주인 곽씨는 확실히 매우 기쁜 얼굴이었다. 안부를 묻고 난 그가 소평정에게 시선을 던지며 말했다.

“이분은…….”

임해는 간단히 양쪽을 소개한 뒤 마지막으로 덧붙였다.

“사부님께서는 둘째 공자에게 도움이 필요하면 우리 제풍당이 전력을 다해 도우라 명하셨어요.”

장림부 둘째 공자라는 이름은 임해에게는 큰 소용이 없었지만 남들에게는 제법 무게가 있어서, 곽씨와 운 아주머니는 금세 공경하는 눈빛이 되어 대접하던 다기도 훨씬 좋은 것으로 바꿔 왔다.

소평정은 비록 왕부 출신이지만 시원시원하고 활발한 성품이었고, 특히 랑야각에서 배운 뒤로는 스스로를 강호인으로 여겨 격식 없이 온갖 사람들과 두루 사귀었다. 차 두어 잔 마실 시간도 지나지 않아, 그는 곽씨와 신나게 이야기를 나누며 관병이 달아난 죄인을 잡는다며 제풍당에 난입한 때의 일을 속속들이 알아냈다.

대동부는 주부였고, 대량의 법제에 따르면 주부에 상주하는 가장 높은 계급의 무관은 오품 참령(参領)이었다. 바로 어제 전(錢)씨 성을 가진 그 참령이 친히 관병을 이끌고 제풍당을 이 잡듯이 뒤졌다고 했다. 그들은 들이닥치자마자 모든 사람을 붙잡아뒀지만, 일일이 얼굴을 대조한 다음에는 아무도 잡아가지 않고 소란을 피워 미안하다며 곽씨를 위로했다.

"그 전 참령 말로는 정보가 잘못 들어와 오해가 있었다는데, 믿기시오?"

소평정은 임해에게 눈썹을 휘어 웃어 보이며 물었다.

"그렇게 철저히 수색해놓고 아직도 바깥에 감시자를 남겨두었다는 것은 그가 찾는 사람이 제풍당에 숨어 있거나 아니면 제풍당과 관련 있다고 확신하는 것이 분명하오. 당신 생각에는 무엇 때문인 것 같소?"

사고 당일 객선에 탔던 의원 다섯 명 중 지금까지 찾아낸 시신은 두 구뿐이었다. 소평정의 말에 숨겨진 뜻은 명확했다. 운 좋게 살아남은 사람이 있다고 생각하자 방 안에 있던 이들의 얼굴에 희색이 떠올랐다.

"배가 침몰하던 날 무슨 일이 있었든 우리 제풍당 사람들은 우연히 휘말렸을 뿐 속사정은 모릅니다."

임해는 잠시 생각해보더니 의심스런 표정으로 물었다.

"그런데 왜 수고롭게 그들을 쫓는 것일까요?"

"이유야 어쨌든 전 참령이 아직도 성문을 막고 수색하는 것을 보면 우리가 아주 늦지는 않았소."

소평정은 일어나서 열린 창문으로 다가가 머리를 내밀고 바깥 날씨를 살폈다.

"보시오, 날이 이렇게 맑으니 오늘밤은 달빛이 아주 곱겠군. 관아에 산보 다녀오기 딱 좋은 날씨요."

임해도 그 말을 알아들었다.

"전 참령뿐 아니라 부윤 대인도 연루됐다고 의심하시는 건가요?"

"현지 오품 참령을 움직일 수 있는 사람이 대동부 장 부윤뿐만은 아니지만, 대동부 경내에 들어왔을 때부터 골목마다 검문하는 사람이 널려 있던 것을 생각하면, 부윤 대인이 그 사실을 전혀 몰랐으리라고는 믿을 수 없소."

소평정은 고개를 돌리고 눈썹을 치키며 함박웃음을 지었다.

"어떻소, 임 낭자? 날씨 좋고 경치 좋은 이런 밤이 흔치 않으니, 우리 둘이 사이좋게 관아에 가서 달구경이나 하는 것이?"

임해는 턱을 괴고 그를 흘끔 보더니 냉랭하게 대답했다.

"둘째 공자, 고개를 들고 다시 보시지요. 오늘은 초하루인데 구경할 달이 어디 있단 말씀인가요?"

소평정의 그럴싸한 농담은 임해의 한마디에 턱 막혀버렸지만, 그의 추측은 조금도 틀리지 않았다. 대동부 부윤 장경유(張慶庾)는 이미 늪에 빠져 벗어날 수 없는 상태였고, 펄펄 끓는 솥에 올라간

개미처럼 안절부절못하고 있었다.

이부(吏部) 출신인 그는 현승이라는 말단 관직부터 벼슬길을 시작하여, 매년 평가를 통해 천천히 벼슬을 올리는 수밖에 없는 입장이었다. 그런데 나중에 동생시(童生試, 생원 등을 뽑는 지방 과거–옮긴이)를 치를 때의 시험관이 무정제의 눈에 띄어 일약 조정의 관원이 되었다는 소식을 듣고, 어떻게든 스승과 제자 관계를 다시금 이어보려 몹시 애썼다. 이 유난스런 노력과 부지런히 일해온 그간의 태도를 무기로 20년 가까이 눈물겹게 좇은 결과, 장경유는 마침내 쉰 살이 되기 전 주부의 부윤이라는 자리를 꿰차 재주가 비슷한 동료들에게 부러움을 샀다.

이런 연유로 경성에 있는 스승이 몰래 사람을 보냈을 때, 깊이 생각지도 않고 심복인 전 참령에게 전심전력을 다해 도우라는 분부를 내렸던 것이다.

처음 들었을 때는 별로 야단스러워 보이지도 않는 일이었다. 전쟁이 터지기 직전, 병부에서는 좌로군의 물자를 물길을 통해 대동부를 지나게 했는데, 선두의 배를 모는 선장은 마침 이곳 사람이었다. 아들이 도박을 몹시 좋아해서 전 참령이 거금을 내놓자 선장은 재깍 걸려들었다. 그들은 호만협(虎彎峽)을 지날 때 일부러 배를 좌초시켜 군수품을 며칠 지연시킬 생각이었다.

도대체 무슨 이유로 그런 일을 해야 하는지, 장경유는 알지 못했다. 단지 경성의 거물들 간에 보이지 않는 경쟁이라도 있나보다 생각했을 뿐이다. 어쨌거나 군수품이 대동부 경내를 벗어나면 그 운송 책임은 병부에 있었다. 설령 배가 좌초되어 시간이 지연된 책임을 묻는다 해도 지방 부윤에게 내려질 처벌은 그리 무겁지 않았다. 그는 이렇게 열심히 받들어 모시면 스승이 마음에 새기고 있다가 훗날 상황이 좋아졌을 때 반드시 발탁해줄 것이라 기대했다.

주판을 잘 튕겨보고 결정한 일이지만 그 결과는 예상 밖이었다. 그날 밤 폭풍우가 심하게 몰아치는 바람에 보급선 세 척은 좌초에 그치지 않고 곧바로 가라앉았고, 그 바람에 보름 동안 물길이 막혀 좌로군의 보급이 완전히 끊기고 만 것이다. 하필이면 그때 적군의 주력 부대가 느닷없이 감남으로 돌아서서 대량 북쪽 국경 좌측 방어선은 완전히 무너질 뻔했다.

장림세자가 거의 죽다 살아났다는 소식이 전해진 뒤로 장경유는 단 하룻밤도 편히 잠들 수가 없었다. 경성에서 파견될 특사든, 북쪽 국경에서 틀림없이 내려올 비밀 조사원이든, 지금 당장 제대로 대처하지 못하면 발탁은커녕 온 집안이 살아서 해를 보낼 수 없으리라는 것은 그가 누구보다 잘 알고 있었다.

이렇게 불안한 마음을 안은 채 보름쯤 지났을 때, 경성에 있던 스승이 드디어 뒤처리를 할 막료를 보내주었다. 거의 붕괴 직전이던 장경유에게 그 막료는 마지막으로 틀어쥘 지푸라기였다.

금릉성에서 일부러 달려온 진(秦)씨 성을 가진 이 막료는 소평정보다 사흘 앞서 도착했다. 마흔을 갓 넘긴 그는 마른 몸에 빛이 번뜩이는 눈동자를 가져, 어떻게든 비위를 맞추려 애쓰는 보통 막료들과는 달리 자못 풍모가 있었다. 그가 대동부에 온 것은 처음이 아니었다. 사건 발생 전에 소식을 전한 사람도 그였기에 장경유와는 안면이 있어서 만나자마자 위로부터 했다.

"당장 급한 것은 침몰 사건을 사고로 가장하는 것입니다. 증거를 남겨서는 안 됩니다. 장림왕이 아무리 화가 나더라도 증거가 있어야 벌을 내리지 않겠습니까? 그러니 사실대로 말씀해주십시오, 정말 깨끗이 정리하셨습니까?"

장경유는 입술을 파르르 떨며 즉답을 하지 못했다. 증거를 남기지 말아야 한다는 것쯤이야 구태여 경성에서 사람까지 보내 알려줄 필요는 없었다. 보급선 세 척이 사고를 당한 날 밤, 마침 제풍당의 객선이 뒤를 따르고 있었고 그 배에 탄 의원들은 온 힘을 다해 물에 빠진 사람들을 구해냈다. 상황이 통제를 벗어났다는 것을 알게 되자, 장경유는 증인을 살려두면 안 된다는 생각에 곧바로 전 참령을 보내 처리하게 했다. 결국 객선도 가라앉았지만, 제풍당 의원 세 사람은 살아남아 선장을 데리고 달아났다.

그들 네 사람이 교외로 달아났다면, 널따란 평원에서 먹을 것도 없고 돈도 없는 이들을 쫓는 것은 그리 어렵지 않았다. 그런데 현지 출신인 그들이 운 좋게 성으로 숨어들어 도와줄 사람을 찾아냈다면, 이 넓은 성안에서 짧은 시일에 그들을 찾아내기란 여간 어려운 일이 아니었다.

장경유는 어쩔 수 없이 성을 봉쇄하고 의원들의 초상을 그리게 하여 몰래 색출에 나섰지만, 성 안팎을 샅샅이 뒤져도 스승의 막료인 진 선생이 도착한 날까지 의원들의 코빼기조차 보지 못했다.

아직 멀쩡하게 살아 있는 증인이 넷이나 된다는 말에 진 선생은 제가 주인이라도 된 듯 수색 작업을 넘겨받았다. 평소 장경유가 관할지 내에서 부리던 자들은 모두 그의 명대로 초소를 세워 조사에 착수했고, 그 네 사람과 조금이라도 관계가 있는 곳은 이 잡듯이 뒤졌다. 평이 좋아 함부로 건드리면 안 되는 제풍당마저 핑계를 대고 샅샅이 뒤졌다. 이 거리낌 없는 대대적인 수색 작업이 장경유는 너무 눈에 띄는 행동으로 보여 더욱 불안했다.

"이런 상황에서 무얼 꺼리십니까? 나는 모르는 일입네 하고 계시면 사람들이 대인을 의심하지 않을 것 같습니까?"

그의 원망에 진 선생은 사정없이 한마디 쏘아붙이고는 곧 다시 위로했다.

"전투가 끝난 지 얼마 되지 않았고 세자가 중상을 입었으니, 국경에 있는 장림왕도 당장 나서지는 못할 것입니다. 마음 푹 놓으시지요. 제가 경성을 떠나올 때 대인께서 가장 믿을 만한 자들을 모두 파견하셨으니, 북쪽 국경에서 무슨 움직임이 있으면 결코 제 눈을 피하지 못합니다. 군인 가문인 장림왕부에서 행적을 숨기고 은밀히 조사를 할 줄 아는 자가 어디 있겠습니까? 설사 북쪽에서 이렇게 빨리 움직인다 해도 저희가 미리 알게 될 테니 방비를 강화하면 됩니다."

당근과 채찍을 겸비한 이 말은 장 부윤의 놀란 가슴을 약간이나마 어루만져 주었다. 안타까운 일이지만, 아무리 듣기 좋은 위로도 결국 빈말에 불과했다. 진 선생의 이 폭풍 같은 수색 작전은 금간 도자기 깨뜨리는 식의 자포자기 행동에 가까워, 실질적인 효과는 장경유가 했던 것만 못했다. 꼬박 사흘이 지났지만 증인 네 사람은 여전히 종적이 묘연했고 믿을 만한 단서조차 찾지 못했다. 하루하루 실망이 더해가자 장경유는 압박감에 숨이 막힐 것 같았고, 그 자신조차 언제까지 버틸 수 있을지 확신이 들지 않았다.

겨울에 접어들면서 해 지는 시각도 빨라져, 저녁을 먹고 나면 하늘은 금세 어스름해졌다.

임해는 소평정에게 제풍당에 묵으라고 청한 적이 없지만, 이 장림부 둘째 공자는 초대 같은 것은 필요하지 않은 모양이었다. 그는 당연스럽게 이곳을 임시 거처로 여겼고, 주인 곽씨 역시 알아서 쾌적한 객방 하나를 준비해주었다. 두 사람 중 누구도 사전에 임해의 의견을 물어야 한다는 생각은 하지 못했다.

그래도 운 아주머니는 임해에게 의견을 구하러 왔지만, 묻는다는 것이 이런 내용이었다.

"둘째 공자께서 무슨 음식을 좋아하실까요?"

이런 상황에서 사부의 명도 없이 그를 쫓아내는 것은 온당치 못했다. 벌써부터 골치가 아파지기 시작한 임해는 결국 아무 말 없이 그들이 하고 싶은 대로 내버려두었다.

저녁을 먹고 나자 소평정은 한 시진 정도 잠들었다가 일어나, 직접 물을 떠서 세수한 다음 새까만 야행의(夜行衣)로 갈아입고 바닥이 부드러운 신발을 신은 뒤 검을 등에 메고 살금살금 약초밭 뒷문으로 나갔다.

밤하늘에는 달은 없고 별만 드문드문 반짝이고 있었다. 성 내의 야간 순찰은 소평정에게는 허점투성이여서 손쉽게 순찰대를 피해 관아 뒷담을 넘어 들어갈 수 있었다.

대동부 관아는 다른 관아와 기본적인 구조가 같아, 앞쪽에 업무를 보는 대청이 있고 뒤쪽은 관사였으며 그 외에도 화원과 서재가 딸려 있었다. 장경유의 서재는 유행에 따라 화원에 인접한 동남쪽 원락에 있었다.

또다시 수확 없는 하루를 보낸 부윤 대인은 몹시 지쳐 일찌감치 침상에 누웠지만 도무지 잠이 오지 않았다. 그는 초조함에 뒤척이다가 결국 다시 일어나 사람을 시켜 진 선생을 서재로 불렀다.

"선생이 수색을 맡았을 때, 며칠 안에 일망타진할 수 있다고 호언장담하지 않았소? 한데 지금은 어떻소?"

이 막료를 돌봐주는 스승의 얼굴을 보아 아직 공손한 말투였지만, 책망하는 기색은 감출 수 없었고 낯빛도 썩 좋지 않았다. 진 선생은 못 들은 척하고 도리어 되물었다.

"이 방법으로도 달아난 자들을 찾아내지 못했으니 실로 보통 일이 아닙니다. 혹시 벌써 대동부를 벗어난 것이 아닐까요?"

"그럴 리 없소. 내가 그날 밤 맨 먼저 한 일이 대동부 전역을 봉쇄하는 것이었단 말이오. 그 선장은 다리에 가벼운 부상을 입었다던데 멀리 달아나려 했다면 경내를 벗어나기도 전에 전 참령에게 붙잡혔을 것이오. 아마 바람이 잦아들기를 기다릴 생각으로 몰래 성으로 돌아왔을 것이오."

진 선생은 두 눈썹을 잔뜩 찡그렸다.

"허나 그들과 연고가 있는 자들은 모조리 조사했지만 의심스러운 흔적은 조금도 없었습니다. 아는 사람이 도와주지 않았다면 대체 어디에 숨었을까요?"

"그걸 나에게 물으면 나는 누구에게 물으라는 말이오?"

장경유가 이를 부득부득 갈며 말했다. 감정이 차츰 통제에서 벗어나고 있었다.

"천자의 특사는 이미 경성을 출발했을 것이고, 북쪽 국경에서도 며칠 안에 사람이 올지도 모르오. 시간은 갈수록 줄어드는데, 이

대로 앉아서 죽기를 기다릴 셈이오?"

진 선생은 싸늘하게 그를 흘겨보았다.

"부윤 대인, 고작 증인 몇 사람 달아난 것뿐이니 돌이킬 여지는 많습니다. 앉아서 죽기를 기다린다는 말은 좀 이르지 않습니까?"

장경유는 거칠게 숨을 씩씩거릴 뿐 아무 말도 하지 않았다. 방 안이 조용해지고 분위기도 다소 딱딱해졌다.

때는 이미 자정 무렵이었다. 야간 순찰과 경비를 위해 관아 곳곳에 걸어둔 등롱을 제외하면, 불이 밝혀진 곳은 이 서재가 유일했다. 소평정은 담장 꼭대기에 올라서서 한 바퀴 둘러본 후 자연스럽게 서재 쪽으로 달려갔다. 정원에 잎을 늘어뜨린 버드나무가 서 있어, 소평정은 발끝으로 나무 꼭대기를 살짝 밟고 남쪽 처마 끝에 소리 없이 내려섰다.

그 순간, 안에 있던 진 선생이 갑자기 눈빛을 달리하며 벌떡 일어났다. 장경유는 그에게 무슨 좋은 생각이라도 난 줄 알고 기대에 부풀어 무슨 일이냐고 물으려 했지만, 진 선생이 손짓으로 저지했다.

처마 위에 있던 소평정은 기와를 밟으며 뒤창 쪽으로 두어 걸음 옮겼는데, 걸음이 무척 가벼워 거의 소리가 나지 않았다.

진 선생의 입가에 차가운 웃음이 살짝 떠올랐다. 그가 탁자에 있던 구리 촛대를 집어 공력을 주입해 위로 던지자, 촛대는 한 치의 어긋남도 없이 소평정의 발밑 천장을 힘차게 때렸다. 순식간에 기왓장이 와르르 떨어져내렸다.

미처 방비하지 못한 소평정은 온 힘을 다해 뒤로 날아올라 피한 뒤 별수 없이 바닥으로 내려섰다. 그런데 균형을 잡고 서기도 전에 힘찬 손바닥이 날아들었다. 랑야각에서 수련한 이 젊은이조차 놀랄 정도로 날카로운 장풍이었다. 허둥지둥 피하기는 했지만 장풍은 그의 어깨를 살짝 스치고 지나갔다. 그는 비틀거리며 한 걸음 물러나 다급히 등에 멘 검을 뽑았다.

짧은 순간이지만 두 사람은 처마 밑에서 몇 초를 주고받았다. 두 사람 다 단숨에 승부를 내지 못하자 약속이나 한 듯 무척 의아해했다.

그때 장경유가 서재에서 뛰쳐나오며 미친 듯이 외쳐댔다.

"자객이다! 자객을 잡아라!"

원락 바깥을 지키던 시위가 이 소리를 듣고 달려오자, 소평정은 재빨리 검을 두 번 찔러 틈을 만든 뒤 몸을 물려 밖으로 달아났다.

진 선생이 바짝 뒤쫓았다. 바로 앞이 바깥쪽 담장인 것을 보고 초조해진 그는 몸을 날려 시위의 어깨를 밟은 뒤 긴 창 하나를 낚아채어 공력을 주입해 앞으로 힘껏 던졌다.

등 뒤로 날아드는 파공성에 소평정은 돌아볼 틈도 없이 소리만으로 방향을 가늠하여 몸을 날렸다. 그의 발이 날아드는 창 자루를 밟았고, 그는 그 힘을 빌려 몸을 훌쩍 뒤집으면서 높은 담으로 올라간 뒤 어두운 밤 속으로 모습을 감췄다.

쫓아가기에는 늦었다는 것을 깨달은 진 선생은 걸음을 멈추고 정신을 가다듬으며 혼잣말처럼 찬탄을 내뱉었다.

"실로 대단한 신법이다."

행동이 굼뜬 장경유는 한참 후에야 허둥지둥 달려와 떨리는 목소리로 물었다.

"진 선생…… 저, 저 사람은 대체……."

진 선생이 싸늘하게 대답했다.

"저 정도 고수라면 필시 북쪽에서 왔을 것입니다."

"북쪽 국경 사람이란 말이오?"

장경유는 순식간에 얼굴이 흙빛이 되어 날카롭게 물었다.

"장림왕께서는 틈을 내지 못하시고, 혹여 무슨 움직임이 있으면 미리 알 수 있다고 하지 않았소?"

진 선생은 눈을 가늘게 뜨고 그에게 하는 소린지 혼잣말인지 모를 말을 했다.

"장림왕부 휘하의 병사가 저렇게 빠를 리 없는데…… 저 젊은이는 도대체 누구지?"

—

05

—

소평정은 왕부에서 태어났고 랑야각에서 수련하여, 어려서부터 내로라하는 사람들에게 가르침을 받았다. 랑야각 노각주는 비록 그를 천하 고수 명단에 올릴 생각은 하지 않았지만 그는 무공에 자못 자신이 있어서, 강호에 나가 여러 사람과 겨루는 것을 아버지가 허락해주기만 한다면 랑야 고수방에 한 자리 차지할 수도 있으리라 생각했다.

이런 확고한 자신감 때문에 깊은 밤 관아에 갔다가 실패하고 돌아온 장림부 둘째 공자는 전에 없이 풀이 죽어 있었다. 일개 지방 관아의 서재에서 만난 평범하기 짝이 없는 중년 남자를, 전력을 다하고도 이기지 못했으니 확실히 끙끙 앓을 만했다.

"내가 적을 조금 얕보기는 했지만 그 사람은…… 그 사람은 절대 평범한 막료가 아니었소!"

임해가 사초롱을 들고 탁자로 다가와 그의 어깨에 난 상처를 살펴보았다. 옷이 갈가리 찢어져 벌겋게 부은 피부가 드러났고, 찢긴 부위에는 그을린 흔적이 있었다. 임해는 상처 주위의 옷을 은가 위로 조심조심 잘라내고 등을 가져가 자세히 들여다보고는 눈을 찡그렸다.

"확실히 평범한 장법은 아니군요."

그녀의 하얀 손바닥에 놓인 옷자락 끝은 불에 그슬린 것처럼 돌돌 말리고 거무스름하게 탄 자국도 있었다. 소평정도 찢긴 부분을 자세히 살펴보고는 더욱 의아해했다.

"직접 맞은 것도 아니고 장풍이 어깨를 스친 것뿐인데 어쩌다 옷이 이렇게 되었지?"

두 사람은 저도 모르게 마주 보며 생각을 하듯 눈동자를 굴렸다. 그리고 동시에 눈을 빛냈다.

"귀역무영(鬼域無影) 유명암화(幽冥暗火)…… 단동주(段桐舟)?"

"그래, 단동주!"

소평정이 탁자를 내리치며 외쳤다.

"랑야 고수방 5위, 아무도 그 내력을 모른다는 단동주!"

임해는 놀란 얼굴로 생긋 웃었다.

"정말 아무도 내력을 모르나요? 랑야각조차도요?"

소평정은 눈썹을 치켰다.

"천하의 수많은 사람 중에는 집도 절도 없고 가족도 친지도 없이 어디선가 툭 튀어나온 사람이 항상 있소. 아무리 랑야각이라 해도 그들의 현재 모습만 알고 있을 뿐이오."

"단동주 같은 고수가 쉽사리 남의 명령을 받지는 않을 거예요."

옷자락의 탄 자국을 만지는 임해의 마음이 무겁게 가라앉았다.

"이 일의 배후에 얼마나 대단한 사람이 연루되어 있을지……."

소평정은 입을 꾹 다물었고 눈동자는 점점 차가워졌다.

"무슨 내막이 있건 누가 연루되었건 우리 장림왕부는 결코 도중에 그만두지 않소. 끝까지 파헤칠 거요."

진상을 철저히 파헤치리라는 장림왕부의 결심은 뒤처리를 맡은 단동주도 물론 알고 있었다. 그날 밤 관아에 나타났던 젊은 고수가 누구든, 이는 북쪽 국경에서 온 매서운 추위가 눈앞에 닥쳤음을 의미했다. 계속 일에 진전이 없으면 작은 것을 버리고 큰 것을 살리는 최후의 방법을 쓰는 수밖에 없었다. 단동주는 얼굴이 잿빛이 된 장경유를 바라보며, 왼손 손가락 끝으로 미열이 오르는 오른손 바닥을 톡톡 두드렸다.

원락 밖에서 들려온 전 참령의 흥분한 목소리가 굳어 있던 방 안의 분위기를 깨뜨렸다.

"대인! 부윤 대인! 단서를 찾았습니다!"

장경유는 벌떡 일어나느라 그만 탁자 모서리에 부딪힐 뻔했다.

"어서 말해보게. 무슨 단서인가?"

전 참령은 바삐 인사를 하고 말했다.

"진 선생의 명대로 배가 침몰한 다음 날 경비를 선 자들을 다시 한 번 고문했더니 수색을 받지 않고 성에 들어온 마차가 한 대 있었습니다."

"무어라? 그들이 몰래 성에 들어와 숨을 것을 우려해 성문에서 엄격히 수색하라 그리 명했건만! 도대체 얼마나 간이 큰 자이기에 그 명을 어겼느냐?"

"노여움을 푸십시오, 대인. 다 이유가 있었습니다."

전 참령은 황급히 두 손을 들어 아래로 누르는 자세를 하며 해명했다.

“그 마차의 주인은 바로 황실의 종친이었습니다. 신분이 그렇다 보니 차마 함부로 굴지 못했던 것이지요.”

그 말이 떨어지자, 장경유가 그 자리에 얼어붙은 것은 물론이고 단동주마저 뜻밖이라는 표정을 지었다.

“대동부에 황실의 종친이 있소? 그게 누구요?”

“젊은 래양후(萊陽侯)입니다. 바깥으로 산수유람을 나왔다가 마침 이곳을 지나게 되었다고 합니다.”

“그자라…… 이런 지방 사람들이야 황족을 하늘에서 내려온 사람처럼 여기니 함부로 굴지 못하는 것도 당연하오. 허나 그 젊은 래양후께서는 종실에서도 있어도 그만, 없어도 그만인 인물이니 이치대로라면 이런 일에 나서지 말았어야 했소.”

그는 잠시 생각하다가 다시 캐물었다.

“래양후가 지나간 때가 언제였소? 어디로 갔소?”

전 참령은 황급히 고개를 저었다.

“떠나지 않고 아직 성에 계십니다.”

배가 침몰한 다음 날부터 지금까지 벌써 두 달 가까운 시간이 지났다. 대동부 부근에 볼 만한 경치가 제법 있다 해도 유람을 나온 귀공자가 이렇게 오래 머물 정도는 아니었다. 마주 보는 단동주와 장경유의 입가에 자연스럽게 미소가 떠올랐다.

“단서와 목표가 있으면 나머지야 어렵지 않지.”

단동주는 전 참령에게 돌아서서 빠르게 분부를 내렸다.

“당장 가서 가장 믿을 만한 자들을 골라 성안 래양후의 거처와 평소 다니는 곳을 샅샅이 조사하고 최대한 빨리 내게 보고하시오.”

전 참령은 상사를 흘끔 보았지만 별다른 이의가 없자 그제야 두 손을 모으며 대답했다.

"예!"

단동주가 종실에서 있어도 그만 없어도 그만이라고 한 젊은 래양후는 기실 핏줄로 따지면 지극히 존귀한 인물이었다. 무정제의 황후 류(柳)씨의 적출 황자는 단둘이었는데, 그 중 장남인 당금 황제는 성년이 된 후 자연스럽게 동궁 태자가 되었고, 그와 동시에 차남은 왕주 다섯 개의 래양친왕에 봉해졌다. 그 때만해도 태자의 온후한 성품과 황후의 총애 덕분에, 래양왕은 제위와는 인연이 없었지만 장래 종실의 수장이 되어 천하의 총아로서 평생 영광을 누릴 것이 자명했다. 그러나 풍운은 예측하기 어렵고 세상은 끊임없이 바뀌는 법, 그는 찬란하게 빛나던 한창 나이에 급병에 걸려 유복자만 남긴 채 며칠 만에 세상을 떠났다. 갑작스럽게 사랑하는 아들을 잃은 류 황후는 슬픔을 이기지 못하고 몇 날 며칠 슬피 울며 사람을 만나려 하지 않았다. 그 후로 황실 사람들은 가능한 한이 적출의 친왕을 거론하지 않게 되었고 래양왕부는 점차 권력의 중심에서 밀려났다. 유복자인 소원계(蕭元启)는 예에 따라 어려서부터 종실에서 자라며 좋은 옷과 음식으로 부족한 것 없이 지냈지만, 아무래도 권력의 중심에서는 멀리 떨어져 있어 성년이 된 후에도 고작 이등후(二等侯)의 작위밖에 받지 못했다. 한때 친왕비의 품계에 있던 그의 어머니도 지금은 태부인(太夫人)으로만 불리게 되었다.

제대로 된 직무를 맡지 못한 소원계는 할 일 없는 종친들이나 세가의 자제들과 교류하며 지냈다. 격구를 하고 한가로이 노닐며 연회를 즐기는 나날은 부담 없고 자유로웠지만, 아무래도 스무 살 가량의 혈기왕성한 청년은 시간이 갈수록 이룬 것 하나 없는 부질없는 생활이 만족스럽지 못했다. 그래서 수년간 어머니에게 애원한 끝에 견문을 넓힐 겸 호위병 몇 명을 데리고 경성을 벗어나 유람을 해도 좋다는 허락을 받았다.

지금 대량은 태평성세라 할 만했고 경성 밖에서는 래양후 역시 귀하디귀한 신분이었으니 아름다운 산수를 두루 구경하는 일은 매우 즐겁고 만족스러웠다. 신이 난 그는 어느새 분강을 넘어 대동부의 경계에 이르렀고 그때 우연히 도망 중인 네 사람과 마주쳤다.

금릉성에도 제풍당이 있었고 세상 사람들은 대부분 의원에게 깊이 호감을 갖고 있었다. 그런 제풍당 의원들의 간곡한 설명을 들은 소원계는 의분이 무럭무럭 샘솟았다. 대동부 경내가 단단히 봉쇄된 것을 보자 그는 시종인 아태(阿泰)의 강력한 반대를 물리치고 그들을 성으로 데려가 숙소로 빌린 조그마한 가옥에 머물게 하고, 때를 보아 제풍당에 연락을 취하려 했다.

굳이 따지자면, 이 젊은 래양후는 한때의 혈기로 의기의 조력자가 되었지만 처음에는 누군가 의도적으로 보급을 방해하고 증인을 죽이려 한다는 것을 완전히 믿기보다는 무슨 오해가 있을 거라고 생각했다. 나중에야 관병들이 사방을 이 잡듯 뒤지고 제풍당 주변을 엄히 감시하여 연락이 어렵게 되는 등 배후에 깊이를 알 수 없는 음모가 숨겨져 있음을 알리는 갖가지 징조를 친히 목격하자 그제야 심각성을 차츰 깨달았다.

쫓기던 네 증인은 함부로 움직일 수가 없었기에 소원계는 매일

같이 그들 대신 소식을 탐문하고 상황을 살폈다. 이날도 탐문을 하러 나갔다가 돌아왔는데 시종 아태가 뜰에서 그를 붙잡아 구석으로 끌고 갔다.

아태는 래양부에서 10여 년을 일했고 경성을 떠나면서 태부인으로부터 재삼 당부를 들은 것도 있기 때문에, 젊은 주인이 이런 일에 휘말리는 것을 못마땅해했다. 그가 소리를 죽여 말했다.

"나리, 보셨겠지만 관아에서 객잔이나 주루를 죄다 뒤지고 이제는 민가까지 하나하나 살피고 있습니다. 성이 아무리 커도 언젠가는 이곳까지 들이닥칠 텐데 무작정 숨어 있기만 하는 것은 좋지 않습니다."

소원계는 그를 위로했다.

"군수품을 실은 배가 침몰했어. 설사 단순한 사고였더라도 경성에서 특사를 파견하여 조사했을 텐데 하물며 이렇게 수상쩍은 일은 어떻겠어? 위에서 사람이 오는 것은 시간문제이니 서두르지 말고 더 기다려봐."

"경성에서 여기까지는 거리가 까마득한데, 특사가 도착하기 전에 이곳이 발각되면 나리의 안위는 어쩌시려고요?"

소원계는 이상해하는 눈길로 그를 바라보았다.

"불행히 발각된들 누가 감히 나를 건드리겠어?"

아태는 저도 모르게 제 이마를 탁 때리며 말했다.

"아이고, 나리, 아무리 그래도 이곳은 경성이 아닙니다! 물론 나리께서는 폐하의 친조카시고 존귀한 신분이지만, 경성에서 멀찍이 떨어진 이런 곳에서는……."

마침 래양후의 도움으로 살아난 정(程) 의원이 방에서 나왔다.

아태는 재빨리 말을 뚝 끊었지만 대강 내용을 들은 정 의원은 송구한 마음에 다가와 소원계에게 예를 갖추며 말했다.

"래양후 나리께서 의롭게 나서서 도와주신 점, 저희 모두 감사하고 있습니다. 만에 하나 상황이 악화되어 빠져나갈 수 없게 된다면 저희가 알아서 떠나겠습니다. 결단코 나리께 짐이 되지는 않을 것입니다."

도움을 받은 사람답게 진심에서 우러난 말이었지만, 소원계는 자신의 힘이 믿음직스럽지 못하다는 뜻으로 들려 마음 한구석에서 분노가 솟았다. 그가 싸늘하게 말했다.

"내 황족으로 태어나 호의호식하며 살았으니 당연히 나라에 책임이 있소. 소씨의 자제로서 변경의 안위를 해치는 이런 일을 보고도 모른 척하라는 말이오? '짐이 된다'는 정 의원의 말을 내 어찌 받아들여야 하오?"

정 의원은 가슴이 뭉클해져 공손히 손을 들어 다시 한 번 예를 올렸다.

"제가 실언을 했으니 부디 용서해주십시오."

초조하게 주변을 맴돌던 아태가 재차 끼어들려는데 소원계가 어느새 그를 돌아보며 다소 슬픈 눈빛으로 말했다.

"태숙(泰叔, 아태를 가깝게 부르는 말-옮긴이)도 어머니처럼 내가 제대로 된 일은 일절 않고 한가롭게 놀기만 할 줄 안다고 생각하지?"

이 한마디가 떨어지자 제아무리 훌륭한 충고도 목에 턱 걸려 입 밖으로 낼 수가 없었다. 아태는 한참 동안 입만 벌리고 있다가 속절없이 어깨를 축 늘어뜨린 채 입을 다물었다.

소원계 일행이 하루 빨리 경성의 특사가 오기를 고대하는 동안, 전 참령 쪽은 단동주의 분부에 따라 재빨리 이 젊은 래양후의 모든 정황을 파악한 뒤 관아로 달려가 보고했다.

"거처가 다섯 곳이라고? 래양후가 이 성에 다섯 곳이나 집을 빌렸단 말이오?"

단동주가 건네받은 목록을 훑으며 물었다. 처음에는 당황해하던 그는 곧 냉소를 흘렸다.

"뜻밖에도 제법 꾀를 부리는군. 증인들이 어느 거처에 있는지 모르니 운 나쁘게 헛다리를 짚으면 공연히 그들을 놀래 경계심만 키우게 될 것이오."

헐떡이던 숨을 겨우 가라앉힌 전 참령이 눈을 찡그리며 말했다.

"다섯 곳의 거처가 어디에 있는지는 정확히 알아놓았습니다. 성 내 이곳저곳에 흩어져 거리도 제법 머니, 소장 휘하의 인마만으로 다섯 곳을 동시에 포위하기는 역부족입니다."

시간이 부족해 더는 미룰 수 없다는 것을 잘 아는 단동주는 잠시 생각해본 뒤 빠르게 결단을 내렸다.

"일단 시작하면 실수가 없도록 단단히 포위해야 하오. 머릿수가 부족하면 좀 더 사람을 모아야겠지. 평소에 움직일 수 있는 인마를 모조리 동원하시오."

어젯밤 일로 놀란 장경유는 누가 봐도 넋이 쏙 빠진 모습으로 멍하니 듣고 있다가 그제야 주저주저하며 끼어들었다.

"사람이 많아지면 말도 많아지고, 성 내는 바깥보다 소문이 빨리 퍼지니 만에 하나……."

"명을 받고 일하는 아랫사람들이야 몇 마디 묻고 떠드는 것이

고작이지요."

단동주는 평소처럼 그의 의견을 무시하고 건성으로 위로했다.

"걱정하실 필요 없습니다, 부윤 대인. 나중에 누군가 심문을 하더라도 아랫사람들이 무엇을 알겠습니까?"

전 참령은 잠시 기다렸으나 장경유가 반론을 펴지 않자, 이 상황을 주재하는 사람이 경성에서 온 진 선생으로 완전히 바뀌었다는 것을 깨달았다. 그는 속으로 한숨을 쉬면서 두 손을 모아 인사하고 서둘러 명령을 수행하러 나갔다.

장경유는 오랫동안 관직에 몸담아 돌아가는 형편을 잘 알고 있었으니, 기실 그의 걱정에도 일리는 있었다. 전 참령이 통솔하는 부하는 그나마 훈련이 되어 규율이 서 있었지만, 임시로 소집한 잡병이나 아역(衙役), 호위 들은 훈련 수준이 제각각이라 한 부대처럼 통제하기란 애초에 불가능한 일이었다. 그들 대부분은 대동부에 뿌리를 두었고 이런저런 관계로 얽혀 있어, 무슨 일이 생기면 서로 묻고 소식을 전했기 때문에 자질구레한 일도 금방 퍼지곤 했다.

제풍당은 이곳에서 평판이 무척 좋았다. 사고를 당한 세 의원이 살았을 수도 있다는 것을 알게 되자 주인장 곽씨는 이곳저곳 찾아가 소식을 알아봐달라고 청했는데, 수십 년간 쌓아온 인맥이 힘을 발휘하여 효과는 훌륭했다. 전 참령이 여기저기서 사람을 모을 때부터 제풍당은 이미 소식을 들어 알고 있었다.

소원계가 이곳에서 이번 일에 휘말렸다는 소식을 처음 들었을 때, 소평정은 정말이지 깜짝 놀랐다. 같은 종실의 자손에 나이도 비슷한 두 사람은 2년간 함께 궁학(宫学, 종실의 자제들이 다니는 서

당-옮긴이)을 다녔기 때문에 어려서부터 알고 지냈고 사이도 무척 가까웠다. 그러나 나중에 소평정이 공부를 위해 랑야각으로 떠나 금릉에 머무는 날이 거의 없다시피 하면서 그들 사이도 점차 멀어졌다.

소평정의 기억에 이 사촌형은 항상 어머니의 가르침에 순종적이어서 쓸데없는 일에 나서는 것을 좋아하지 않는 사람이었다.

"래양후가 빌린 저택 다섯 곳은 서로 멀리 떨어져 있으니, 정 의원 일행이 머무는 곳이 어딘지 확실히 알지 못하면 관병들보다 빨리 마중하기가 쉽지 않을 겁니다."

곽씨는 초조한 마음에 얼굴을 잔뜩 찌푸리며 소평정을 빤히 보았다.

"이제 어떻게 하면 좋겠습니까, 둘째 공자?"

관아에도 머릿수가 모자랐지만 소평정 역시 몸을 여럿으로 나눌 수도 없는 노릇이었다. 그는 머리를 싸안고 방 안을 왔다갔다했지만 적당한 방법이 떠오르지 않았다.

"이렇게 된 이상 다섯 곳 중에서 한 곳을 골라 운을 시험해보는 수밖에."

운에 맡길 수밖에 없는 장림부 둘째 공자와는 달리, 단동주는 당연히 만전을 기하기 위해 전력을 기울였다. 소집된 인마는 다섯 부대로 나누어 단동주 자신과 전 참령, 그리고 심복 세 사람이 각기 한 부대씩 맡았다. 번개같이 움직여 다섯 곳의 목표를 동시에 일망타진할 계획이었다.

까만 칠을 한 대문을 강제로 여는 통에 흙먼지가 어지러이 흩날렸다. 소원계는 정원에 단정하게 서 있었다. 래양후가 머무는 곳에 증인들이 숨어 있을 가능성이 높았다. 흥분한 단동주는 이제 운이 열리려나보다 싶어 슬그머니 미소를 지었다.

소원계의 기분은 단동주처럼 좋지 않은 것이 분명했다. 예상보다 일찍 들이닥친 관병들을 본 젊은 래양후는 분노의 외침을 터뜨리며 그들을 가로막으려 했다.

경성 조정에서의 지위야 어떻든 래양후는 황실의 자제였기에, 세발 달린 용무늬가 있는 장포를 걸치고 시위들에게 둥그렇게 둘러싸인 품이 자못 위세 있어 보였다. 일반적인 관아의 관병들은 그 신분에 겁을 집어먹은 듯 걸음을 멈추고 다음 명령을 내려달라는 듯 단동주를 바라보았다.

단동주는 함박웃음을 지은 채 매무새를 정돈하고 들어가 공수하며 예를 올렸다.

"래양후께 인사 올립니다. 나리께서 못된 자들에게 협박을 받고 있다는 소식에 부윤 대인께서 특별히 저희를 보내 도우라 하셨습니다. 무사하신 모습을 보니 소인도 안심이 되는군요."

소원계는 얼굴이 벌겋게 달아오른 채 외쳤다.

"허튼소리! 내 언제 그런……."

단동주는 생각나는 대로 핑계를 댔을 뿐 길게 이야기할 마음은 전혀 없었다. 그가 돌아서서 명을 내리자 경성에서 데려온 푸른 옷을 입은 검객들이 앞장서서 관병을 이끌며 벌떼처럼 들이닥쳤다.

아태가 대뜸 소리를 지르자 시위들은 소원계를 단단히 감싸며 무기를 뽑아들었다. 하지만 공격하는 사람이 없었기에 보호는 필요하지도 않았고, 그렇다고 먼저 나서서 공격하기에는 실력 차이가 너무 컸다. 시위들은 그 자리에 굳은 듯이 서서 가만히 지켜보는 수밖에 없었다.

소원계를 보았을 때, 단동주는 십중팔구 성공이라고 생각했다. 그런데 안채와 곁채, 정원과 주방을 모조리 뒤지고 원락 전체를 발칵 뒤집어놓을 만큼 샅샅이 살폈지만 찾는 사람은 그림자조차 보이지 않아 그는 몹시 실망했다. 이대로는 포기할 수 없어 한 시진을 더 기다렸지만, 나머지 네 곳에서도 아무것도 찾지 못했다는 소식이 속속 도착했다.

그때 소원계는 더 이상 처음처럼 화난 얼굴이 아니었다. 반쯤 고개를 든 얼굴은 무표정하고 눈가에는 여봐란 듯 득의한 빛이 어려 있었다. 단동주는 그를 돌아보면서 치미는 화를 꾹 눌렀다. 비록 미움을 사도 뒷일이 걱정되지 않는 인물이기는 했으나 어쨌든 그는 황족이었고 아무렇게나 잡아가 고문할 수는 없었다. 쌍방 모두 연기라는 것을 잘 알면서도 완벽하게 해내야 했다.

"보아하니 못된 자들이 벌써 달아난 것 같군요. 래양후께서 무사하시니 소인은 돌아가서 부윤 대인께 그렇게 아뢰겠습니다."

단동주는 웃음을 지으며 두 손을 모았다.

"나중에라도 무슨 변고가 생기면 언제든 불러주십시오."

그가 손을 휘두르자 정원을 꽉 채운 병졸들이 파도처럼 빠져나갔다. 아태는 문밖까지 따라가 떠나는 그들을 한참 동안 바라본 후에야 겨우 안도의 숨을 푹 내쉬며 주인을 돌아보았다.

사실 소원계의 이마 한구석에는 식은땀이 송골송골 맺혀 있었다. 그는 손으로 땀을 닦으며 탄성을 터뜨렸다.

"정말 위험했어! 평정이 제때 와서 그들을 데려가지 않았다면 아무도 빠져나가지 못했을 거야.”

“아무렴, 그렇지요.”

아태가 이때다 싶어 충고했다.

“둘째 공자께서 증인들을 데려간 이상, 나리께서도 하실 만큼 하셨으니 이제 그만 손을 떼십시오. 가까운 권주(勸州)의 산수가 그렇게 좋다던데…….”

소원계는 옮게 노기 띤 눈길로 그를 노려보았다.

“이번 사건은 조정의 군수품에 관계된 큰일이고 장림 백부님 일가의 일만이 아니야. 이왕 알게 되었으니 끝까지 도와야지, 도중에 빠지는 것이 옳은 일이야?”

말을 마친 그는 소맷자락을 탁 떨치며 밖으로 나갔다.

래양부에서 오래 일한 아태는 이 젊은 래양후가 공을 세우지 못해 울적해한다는 것을 잘 알기에 더는 권하지 못하고 울상이 되어 그 뒤를 따랐다.

원락 바깥 거리에는 겉으로는 아무도 없는 것 같지만 적이 감시자를 남겨놓았을 것은 뻔했다. 소원계는 몰래 뒤쫓는 사람이 있어도 상관없는지, 반 시진 가까이 뒷짐을 지고 한가로이 거리를 거닐다가 마지막으로 다시 문을 연 제풍당을 찾아 보란 듯이 들어갔다. 안으로 들어가기 전 그는 숨은 감시자를 향해 도발하듯 싱긋 웃어 보였다.

제풍당이 사건에 연루된 것은 명약관화한 일이었지만, 증인들이 이곳에 숨어 있지 않은 이상 관아가 어떻게 나올지 두려워할 필요는 없었다. 약방 안은 본래의 모습을 되찾았고 의원 몇 사람이 진맥을 하고 있었다. 병자와 그 가족들이 드나들고 계산대 옆에는 약을 받으려는 사람들이 줄을 섰다.

소원계가 안으로 들어가자 운 아주머니가 웃으며 맞으러 나왔다. 그녀는 아무 말도 하지 않고 마당을 가로질러 후원으로 그를 안내했다. 소평정이 돌계단 아래에서 기다리고 있다가 반갑게 그를 얼싸안았다.

"이런 사고가 생겼으니 백부께서 반드시 사람을 보낼 거라고는 생각했어. 하지만 너일 줄은 몰랐지. 아직 랑야각에 있는 줄 알았거든!"

소원계는 소평정에게 힘껏 주먹을 먹이고는 초조한 목소리로 물었다.

"증인들을 찾아왔을 때는 경황이 없어 물어보지 못했는데, 대체 무슨 수로 먼저 우리를 찾아낸 거야?"

"어려서부터 알고 지냈으니 아무래도 너를 잘 아니까. 넌 풀벌레를 무서워하고 으슥한 곳도 싫어해서 꼭 주변이 조용한 곳을 거처로 삼잖아. 응석받이로 자라다보니 더러운 것도 못 참고……."

소평정은 히죽히죽 웃으며 처마 밑에 앉은 임해를 돌아보았다.

"임 낭자가 사람을 시켜 네가 빌린 집들이 어떤 곳인지 자세히 알려줬어. 그런 다음 생각해봤지, 비록 장소는 다섯 군데지만 원계가 정말로 묵을 만한 곳이 어디일까 하고 말이야."

소원계는 얼이 빠져 있다가 한참 만에야 놀란 토끼 눈을 하고 물었다.

"그냥 추측이었다고?"

소평정은 어깨를 으쓱했다.

"도박을 해본 거지. 다행히 맞았고."

그때 운 아주머니가 방에서 차 쟁반을 들고 나왔다. 소평정은 추측이 실패했을 때의 상황을 그리며 두려움에 떠는 소원계를 후원 가운데 놓인 돌 탁자 앞에 끌어다 앉히고 직접 뜨거운 차를 따라주었다.

"일단 마음 좀 가라앉혀. 증언은 대강 들었는데, 운 좋게도 그 선장은 사건에 밀접하게 연관된 인물이었어. 대동부에서 혐의를 벗고 싶어도 불가능할 거야."

소원계는 정신을 가다듬고 차를 한 모금 꿀꺽 삼켰다.

"그날 밤 일어난 일을 그들만큼 잘 아는 사람은 없을 거야. 하지만 모두 증인이니 물증을 찾아야 해."

운 아주머니가 간식을 내려놓으며 끼어들었다.

"듣자니 침몰한 배 중 하나는 아직 인양하지 못했고 나머지 두 척은 어찌어찌 강가로 끌어냈는데 벌써 형편없이 썩었다고 하더군요. 거기서는 물증을 찾아내기가 어려울 거예요."

소평정과 소원계가 동시에 그녀를 바라보았다. 두 사람 다 매우 놀란 얼굴이었다.

운 아주머니는 그들이 저렇게 쳐다보는 까닭을 몰라 우물쭈물 물었다.

"왜…… 왜들 그러세요?"

소평정이 벌떡 일어나 다소 격앙된 목소리로 물었다.

"그러니까…… 강가에 아직 침몰선이 남아 있다는 말이에요?"

래양후가 제풍당에 들어간 소식은 그리 쓸모 있지는 않았지만,

바깥의 감시자는 그래도 열심히 보고를 올렸다. 소식을 들은 전 참령은 서재로 향했다. 소식 한마디만 전하고 나올 생각이었는데, 방 안이 엉망이고 장경유가 안색이 납빛이 된 채 창 앞에 앉아 있는 것을 보자 차마 입을 열지 못해 가만히 옆에 서서 기다릴 수밖에 없었다.

오랫동안 불안에 떨다가 어렵사리 단서를 찾았기에 장경유는 오늘 일에 큰 기대를 걸고 있었다. 그런데 아무 소득이 없었다는 통보를 받자 그는 단동주보다 더욱 충격을 받아 욕설을 하며 한바탕 화풀이를 해댔다.

단동주는 그가 평정을 되찾을 때까지 기다렸다가 비로소 가까이 다가가며 권했다.

"대인, 우선 마음을 가라앉히십시오. 그래봤자 증인일 뿐이니 마음 단단히 먹으면 얼마든지 싸울 수 있습니다. 폐하께서는 관대한 성품이시고 무슨 일이든 신중하게 처결하시니, 장림왕부에서 물증을 찾아내지 못하면 막다른 골목에 몰리지는 않을 겁니다."

이미 잔뜩 낙심한 장경유는 경성에 있는 귀인에게 마지막으로 희망을 걸 수밖에 없어 억지로 기운을 내며 대답했다.

"진 선생의 말대로 되었으면 좋겠구려. 물증은 걱정하지 않소. 지난번 주(州)에서 사람을 보내 침몰선 인양을 감독할 때부터 조사받을 것을 예상하고 미리 손을 써서 글월을 주고받은 흔적은 추호도 남기지 않았소."

단동주가 멈칫하며 날카롭게 물었다.

"뭐라고 하셨습니까?"

"그, 그러니까 글을 주고받은 흔적을 남기지 않았다고……."

단동주가 와락 한 걸음 다가섰다.

"침몰선 인양이라니요? 강 속 깊이 가라앉은 배를 무엇 하러 인양하셨습니까?"

그 서슬 퍼런 말투에 아무리 나약한 장경유도 불쾌감을 갖지 않을 수 없었다. 그가 차갑게 대꾸했다.

"내가 인양하자고 한 게 아니오. 이렇게 큰 사고가 벌어졌으니 비록 내 관할구역이라 해도 주에서 개입할 수밖에 없소. 위에서 사람을 보내 인양을 하는데 내 어찌 막는단 말이오?"

"허나 끌어낸 후 이렇게 오랜 시간 동안 대인의 손아귀에 있지 않았습니까?"

단동주는 놀람과 분노가 섞인 눈빛으로 그를 노려보았다.

"그동안 없애버릴 겨를조차 없으셨습니까?"

장경유는 이해가 가지 않는지 눈을 잔뜩 찌푸렸다.

"내가 선장을 매수하여 항로를 이탈하게 한 것은 사실이나 침몰시킬 뜻은 없었소. 인양된 배야 썩은 나무토막에 불과한데 없애버릴 까닭이 무엇이오?"

단동주는 속이 바짝 타들어간 나머지 가식적인 예의 따위는 벗어던진 채 그의 말이 끝나기도 전에 홱 돌아서서 한마디 해명도 없이 순식간에 사라져버렸다.

장경유는 멍하니 일어나 전 참령을 마주 보았는데, 두 사람 다 놀란 기색이 다분했다.

맞버티기

—

06

—

대동부 성을 휘감아 흐르는 부수(涪水)와 분강은 같은 물줄기를 이루고 있었고, 성 동문에서 30리 떨어진 곳이 바로 보급선이 침몰한 호만협이었다.

배 두 척은 인양된 뒤로 내내 강가에 방치되어 있었다. 소평정은 일각도 지체할 수 없어, 주인 곽씨에게 길잡이 두 명을 청한 뒤 서둘러 성 밖으로 달려갔다. 소원계도 뒤처지기 싫어 그 뒤를 바짝 따랐다.

아침 일찍 소식을 듣고 달려가 증인들을 넘겨받고 적절한 곳에 숨기고 나니 벌써 황혼녘이었다. 일행은 성문을 닫기 직전에 밖으로 나가 미친 듯이 질주했으나 호만협에 가까워졌을 때 하늘은 이미 어둑어둑해지고 있었다.

밤을 맞은 들판은 사위가 어두컴컴하고 조그마한 초승달만 홀로 빛을 내고 있어야 했지만, 지금은 어둠 저편에서 높이 치솟은 불길이 하늘 한쪽을 환하게 밝히고 있었다.

소평정은 말을 몰아 언덕으로 올라갔다. 두 줄기 불길에 강가에 버려진 선체가 활활 타오르는 것을 보자 그는 화도 나고 초조하기도 하여 옆에 선 나무를 채찍으로 힘껏 때렸다.

"관아에서도 누군가 깨달은 모양이야."

소원계는 한숨을 내쉬었다.

"나 참, 결국 한 발 늦다니……."

"형님이 가끔 나더러 너무 잘난 체한다고 하셨는데 역시……."

소평정은 말에서 내려 아래쪽에서 치솟는 불빛을 멍하니 바라보며 두 어깨를 축 늘어뜨렸다.

"주에서 사람을 보내 배를 인양했다는 것은 나도 알고 있었어. 하지만 대동부에 인계해서 오랫동안 장 부윤이 맡고 있었으니, 당연히 누군가의 손을 빌려 일찌감치 없애버렸을 거라고 생각했지. 대동부 부윤이 그런 멍청이인 줄 진작 알았더라면 처음부터 호만협으로 갔을 텐데!"

소원계는 한숨을 내쉬며 달랬다.

"장 부윤은 배를 한참 동안 강가에 방치했다가 이제야 생각난 듯 처리했어. 상식적으로는 생각할 수도 없는 일인데 무슨 수로 알 수 있었겠어?"

한밤중이 가까워 돌아가더라도 성으로 들어갈 수 없었기에 소평정과 소원계는 불길이 잦아들 때까지 기다렸다가 일말의 기대를 안고 새까맣게 타버린 잔해를 한번 둘러보았다. 하지만 결국 쓸모 있는 것은 발견하지 못했다.

강변의 밤은 추워서 바람막이로 몸을 둘둘 감아도 쉬이 잠이 오지 않았다. 일행은 앉아서 밤을 꼬박 새우고, 마침내 하늘 한쪽이 서서히 밝아올 때쯤 서둘러 제풍당으로 돌아갔다.

임해도 그날 밤은 푹 잠들지 못해 아침 일찍 일어나 씻고 머리를 빗은 뒤 약초를 정리하면서 소식을 기다렸다. 안으로 들어서는 소평정을 본 순간 일이 뜻대로 되지 않았다는 것을 알아차린 그녀는 캐묻지 않고 운 아주머니에게 아침 식사 겸 간식거리를 준비해 주라고 일렀다.

한참 동안 바삐 돌아다닌 그들은 배가 몹시 고팠기 때문에 일언반구 없이 그릇에 코를 박고 음식을 먹어치웠다. 식사량이 적은 편인 소원계는 젓가락을 내려놓고서도 곧바로 떠나지 않고 곁에 남아 소평정을 위로했다.

"너무 실망할 것 없어. 배는 남김없이 불타버렸지만 우리에겐 아직 증인이 있잖아."

입 안 가득 만두를 씹고 있던 소평정은 그 말을 듣는 순간 정신이 번쩍 들어 입에 든 것을 반쯤 뱉으며 외쳤다.

"아니…… 아주 없는 건 아니야. 물속에 한 척이 더 있다는 걸 잊지 말라고."

임해는 새로 골라낸 약재를 대나무 쟁반에 놓고 살살 체를 치면서 말했다.

"두 분이 나가 계시는 동안 벌써 사람을 보내 알아보았어요. 그 배를 인양하지 못한 까닭은 주위에 난류(亂流)가 심하기 때문이라더군요. 이제는 겨울에 접어들면서 수온이 매우 낮아져 더 힘들게 되었으니, 물귀신이라도 쉽사리 손을 대지 못할 거예요."

뱃속이 든든해진 소평정은 금세 기운을 회복해 손에 든 만두를 입속에 밀어 넣고 손을 탁탁 턴 뒤 임해의 맞은편에 걸터앉아 싱글거리며 말했다.

“임 낭자, 랑야각에 있을 때 내 별명이 뭐였는지 맞혀보겠소?”

임해는 눈을 들어 그를 훑어볼 뿐 대답할 생각조차 하지 않았다. 소평정은 손가락을 내밀어 그녀의 눈앞에서 이리저리 흔들며 득의양양하게 말했다.

“랑야산 천지(天池)에 있는 한정석을 이 손으로 몇 개나 꺼냈는지 모르오. 이 몸이 바로 물질 솜씨로 랑야각에서 아주 혁혁한 명성을 날린 얼음 연못의 소신룡(小神龍)이라고…….”

옆에서 차를 마시던 소원계가 참지 못하고 찻물을 뿜어냈다. 꾹 참으려던 임해도 고개를 살짝 돌렸지만 끝내 입가에 살며시 미소를 띠었다.

소평정은 탁자를 넘어 그녀에게 바짝 얼굴을 들이밀더니 새까만 눈동자를 별처럼 빛내며 즐거운 목소리로 물었다.

“웃었다, 웃었어. 난 또, 당신이 웃을 줄 모르는 사람인 줄 알았잖소.”

임해를 웃기려고 일부러 농담처럼 말했지만, 소평정 역시 쉽지 않은 일이라는 것을 속으로는 잘 알고 있었다. 아침 식사를 마친 뒤 그는 전의(箭衣, 궁수들이 주로 입던 소매가 좁은 옷―옮긴이)로 갈아입고 문을 나섰다. 그리고 애초에 뒤쫓을 능력도 없는 감시자들을 떼어낸 뒤 살그머니 증인들이 있는 곳을 찾아 구사일생으로 살아난 선장에게 그날 밤 사고가 난 지점을 상세하게 그려달라고 했다.

오랫동안 쫓긴 그들은 이 장림부 둘째 공자가 목숨을 지켜줄 마지막 기둥이라는 것을 잘 알았다. 그의 요구를 받자 선장은 진지하게 생각을 되짚으며 물길의 모습과 배가 침몰한 위치를 비단 천에 자세히 그려냈다.

소원계는 이미 얼굴이 알려졌기 때문에 혹시 있을지 모를 사고를 방지하고 은밀하게 움직이기 위해 성에 남겨두기로 했다. 소평정은 임해와 단둘이 몰래 성을 나가 조그마한 배를 빌려 강을 따라 내려갔다.

겨울에는 비바람이 거의 불지 않았고 협곡의 물길도 무척 고요했다. 소평정이 뒤에서 노를 젓고 임해는 비단 천에 그려진 지도를 들여다보며 위치를 확인했다. 한참 동안 비교하던 그녀가 이윽고 입을 열었다.

"멈추세요. 이곳인 것 같아요."

소평정은 노를 내려놓고 머리를 쑥 들이밀어 천을 들여다보더니 동의하듯 고개를 끄덕였다. 그는 일어나서 신발부터 벗기 시작했다.

임해는 아무래도 불안한 마음에 그에게 당부했다.

"선장 말로는 이곳 물살이 몹시 괴상하다고 하니 조심하세요."

소평정은 자신 있게 미소를 지어 보이고는, 겉옷을 벗어 선창에 던져 넣고 팔다리를 쭉쭉 뻗어 근육을 풀었다. 물에 들어가기 전 그는 목에 걸고 있던 가죽 목걸이를 풀어 조심스럽게 임해에게 건네주며 말했다.

"물에 닿으면 안 되는 것이니 대신 좀 보관해주시오."

그의 몸에서 떨어진 적이 없는 조그마한 은쇄는 아직도 따스했다. 정신없는 전쟁통에 급히 만들어 무늬가 그리 화려하지는 않았지만, 반짝반짝 윤이 나게 잘 닦아 칙칙한 구석이 전혀 없었다.

다른 것은 차치하더라도 오래전 갑자기 정해진 혼약의 징표를 이토록 소중하게 보관하고 있는 것만으로도 장림왕부의 성의는 믿을 만했다. 임해는 손가락으로 은쇄 끝에 달린 방울을 살며시 건드리며 소평정이 물속으로 들어가면서 남긴 파문을 바라보았다. 갑자기 마음이 삼 가닥처럼 복잡해져 그녀는 저도 모르게 멍하니 생각에 잠겼다.

얼마나 그렇게 있었을까, 조그만 배가 잔잔한 물결에 살짝 출렁이자 퍼뜩 정신이 돌아온 그녀는 그제야 소평정이 들어간 지 한참 지났는데도 여태 수면이 고요하다는 사실을 깨닫고, 일어나서 멀리 사방을 둘러보았다.

수면을 가득 덮은 물고기 비늘 같은 점점이 빛 조각들이 중천에 가까워진 햇빛을 받아 심장이 바르르 떨릴 만큼 반짝거렸다. 임해는 망연히 주위를 둘러보며 차츰차츰 두 손을 가슴 앞으로 가져갔다. 어쩔 줄 몰라 당황해 있는데 뒤에서 '첨벙' 하고 물보라가 치더니 소평정이 머리를 쑥 내밀고 뱃전을 붙잡았다. 그 바람에 물방울이 그녀에게 튀었다. 임해는 물을 닦아낼 틈도 없이 안도의 숨부터 내쉬었다.

소평정은 눈꼬리를 잔뜩 휘며 싱긋 웃었다.

"위치는 맞소. 선체를 확인했거든. 하지만 당장은 무엇을 찾아야 할지 모르니 몇 번 더 잠수를 해봐야겠소. 방금 한 것보다 두 배는 더 물속에 있을 수도 있으니 그렇게 아시오."

임해는 아직도 심장이 두근거렸지만 일부러 얼굴을 굳히며 말했다.

"그렇게 오래 버틸 수 있다면 무엇 하러 올라오셨나요?"

"당신은 겁이 많잖소."

소평정은 머리를 적신 물을 닦아내며 반짝이는 눈동자로 그녀를 바라보았다.

"이렇게 올라와서 말해주지 않으면 내가 죽은 줄 알고 놀랄지도 모르잖소?"

다정하고 친절한 말이었지만 분명히 놀리는 기색도 있었다. 다소 부끄러워진 의녀가 무슨 반응을 보이기도 전에 그는 몸을 뒤집어 다시 물속으로 들어갔다. 잠수를 하면서 발끝을 힘껏 차내자 파문이 번지면서 조각배가 출렁출렁 흔들렸다.

그가 말한 대로 두 번째 잠수 시간은 훨씬 길어서, 한참 후에야 새까만 머리가 솟구쳐올랐고 수면 위에서 잠시 쉬다가 또다시 물속으로 들어갔다. 그러기를 수차례 반복하던 그는 마지막에야 뱃전을 짚고 숨을 헐떡였다. 얼굴이 다소 파랗게 질려 있었다.

임해는 눈을 찡그리며 말했다.

"이렇게 서두를 필요는 없지 않을까요? 너무 깊은 곳에 오래 들어가 있으면 심장과 폐에 해로워요. 오늘 안 되면 내일 다시 오면 돼요."

뱃전에서 헐떡이던 소평정이 갑자기 싱긋 웃으며 물속에 담그고 있던 손을 휙 들어올려 네모진 목판을 선창으로 툭 던졌다.

임해는 아연실색했다.

"이게 뭐죠?"

소평정은 배로 뛰어올라 하얀 이를 드러내며 싱글벙글 웃었다.

"물증이오."

임해는 눈썹을 치켜세우며 황급히 목판을 주워 자세히 살폈다. 무척 두꺼운 이 목판은 길이가 두 자, 폭이 한 자가량으로, 오랫동안 물속에 잠겨 있었는데도 썩은 흔적이 없었다. 다만 가장자리가 깨끗하게 잘려 있고 무색의 풀 같은 것을 발라놓아 만지면 손가락이 착착 달라붙었다.

“이런 것은 내가 잘 알지. 오악분과 누에 풀을 섞어 만든 거요. 무척 단단해서 물속에 한참을 잠겨 있어야만 녹아서 떨어진다오. 멀리 바다에 나갔다가 선체에 손상을 입어 급히 처리할 때 쓰는데, 눈으로는 미리 확인할 수 없지만 일단 충격을 받아 갈라지기 시작하면 아주 약해지지.”

소평정은 수건으로 바삐 물을 닦아내고 축축해진 앞머리를 뒤로 넘겼다.

“물속에서 자세히 봤는데 선체에 잘린 곳이 여러 군데고 모두 똑같은 풀을 발라놓았소.”

보급을 끊고 항로를 틀어막는 바람에 전선의 장병들 목숨도 끊겼다. 감주 뒤쪽으로는 적어도 다섯 주가 방어선 하나 없이 노출되어 있었다. 만약 감주성을 지킨 사람이 장림세자가 아니었다면, 만약 그가 버텨내지 못했다면…… 그 뒤에 벌어질 일을 대강 상상하는 것만으로도 임해는 가슴이 서늘했다.

소평정의 얼굴도 팽팽하게 긴장되었고, 목판을 바라보는 시선은 칼날처럼 날카로웠다.

“그들이 무슨 짓을 하려고 했든 난 절대로 잊지 않을 거요. 북쪽 전선에 시신이 첩첩이 쌓인 것도, 형님이 가슴에 화살을 맞은 것도 모두 이 사건 하나에서 비롯된 거요.”

장림부 둘째 공자가 호만협에서 큰 수확을 얻은 일을, 장경유는 당연히 전혀 모르고 있었다. 하지만 오랫동안 대동부를 다스려온 만큼, 단동주가 강가에 방치된 배 두 척을 깡그리 불태웠다는 소식은 그날 밤에 바로 그에게 전해졌다.

장경유 스스로도 알다시피 그는 선장을 매수한 것 외에는 아무것도 하지 않았다. 썩어가는 배에서 진 선생이 불안을 느낄 만한 것이 무엇인지는 차마 깊이 생각하고 싶지도 않았다.

"은사께서 당신을 보내 당부한 일은 보급선을 좌초시켜 시일을 조금 지연시키자는 것뿐이었소. 단지 그날 밤 폭풍우가 몰아쳐 실수를 하는 바람에 일이 이 지경까지 된 것이오."

장경유는 말을 하면 할수록 화가 나 한 발 다가서서 단동주의 눈을 뚫어지게 노려보았다.

"설마 내가 잘못 알고 있소? 은사께서는 처음부터 이렇게 극단적인 결과를 원하셨던 것이오?"

단동주는 그의 흥분한 모습에도 별다른 반응 없이 태연하게 대답했다.

"부윤 대인, 어차피 한 배를 탔는데 이제 와서 처음이 어쨌느니 결과가 어쨌느니 떠들어봐야 무슨 의미가 있겠습니까?"

장경유는 심장이 덜컥 내려앉아 저도 모르게 의자에 털썩 앉았다. 몸에 힘이 쭉 빠져 일어날 수도 없었다.

일어날 힘조차 없는 부윤 대인은 이제 단동주가 관심을 쏟을 대상이 못 되었다. 한마디만 남기고 서재를 떠난 그는 관아의 대청을 통과하여 겨우 길 하나 떨어져 있는 참령부로 향했다.

방금 당직을 서고 돌아온 전 참령은 그를 보자 즉시 표정을 굳히며 한 걸음 물러나 시선을 피했다.

"어젯밤에 내가 한 말에 관해 잘 생각해보겠다 했는데, 이제 생각은 끝났소?"

단동주는 에두를 기색도 없이 단도직입적으로 말을 꺼냈다.

"그대는 부윤 대인과 달리 처자식도 노부모도 없는 홀몸이오. 주머니가 두둑하면 부윤 대인과 나란히 죽기만을 기다릴 까닭이 어디 있소?"

전 참령은 입술을 떨며 본능적으로 바깥을 살피더니 힘없이 말했다.

"선생…… 저는 부윤 대인을 따른 지 7년이 넘었습니다."

"바로 그렇기 때문에 그대가 아는 것이 남들보다 많은 것이오."

단동주의 말투는 담담했지만 위압감은 여간 아니었다.

"말해보시오. 장 대인이 경성과 주고받은 문서를 모조리 없앴다고 하던데, 사실이오?"

전 참령은 고개를 숙인 채 말이 없었지만, 때로는 침묵도 답이 되었다. 단동주는 그 의미를 알고 싸늘하게 웃음을 지었다.

"역시 조금은 남아 있는 모양이군. 그 문서를 어디에 숨겼소?"

"저는 모릅니다."

전 참령은 고개를 젓다가 단동주의 표정을 보고는 황급히 덧붙였다.

"자세히 알아보지 않아 정말 모릅니다."

"시간이 많지 않소. 상대는 기다릴 수 있어도 우리는 기다릴 틈이 없소. 그러니 지금 당장이라도 조사를 시작하는 게 좋을 것이오."

단동주는 그의 이마에 맺힌 땀을 흘낏 보면서 바짝 다가섰다.

"경성에서 급히 오느라 겨우 수십 명밖에 데려오지 못했으니 여러 방면에서 전 참령의 도움이 필요하오. 그래서 이토록 후한 조건을 내건 것이오. 이 기회를 놓치면 돌이킬 수 없으니 잘 붙잡기를 바라오."

랑야방에 이름을 올린 만큼 단동주의 의지력은 보통 사람에 비할 바가 아니었다. 그는 전 참령에게 압박을 가하는 동시에 다른 부분도 포기하지 않고 끈질기게 증인들의 행방을 조사했다.

래양후의 거처 다섯 곳을 급습한 일이 어떻게 새어나갔는지가 이번 조사의 핵심이었다. 연루된 사람이 너무 많고 관계도 복잡하여 얼핏 봐서는 정확히 파악할 수 없을 것 같지만, 상금을 듬뿍 쥐여주면 이 세상에 풀어내지 못할 실타래는 없다는 것이 단동주의 생각이었다.

그는 당근과 채찍 정책을 써서, 엄벌을 내리는 한편 무거운 상금을 걸어 그날 관병의 움직임을 탐문한 사람이 누구인지 속속 알아냈고, 부하 가운데 고문에 능한 자를 시켜 쓸모 있는 단서를 잡아내기 위해 그들을 다그쳤다.

하늘은 스스로 돕는 자를 돕는다더니, 전 참령이 그에게 힘을 보태기로 한 다음 날 단동주도 오랫동안 기다린 보람을 얻었다.

지난번 대동부에 왔을 때 단동주는 이런 일에 대비하여 관아와 이웃한 세 채짜리 원락을 사두었기에 장경유가 내준 곳에 머물지 않아도 되었다. 독립적으로 쓰는 문이 있어 드나들기가 자유로운 데다 안채 뒤에 있는 적당한 크기의 뜰은 남몰래 잡아온 사람들을 모조리 모아놓고 심문하기 좋았다.

그를 매우 기쁘게 만든 돌파구는 바로 임시로 개설한 이 심문실에서 나온 것이었다.

아역인 소동(小垌)은 사료방에서 일하는 대동부 토박이였다. 제풍당에서 무료로 아버지의 병을 치료해준 뒤로 고마움을 느껴 종종 과일과 채소 같은 것을 전하며 감사를 표하다보니 시간이 지나면서 제풍당 사람을 많이 알게 되었다. 래양후를 급습하던 날, 그 역시 전 참령에게 소집되었고 그 기회에 여러 소식을 제풍당에 전했다. 단동주는 부하를 시켜 추적한 끝에 어제 그를 찾아내어 이곳 심문실로 끌고 와 고문했다.

제풍당이 개입된 것은 이미 알려진 사실이니 단순히 그곳의 지시를 받았다는 자백은 쓸모가 없었다. 보통 사람인 소동은 고문을 견디기 힘든 나머지 무슨 말을 해야 목숨을 건질 수 있을까 하고 필사적으로 머리를 쥐어짰고, 하루 종일 고민한 끝에 쓸 만한 것이 떠올랐다.

"문 닫은 술도가? 문을 닫은 술도가가 드문 것도 아닌데 어째서 우리가 찾는 자들이 그곳에 숨어 있다고 생각하느냐?"

단동주의 음산한 눈빛에 소동은 덜덜 떨면서 모기 소리로 대답했다.

"이틀 전에…… 그 부근에서 제풍당의 운 아주머니가 그쪽에서 오는 것을 보았습니다요. 소인이 인사를 했더니, 뭐라더라…… 낭자에게 사줄 것이 있어 나왔다 했습지요. 하지만 소인이 알기로 그쪽에는 시장도 없고 점포도 없어서……."

증인들이 숨어 있을 만한 곳을 알려주는 단서였으니 실로 중요한 내용이었다. 단동주는 흥분한 나머지 열이 오르는 것 같아 엄지손가락과 집게손가락 사이를 꽉 꼬집어 냉정하려 애썼다.

몇 차례 직간접적으로 맞붙은 뒤로 대동부에서 대치하는 양측은 이제 돌이킬 수 없는 사이가 되었다. 관아 입장에서는 래양후와 북쪽 국경에서 온 사람이 제풍당에 있다는 것을 알면서도 그 신분 탓에 무작정 달려들어 쓰러뜨릴 수가 없었다. 하지만 상대방도 마찬가지였다. 북쪽 국경에서 온 사람은 은밀하게 움직이느라 많은 부하를 끌고 오지 못한 것이 분명했고, 아무래도 증인과 물증을 성 밖으로 안전하게 호송할 만큼 사람을 모으기가 쉽지 않았다.

양쪽은 대치한 채 교착상태에 빠졌지만, 그렇다고 언제까지나 이렇게 있을 수만은 없었다. 단동주도 알다시피 경성에서 파견한 특사가 오고 있었고 북쪽 국경에서도 구원병을 보냈을지 몰랐다. 시간을 끌면 끌수록 상대방의 승산만 커질 뿐이니, 그에게 유일한 기회는 소동의 입에서 나온 이 단서를 이용해 오랫동안 소식이 끊긴 증인들을 찾아내는 것이었다.

단동주의 상황 판단이 조금도 틀리지 않았음은 그 누구도 부인할 수 없었다. 소평정이 편안하게 지낼 수 있는 것도 확실히 승기를 거머쥔 지금 위험을 무릅쓰고 경거망동할 생각이 없기 때문이었다.

"평정, 폐하께서 파견하신 특사는 지금 어디쯤 와 있을까?"

아무래도 곱게만 자란 소원계는 사촌동생만큼 차분하지 못해 벌써 이틀째 똑같은 질문을 여러 차례 했다.

"걱정 마. 우리가 가만히 있으면 적들도 움직이지 못하니 특사가 빨리 오든 늦게 오든 상관없어."

소평정은 그를 위로하고는 턱을 괸 채 하늘을 올려다보았다.

"지금 내가 걱정하는 건 그게 아니야."

소원계는 금세 긴장했다.

"그럼?"

"단동주 같은 랑야방 고수가 대동부에 있으니 아무래도 또 다른 증인이 걱정된단 말이야."

"응?"

소원계는 깜짝 놀라 벌떡 일어났다.

"또…… 또 다른 증인이 있어? 누구?"

"생각해봐. 이 사건과 경성에 가장 직접적으로 이어져 있는 사람이 누구겠어?"

소평정은 눈을 가늘게 뜬 채 손가락으로 차 쟁반을 톡톡 두드렸다.

"대동부의 장 부윤이 없으면 경성에 있는 배후자를 밝혀내지 못할지도 몰라. 한 이틀 생각해봤는데 역시 불안해. 장 부윤은 없으면 안 될 사람이니 가서 살펴봐야겠어."

소원계는 그의 생각을 따라 곰곰이 헤아려보더니 절로 눈을 찡그렸다.

"대동부의 부윤은 조정의 관리야. 너와 내게 부릴 사람이 충분했더라도 그자를 체포할 권한이 없는데, 폐하께서 보내신 특사가 오기 전에 가서 살펴본들 무슨 소용이야?"

"적어도 지금의 처지를 깨우쳐줄 수는 있잖아."

소평정은 어깨를 으쓱했다.

"생각해봐, 장경유는 연루되었다는 증거가 확실하지만 경성의 배후자는 아직 빠져나갈 여지가 있어. 부윤 대인이 그 점을 확실히 이해한다면 좀 더 조심하겠지."

"무슨 말인지는 알겠어. 하지만 단동주가 관아 부근에 묵고 있는데 벌건 대낮에 무슨 수로 몰래 그에게 접근할 생각이야?"

소평정은 고개를 들고 크게 웃으며 그의 어깨를 툭툭 쳤다.

"난 장림부의 둘째 공자잖아. 대동부 부윤을 만나는데 몰래 접근할 이유가 어디 있어? 당연히 벌건 대낮에 명첩을 건네고 당당하게 정문으로 찾아가야지."

장림부 둘째 공자는 장경유를 이렇게까지 걱정하고 있었지만, 관직에 몸담은 지 오래인 부윤 대인은 사실 누가 일깨워주지 않아도 자신의 처지를 잘 알고 있었다. 단동주가 침몰선을 불태운 다음 날, 그는 심복을 시켜 아내와 아이들을 슬그머니 시골로 피신시켰고, 경성과 주고받은 서신 가운데서 가장 긴요한 것들을 가려내어 서재의 비밀 공간에 숨겼다.

그 비밀 공간의 위치는 당연히 전 참령도 알고 있었다. 단동주와 거래를 맺은 뒤로 그는 시시각각 기회를 노렸지만 돌볼 처자식이 떠나고 공무에도 손을 놓은 장경유는 며칠 동안 서재에 틀어박혀 좀처럼 그곳을 떠나려 하지 않았다. 그 바람에 전 참령은 한참을 기다린 끝에야 겨우 비밀 공간에 접근해 서신을 훔쳐냈다.

기름종이에 잘 싸서 실로 단단히 묶어놓은 문서는 두루마리 하나 정도밖에 되지 않았다. 이를 손에 넣은 단동주는 펼쳐보지도 않고 손바닥에 공력을 끌어올려 비볐다. 종이가 열을 내며 까맣게 변하더니 잿더미가 되어 흩어졌고, 이 광경을 본 전 참령은 가슴이 철렁해 얼굴이 하얗게 질렸다.

"전 참령은 믿을 만한 사람인 줄 알았소."

단동주는 그의 표정에는 신경도 쓰지 않고 빙그레 웃었다.

"마침 잘 왔구려. 도움을 청할 일이 한 가지 더 있소."

전 참령은 정신을 가다듬고 두 손을 모았다.

"분부하십시오."

"장미방의 옛 경마장 뒤쪽에 버려진 지 오래된 술도가가 있소. 어디인지 아시오?"

"압니다."

단동주는 눈동자에서 빛을 뿜으며 말을 이었다.

"호만협에서 달아난 증인 넷은 십중팔구 그곳에 숨어 있을 것이오. 정예 부하들을 모아 나와 함께 당장 그곳으로 가서 잡아들여야 하오. 이번에는 결코 실수하지 않을 것이오."

전 참령은 무슨 생각을 하는지 잠시 멍해졌다가 불쑥 물었다.

"진 선생, 아직 증인을 처리할 기회가 있다면 우리 부윤 대인도…… 혹시 살아나실……."

단동주는 이런 상황에서도 옛 주인을 걱정하는 그의 말이 참으로 의외였다. 단동주는 황급히 온화한 웃음을 떠올리며 그를 위로했다.

"아아, 물론이오. 경성의 송 대인과 부윤 대인은 오랫동안 정을 나눈 사제 간이 아니오? 부득이한 경우가 아니고서야 부윤 대인이 해를 입는 것을 바라실 리가 있소?"

아무래도 오랫동안 장경유를 따른 전 참령은 몰래 문서를 훔친 일이 마음에 걸리던 터라, 상황이 호전될 기미가 보이자 다시 기운이 솟아 두 손을 모아 인사하고 급히 부하들을 불러 모으러 갔다.

그의 모습이 사라진 뒤 단동주는 냉소를 흘리며 옆에 선 부하를 돌아보았다.

"요 며칠 지켜보니 장 부윤은 끝까지 버틸 자가 못 된다. 안전을 위해서 우리가 떠나자마자 처리하도록 해라."

선류영의 명장

—

07

—

대동부 관아는 성 남쪽 중심가 뒤편에 있었고, 대문 앞에 펼쳐진 널따랗고 탄탄한 흙길에는 용무 없이 지나는 사람은 많지 않았다. 장림부의 인장이 찍힌 명첩을 건네고 얼마 지나지 않아, 통판(通判, 주의 곡식 운송이나 송사 등을 담당하는 지방관 혹은 지방관을 관찰하는 관직-옮긴이) 두 명이 황공한 얼굴로 달려나와 은근한 태도로 소평정을 대청으로 안내한 후 심부름꾼을 시켜 후원에 있는 부윤 대인에게 통보했다.

평소 습관대로라면 그때쯤 장경유는 서재에 있어야 했다. 하지만 쉰에 가까운 나이에 연일 긴장된 나날을 보내다보니 몸이 견뎌내지 못했고, 이날도 아침 일찍 억지로 몸을 일으켜 잠시 걷다가 다시 방으로 돌아가 누웠다.

관아 대청에서 보낸 심부름꾼이 중문에 와서 전갈하자, 집사는 한시도 지체하지 않고 달려가 장경유에게 명첩을 내밀었다. 비몽사몽이던 장경유는 '장림' 이라는 두 글자를 보는 순간 놀라서 벌떡 일어나 앉았다. 등줄기가 오싹했다. 그는 넋이 나간 듯 한참을 멍하니 있다가 비로소 억지로 일어나 옷을 차려입고 손님을 맞으러 나갔다.

겨울이라 침실 밖에는 두꺼운 솜가리개가 걸려 있었다. 집사가 한 발 앞서 나가 가리개를 걷어 올리는데, 별안간 시퍼런 검광이 날아들어 가슴을 꿰뚫었다. 집사는 찍소리도 내지 못한 채 쓰러졌고 시뻘건 피가 마룻바닥을 흠뻑 적셨다.

장경유는 넋이 빠질 듯이 놀라 허둥지둥 뒤로 물러났다. 푸른 장삼을 입고 검을 들고 달려든 사람은 늘 단동주 곁에 있던 부하였다. 그를 알아본 장경유는 사태를 짐작한 듯 안방으로 달아나며 소리소리 질렀다.

"여봐라! 누구 없느냐!"

검날에서 핏방울이 뚝뚝 떨어졌다. 단동주의 부하는 검을 내던지고 소매에서 하얀 비단을 끄집어내며 담담하게 말했다.

"공연히 애쓰지 마십시오, 대인. 제가 방금 깨끗이 청소해 바깥에는 아무도 없습니다. 소리쳐도 들을 사람이 없지요."

그 말과 함께 쫓아온 그가 담벼락까지 달아난 장경유를 붙잡아 비단으로 목을 친친 감고 그 끝을 들보 위로 던졌다. 그리고 능숙하게 매듭을 지으며 탄식을 섞어 말했다.

"진 선생께서는 상황이 어쩔 수 없으니 대인이 자결하여 마무리 짓는 것이 좋겠다고 생각하십니다."

장경유는 필사적으로 발버둥 치고 허우적거렸지만 벗어날 수가 없었다. 푸른 장삼을 입은 사람이 살짝 힘을 주자, 장경유의 발끝이 돌바닥에서 떨어지면서 허공으로 떠올랐다.

그 순간, 한 줄기 검광이 번쩍이며 날아들어 하얀 비단을 싹둑 자르더니 빙그르르 회전하여 왔던 곳으로 돌아갔다. 장경유가 바닥에 세차게 곤두박질치는 동시에 소평정이 되돌아오는 보검을 받으며 창문을 통해 안으로 뛰어들었다.

푸른 장삼을 입은 사람은 바닥에 던진 검을 주울 틈도 없이 손바닥을 휘둘러 공격했지만, 이삼 초를 주고받기도 전에 소평정에게 걷어차여 벽에 힘껏 부딪혔다가 바닥에 너부러졌다.

장경유는 떨리는 손으로 목에 감긴 비단을 마구 풀어냈다. 가까스로 숨통이 트이자 캑캑거리며 기침을 해대는 그의 얼굴은 눈물투성이였다.

그 가엾은 몰골을 보고도 소평정은 혐오스럽게만 느껴져 차갑게 말했다.

"부윤 대인, 대인도 한 지방을 다스리는 관리가 아니오? 옳고 그름을 가릴 줄만 알았더라면 이런 지경에까지 처하지는 않았을 것이오."

말을 마친 그는 몸을 굽혀 장경유를 일으켜 세웠다.

그때 반쯤 닫힌 안채의 문이 벌컥 열리고 임해가 다급히 들어오며 높은 목소리로 외쳤다.

"둘째 공자!"

소평정은 깜짝 놀라 황급히 장경유를 끌고 문을 나갔다.

"무슨 일이오?"

실패로 끝난 지난번의 체포 작전과는 달리, 단동주는 이번에는 자신의 부하들과 전 참령이 이끄는 정예 관병만 데리고 빠르고 은밀하게 움직였고, 그 인마가 길 입구에 이르렀을 때에야 제풍당에 소식이 전해졌다.

소평정은 관아로 갔고 임해는 일개 의원에 불과했기에, 소원계는 반드시 자신이 그들을 막아야 한다는 것을 깨달았다. 그는 아태의 강력한 반대를 물리치고 몇 안 되는 시위들을 이끌고 달려갔다. 증인 중에 제풍당 의원이 셋이나 있었기 때문에 주인 곽씨도 두 손 놓고 있을 수는 없어 자원자를 소집하여 그 뒤를 쫓았다.

임해는 그 정도 숫자로는 아무리 신분 높은 래양후라 해도 사람들을 구해낼 수 없다는 것을 알았다. 가능한 한 소평정을 무심하게 대하던 그녀지만, 위기가 닥치자 그에게는 좋은 방법이 있으리라는 생각이 절로 들어 황급히 관아로 달려가 소식을 전했다.

단동주가 느닷없이 정확한 목표를 찾아 공격해왔다는 소식을 듣자 상황이 좋지 않음은 알았지만, 소평정의 머릿속은 도리어 차분하게 가라앉았다. 그는 말 두 필을 찾아 장경유를 끌고 임해와 함께 술도가로 길을 재촉했다.

버려진 술도가는 그리 작지 않았고 앞쪽에는 잡초가 무성한 오래된 경마장이 있어 사방이 탁 트였다. 들쭉날쭉하게 둘러 세운 울짱과 야트막한 담은 태반이 무너져 낡아빠지고 비틀린 울짱 문만 남은 채였다.

단동주는 일부러 몇 걸음 뒤에서 말을 세우고 부하들에게도 움직이지 말라는 손짓을 한 뒤, 전 참령에게 나아가 명을 전하게 했다. 대동부의 관병들은 두 갈래로 나뉘어 술도가를 단단히 포위하고 곳곳을 수색하기 시작했다.

먼지가 잔뜩 쌓인 텅 빈 통, 망가지고 깨진 양조 도구가 쌓인 초가, 술통이 놓인 커다란 천막은 거친 손길에 죄다 엉망이 되었다.

단동주는 움직이지 않았지만 시선은 한시도 쉬지 않고 주위를 천천히 훑었다. 끊임없이 주위를 살피던 그는 마지막으로 술도가 깊숙한 곳에 있는 기와집을 바라보며 충고했다.

"이렇게 큰 술도가에 지하 술창고가 없겠소? 사람들을 발견하지 못하면 지하 창고 입구를 찾아보시오."

전 참령은 곧바로 뒤쪽에서 명을 기다리던 관병들을 불러 기와집을 가리켰다. 관병들이 명령을 수행하려는 순간, 말발굽 소리가 요란하게 울리며 소원계가 수십 명을 이끌고 나는 듯 달려왔다. 그 일행은 반쯤 무너진 울짱을 넘어 기와집 나무문 앞을 가로막고 섰다.

주위를 겹겹이 에워싼 관병들에 비해 소원계의 인마는 무척 빈약했지만, 금관을 쓰고 화려한 장포를 입은 그와 비단 옷에 검은 장화 차림의 시위들 모습에서 신분 높은 사람다운 위엄이 풍겨 어수선하던 분위기도 삽시간에 가라앉았다.

경성에서 온 단동주는 실권 없는 래양후 따위는 안중에도 없었다. 그래서 다소 위축된 전 참령을 보자 스스로 말을 몰아 앞으로 나서며 목소리를 높였다.

"대동부에서 공무를 집행하는데 래양후께서 무슨 일이십니까?"

소원계는 그를 무시한 채 말에서 내려 한 걸음 나섰다. 심호흡을 한 뒤 고개를 들고 좌우를 둘러보던 그가 소리 높여 말했다.

"모두 듣거라. 나 소원계는 선제의 황손으로, 황제 폐하의 은혜를 입어 래양후에 봉해졌다. 이 술도가는 본래 주인이 내게 팔았으니 곧 우리 래양부의 사유지다. 그 누구라도 나의 허락 없이 함부로 들어오면……."

그가 패검을 쉭 뽑았다.

"폐하의 위엄을 우습게 본 것으로 알겠다!"

경성에서 멀리 떨어진 지방의 관병들에게 황제를 능멸한 죄란 너무나도 크고 무서웠다. 그들이 놀라 얼어붙자 전 참령도 다소 불안한 얼굴로 단동주를 돌아보았다.

단동주는 껄껄 웃음을 터뜨렸다.

"참으로 우스운 말씀이십니다, 래양후. 뭐, 이 술도가를 구입하셨다고 믿어는 드리지요. 허나 개인적으로 얻은 재산이고 황실에서 내린 채읍(采邑, 공을 세운 사람에게 조세를 받을 수 있도록 하사하는 땅-옮긴이)도 아니지 않습니까? 지방관이 흉악한 죄인을 체포하는데 문 앞을 가로막고 방해할 권리는 없으십니다. 참, 그렇군요. 래양후께는 황실에서 하사받은 채읍이 전혀 없으니 아무래도 구분이 잘 되지 않으시는 모양입니다."

악의적인 조롱이 담긴 말에 소원계의 눈가 근육이 파르르 떨렸다. 아픈 곳을 찔리자 가슴에서 노기가 치밀어올라 당장 말이 나오지 않았다.

전 참령의 시선이 몇 차례인가 단동주와 소원계 사이를 왔다갔다했다. 그는 여전히 망설였지만 이제 와서 물러설 수도 없어 굳게 마음먹고 한 손을 쳐들며 명령했다.

"형제들, 명을 수행하라."

다급해진 소원계가 검 끝으로 그를 똑바로 겨누며 날카롭게 외쳤다.

"누가 함부로 움직이느냐! 전 참령, 그대는 조정의 관직을 맡고 있으니 우리 대량이 법도를 따르는 나라임은 잘 알 것이다. 정말로

도적을 잡으러 왔다면 어떤 사건인지 설명해보라. 체포 명령은 누가 내렸으며, 공식 문서는 어디 있는가?"

전 참령은 약간 달아오른 얼굴로 대답했다.

"이곳이 흉악한 죄인들의 소굴이라 하여 부윤 대인께서 친히 체포하라 명하셨습니다. 공식 문서도 당연히 있으나, 죄인을 추포하는 것이 우선이니 고발장을 보고 싶으시다면 나중에 다시 이야기하시지요. 여봐라, 수색하라!"

가까이에 있던 관병 몇 명이 우물쭈물 서로를 바라보았지만 끝내 명을 거역하지 못하고 기와집을 향해 달려들었다. 소원계가 얼굴을 굳히더니 가장 먼저 달려오는 관병을 향해 검을 내질렀다. 한광이 번뜩이고 새빨간 피가 튀더니, 관병은 뒤로 푹 쓰러져 다시는 움직이지 않았다. 전 참령은 깜짝 놀랐고, 단동주마저 뜻밖인 듯 두 눈썹을 세웠다.

뺨에 핏방울이 튄 채 전 참령의 눈을 똑바로 노려보며 말하는 소원계의 목소리는 몹시도 단호했다.

"왜? 내가 경성에서 한가롭게 지낸다고 해서 소리만 지를 줄 알고 사람을 죽이지는 못할 줄 알았느냐?"

단동주의 안색도 어둡게 가라앉았다. 그는 눈썹을 치켜세운 채 푸른 장삼을 입은 부하들을 돌아보며 명령을 내렸다. 눈가에 살기가 어린 그의 부하들은 대동부의 관병들과는 확연히 달라, 명이 떨어지자마자 추호의 망설임도 없이 앞으로 달려들었다.

그들이 직접 래양후를 상대하자, 전 참령은 속으로 안도의 숨을 쉬며 관병들에게 이 조그마한 싸움터를 돌아 기와집으로 쳐들어가라는 손짓을 했다. 주인 곽씨가 데려온 제풍당 사람들이 필사적으로 가로막았지만, 아무래도 용감무쌍한 무사들은 아니었기에 연신 뒤로 밀렸다. 다행히 대동부 관병들이 제풍당의 명성을 생각해 거칠게 공격하지 않았기 때문에 큰 사상자는 없었다.

조급해진 소원계는 하얗게 반짝이는 검을 휘두르며 제법 솜씨를 뽐냈고, 푸른 장삼을 입은 일고여덟 명이 그를 에워쌌다. 뒤에서 그 모습을 잠시 지켜보던 단동주는 감탄한 표정을 지었다. 그가 잡고 있던 말고삐를 놓고 손을 살짝 들자 손바닥에 불그스름한 빛이 은은하게 맺혔다.

그때 기와집 문이 우지끈 무너지며 먼지가 풀풀 날렸다. 전 참령이 부하들을 이끌고 안으로 뛰어들려는 찰나, 어디선가 조그마한 은빛 칼들이 날카로운 소리를 내며 날아들었다. 칼 하나하나가 제각각 다른 목표를 향해 날아들고 있어서 문으로 몰려들던 관병들은 몇 걸음 비켜설 수밖에 없었다.

단동주가 눈을 찡그리며 비도가 날아든 쪽을 돌아보니, 말 위에 단정하게 앉은 임해가 비도를 던진 손을 거두고 있었다. 그 옆의 청년이 장경유의 뒷덜미를 잡고 말에서 뛰어내리면서 매섭게 외쳤다.

"부윤 대인이 여기 계시다. 모두 멈춰라!"

날카로운 말투는 아니지만 귀에 쏙쏙 들어오는 목소리인데다 누렇게 뜬 장경유의 얼굴을 앞세워 더욱 힘이 있었다. 관병들은 무슨 상황인지 몰라 동작을 멈췄고, 혼전은 즉시 중단되었다.

단동주는 움찔했지만 재빨리 목소리를 높여 외쳤다.

"부윤 대인께서 도적에게 붙잡혔다! 전 참령, 어서 구하지 않고 무얼 하시오!"

전 참령이 머뭇거리며 입을 열려는데, 검광이 번쩍이며 소평정의 예리한 검날이 장경유의 목에 닿았다.

"좋소, 내가 붙잡았다 치고, 혹시 모두가 보는 곳에서 인질을 죽이도록 몰아붙일 생각이오?"

전 참령과 관병들은 그 자리에 얼어붙은 채 서로를 바라보았고, 지금껏 태연자약하던 단동주도 이를 악물었다. 소평정은 그 짧은 틈을 타서 장경유를 끌고 기와집 문 앞으로 다가갔다. 소원계의 옷자락에 묻은 피를 본 그가 걱정스러운 듯 물었다.

"괜찮아?"

소원계는 다른 이들과 함께 그에게 다가가 한숨을 돌리며 조용히 대답했다.

"괜찮아."

장경유를 소원계에게 넘긴 뒤, 소평정은 한 발 나아가 요패를 꺼내 사람들에게 보여주며 높이 외쳤다.

"대동부의 형제들 보시오. 이 몸은 장림왕부의 소평정으로, 부왕의 명을 받들어 호만협의 보급선 침몰 사건을 조사하러 왔소. 그러니 그대들이 잡으려는 도적은 결코 아니오. 그리고 여기 계신 래양후를 잘 보시오. 이분은 황실의 핏줄이니 당연히 죄인일 리 없소. 아무리 명을 받고 움직이는 사람들이라지만 조정의 관병이라면 머리가 없지는 않을 텐데, 아무 이유 없이 황족을 공격한 죄가 무엇인지 생각이나 해봤소?"

관병들의 얼굴 위로 놀라고 당황한 표정이 떠오르기 시작했다. 그들은 서로 마주 보다가 직속상관에게 시선을 돌렸지만, 전 참령은 어느새 식은땀을 뻘뻘 흘리며 그 자리에 얼어붙어 명령을 내릴 수도 없었다.

소평정과 겨루긴 했으나 그 신분은 알지 못했던 단동주는 그가 이름을 밝히자 속으로 깜짝 놀랐지만, 겉으로는 아무렇지 않은 척 냉소를 지으며 말했다.

"공자께서는 요패 하나로 장림왕부의 사람이라고 주장하는데 사실인지 아닌지 어찌 믿겠소? 더욱이 대동부의 도적은 본래부터 래양후와 무관했고 우리가 공격하려는 사람도 당연히 래양후가 아니오. 한데 황족을 공격한 죄라니, 그 무슨 말이오?"

"부윤 대인께서 이곳에 계시지만 여태껏 한 마디도 없으셨소. 전 참령이야 조정의 무관이니 의견을 피력하고 명을 내릴 권한이 있다는 것은 나도 인정하오. 그런데 그쪽은……."

소평정은 그를 향해 느릿느릿 시선을 던지며 오만한 표정을 지어 보였다.

"이 선생께서 어디서 굴러먹다 오신 분인지 누가 좀 소개해주지 않겠소? 대관절 어떤 자격으로 이런 자리에서 함부로 입을 놀리는 거요?"

단동주의 입술이 저도 모르게 부르르 떨렸다. 그가 옆에 선 전 참령을 흘기며 나지막이 말했다.

"전 참령, 저자의 몇 마디에 이렇게 겁을 집어먹으면 마지막 기회도 날아가고 말 것이오."

전 참령은 그의 재촉에 못 이겨 억지로 입을 열었지만 말투에는 전혀 힘이 없었다.

"공자께서 정말 장림왕부 사람이라면 필시 무슨 오해가 있는 것 같습니다. 이유가 어찌되었든 적어도…… 우선 부윤 대인을 풀어주시는 것이 어떻겠습니까?"

소평정은 보란 듯이 손을 놓으며 말했다.

"우리가 풀어준다 해도 장 대인께서 그쪽으로 가려 하지 않을 텐데. 그렇지 않소, 장 대인?"

죽다 살아난 장경유는 여태 놀란 마음이 가라앉지 않아 온몸을 부들부들 떨었다. 소원계가 팔을 잡아주지 않았다면 똑바로 서지도 못하는 상태여서 말을 할 수 있을 리 만무했다.

"형제들, 잘 보아라. 대인께서 저러시는 것은 협박을 받았기 때문이 분명하다!"

물러날 곳이 없다는 것을 깨달은 전 참령은 마음을 굳게 먹고 소평정을 손가락질하며 외쳤다.

"공자와 래양후께서는 법도를 부르짖으시는데, 존귀한 두 분이 조정의 관리를 억지로 붙잡아두는 게 법도를 따르는 것입니까?"

정곡을 찌르는 한마디에 소평정은 움찔했다. 뭐라고 대답해야 좋을까 머리를 굴리는데, 별안간 멀리 술도가 바깥쪽에서 차분한 목소리가 들려왔다.

"법도 문제는 걱정하지 않으셔도 됩니다."

장내의 모든 사람이 깜짝 놀라 소리 나는 쪽을 돌아보았다.

술도가 바깥의 버려진 경마장에서 중심가까지는 화살을 쏘면 닿을 만큼 가까웠지만, 미리 손을 보아둔 덕분에 이쪽으로 들어오는 거리 입구에서 쓸데없이 기웃거리는 사람은 전혀 없었다. 쥐 죽은 듯 고요하던 길 쪽에서 별안간 병사들이 우르르 달려와 질서정연하게 술도가를 한 겹 더 포위했다. 대동부 관병들보다 몇 배는 많은 숫자인데다, 번쩍번쩍한 갑옷을 입어 위용이 넘치고 기세도 한층 드높았다.

술도가가 완전히 포위되자 말발굽 소리가 울렸다. 병사들이 양쪽으로 길을 터주자, 말 두 필이 빠르지도 느리지도 않게 차례로 들어왔다. 앞선 사람은 서른 살가량으로, 검은 갑옷을 입고 남색 장포를 걸쳐 고위급 장군 같았다. 그보다 약간 뒤에는 머리카락이 군데군데 희끗하고 온화한 얼굴을 한 사람이 따르다가 멀리서 소평정을 향해 공수를 하며 인사했다.

"펴, 평정, 저 사람은 혹시……."

소원계가 몹시 놀란 듯 눈을 휘둥그레 뜨고 물었다.

"백부님을 모시는 원숙(元叔) 아니야?"

소평정도 그제야 어찌된 일인지 깨닫고 잔뜩 눈을 흘기며 울적하게 말했다.

"내가 잘해낼 거라고 입이 닳도록 말씀하시더니, 역시 마음을 놓지 못하고 원숙까지 보내셨군!"

소원계는 두 눈썹을 치키고 고개를 갸웃하며 그를 흘끔 보았다.

"돌봐주시는 아버지와 형님이 있다는 건 좋은 일이야. 갖고 싶어도 갖지 못하는 사람이 얼마나 많은데 원망하긴!"

그러는 사이 장림왕부의 친위대가 울짱 문으로 들어와, 술도가 안을 포위하고 있던 관병들을 밀어내고 통로를 열었다. 검은 갑옷을 입은 장군과 원숙은 말을 몰아 술도가 앞 공터를 지나 단동주와 소평정 사이에 멈춰 섰다.

조금 전 멀리서 들려온 목소리는 바로 이 검은 갑옷을 입은 장군의 것이 분명했다. 그의 시선이 장경유에게서 전 참령에게로 옮겨갔다가 마지막으로 단동주를 살폈다. 곧이어 낭랑한 외침이 떨어졌다.

"폐하께서 대동부의 보급선 침몰 사건을 장림왕부에 맡기셨다. 나는 제주(齊州) 선류영(善柳營)의 삼품 참장 기침(紀琛)이며, 장림왕 전하의 명령으로 혐의가 있는 자를 체포하고 증인과 물증을 경성으로 호송하기 위해 왔다. 감히 이 일을 방해하는 자가 있다면 참할 것이다!"

마지막 한마디가 떨어지는 순간, 주위를 에워싼 병사들이 손에 든 창으로 땅을 힘껏 두드려 심장 소리같이 묵직하고 둔탁한 소리가 울렸다. 그러잖아도 누구의 말을 들어야 할지 몰라 갈팡질팡하던 대동부의 관병들은 이 말까지 듣자 더욱 혼란에 빠졌다. 수많은 관병이 단동주 등 핵심인물 곁에서 물러나 한쪽으로 모였고, 들고 있던 무기도 우르르 내던졌다. 전 참령마저 패색이 짙은 얼굴로 고개를 푹 숙였다.

장내를 제압한 기침은 미소를 지으며 소평정을 돌아보았다.

"장림왕 전하께서 둘째 공자를 보내시어 은밀히 조사를 하셨으니 지금쯤 결론을 얻었을 것이오. 혐의가 있는 자가 누구인지 지목해주시오."

그의 말이 끝나기도 전에 몇 장 떨어진 곳에 있던 단동주가 느닷없이 그쪽으로 날아들었다. 속도가 어찌나 빠른지 반쯤 몸을 돌리고 있던 기침은 돌아서서 맞설 겨를조차 없었다. 다행히 소평정이 랑야방에 오른 절정의 고수라면 어떤 상황에서도 가만히 포박을 받을 리 없다는 생각에 그를 예의주시하고 있었다. 단동주가 움직이는 순간 소평정 역시 검을 뽑아 가로막았다.

이 두 번째 싸움에서는 두 사람 다 남김없이 힘을 쏟아부었고, 새하얀 검광과 뜨거운 장풍이 어지러이 허공을 뒤덮으며 쉽사리 승부가 나지 않았다.

군인인 기침의 장기는 병사를 움직이고 진법을 펼치는 것이었고 이곳에 온 이유도 죄인을 잡기 위해서지 강호의 비무(比武, 무예를 겨룸—옮긴이)를 위해서가 아니었기에, 잠시 지켜보다가 장창 부대를 움직여 지원에 나섰다.

격렬하게 싸우던 단동주는 쌍장(雙掌)을 잇달아 휘둘러 소평정을 두어 걸음 물러서게 한 뒤, 공력을 끌어올려 맨손으로 사방에서 찔러오는 창날을 잘라내더니 다시 공력을 써서 잘려나간 창날을 암기(暗器) 삼아 힘껏 던졌다.

뜻밖에도 그의 첫 번째 공격 목표는 바로 한쪽에 혼자 서 있던 임해였다. 놀란 소평정이 장창수들의 어깨를 밟으며 나는 듯이 창날을 뒤쫓았다. 임해는 몸을 빙글 돌려 창날 하나를 피하고 다른 하나는 칼로 때려 떨어뜨렸다. 마지막 하나는 가슴팍으로 날아들었지만 때맞춰 도착한 소평정이 검으로 쳐냈다.

이 방법으로 가장 강한 적을 따돌린 단동주는 서둘러 달아나는 대신 다시 한 번 힘차게 손을 떨쳤다. 손바닥에 남아 있던 마지막 창날이 포위 바깥에 멍하니 서 있던 전 참령에게 똑바로 날아들었다. 방비할 생각조차 못한 그가 위험을 눈치 채기도 전에 번쩍이는 창날이 그의 목을 꿰뚫었고, 전 참령은 뒤로 쿵 쓰러졌다.

단동주의 부하들은 포위된 뒤로 꼼짝도 하지 않다가 그 장면이 무슨 지령이라도 되는 듯 동시에 움직여 단동주를 보호했다. 그 틈에 단동주는 포위를 뚫고 말 한 필을 훔쳐 달아났다.

지금 저 랑야방 고수를 붙잡지 못하면 경성으로 돌아가는 길이 얼마나 위험할지 그 누구보다도 잘 아는 소평정이었다. 이 때문에 그는 임해를 구해준 뒤 재빨리 옆에 있는 말에 올라 바짝 뒤를 쫓았다.

두 골목이나 쫓아갔지만 행인이 점점 많아지면서 거리가 벌어졌고, 네거리에 이르자 아무리 둘러보아도 단동주가 달아난 쪽을 알 수 없었다. 소평정은 어쩔 수 없이 고삐를 당겨 멈추고 언짢은 듯 머리를 긁적였다.

살기는 여전히

—

08

—

하룻밤 삭풍이 분 뒤, 대동부 관아의 기와에는 하얀 서리가 쌓이고 처마 끝에는 가늘고 짧은 고드름이 달렸다.

관아의 열린 샛문으로 융단 같은 검은 털을 가진 튼튼한 말이 끄는 마차 두 대가 나와 중문 밖에 있는 함거(轞車) 옆에 멈췄다. 정의원 일행을 안내하여 안채 쪽에서 나오던 원숙은 멀리 곁채 복도에 앉은 소평정을 발견하자 증인들을 친위병에게 맡기고 허둥지둥 달려와 웃는 얼굴로 예를 갖췄다.

"둘째 공자, 어젯밤에는 푹 주무셨습니까?"

소평정은 울적한 듯 콧방귀를 뀌었다. 그의 성품을 잘 아는 원숙이 싱글거리며 위로했다.

"너무 노하지 마십시오. 장림왕 전하께서는 그저 폐하께서 파견하신 특사는 필시 문관일 테니 오는 길이 굼뜬 것은 물론이고 인마를 많이 데려오지도 않을 것이라 생각하신 것뿐입니다. 공자께서 특사를 맞이하시더라도 결국 이웃 주부에서 병마를 조달해야 하는데 만에 하나 운이 나쁘면……."

아버지가 무엇을 걱정했는지는 소평정도 단박에 알 수 있었다. 이번 사건이 장경유라는 지방관이 혼자 저지른 일이라면 별로 문제 될 게 없지만, 그렇지 않다면 대동부와 이웃한 다른 지방관이 공모했을 공산이 컸다. 당장 여부를 판단할 수 없다면, 차라리 멀리 제주에서 사람을 데려와 공모자를 불러들일 가능성을 완전히 배제하는 것이 최선이었다.

머리로는 그렇게 생각하면서도, 아직도 부왕이 뒤에서 도와야만 일을 해결할 수 있다는 사실이 그를 울적하게 만들었다.

"내가 떠나자마자 부왕께서 그런 생각을 하신 거야?"

소평정이 원숙을 힐끗 보며 물었다.

원숙은 너털웃음을 터뜨렸다.

"그럴 리가요? 전하께서는 둘째 공자가 잘해내리라 굳게 믿으시고 평소에는 이 일을 생각조차 않으셨습니다. 한데 경성으로 돌아가는 길에 제주를 지나게 되었고, 선류영의 기 장군께서 예법에 따라 인사를 나온 겁니다. 품계도 높고 군을 잘 다스려온 분인데, 마침 세자께서도 그분이 일솜씨 좋은 명장이라는 소문을 많이 들었다 하시더군요. 전하께서는 잠시 생각하신 끝에 둘째 공자를 도우러 보내기에 꼭 알맞은 인물이라고 판단하셨지요. 그래서 이곳으로 보내신 겁니다."

그때 관아 대문이 활짝 열리더니 기침이 호위병들을 이끌고 돌아왔다. 지친 얼굴에 눈 밑이 거무스름했지만, 몸에서 풍기는 꿋꿋한 기세는 여전했고 발걸음에도 힘이 있었다.

선류영의 주둔지인 제주는 감남 다섯 주에 속하지 않기 때문에 장림왕부의 직속부대가 아니었다. 평소 장림왕을 만날 일이 거의 없던 기침은 그 명령을 가볍게 여기지 못하고, 오는 내내 말을 재촉하며 원숙보다 더 초조해했다. 어제 그 중요한 순간에 딱 맞춰 도착한 덕분에 혐의자를 붙잡고 증인을 지켰으니 안심할 만도 했지만, 달아난 자가 랑야방 5위에 오른 고수라는 말을 듣자 그는 또다시 초조해하며 부하들을 데리고 하룻밤 내내 성안을 샅샅이 뒤졌다.

마중하러 나온 소평정은 잔뜩 찌푸린 그의 눈을 보자 뜻대로 되지 않았다는 것을 알아차리고 두 손 모아 예의를 갖추며 위로했다.

"단동주 같은 절정의 고수가 그렇게 쉽게 잡힐 리 있겠어요? 수고가 많으셨군요."

기침도 재빨리 반례하며 겸손하게 말했다.

"별말씀을. 감히 전선의 보급을 끊다니 실로 비열한 짓이오! 나 또한 군에 몸담은 사람이니, 전하의 명으로 일말이나마 힘을 보탤 수 있어 참으로 영광이오."

그때 장림군의 호위병들이 안채에서 장경유를 끌고 나와 함거에 밀어 넣었다. 관복을 벗고 베옷으로 갈아입은 그는 산발을 한 채 함거의 울짱에 기대어 말없이 고개를 푹 숙였다.

기침이 그쪽을 흘낏 보더니 한숨을 내쉬었다.

"결국 저 지경이 될 것을 어쩌자고 그런 짓을 했는지 모르겠군. 이만한 일을 저자 혼자 생각해냈을 리 없소. 경성에 있는 배후자가 누구인지 털어놓았소?"

소평정은 고개를 저었다.

"증거 인멸을 위해 죽음을 당할 뻔한 뒤로 도대체 입을 열지 않아요."

원숙이 차갑게 코웃음을 쳤다.

"지금이야 말하지 않아도 상관없지요. 안전하게 경성으로 돌아가기만 하면 대리시(大理寺, 사건 심리와 형벌을 담당하는 관청-옮긴이)에서 잘 알아서 할 겁니다."

말은 그랬지만, 증인과 물증을 안전하게 경성으로 호송하는 것이 말처럼 쉽지 않음은 세 사람 다 잘 알고 있었다. 왕명을 받은 기침은 맡은 책임이 컸기 때문에 다른 사람들보다 훨씬 긴장한 듯 출발 전에 모든 것을 하나하나 손수 확인했고, 덕분에 소평정은 할 일이 없었다.

그사이 원숙은 임해를 찾아, 금릉성에 가서 할 일이 있으니 그들과 함께 경성으로 가라는 여 당주의 말을 전했다. 사부의 명을 대놓고 거역할 수도 없었지만, 이번 사고로 충격이 큰 정 의원 등도 그녀가 함께 있어주기를 바랐기에 임해도 반대하지 않았다.

그녀가 금릉성에 간다는 소식을 듣자 운 아주머니는 허둥지둥 짐을 싸주면서, 무슨 할 말이 있는 듯 자꾸만 입을 열었다 닫곤 했다. 이상하게 생각한 임해가 조용히 이유를 묻자 운 아주머니는 그제야 멋쩍은 듯 말했다.

"경성이 몹시 번화하다고 들었는데 여태 구경할 기회가 없었지요. 낭자 시중을 들 사람도 필요할 것 같고……."

임해는 귀하게 자란 규수가 아니어서 멀리 여행을 갈 때도 혼자 다니곤 했기에 시중들 사람은 필요 없었다. 하지만 기대에 찬 운 아주머니를 실망시키고 싶지 않아서 주인 곽씨를 불러 그녀를 데려가겠다고 전했다.

대략 이틀에 걸친 준비가 끝나자 기침은 마침내 출발 명령을 내렸다. 이 대오에서 가장 중요한 것은 역시 장경유가 탄 함거와 증인들이 탄 마차였다. 원숙이 데려온 장림부 직속 군사 60여 명을 지휘하여 그 옆을 지켰고, 4백 명에 이르는 선류영의 정예병들은 기다란 누에고치 같은 진형을 이루어 물샐틈없이 보호했다.

뒤에 남겨진 대동부의 성문이 점점 희미해져갔다. 멀어지는 대동부를 뒤돌아본 소원계는 저도 모르게 아련함에 젖어들었다. 처음으로 검을 뽑아 사람을 죽이고, 처음으로 사람의 피 온도를 뺨으로 생생하게 느낀 일은, 그로서는 결코 홀가분하게 넘길 문제가 아니었다. 아직도 손가락이 시시때때로 떨리고, 밤에는 악몽에 잠을 이루지 못했다.

다가닥거리는 소리와 함께 소평정이 말을 몰아 쏜살같이 그의 옆을 지나갔다. 대오의 끝에서 맨 앞으로 질주하며 상태를 점검하는 것이었다. 그는 바쁘고 부담이 컸던 나날에도 별달리 영향을 받지 않았는지 여전히 늠름하고 원기왕성했다.

소원계는 갑자기 자신의 나약함이 몹시도 부끄러웠다. 자신보다 한 살 어린 저 사촌동생은 잘해보려는 마음이 없다는 이유로 장림왕에게 자주 꾸지람을 들었지만, 그래도 아버지와 형을 따라 두 차례 전쟁터에 나간 적이 있었다. 황실 자제들의 모범이라 불리며 열여섯 살부터 홀로 한몫을 하는 그의 형은 더욱더 말할 필요가 없었다.

부러움도 부러움이지만 소원계는 한편으로는 마음이 쓰라렸다. 태어나면서부터 아버지가 없지만 않았다면, 어려서부터 명사의 가르침을 받았다면, 그 자신도 저들처럼 반짝반짝 빛날 수 있지 않았을까? 황제 폐하 앞에서도 거리낌 없이 껄껄 웃을 수 있지 않았을까? 소원계는 이런 생각을 하면 안 된다는 것을 잘 알면서도 떨칠 수가 없었다.

한 바퀴 순시를 돌고 돌아오던 소평정은 사촌형의 시선이 자신을 향한 것을 알아차리고 그를 향해 싱긋 웃어 보였다.

소원계는 마음속 깊숙한 곳에서 솟아나는 씁쓸함을 애써 억누르고, 말을 몰아 그에게 다가가며 웃는 얼굴로 말을 건넸다.

"기운이 넘치는 것은 알지만 앞으로 갈 길이 머니 고르게 힘을 써야 해."

"이 정도는 아무것도 아니야."

소평정은 턱짓으로 긴장을 풀지 않는 기침을 가리키며 말했다.

"기 장군 좀 봐. 한시도 긴장을 놓지 않잖아."

소원계는 앞쪽으로 시선을 던져 관도 양쪽으로 까마득히 펼쳐진 들판을 둘러보며 한숨을 쉬었다.

"랑야방 고수가 잠복해 있다는 것을 알면 그 누구라도 마음이 놓이지 않겠지."

두 사람은 약속이나 한 듯 어두운 얼굴이 되어 입을 다물었다.

대동부에서 경성까지는 파발마로 대략 열흘 거리였다. 기침이 데려온 군사는 모두 기병이었고 마차까지 있어 행군 속도가 그리 느리지 않았다. 이 속도면 대략 스무 날쯤 걸리니 섣달 초에는 금릉성에 도착할 것 같았다. 출발 전, 원숙은 두 갈래로 사자를 보냈다. 한 갈래는 천자의 특사에게 소식을 전해 되돌아가게 할 목적이었고, 다른 한 갈래는 경성에 있는 장림왕부에 소식을 전하는 목적이었다. 소평정도 문안 편지를 써서 경성으로 가는 사자 편에 보냈다.

달아난 단동주가 언제 갑자기 공격해올지 모르고 경성의 배후자도 쉽사리 포기하지 않을 것이기에 이번 여정에서 마음 편히 쉴 수 있는 사람은 아무도 없었다. 특히 기침은 매일 저녁 몸소 함거 주위를 살피지 않으면 더욱더 잠을 이루지 못했다.

그의 이런 신중함이 효과가 있었는지 일행은 순조롭게 분강을 건너 며칠 후에는 아득하게나마 금릉의 경계가 보이는 곳에 이르렀다.

기침은 널따란 언덕에서 잠시 쉬기로 한 뒤 지친 얼굴로 말에서 뛰어내려 곁에 있던 소평정을 향해 감개무량하여 말했다.

“오는 내내 방비를 하느라 밤마다 제대로 눈을 붙이지 못했소. 이제 늦어도 닷새면 경성에 도착할 것이니 간신히 긴장을 풀 수 있겠구려.”

소평정은 그를 빤히 보며 물었다.

“경성에 가까워질수록 더 긴장해야 하지 않을까요?”

기침은 흠칫하더니 제 이마를 탁 쳤다.

“그렇군, 그 말이 옳소. 아무래도 그 배후 인물의 힘은 대동부보다 이 경성에서 훨씬 강하겠지.”

호송대는 장 부윤을 태운 함거를 중심으로 둥그렇게 모여들었고, 장림왕부의 호위병들이 안쪽에서 경비를 섰다.

임해는 함거로 다가가 고개를 숙이고 앉아 있는 장 부윤에게 손을 내밀게 한 뒤 맥을 짚어보았다.

언덕에서 달려온 소평정은 그녀의 표정이 평소와 다름없는 것을 보자 다소 마음이 놓여 웃으며 말했다.

“오는 내내 한 마디도 안 했으니 죽지 않도록 조심해야 하오.”

임해는 대답하지 않고 옆으로 두어 걸음 비켜섰다. 마침 바람이 들어오는 통로였기에 '쏴아아' 소리를 내며 불어오는 바람에 소맷자락이 부풀어오르고 치마도 펄럭펄럭 휘날렸다. 소평정은 눈을 찡그리며 그녀를 마차 옆으로 잡아당겨 바람을 피하게 한 뒤, 어깨에 걸치고 있던 바람막이를 풀어 건넸다.

"의원은 건강을 잘 챙긴다더니 헛소문이었군. 초겨울 바람을 함부로 맞아서야 되겠소?"

임해는 바람막이를 받기는커녕 다시 한 걸음 물러서서 뺨 위로 흐트러진 머리카락을 정리하며 말했다.

"걱정하실 것 없습니다, 둘째 공자. 저는 늘 건강했으니 병이 나서 행군을 지체하는 일은 없을 거예요."

소평정은 돌아서서 마차에 오르는 그녀를 멋쩍은 눈길로 바라보았다. 어쩐지 씁쓸하고 기분이 처졌다. 모든 사람이 자신에게 친절하게 굴어야 한다고 생각하진 않지만, 오래 알고 지냈으면서도 여전히 소원하고 냉담한 그녀의 태도는 아무래도 이해할 수 없었다.

두 사람이 처음 만났을 때는 상황이 특별해서 기분 상하는 일이 조금 있었지만, 임해는 따지기 좋아하는 사람이 아니어서 감주성에서 있었던 일은 이미 훌훌 털어버린 것이 분명했다. 그 후 대동부로 오면서 이런저런 일을 함께 겪었고, 그동안 그녀의 태도로 보아 그를 미워하는 것은 아니었다. 지금 그녀의 태도를 표현할 적절한 단어를 고르라고 한다면, 다름 아닌 경계와 거부였다.

젊은 장림부 둘째 공자는 이리 고민하고 저리 반추해보았지만, 도대체 무슨 잘못을 했기에 그녀가 저토록 경계하는지 알 수가 없었다.

"또 무슨 생각을 하는 거야? 공연한 생각 말고 좀 먹어둬!"

언제 왔는지 소원계가 불쑥 나타나 그의 어깨를 힘껏 두드리며 따끈따끈한 전병 하나를 내밀었다.

전병을 받아들고 바닥에 털썩 앉은 소평정은, 소원계가 병사들을 흉내 내듯 씹어 넘기지도 못할 만큼 꾸역꾸역 전병을 입에 집어넣는 것을 보고 웃음을 터뜨렸다.

소원계는 그를 흘기며 포기하듯 입에 넣은 전병을 뱉어냈다.

"오는 내내 넋이 나가 있는 것 같던데, 대체 무슨 생각을 하는 거야?"

소평정은 전병을 한입 베어 물고 천천히 씹었다.

"별거 아니야. 사소한 궁금증이 하나 있는데 아무리 생각해도 모르겠어."

"너 같은 사람도 모른다고?"

소원계는 신바람을 냈다.

"뭐야, 어서 말해봐!"

"어째서 전 참령이었을까?"

소평정은 고개를 들고 눈을 가늘게 뜨며 말했다.

"단동주는 무예가 고강하고 담력이 크지만, 군사들에게 겹겹이 포위당한 상태에서 달아나기란 쉬운 일이 아니야. 그 위급한 순간에 위험을 무릅쓰면서까지 죽인 사람은 장 부윤이 아니라 전 참령이었어. 어째서 그랬을까?"

소원계도 재빨리 당시의 상황을 돌이켜보며 자신 없는 투로 말했다.

"그때 나를 비롯해서 몇 사람이 장 부윤 곁에 있었으니 실패할 까봐 그랬던 건 아닐까?"

"그렇다면 아무도 공격하지 않으면 되잖아!"

소평정은 살래살래 고개를 저었다.

"그때 그는 겹겹이 포위를 당해 눈만 깜짝해도 빠져나갈 기회를 완전히 잃어버릴 수도 있었어. 짬을 내어 누군가를 죽이는 건 위험한 짓이었지. 어차피 장 부윤이 살아 있는데 전 참령이 죽든 살든 무슨 의미가 있을까?"

그 말을 듣자 소원계도 다소 어두운 눈빛으로 진지하게 생각에 잠겼다.

운 아주머니가 뜨거운 물 한잔을 들고 그들을 지나쳐 조심조심 임해의 마차로 다가갔다. 그 모습을 바라보던 소평정은 문득 짚이는 데가 있어 남은 전병을 입에 쑤셔 넣고 재빨리 뒤를 쫓았다.

"아주머니!"

운 아주머니는 그를 돌아보고 급히 예를 갖췄다.

"둘째 공자."

"아주머니는 대동부 분이시니 한 가지만 여쭐게요."

"묻다니요? 무엇을요?"

운 아주머니는 몹시 놀란 듯 목소리를 높였다. 마차 안에 있던 임해가 그 소리를 듣고 가리개를 걷어 고개를 내밀었다.

소평정은 전병을 꿀꺽 삼킨 뒤 입을 슥슥 문지르며 말했다.

"전 참령은 대동부에서 일한 지 오래되었다고 들었어요. 어떤 사람인지, 집안 사정은 또 어떤지, 혹시 아세요?"

운 아주머니는 그의 진지한 질문을 받자 곰곰이 생각하더니 미안한 얼굴로 대답했다.

"둘째 공자, 부끄럽지만 저도 아는 것이 별로 없군요. 듣자니 전 참령은 란주(蘭州) 사람인데 양친이 모두 돌아가셨고 형제자매도 없다고 하더군요. 삼양군 출신으로 수년간 고생 끝에 승진하여 장부윤 휘하로 들어왔답니다. 아내를 두 번 맞아들였지만, 모두 병사했고 후사도 없다지요. 취미가 많지 않아 도박과 술만 즐겼는데, 그래도 부하들에게는 시원시원해서 평판은 좋은 편이었지요."

이 정도면 관아의 경력 문서보다 더 자세한 정보인데도 아는 것이 별로 없다는 말에 소평정은 어리둥절하다가 곧장 웃음을 터뜨렸다. 임해도 저도 모르게 생긋 웃고는 소평정을 돌아보았다.

"그런 것은 왜 물으시나요?"

그녀가 평소답지 않게 먼저 질문을 했지만, 어쩐 일인지 소평정 역시 평소답지 않게 미적거리며 대답하지 않았다. 젊은 의녀는 곧바로 가리개를 내리고 마차 안으로 고개를 집어넣으려 했다.

"아니오, 아니오. 오해요!"

소평정이 그녀가 내린 가리개를 허둥지둥 잡아 올리며 급히 해명했다.

"숨기려던 것도 아니고 일부러 뜸 들이려던 것도 아니오. 다만 아직은 추측일 뿐이니 정리가 되면 가장 먼저 알려주겠소. 그러니 부디 화내지 마시오."

별뜻 없이 한 말이라도 듣는 사람에게는 아무래도 이상해서 운 아주머니는 저도 모르게 웃음을 터뜨렸다.

"둘째 공자도 참, 우리 낭자가 그리 쉽게 화를 내실 분이에요?"

임해가 얼굴을 붉히며 그의 손에서 가리개를 잡아 뺐다. 소평정 역시 다시 생각해보니 말이 적절하지 못했던 것 같아 몇 마디 덧붙이려는데, 원숙이 성큼성큼 다가와 불렀다.

"둘째 공자, 기 장군께서 중요하게 상의할 일이 있다 하십니다."

소평정은 단단히 내려간 가리개를 흘끔거렸지만, 젊은 낭자가 탄 마차를 함부로 열고 들여다볼 수 없었기에 어깨를 축 늘어뜨린 채 쓸쓸히 돌아섰다.

기침이 핵심적인 인물들을 모아 상의하고자 한 일은 바로 다음 여정에 관한 것이었다. 정확하게 말하면, 경성에 들어가기 직전 하룻밤 묵을 곳을 결정하기 위해서였다. 책임자로서 이 문제를 오랫동안 생각한 그는 사람들이 모이자 자신의 의견을 말했다.

"계죽계(启竹溪) 말인가요?"

소평정은 경성 주변 지세를 머릿속에 떠올리며 가만히 셈을 해보았다.

기침은 고개를 끄덕이고 손에 든 나뭇가지로 모래 바닥에 그림을 그렸다.

"마지막 날 적절한 역관을 찾지 못하면 야영을 해야 하오. 우리 쪽에는 정예병이 4백이니 적이 손을 쓰려면 힘으로 공격하기보다 몰래 기습할 수밖에 없소. 그러니 계죽계 동쪽 골짜기에 영채를 짓자는 것이오. 양쪽에 물이 흐르고 한쪽은 깎아지른 절벽이니, 동쪽 한 곳만 전력을 다해 방비하면 되오."

원숙이 가장 먼저 찬성했다.

"옳습니다. 4백 정예병이 한 곳을 지킨다면 랑야방 고수를 선봉으로 내세우더라도 돌파하지 못하겠지요."

소평정은 손가락으로 천천히 턱을 쓰다듬으며 한동안 말이 없었다.

"나는 그 부분은 잘 모르지만……."

소원계가 그의 안색을 살피며 속삭였다.

"혹시 이견이라도 있어?"

소평정은 고개를 저었다.

"아니…… 장소는 괜찮아. 다만 그렇게 되면 적들이 함부로 공격하지 못할 테고, 경성에 돌아가기 전에 단동주를 잡아들일 수 없겠지. 그 생각을 하면 영 마음이 편치 않아서……."

기침이 위로했다.

"둘째 공자의 기분은 알겠소. 허나 아무래도 증인을 무사히 경성에 들여보내는 것이 가장 중요하오. 배후의 거물만 쓰러뜨리면 단동주 같은 끄나풀은 언젠가 반드시 붙잡힐 것이오."

소평정도 그 말뜻을 잘 알았고, 더 좋은 방법도 떠오르지 않아 하는 수 없이 고개를 끄덕이며 한숨을 쉬었다.

"기 장군의 말씀이 옳아요. 중요도에 따라 처리해야지요."

경성에 가까워질수록 예정된 여정대로 착착 맞아떨어진 데다 마지막 날 밤의 야영지도 정해지자 오랫동안 긴장의 끈을 놓지 못하던 기침도 마음이 다소 가벼워졌다. 덕분에 그는 그날 밤 푹 잠이 들었고, 다음 날 날이 훤히 밝은 뒤 원숙이 흔들어 깨워야 겨우 일어나 자비 없는 소평정에게 한참 동안 놀림을 당했다.

계죽계는 금릉성 서북쪽에 있었는데, 산골짜기 기온이 포근해서 사시사철 푸른 나무가 자라고, 수려한 골짜기와 맑은 물을 갖춰 경치도 훌륭했다. 경성에서 나고 자란 소평정도 이 주변을 잘 알았기 때문에 기침은 그에게 영채를 지을 만한 곳을 골라달라 청한 뒤 함거를 절벽에 바짝 붙여 세웠다. 이곳은 굽이치는 개울이 양쪽을 휘감아 흐르고 동쪽에만 길이 나 있어, 그곳에 정예병들을 겹겹이 배치하여 방비했다.

준비가 끝나자 해거름이 지면서 주위가 어두워지고, 영채 사방에서 모닥불이 활활 타올랐다. 마지막 하늘 빛이 사라지기 전에 소평정은 함거 주변을 한 번 더 둘러보았다. 장 부윤은 울짱에 기댄 채 고개를 푹 숙이고 앉아 절벽 방향으로 몸을 웅송그리고 있었다.

기침이 영채를 순시한 뒤 그의 곁으로 다가와 차갑게 말했다.

"내내 끈질기게 입을 다물고 있소. 저렇게 배후자를 보호한다고 하여 무슨 이득이 있는지."

소평정은 눈썹을 살짝 세울 뿐 말이 없었다. 원숙이 호위병 두 명을 데려와 큼직한 융단으로 함거를 완전히 덮으며 말했다.

"저는 나이가 많아 잠이 별로 없으니 한밤중까지는 제가 지키겠습니다. 기 장군과 공자께서 먼저 쉬시지요."

경성에 들어가기 전 마지막 밤은 당연히 적들에게도 마지막 기회였다. 기침과 소평정은 아무 말도 하지 않았지만, 속으로는 하룻밤 꼬박 깨어 있겠다고 생각했다. 동쪽에서 경계를 서는 초소 뒤에는 커다란 바위가 있었는데, 기침은 그 위에 바람막이를 깔고 가부좌를 틀고 앉았다. 소평정은 물가에 가까운 비탈을 골라 검을 껴안고 누웠다.

두 사람을 번갈아 보던 소원계는 연약하다는 소리를 듣기 싫어 마차에서 내려왔다. 그리고 바깥에 앉아 바람막이를 단단히 여미고 머리 위에서 쏟아질 듯 반짝이는 별들을 올려다보았다.

이날 밤은 바람도 없었고 겨울이라 풀벌레도 울지 않아 영채 전체가 고요했다. 탁탁 튀는 모닥불 소리와 졸졸 흐르는 개울물 소리만 희미하게 울릴 뿐이었다.

젊은 래양후는 한밤중까지 겨우 버텼지만 눈꺼풀이 점점 무거워져 저도 모르는 사이 마차 바퀴에 기댄 채 꾸벅 졸았다. 갑작스럽게 그를 깨운 것은 멀리서 들려온 소평정의 외침이었다.

"누구냐?"

소원계는 본능적으로 벌떡 일어났지만 눈꺼풀이 뻑뻑하고 시야가 뿌옇게 흐렸다. 황급히 눈을 비비고 보니, 뒤쪽 절벽 위에서 검은 그림자 하나가 빠르게 미끄러지더니 함거 위쪽에 정확하게 내려섰다.

옆을 지키던 장림왕부의 호위병들도 일제히 몸을 일으켰지만, 그림자는 그보다 빨리 손을 탁 떨쳐 날카로운 침 여러 개를 날렸다. 침들은 각기 다른 방향에서 함거로 날아들었고, 수레를 덮은 두툼한 융단에서 체를 터는 듯한 소리가 났다. 검은 그림자는 훌쩍 몸을 날려 맨 먼저 짓쳐오는 창을 피한 뒤 허공에서 침을 던져 측면에서 또다시 함거를 공격했다. 그런 다음 동쪽으로 몇 번 도약하여 모닥불 곁으로 달려갔고, 곧바로 정예병들에게 겹겹이 포위되었다.

소평정은 그를 내버려둔 채 기침과 동시에 함거로 달려가 융단에 빽빽하게 생겨난 작은 구멍들을 살폈다. 이렇게 빠짐없는 각도로 공격을 당했으니, 함거 안에 있던 사람이 어떤 자세를 취해도 요행을 바라지는 못할 것이었다.

그때쯤 잠에서 완전히 깨어난 소원계도 달려와 놀란 목소리로 물었다.

"어떻게 된 거야? 절벽을 타고 내려올 수는 있어도 함거의 위치를 이, 이렇게 빨리 알아낼 리가 없잖아?"

소평정은 싸늘하게 얼어붙은 얼굴로 몸을 돌려 정예병들 속에 얼굴을 드러낸 단동주를 냉랭하게 바라보았다.

숲처럼 삐죽삐죽 솟은 무기들이 자신을 겨눠 달아날 곳이 없는데도 이 랑야방의 고수는 전혀 두려운 기색 없이 입가에 미소를 지으며 성공의 기쁨을 고스란히 드러내 보였다.

"내가 며칠 동안 몸을 숨기고 쫓아온 것은 오로지 이 순간을 위해서였소. 나조차 이렇게 운이 좋을 줄은 몰랐는데, 둘째 공자께서도 참으로 뜻밖이었겠구려?"

소평정은 입을 꾹 다물고 한참 동안 그를 뚫어지게 보다가 차분하게 말했다.

"솔직히 말하면 당신이 기대한 것만큼 뜻밖이진 않았소."

그 말이 끝나기도 전에 소평정이 보검을 휘둘러 함거를 덮은 융단 한쪽을 걷었다. 함거 안에는 수십 개의 침이 떨어져 있었지만 사람은 없었다. 그와 동시에 장 부윤이 장림왕부의 호위병들에게 붙잡혀 임해의 마차 옆에서 끌려나왔다. 여전히 고개를 반쯤 숙인 채였고 얼굴은 죽은 듯 잿빛이었다.

이 결과에 단동주의 안색이 싹 변한 것은 물론이고, 소원계와 기침도 눈을 휘둥그레 떴다.

"분명히 원숙이 융단을……."

소원계가 망연자실한 표정으로 기억을 더듬으며 중얼거렸다.

"그 다음에는 아무도 건드리지 않았는데……."

기침은 아직도 놀람이 가시지 않았는지 억지로 마음을 가라앉히며 추궁했다.

"그렇소, 둘째 공자, 언제 죄수를 옮긴 거요? 내게도 비밀로 하다니!"

"언제 옮겼느냐고요?"

소평정은 턱을 들고 잠시 생각하다가 손가락으로 검날을 매만지며 대답했다.

"아마 저자가 어째서 전 참령을 먼저 죽였는지 알아차렸을 때겠지요."

소원계는 깜짝 놀랐다.

"알아냈어? 무엇 때문이야?"

소평정의 눈동자가 싸늘하게 식었다.

"경성에 있는 배후자의 이름을 댈 사람은 전 참령과 장 부윤 두 사람뿐이야. 운 아주머니께 들으니 전 참령은 홀몸이고 식솔이 없었어. 그런 사람은 일단 죽음이 닥쳐오면 어쩔 수 없이 배후자를 털어놓게 되어 있지."

그는 단동주의 눈을 뚫어지게 보며 자신에 찬 목소리로 말을 이었다.

"그래서 당신은 단 한 번 주어진 기회에 전 참령을 먼저 죽인 것이오. 처자식이라는 약점이 있어 협박할 수 있는 장 부윤은 동료가 처리하도록 남겨두고서."

이 마지막 한마디와 함께 그는 눈썹을 치키며 천천히 기침에게로 시선을 옮겼다.

"내 추측이 틀렸나요, 기 장군?"

기침의 칠흑 같은 동공이 급격하게 줄어들었다.

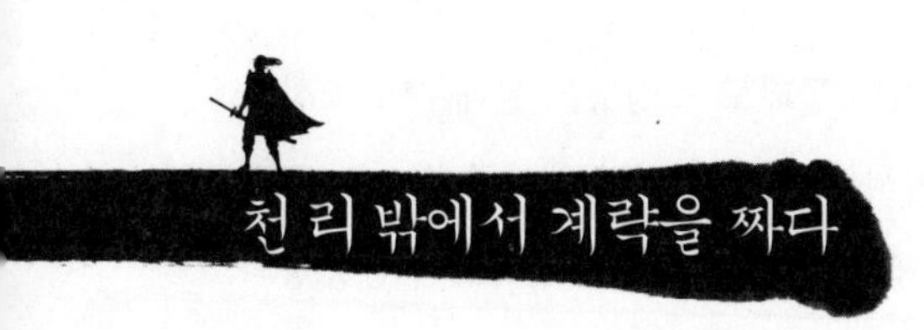

천 리 밖에서 계략을 짜다

—

09

—

금릉은 겨울 추위가 늦게 찾아왔다. 11월 말이 되어서야 잠깐 첫 눈이 흩날려 나뭇가지 끝과 기와지붕에 얇게 쌓였지만 다음 날 곧바로 맑게 개고 기온도 따뜻해졌다.

하지만 이 잠깐의 눈발도 장림왕부의 주(周) 집사에게는 큰 적이나 마찬가지였다. 그는 고르고 고른 수금탄(兽金炭, 신분 높은 사람들이 사용하는 고급 숯으로, 불을 붙여도 연기가 많이 나지 않음—옮긴이)을 써서 세자의 침전에 화로 두 개를 더 놓고, 하인을 시켜 문 가리개도 두툼한 솜으로 바꾸게 한 뒤, 아랫사람들에게 당부하여 출입할 때 한쪽만 살짝 열어 한기가 들어가 중상을 입고 휴양 중인 장림세자를 괴롭히지 않도록 했다.

소평장의 상처는 확실히 위험천만했다. 여건지가 따라와 보살펴줬으나 경성으로 돌아오는 동안 상태가 좋아졌다 나빠졌다를 여러 차례 반복했다. 처음에는 소정생도 그가 공연히 마음을 졸일까봐 보급선 침몰에 관한 소식을 꽁꽁 숨겼지만, 그럴수록 더 초조하게 만든다는 것을 알고 나중에는 터놓고 상의했다.

어린 시절 출신 때문인지는 몰라도 소정생은 본래부터 조정의 잡무를 별로 좋아하지 않아서, 장남을 세자로 책봉한 뒤에는 조정에 관한 일은 모두 세자에게 맡기고 있었다. 그러다보니 금릉성의 상황과 경성 사람들이 장림왕부에 느끼는 미묘한 감정은, 소평장이 부왕보다 잘 알았고 가슴속에 빙빙 맴도는 의혹도 부왕보다 짙었다.

대동부에서 보급선이 침몰한 일은 어디서 기인한 것이며 그 목적은 무엇일까? 상황은 계획대로 진행된 것일까, 아니면 실수로 걷잡을 수 없는 지경이 된 것일까? 황속군의 준비된 공격은 정말 누군가가 적국과 결탁했기 때문일까, 그 원수인 명장 완영(阮英)의 행운이었을까? 경성의 누군가에게 장림왕부의 존재는 단순히 혁혁한 군공을 세운 부담스런 세력이었을까, 아니면 그보다 깊은 적의를 품게 만드는 상대였을까?

부왕은 이미 환갑이 넘었고 머리카락도 희끗희끗해지고 있었다. 소평장의 가슴속에 맴도는 이런 의문 중 몇 가지는 부왕에게 내보일 수 있었지만, 다른 몇 가지는 공연히 근심을 부추기고 싶지 않아 속으로만 궁리할 수밖에 없었다.

단순하고 천진한 아우 소평정에 비하면, 일곱 살 많고 조정 일에 익숙한 소평장은 조정 사람들이 한통속이라는 것을 훨씬 잘 알았다. 정말로 이 사건을 뿌리까지 파낼 수 있으리라 기대하지 않지만, 그와 동시에 함부로 이 음모에 동참하여 이득을 보려던 자들을 절대 놓아주고 싶지 않은 마음도 있었다.

가지를 잘라내면 줄기는 생각보다 굵거나 튼튼하지 않을지도 모른다. 장림세자가 된 이래로 소평장은 늘 그렇게 생각하며 행동해왔고, 이번에도 예외는 아니었다.

대량 북쪽 국경의 방위선은 장림왕 부자가 구축했고, 전장의 상황을 헤아리는 일이라면 그 누구도 그들보다 정확할 수 없었다. 감주 뒤에는 요새가 없어 일단 보급이 끊겨 무너지게 되면 전쟁의 불길은 신속하게 남하하여 대량의 국토 깊숙한 곳까지 침투할 수 있었다. 적군이 선류영이 있는 제주에 이르기 전까지는 그 기세를 막을 만한 전력이 어디에도 없었다.

대유의 황속군도 제주에 이르렀을 즈음에는 힘이 다한 화살처럼 약해졌을 것이고, 그 상대인 선류영은 기침의 뛰어난 지휘 덕에 전력도 강했다. 정면에서 맞서 싸운다면, 기침은 자연스럽게 상황을 뒤집어 적군의 남하를 틀어막을 수 있었다.

군공(軍功).

다섯 주 수십만 백성을 적의 손에 내던진 것은 오로지 '군공' 때문이었다. 맨 처음 이런 추론을 했을 때 소평장은 노기가 부글부글 끓어올라 억누르기가 몹시 힘들었지만, 결국 마음을 가라앉혔다.

감주가 든든하면 선류영에는 기회가 주어지지 않을 것이고 기침은 엄연히 아무 관계가 없는 사람이었다. 그와 경성의 배후자가 무슨 음모를 꾸몄든, 장림왕부가 아무리 지위 높고 권력이 강해도 죄를 물을 수는 없었다.

소평장은 며칠을 꼬박 궁리한 끝에 작은 함정을 파놓고 기침을 끌어들이기로 했다. 경성으로 돌아가는 길에 제주에 들르자, 이웃한 행대군의 장수들이 찾아와 문안을 올렸다. 그 자리에서 장림왕은 대동부 부근 관리들도 믿음직스럽지 않다는 말을 꺼냈고, 사람들은 먼 곳의 병사를 동원하라고 제안했다.

기침의 입장에서 볼 때, 만약 이 사건에 연루되었다면 비록 직접 나설 기회를 얻지 못했더라도 경성과 주고받은 서신에 얼마간 흔적이 남았을 테니 마음이 불안할 수밖에 없었다. 대동부와 경성은 이곳에서 멀리 떨어져 있어 아무리 불안해한들 힘이 미치지 못했다. 그런데 뜻밖에도 장림왕이 힘을 쓸 기회를 제공한 것이다.

소평장의 헤아림은 주도면밀했다. 기침이 정말 무고하다면, 대오를 이끌고 경성까지 한번 다녀오면 그뿐이었다. 반대로 그가 정말 군공을 세우기 위해 그들과 공모했다면, 눈앞에 떡하니 바쳐진 증인과 물증을 가만히 두고 보지는 않을 것이었다.

멀리서 아득하게 경고(更鼓) 소리가 울렸다. 소평장은 등불에 비친 모래시계로 시간을 가늠하며 계죽계의 소식을 기다렸다. 멀리 제주에 장기짝 하나를 내려놓은 뒤로 그는 다시는 끼어들지 않았다. 아우 평정의 총명함과 기민함이 자연스럽게 대국을 승리로 이끌 수 있으리라 믿었기 때문이다.

이렇게 마음속에 모든 것을 그려놓은 장림세자와 달리, 지금 기침은 몹시 심란하고 머리가 무거웠다. 그래서 단동주가 어서 명령을 내리라고 재촉한 다음에야 겨우 선류영 4백 정예병의 무기 끝을 절벽 쪽으로 돌리게 했다.

절벽을 등지고 장 부윤과 정 의원 등을 맨 뒤로 숨긴 원숙과 장림부의 호위병들은 부채꼴 대형을 이뤘고, 소평정은 맨 앞에 섰다. 쌍방이 대치 상태에 들어간 것이다.

기침의 목소리가 살짝 떨려 나왔다.

"내 허점을 보인 적이 없는데, 둘째 공자는 대체 무슨 까닭으로 내게 의심을 품었소?"

소평정은 몇 걸음 앞으로 나아가 임해와 소원계에게 물러서라는 손짓을 하며 대답했다.

"솔직히 말하면 처음부터 장군을 완전히 믿진 않았어요. 그러다가 천천히 생각을 돌이켜보면서 하나하나 분명하게 알게 되었죠. 예를 들면, 출발하기 전에 장군이 가장 관심을 보인 것은……."

하룻밤 꼬박 수색을 하고 관아로 돌아온 기침이 가장 궁금해한 것은 바로 장경유가 배후자를 밝혔느냐 아니냐 하는 것이었다. 경성에 있는 배후자의 이름을 대지 않았다는 것만 확인하면, 매일 순찰하는 틈을 이용해 그에게 계속 침묵을 지키라는 협박을 할 수 있었다. 장경유는 죽을 수밖에 없는 처지지만 처자식에게는 살아날 길이 남아 있었다. 그러니 최후의 순간까지 쉽사리 입을 열지 않는 것은 당연했고, 덕분에 기침에게는 계략을 꾸밀 시간이 생겼다.

소평정은 입술 한쪽을 살짝 올리며 냉소를 지었다.

"장 부윤과 전 참령이 다르듯 장군과 단동주도 당연히 상황이 달랐지요. 당당한 삼품 장군으로서 창창한 앞길을 포기하고 싶지는 않았을 테니까요. 장 부윤을 죽여 입막음을 할까 하다가도 들킬까 두려워 아무래도 단동주처럼 거리낌 없이 굴 수는 없었겠죠. 경성까지 오는 동안 장군은 줄곧 적당한 기회만 노리고 있었을 거예요, 그렇죠?"

여기까지 설명하자 그 자리에 있던 사람들도 어찌된 일인지 알게 되었다. 소원계가 그제야 깨달은 듯 한숨을 길게 내쉬었다.

"그랬군. 다행히 원숙이 증인을 지키고 있었기에 손을 쓰지 못한 거야."

기침은 이를 부득부득 갈며 검 끝으로 절벽을 등진 사람들을 겨눴다.

"너무 똑똑한 사람은 명이 짧다고들 하지. 둘째 공자가 아무것도 몰랐다면 오늘밤 죽는 사람은 장 부윤 혼자였을 것이고, 나는 호송을 제대로 하지 못한 벌을 받겠지만 나머지는 큰 화를 입지 않을 것이오. 허나 안타깝게도 너무 많이 알고 있으니 모두 저자와 함께 죽는 수밖에!"

소원계가 버럭 화를 냈다.

"우리를 죽이면 폐하와 장림왕께서 가만히 계실 것 같소?"

"물론 뒤탈이야 있겠지! 하지만 제대로 보호하지 못한 죄가 죽을죄보다는 낫지 않겠소?"

기침은 쉰 소리로 고함을 치더니 음산한 어조로 물었다.

"둘째 공자가 모든 것을 알아냈다 한들 무슨 소용이오? 이 자리에 있는 사람들은 모두 내가 데려온 심복이니, 몇 사람의 힘으로는 단 한 명도 빠져나가지 못할 것이오! 단 선생, 당장 공격합시다!"

그의 예상과는 달리 그때껏 말 한 마디 없던 단동주는 눈꺼풀을 살짝 든 채 무표정한 얼굴로 꼼짝하지 않았다. 기침이 놀란 얼굴로 그를 노려보며 다시 외쳤다.

"단 선생!"

소평정은 냉소를 흘렸다.

"보아하니 단 선생은 벌써 깨달은 것 같군, 그렇지 않소?"

단동주는 갈색을 띤 눈동자를 천천히 굴리다가 별안간 훌쩍 몸을 솟구쳐 전력을 다해 날아올랐다. 공격은커녕 돌아서는 방향을 보니 달아나려는 것이 분명했다. 소평정도 거의 동시에 움직여 그 뒤를 쫓았다. 단동주가 동쪽 출구에 거의 도달한 것을 보고 초조해하는 찰나, 앞쪽에서 검광 한 줄기가 빛을 뿌리며 유성처럼 단동주의 머리로 날아들었다. 곧이어 가볍고 늘씬한 그림자 하나가 어둠 속에서 나타나 빨갛게 빛나는 모닥불을 등지고 골짜기 입구를 막아섰다.

나타난 사람과 단동주는 몇 초를 겨루고도 승부가 나지 않았지만 쫓아온 소평정이 가세하자 단동주는 곧 수세에 몰렸다. 단동주는 억지로 수십 초를 더 버텼지만 결국 이기지 못하고 쓰러졌고, 장림왕부의 호위병들이 달려와 그를 꽁꽁 묶었다.

나타난 사람은 그제야 옷매무새를 정리하고 흘러내린 귀밑머리를 넘겼다. 담황색 전의를 입은 그 사람은 별빛 아래 비친 피부가 눈처럼 희고 눈썹이 살짝 올라가 아름다운 용모에 기개까지 갖춘 한창 때의 젊은 부인이었다.

소평정은 함박웃음을 지으며 점잖게 예를 갖췄다.

"형수님."

장림세자비 몽천설(蒙淺雪)도 그를 향해 생긋 웃은 뒤 살짝 손을 들어 보였다. 그 수신호에 따라 그녀 뒤에 펼쳐진 동쪽 골짜기 입구에서 수많은 병사가 우르르 몰려와 입구를 틀어막았다. 맨 앞줄에 선 사람들은 횃불을 들고 있어서 멀리 개울물이 반짝반짝 빛을 반사했다.

"장림부에서 폐하의 명을 받들어 선류영 참장 기침을 나포한다. 감히 반항하는 자는 함께 반역죄로 다스리겠다!"

몽천설의 서슬 퍼런 시선이 와닿자 기침은 희망이 없는 것을 깨닫고 창백한 얼굴로 눈을 질끈 감았다.

장림왕부 입장에서는 이 계죽계 싸움을 끝으로 모든 것이 마무리 단계에 접어들었다. 관계된 자들을 경성으로 데려가 혐의자를 형부에 가두고 증인들을 대리시의 감독 아래 넘기자, 장림왕이 심문 등의 후속 조치에서는 간섭하지 않고 조정의 법도를 따르겠다고 선언했기 때문이다.

하지만 반년 동안 이 일로 소란스러웠던 대량의 조정 입장에서는, 보급선 침몰 사건의 심문은 곧 거친 풍파가 몰아칠 징조였고, 이 풍파가 어디까지 밀어닥칠지 모르는 판국이라 그 끝이 까마득했다.

섣달 초나흘, 증인이 경성에 들어간 지 사흘째 되는 날, 중서령 송부(宋浮)는 관복을 벗고 책상 위의 서류를 가지런히 정리한 다음, 아쉬운 눈으로 정든 서재를 다시 한 번 둘러본 뒤 일어나 하얀 평복의 옷자락을 정리하고 밖으로 나갔다. 그는 잠시 걸음을 멈추고 문 옆에 세운 길쭉한 거울에 비친 반백의 긴 수염과 처량한 얼굴을 바라보았다.

앞뜰은 이미 웅성웅성했고, 서재 바깥에는 형부의 병사들이 빙 둘러서 있었다. 그나마 품계 높은 대신의 마지막 체면을 세워주고 싶었는지, 널따란 서재 안뜰로 뛰어드는 사람은 아무도 없었다. 돌계단을 내려간 송부가 고개를 드니 앞쪽의 고요한 청석길에 보랏빛 장포를 걸친 쉰 살가량의 관리가 뒷짐을 지고 서 있었다.

"소관, 순 대인께 인사드립니다."

내각의 수보(首輔, 내각의 으뜸—옮긴이) 순백수(荀白水)는 눈썹을 살짝 치키며 자신을 향해 예를 올리는 동료를 지그시 바라보았다.

순씨는 상주(湘州)를 본적으로 둔 유명한 학자 가문으로, 엄한 집안의 교육 덕분에 그 자제들이 거의 대대로 조정에 나아가 일하고 있었다. 지난날 무정제는 중서성에 또 다른 내각을 설치했는데, 그 제도 개편 업무를 모두 순백수의 아버지에게 맡겼다. 늙은 신하에 대한 믿음으로 선제는 그 맏딸을 태자비로 삼았고, 그녀는 지금 육궁의 주인이 되어 있었다. 순백수의 벼슬길도 평탄하여 벌써 수 년째 내각을 맡아 당금 황제의 신임과 조야의 우러름을 듬뿍 받고 있었다.

이 수보 대인의 날카로운 눈빛을 대하자 송부는 저도 모르게 시선을 살짝 피해 고개를 숙였다.

순백수가 한 걸음 다가와 노기 띤 목소리로 말했다.

"장림왕부가 병권을 농단하고 함부로 병부를 움직인 것도 문제이나, 외적과 내통하여 국경의 안전을 흔드는 것은 그와는 별개의 일이오. 송 대인, 대인은 조정의 중신으로서 폐하의 은혜를 깊이 입었거늘 어찌하여 그 선을 넘으셨소?"

송부의 얼굴은 잿빛이 되고 눈동자에는 핏발이 가득 섰다.

"장림왕이 병부를 내려달라 청했을 때 만조백관이 반대했습니다. 이 몸뿐만 아니라 대인께서도 대유가 정말로 남하하리라고는 믿지 않으셨지요. 그렇기에 이 몸은 그저 조그마한 수작으로 보급을 며칠 지연시켜, 장림군이 늘 필요한 것 이상의 요구를 한다는 사실을 모두에게 보여주려 했을 따름입니다. 어찌하여 보급선 세 척이 모두 침몰하고 장장 보름이나 물길이 막혔는지는 저 역시 아직 알지 못합니다."

"알지 못한다니? 하면 일이 이 지경에 이른 것이 사고였다, 이 말씀이오?"

순백수의 시선이 그의 얼굴에 못 박혔고 말투에는 비웃음이 묻어났다.

"대유가 병력을 모아 감주를 집중 공격한 것도 그저 우연이란 말이오?"

송부는 고개를 홱 들고 그를 똑바로 보았다.

"이 몸은 조정에 몸담은 지 10년이고, 황제 폐하의 은혜 덕분에 온 가족이 부귀와 영화를 누렸습니다. 생각해보십시오, 수보 대인. 외적과 결탁하여 제가 얻을 것이 무엇입니까?"

순백수는 그런 그를 한참 살폈지만, 결국 탄식을 터뜨리며 말없이 손을 내저어 송부에게 칼을 씌워 형부로 데려가게 했다.

무정제 전까지 중서령은 문관의 수장이었고, 비록 제도가 바뀌어 그 권한이 줄어든 지금도 품계는 이품의 고관이었다. 그런 자리에 있던 송부를 심문하려면 정위부와 형부, 대리시 등 삼사(三司)가 함께 진행해야 했다. 순백수는 죄인을 넘기면서 삼사의 수장들에게 어명을 전했고, 황제에게 보고하기 위해 서둘러 황궁으로 돌아갔다.

황제 소흠이 평소 머무는 곳은 양거전(養居殿)이었다. 마침 그곳에 황후와 태자가 들어 문후를 드리고 있다는 말에 순백수는 서두를 일은 아니다 싶어 통보하려는 황문관을 만류하고 편전으로 물러나 기다렸다.

오라버니인 순백수보다 여덟 살 어린 황후 순씨는 황제가 동궁에 있을 때 맺어진 본처였다. 명문가 출신에 선제의 명으로 혼례를 올렸는데, 용모가 단정하고 고우며 후궁을 다스리는 데도 자못 법도가 있었다. 소흠은 이 황후를 마음을 터놓을 정도로 가깝게 여기지는 않았지만, 아무래도 젊은 시절 조강지처인 만큼 존중하고 예의를 지켰기에 후궁에는 풍파가 거의 없었다. 다만, 순씨 집안은 자제들은 몹시 엄하게 가르쳤으나 딸들은 신중하고 얌전하게만 키워 학자 집안 출신이면서도 글만 대강 익힌 것이 전부인 순 황후는 입궁한 뒤로 서서히 백신교(白神教)에 빠져들었다.

백신교는 본래 남초(南楚)에서만 성행하던 종교로 무당과 점복을 중요하게 여겼고, 남초의 역대 황제들이 이를 국교로 삼았다. 그 후 수십 년간 이 종교는 대량과 대유, 북연, 서려([illegible]) 등 여러 나라로 차츰차츰 퍼져나갔다. 대량의 백성들은 여전히 불교와 도교를 숭상했지만, 백신교를 믿는 사람이 늘어나는 추세는 확실했다.

2년 전쯤 황제 소흠이 기침병에 걸려 오랫동안 낫지 않은 적이 있는데, 마침 경성에 온 남초의 사자가 순 황후에게 복양영(濮陽纓)이라는 백신교의 존자(尊者)를 소개해주었다. 복양영은 성 동쪽에 제단을 쌓고 하늘에 기도를 올린 뒤, 신의 계시를 받았다며 황제에게 탕약을 올리고 보름 동안 조리하게 했는데 과연 크게 효험이 있었다. 소흠은 백신교를 완전히 믿지는 않았지만, 용체를 치료한 공을 치하하기 위해 복양영에게 상사(上師)라는 허울뿐인 자리를 내렸다. 그 후 복양영은 천자의 상사라는 이름으로 곳곳에서 공양을 받아 건천원(乾天院)을 세웠는데, 채 2년도 되지 않아 신도가 구름처럼 몰려들어 경성에서 매우 유명해졌다.

냉담한 황제와 달리 순 황후는 백신교를 맹목적으로 믿게 되어 어려운 일만 생기면 복양영에게 의견을 구했다. 후궁과 일부 대신들도 비위를 맞추려고 황후를 본뜨는 바람에 이 백신교의 존자는 황궁 안팎에서 물 만난 고기처럼 활약했고, 황제에게 하사받은 허울뿐인 이름으로도 국사(國師) 못지않은 위세를 누렸다.

아버지인 무정제처럼, 소흠 역시 후사가 많지 않았다. 지금 대량의 후궁에는 황자가 세 명뿐인데, 순 황후 소생의 원시(元時)가 나이도 가장 많고 유일한 적출이기에 소흠의 사랑을 독차지했다. 올해로 만 열 살이 되자, 그는 정식으로 태자에 책봉되어 동궁으로 거처를 옮겼다. 이 아들은 병약한 아버지를 닮지 않아 늘 건강했는데, 궁을 옮긴 뒤로 발을 삐거나, 수두를 앓거나, 이유 없이 침상에서 내려올 수 없을 정도로 열이 오르는 등 누차 나쁜 일을 겪었다.

서른 살에 어렵게 얻은 이 사랑스런 아들을 마치 제 몸처럼 소중하게 여기는 순 황후는 아들의 병이 깊어질 때면 초조한 마음에 먹지도 자지도 못했다. 명을 받고 입궁한 복양영이 또 제단을 세워 기도를 올렸는데, 그렇게 한 달이 지나자 태자의 상태는 점점 호전되어 겨울에 접어든 뒤로는 마음대로 뛰어다닐 수 있게 되었다. 순 황후는 이 모든 것이 백신의 도움이라 믿었다. 당연히 어의들은 달가워하지 않았지만, 변론할 기회조차 얻지 못한 채 건천원이 은상을 휩쓸어가는 것을 지켜보아야만 했다.

순백수가 편전에서 기다리고 있을 때, 순 황후는 황제 앞에서 복양영의 공을 치켜세우는 중이었다.

"태자는 단순히 돌림병에 걸린 것이 아니라 사악한 기운에 씌었던 것입니다. 복양 상사가 입궁하여 향을 피우자 금세 효험이 나타나, 먹는 것도 잠드는 것도 훨씬 좋아졌답니다. 모두 신께서 보우하신 덕분이지요."

소흠이 그녀를 돌아보며 눈을 살짝 찡그렸다.

"태자는 천하의 근본이니, 짐도 황후가 태자를 위해 제단을 세우고 후궁들로 하여금 경을 읽게 함을 윤허하였소. 허나 황후, 태자의 복을 쌓기를 바란다면 단순히 태자 생각만 해서는 아니 되오. 감주의 싸움으로 전장에서 수많은 장병이 죽고 장림세자 역시 죽었다 살아났소. 한데 황실에서 그들을 위해 기도하고 복을 빌어줄 생각은 없는 것이오?"

말투는 온화했고 내용도 타이르는 식이었지만, 순 황후는 황공해하며 일어나 급히 예를 갖추고 말했다.

"폐하의 말씀이 옳습니다. 신첩도 이미 상사와 상의하여, 황성 건천원에 장명등 천 개를 피워 백신께 복을 빌며 순국한 영령들을 위로하고 세자의 평안무사를 기원할까 했습니다. 이미 준비는 해뒀으나 폐하께서 정무로 바쁘시어 감히 명을 내려달라 청하지 못했으니, 이 모두가 신첩의 불찰입니다. 부디 용서해주십시오."

"용서라니 말이 과하구려, 황후."

소흠은 다소 누그러진 눈빛으로 살짝 손을 들어 보였다.

"그대가 이미 생각하고 있었다니 짐도 위안이 되오. 그렇게 합시다."

순 황후는 고개를 숙이고 나지막이 대답했다.

"신첩, 명을 받들겠습니다."

황후가 건천원에 기도를 올릴 준비를 해두었다는 것은 당연히 거짓이었다. 다행히 소평장은 경성으로 돌아와 며칠 쉰 뒤로 상태가 많이 좋아져 꼭 백신의 도움이 필요하지는 않았다.

송부가 하옥되던 날, 소평장은 몽천설의 부축을 받아 천천히 부왕의 서재로 갔다. 뜰 문으로 들어서는 순간, 방 안에서 소정생의 우렁찬 꾸짖음이 들려왔다. 소평장은 저도 모르게 피식 웃으며 급히 다가와 예를 차리는 원숙에게 물었다.

"아직도 끝나지 않았나?"

원숙은 웃음을 꾹 참으며 고개를 끄덕였다.

"쉴 틈도 없이 저러십니다. 둘째 공자께서 이제나저제나 세자가 오시기만을 기다리고 있지요."

소평장은 얼른 웃음을 거두고 안으로 들어갔다. 병풍을 돌아 들어가자 책상 앞에 무릎을 꿇은 소평정이 보였다.

소정생은 그의 곁을 왔다갔다하면서 야단을 치고 있었다.

"요 며칠 너무 바빠 신경 쓰지 못하다가 어젯밤에 원숙이 와서 말하기에 알았다. 이제 보니 대동부에서 위험한 짓만 골라 하며 제멋대로 굴었더구나. 네가 제법 잔머리를 잘 굴리고 운이 좋았기 망정이지, 그렇지 않았다면 일이 어떻게 흘러갔을지 모를 일이야! 네가 차분하고 주도면밀해지기까지는 바라지도 않는다만, 이렇게까지 제멋대로 굴어서야……."

소평정은 똑바로 꿇어앉아 있었지만 눈빛이 멍한 것으로 보아 새겨듣지 않는 것이 분명했다. 소평장의 모습이 나타나자 그런 그의 얼굴이 금세 환해졌다.

소정생도 장남을 보자 찡그렸던 눈을 펴고 물었다.

"의원이 움직여도 괜찮다고 하더냐?"

"소설(小雪, 몽천설을 친근하게 부르는 말-옮긴이)이 이렇게 지키고 있으니 의원이 허락지 않았다면 뜰 문을 나서지도 못했을 겁니다."

소평장은 상처 때문에 몸을 살짝 숙이는 것으로 인사를 대신하고, 한 손으로 아우의 어깨를 툭툭 쳤다.

"평정은 왜 또 꿇어앉아 있습니까? 어제만 해도 흐뭇해하시며, 아우가 이번 일을 무척 잘해냈다고 제게 칭찬하지 않으셨습니까?"

소정생의 표정이 약간 풀렸다.

"확실히 잘해내긴 했다. 장경유가 대리시에서 주모자를 밝혔으니 전장에서 목숨을 잃은 장병들에게 약간이나마 위로는 되겠지."

한마디 칭찬하기 무섭게 그의 안색은 곧바로 엄숙해졌다.

"허나 칭찬 한마디 한다고 네게 무슨 이득이 있겠느냐? 부적절한 처사가 한둘이 아니었으니, 따끔하게 일깨워주지 않으면 다 잘한 줄 알지 않겠느냐!"

소평정이 참지 못하고 대꾸했다.

"아버지, 제가 말대꾸를 하는 게 아니고요, 처음부터 끝까지 칭찬은 단 한 마디도 안 하셨다고요! 꾸짖기만 하셨지!"

몽천설이 입을 가리고 쿡쿡 웃었고, 소평장도 입술 끝을 슬며시 올렸지만 곧 정신을 차리고 아버지를 만류했다. 장림왕이 장남을 몹시 편애한다는 사실은 경성 전체에 모르는 사람이 없을 정도였다. 아끼는 아들을 힘들게 하고 싶지 않은 그는 소평정을 일으켜 세워 몇 마디 당부한 뒤 형과 함께 세자의 원락으로 보냈다.

장림부는 무정제의 어명으로 친왕부의 예법에 따라 지은 저택이라 완공 초기에는 다섯 개의 원락이 구비되어 있었다. 하지만 소정생은 겉치레를 좋아하지 않아 처음에는 안채와 서재만 사용했다. 나중에 소평장이 혼례를 올리고 세자로 책봉되자, 아들을 위해 동쪽 원락을 열고 하인과 심부름꾼, 조그마한 주방까지 갖추게 하여 거의 독립된 저택으로 만들어주었다. 반면, 소평정은 1년 중 태반을 랑야산에서 보냈기 때문에 안채 남쪽의 작은 원락을 내어주고, 식사는 원하는 곳에서 할 수 있게 했다.

장림세자비 몽천설은 장군 가문 출신으로, 작은할아버지인 몽지(蒙摯)는 생전에 오랫동안 금군통령을 맡았을 뿐 아니라 장림군을 창립하는 일에도 참여하여, 누구나 인정하는 무정제의 첫손 꼽는 심복이었다. 그 때문에 어려서부터 무예를 익힌 세자비는 바느질에 익숙지 않았고 금기서화를 좋아하지도 않았다. 물론 무예만큼은 부군을 넘어설 정도지만, 보통 사람들 눈에는 명문가의 규수와는 멀어도 한참 먼 모습이었다. 어명으로 혼사가 이루어졌을 때 모두 겉으로는 잘 어울리는 가문끼리 맺어졌다며 칭찬했지만, 기개 넘치지만 부드러움이 부족한 이 몽씨 집안의 딸이 온화하고 박식하고 재주 많은 장림세자에게 어울리는 짝은 아니라고 생각하는 사람들이 적지 않았다.

하지만 남들이야 뭐라든, 두 사람은 혼례를 올린 뒤 7년 내내 신혼처럼 깨가 쏟아지는 나날을 보냈다. 여태 자녀가 없다는 흠만 빼면 몽천설의 혼인생활은 흠잡을 데가 없었고, 금릉성의 귀한 규수들은 하나같이 그녀를 부러워했다.

부왕의 처소에서 돌아온 뒤 몸이 무겁고 힘이 빠지는 것을 느낀 소평장은 다른 이들이 걱정하지 않도록 알아서 침상에 반쯤 누웠다. 몽천설은 비록 바느질은 좋아하지 않았지만 요리 솜씨는 훌륭했다. 부왕에게 꾸지람을 들어 시들시들 풀이 죽은 소평정을 보자 그녀는 동쪽 원락 주방으로 나가 손수 요리를 했다.

형수 앞에서 늘 편안하게 행동해온 소평정은 온돌 탁자를 침상 옆으로 끌고 가 밥을 먹으며 틈틈이 형에게 하소연했다.

"형님은 휴양 중이셨으니 모르겠지만, 아버지는 정말 너무하셨어요. 원숙이 오는 내내 증인을 단단히 지켰다는 것은 분명 뭔가 알고 있었다는 말인데, 제겐 한 마디도 하지 않았다니까요. 아버지가 명령한 게 아니면 설마 원숙이 그랬겠어요?"

사실 기침을 끌어들인 일의 태반은 소평장이 계획한 것이었다. 하지만 이런 일로 부왕에게 누명을 씌운 일이 처음은 아니었기에 그저 미소를 지으며 아우를 위로했다.

"하지만 결국 네 눈을 속이진 못했지. 기분이 아주 좋았겠구나?"

"진짜 마지막, 최후의 순간에나 알았다고요! 그 먼 길 동안 긴장해서 종일 머리를 굴리느라 제대로 먹지도 못하고 자지도 못했어요. 무슨 소리만 들리면 번쩍 깨고, 혹시라도 중요한 것을 놓쳐 일을 망칠까봐 매일매일 두려움에 떨었단 말이에요. 그런데 보세요! 아버지는 이미 상황을 훤히 들여다보고 있었으면서 그 틈을 이용해 절 훈련시키려 하신 거라고요."

소평정은 젓가락질을 잠시 멈추고 머리카락을 한 올 뽑아 형의 눈앞에 내밀었다.

"보세요, 형님. 잘 좀 보시라고요. 얼마나 힘들었으면 이렇게 머리가 허옇게 세고 얼굴까지 야위었겠어요! 정말 친아버지가 맞나 몰라!"

소평장은 웃음을 꾹 참고 진지하게 그 머리카락을 들여다보더니 아우의 머리를 쓰다듬으며 위로했다.

"그래서 네 형수에게 맛있는 요리를 해달라고 청하지 않았느냐. 집에 있는 동안 몸보신을 잘 해야지. 부왕께는 때를 보아 다시는 널 어린아이처럼 가르치지 마시라고 잘 말씀드려주마."

"역시 내 생각 해주는 사람은 형님밖에 없다니까요."

소평정은 그제야 화가 가라앉아 입에 넣은 음식을 꼭꼭 씹으며 찬탄을 터뜨렸다.

"형수님 솜씨는 정말 최고예요. 제가 매년 와서 며칠씩 묵고 가는 건, 사실 형수님의 요리 때문이에요."

몽천설은 매우 흐뭇해했지만, 약그릇을 든 소평장은 움찔하며 화가 난 척 두 눈을 치켜떴다.

"물론 형님이 보고 싶어서이기도 해요."

소평정은 허둥지둥 덧붙이다가 마침 누군가 창 쪽으로 지나가자 재빨리 목소리를 높여 한마디 더 보탰다.

"가장 보고 싶은 사람은 당연히 부왕이시고요!"

소평장은 상처가 아픈데도 불구하고 웃음이 터져 허리를 반쯤 굽히고 웃어댔다.

"아부는 그만하거라. 방금 지나간 사람은 밤 순찰을 도는 주 집사일 것이다. 부왕께서는 이런 시간에 찾아오시지 않는다."

소평정은 겨우 안심하고 국그릇을 들었다.

폭신한 베개로 천천히 몸을 기댄 소평장은 아우가 거의 다 먹은 것을 확인하고 한가롭게 말을 꺼냈다.

"송부와 기침이 하옥된 뒤 정위부에서 각각 조사를 마치고 내일 정식으로 심문을 한다는구나. 부왕께서는 의심을 피하기 위해, 장림부는 공식적으로든 비공식적으로든 끼어들지 말아야 한다고 하셨다. 심문을 통해 무엇을 알아냈는지 궁금하지만…… 이 몸으로는 나갈 수도 없구나."

소평정은 어려서부터 형의 심부름을 하는 데 익숙했다. 장림왕비가 우스개 삼아, 소평정이 걸음마를 배웠을 때부터 형의 심부름으로 신발과 버선을 가져다주었다고 말할 정도였다. 지금도 소평장이 이렇게 말하자 그가 재깍 대답했다.

"형님, 궁금하신 게 뭐예요? 제가 알아다 드릴게요."

소평장이 기다리던 것도 이 한마디였다. 그가 설명하려고 입을 여는데 갑자기 가슴이 욱신 죄어들며 또다시 기침이 터졌다. 몽천설이 황급히 달려와 그의 등을 토닥여주었다.

"회복이 이렇게 더디니 자꾸 걱정되잖아요."

소평정은 눈을 잔뜩 찡그리며 일어섰다.

"여 당주도 그렇지, 경성에 오자마자 형님을 내버려두고 어디론가 사라졌다면서요? 임해가 저랑 같이 와서 다행이에요. 내일 불러서 봐달라고 해요."

소평장이 얼굴을 굳히며 꾸짖었다.

"어쩌자고 다 큰 낭자의 이름을 함부로 부르느냐? 임 낭자라고 해야지! 그만큼 미움을 사고도 아직 모자랐느냐? 랑야각에서 좋은 것은 안 배우고 대체 누구에게 그런 경박한 것만 배웠는지 모르겠구나!"

소평정은 그래도 오기를 부렸다.

"제가 낭자들을 얼마나 예의바르게 대하는데요! 어머니께서 형수님을 맡아 기르실 때 고작 열네 살밖에 안 되었으면서 슬그머니 폐하께 가서 혼인을 허락해달라고 청한 사람이 누군데 저더러 경박하대요?"

부군의 등을 두드려주던 몽천설은 형제 싸움의 불똥이 뜻밖에 자기한테 튀자 얼굴을 빨갛게 물들이며 잡히는 대로 베개를 집어 소평정의 얼굴에 던졌다.

—
10
—

섣달 초이레, 보급선 침몰 사건 심리가 정식으로 시작되었다. 각계의 시선이 쏠렸고 소평장 역시 가장 먼저 결과를 알고 싶어 했다. 하지만 심각한 사건임에도 불구하고 사람들은 일찌감치 그 결과를 예측하고 있었다.

죄가 확실한 장경유가 송부가 사주했다고 자백했고, 증인을 없애려다 현장에서 붙잡힌 기침 역시 시치미 떼지 못하고 중서령 대인의 이름을 댔다. 삼사는 송부를 심문했고 송부는 몇몇 공모자를 털어놓았다. 내각에서 공모자 명단을 확인한 뒤 보고를 올리고 황제가 어지를 내려 처벌하면 사건이 마무리될 것이었다.

하지만 열에 아홉 뜻대로 되지 않는 것이 세상일이었다. 정식 심리가 열린 첫날 이후로 심리를 맡은 정위부의 오(吳) 도위는 긴장하기도 했지만 점차 골머리가 아파지기 시작했다.

송부는 대동부에서 보급선을 가라앉혀 보급을 방해하려 한 일에 대해서는 전혀 변명하지 않았지만, 기침과 사사로이 연락했다는 사실만은 극구 부인했다.

천 리 밖 선류영에 있던 기침이 서둘러 증인을 없애려 한 까닭은 경성에서 조사가 시작되면 공모자가 자신의 이름을 댈까 두려웠기 때문인데, 쇠사슬에 묶여 하옥된 이 순간에도 송부가 두 사람 사이에 아무 관계도 없다고 우길 줄은 상상도 못한 일이었다.

기침은 이미 죄를 인정했고, 송부가 인정한 일 역시 사형을 당하기에 충분했지만, 두 사람의 자백이 서로 맞지 않는 것이 문제였다.

황제는 이 사건에 무척 관심을 보이며 매일 한 번씩 보고하라고 명령했다. 오 도위가 송부의 자백을 모두 기록했을 때는 이미 늦은 시각이었다. 그는 황제를 알현할 시간을 놓칠까봐 연락책인 단동주를 심문할 새도 없이 지금까지 알아낸 사실만 정리하여 허둥지둥 궁으로 향했다.

선제 때부터 천자가 평소 정무를 보는 곳은 무영전에서 본래 쓰던 조양전으로 바뀌었다. 마침 순백수와 다른 정무를 논의하던 황제 소흠은 오 도위가 알현을 청한다는 소식에 서둘러 그를 불러들였다. 순백수는 내각의 수보로서 자리를 피할 필요는 없었지만 마음대로 끼어들 수도 없어 알아서 용좌의 계단 옆으로 물러났다.

소흠 역시 오 도위가 올린 사건 경위서를 읽고는 몹시 당혹스러운 듯 한참 동안 생각하다가 물었다.

"짐이 보기에 송부는 돌이킬 수 없는 죄를 지은 것을 알고 어떻게든 시간을 끌어보려는 것 같소. 조정이나 민간에 공모자가 전혀 없으리라고는 생각지 않는데, 혹 지목한 자가 있소?"

오 도위는 이 질문이 나올 줄 알고 미리 준비한 상주문을 소매 속에서 꺼내 바쳤다.

"소신이 명단을 만들어 왔으니 폐하께서 확인하여주십시오."

태감이 상주문을 받아 용좌로 가져갔다.

송부의 입에서 나온 이름이라면 조정에서 자못 비중 있는 인물임은 분명했다. 그 무서움을 잘 아는 오 도위는 정보가 새어나가지 않도록 자백서를 늘 몸에 지니고 다녔다.

접힌 명단이 눈앞으로 지나는 것을 바라보던 순백수는 저 속에 얼마나 많은 동료의 이름이 있을까, 하룻밤 사이 얼마나 많은 집안이 무너질까 하는 생각에 슬프고 가엾은 마음을 이기지 못하고 속으로 한숨을 푹 쉬었다.

소흠은 온후하고 신중한 사람이었다. 명단을 보고 다소 노한 기색을 떠올리기는 했지만, 그는 곧바로 분통을 터뜨리는 대신 이렇게 분부했다.

"송부는 죽음이 정해진 몸이니 그 자백을 온전히 믿을 수 없소. 내키는 대로 무고한 사람들을 끌어들이려 할 수도 있으니 이 명단은 소상하게 살피고 증거를 모은 뒤 다시 결론을 내려야 할 것이오."

소흠은 순백수 쪽으로 천천히 명단을 내밀며 말했다.

"경은 내각의 수보이니 이 일을 맡아 처리하시오."

순백수는 몹시 의외였으나 황급히 표정을 감추고 허리를 숙였다.

"소신, 어명을 받들겠습니다."

"참, 그렇지."

황제는 다시 오 도위를 바라보았다.

"말솜씨 좋은 자를 장림왕부에 보내어 첫 번째 심문 결과를 왕형께 대략적으로 보고하도록 하시오."

오 도위는 영문을 몰라 머뭇거리며 말했다.

"폐하께 아룁니다. 장림왕 전하께서는 늘……."

소흠이 손을 들어 말을 끊더니 다소 불쾌하게 말했다.

"평정이 금릉성에 돌아온 뒤로 왕형은 곧바로 증인과 물증을 넘기고 일절 묻지 않았소. 이는 왕형이 짐의 공정무사함을 믿기에 간섭하지 않으려는 것이지, 결코 이 사건에 관심이 없다는 뜻은 아니오. 그 차이를, 경은 모르겠소?"

오 도위는 어리석은 인물이 아니었다. 오히려 대부분의 다른 사람들보다 훨씬 똑똑했다. 심리 진행 상황을 장림왕부에 어떻게 보고해야 좋을지 이미 생각해놓았지만, 일이 자연스럽게 흘러가도록 황제의 명이 떨어지기만을 기다리고 있었을 뿐이다.

궁에서 물러나온 그는 쉬지도 못하고 정위부로 돌아가 장림부로 사람을 보낸 뒤, 공동 심리를 맡은 삼사의 동료들을 청해 앞으로 어떻게 하면 좋을지 상의했다. 오늘도 밤새 바쁜 날이 될 것이 분명했다.

소평장은 이미 첫 심리의 결과를 대강 알고 있었기 때문에 정위부에서 보낸 보고는 세부 내용을 덧붙여주는 정도에 불과했다. 평장, 평정 형제 역시 오 도위와 마찬가지로 송부와 기침의 자백이 모순되는 까닭은 도저히 짐작이 가지 않았다.

"송부는 증거를 뻔히 보고도 선류영과 공모한 사실을 끝내 부인했지만, 기침은 도리어 순순히 자백했다. 거짓말을 하는 자가 누구든 이치에 맞지 않아."

생각에 잠긴 소평장의 눈동자가 서서히 얼어붙었다.

"혹시…… 두 사람 다 사실을 말하고 있을지도……."

소평정은 금방 그 말의 의미를 깨달았다.

"단동주 말씀이시지요?"

소평장은 고개를 끄덕였다.

"기침은 송부와 손을 잡았다고 여겼지만, 따지고 보면 선물이나 글, 약속 같은 것은 모두 단동주를 통해 전해졌다. 제주와 경성은 천 리 길이니 송부를 직접 만나 이야기한 적도 없겠지."

"평범한 막료라면 시키지도 않았는데 알아서 제주를 찾아 기침과 동맹을 맺는다는 것은 절대로 있을 수 없는 일이에요. 하지만 단동주는 랑야방에 오른 고수이니 평범한 막료라고 할 수는 없죠."

소평정은 잠시 생각에 잠겼다가 가설을 하나 꺼냈다.

"어쩌면 이 경성에, 단동주에게 명령을 내린 사람이 송부 혼자가 아닌지도 몰라요."

두 형제는 좀 더 상의를 한 끝에 이 가설이 꽤 그럴듯하여 파헤쳐볼 만하다고 생각했다. 이번 심리에 끼어들 수는 없지만, 오 도위에게 몇 마디 깨우쳐줄 수는 있었다. 성질 급한 소평정은 당장 정위부를 찾아가려 했지만, 해가 서산으로 떨어진 것을 본 소평장이 이런 늦은 시각에 찾아가 독촉하는 것은 옳지 못하니 내일 찾아가라고 아우를 붙잡았다.

그 잠깐 사이 문제가 생길 줄은 아무도 예상하지 못했다. 이튿날 날이 밝자마자 형부에서 먼저 사람이 찾아와 장림부의 문을 두드리더니, 당황한 얼굴로 놀라운 소식을 전했다.

형부 천뢰에 갇혔던 단동주가 어젯밤에 탈옥했다는 것이다. 천뢰에서 죄인이 실종되는 일이 처음은 아니지만, 적어도 수십 년 동안은 일어난 적이 없었다. 형부의 여(呂) 상서도 보고를 받고 도무지 믿을 수가 없어 몸소 살피러 갔다가 텅텅 빈 옥방과 바닥에 널브러진 망가진 쇠사슬만 구경했다.

중대한 사안이기에 여 상서는 미적거리거나 거짓 보고를 할 생각은 꿈에도 하지 못하고, 장림부에 소식을 전하는 한편 순방영에도 통보하여 성안을 샅샅이 수색하게 했다. 그때 소식을 들은 오 도위가 달려왔고 두 사람은 놀라고 두려운 마음으로 죄를 청하기 위해 입궁했다.

보급선 침몰 사건의 심리에서 나타난 모순은 하나같이 단동주를 가리키고 있었다. 그가 달아나면 이 수수께끼는 이대로 묻혀버릴지도 몰랐다. 장림부에 소식이 전해지자, 장림왕과 소평장은 여전히 차분했지만 소평정은 분노를 참지 못했다.

"단동주를 잡는 데 얼마나 힘들었는지 아세요? 형수님까지 친히 나서야 했단 말이에요! 그런데 이렇게 소리 소문 없이 달아나게 내버려둬요?"

그는 씩씩거리며 창문 앞을 왔다갔다했다.

"죄인을 넘길 때도 오 도위와 여 대인에게 랑야방의 고수는 보통이 아니니 조심, 또 조심하라고 몇 번이나 당부했다고요! 둘 다 귓등으로도 안 들었거나 일부러 놓아준 게 아니면 뭐겠어요?"

원망하는 것은 어쩔 수 없다 해도 마지막 한마디는 정도가 심했기 때문에 소정생은 대뜸 탁자를 내리치며 호통을 쳤다.

"닥쳐라! 그런 말을 함부로 내뱉다니, 대체 내 너를 어찌 가르친 게냐?"

소평장이 황급히 탁자를 짚고 일어나 좋은 말로 아버지를 만류했다.

"평정이 아직 어리니, 잘못이 있으면 잘 가르쳐주시면 되지 않겠습니까?"

"아무렴, 가르쳐야지! 내 말은 한 귀로 듣고 한 귀로 흘리니…… 네가 말하거라!"

소평장은 명을 받드는 의미로 몸을 살짝 숙인 뒤 소평정에게 꿇어앉으라는 눈짓을 하고 정색을 한 채 말했다.

"남을 탓하기는 쉬워도 자신을 탓하기는 어렵다. 단동주의 무공이 어느 정도인지는 모두 풍문으로 들었을 뿐이다. 직접 겨뤄본 너조차 그 무공을 완전히 가늠하지 못하는데 하물며 여 대인이나 오 대인 같은 문관이 어찌 알겠느냐? 너는 장림부 사람이니 원망을 하더라도 생각을 하고 말해야 한다. 형부와 정위부가 직무에 실수가 있었던 것은 사실이지만, 네가 방금 한 말은 별개의 문제다. 진지하게 따져볼 때, '일부러' 라는 말은 그들에게 죄가 있다고 고발한 것으로 들릴 수도 있다. 대체 무슨 근거로 그들이 일부러 그랬다고 의심하느냐?"

부왕이 호통을 칠 때부터 말실수를 눈치 챈 소평정은 형의 가르침에 감히 대꾸하지 못하고 울적한 얼굴로 입을 꾹 다물고 고개를 숙인 채 잘못을 인정했다.

장림부 둘째 공자가 사사로이 이런 말을 내뱉은 일은 아무도 알지 못했지만, 책임자인 오 도위와 여 상서가 가장 두려워하는 것도 바로 사람들에게 그런 의심을 받는 것이었다. 황제의 어가 앞에서 재차 죄를 청한 두 사람은 단동주가 어마어마한 고수라는 둥, 형부에 그를 감금한 것은 보통 죄인을 가둔 것과는 판이하게 다르다는 둥 필사적으로 해명에 나섰다.

랑야각의 명성은 천하에 널리 알려져, 높디높은 천자조차 랑야 고수방 5위의 의미를 얼마간 알고 있었다. 이 때문에 소흠은 몹시 진노했지만 두 사람을 과하게 꾸짖지는 않았다.

죄인이 달아났으니 그 다음 일은 당연히 쫓아가 잡는 것이었다. 다행히 꼼꼼한 오 도위가 어젯밤 내내 바삐 일하고도 단동주를 심문하기 위해 새벽같이 사람을 보냈는데, 그때는 아직 성문이 열리기 전이었으니 이론적으로는 죄인이 성 밖으로 달아날 기회는 없었다. 수도인 금릉성은 다른 성시와는 달리 인구를 무척 꼼꼼하게 기록했고, 황성 순방영에도 달아난 죄인을 수색하기 위한 규정이 완비되어 있었기 때문에 거물이 보호해주지 않는 한, 합심하여 수색에 나서면 반드시 종적을 발견할 수 있었다.

비록 실수를 만회할 여지는 있었지만, 가장 큰 문제는 역시 '유명암화'의 위력을 보통 사람이 당해낼 수 없다는 것이었다. 지난번에 단동주를 붙잡을 수 있었던 것은 소평정과 몽천설이 협공한 덕분이었고, 지금은 그의 종적을 찾아낸다 해도 순방영의 힘만으로는 성공하기가 매우 어려웠다.

이 성에서 단동주를 쫓아가 붙잡는 데 가장 알맞은 인물은 대체 누구일까? 소흠은 깊이 고민할 것도 없이 곧바로 한 사람을 떠올렸다. 눈이 빠져라 용좌만 올려다보는 오 도위와 여 상서를 바라보며, 소흠은 두 사람도 자신과 같은 생각을 했지만 함부로 말을 꺼내지 못하고 있다는 사실을 알아차렸다.

소흠은 손에 들고 있던 상주문을 내려놓으며, 담담한 목소리로 옆에 선 태감에게 말했다.

"비잔을 부르라."

명을 받은 태감이 종종걸음으로 문가로 달려가 당직 태감에게 전했다.

"금군통령 순비잔(荀飛盞) 입시하랍신다."

금릉성 중심을 가로지르는 주작대가는 경성에서 가장 번화한 중심가로, 바닥에는 청석이 깔려 있고 폭은 마차 세 대가 나란히 지날 만큼 넓었다. 주작대가 양쪽에는 각양각색의 점포와 주루가 즐비했고, 손님을 부르는 오색 깃발이 바람에 춤을 추는 가운데 북적이는 인파가 씨실과 날실처럼 뒤얽혔다.

금박에 조각을 새기고 허가된 범위 내에서 가능한 한 화려하게 꾸미려 애쓴 주루나 찻집에 비해, 세 칸짜리 제풍당은 장식 없는 하얀 담장과 청회색 기와, 새까만 나무 창틀을 써 소박해 보이지만 그래서 도리어 눈에 띄었다.

정 의원 일행과 경성까지 동행한 뒤 사부를 뵙고 나면 어디론가 갈 수 있으리라 생각했던 임해는 제풍당으로 들어간 뒤에야 여건지가 없다는 것을 알았다.

"천지신명이시여, 감사합니다! 드디어 낭자께서 오셨군요!"

금릉 분점의 주인장인 두중(杜仲)은 서른 살가량의 건장한 남자로 그녀를 보자마자 하소연했다.

"당주께서 서(徐) 형님까지 데리고 휑하니 가버리시지 뭡니까? 이곳 경성 분점은 저 한 사람으로는 절대 안 된다 말씀드렸더니, 곧 낭자께서 와서 맡아줄 거라고 위로하시더군요. 그래서 저도 겨우 안심이 되어 낭자가 오기만을 이제나저제나 하고 기다렸습니다."

임해는 두통이 도지는 것 같아 관자놀이를 매만졌지만, 두중에게 털어놓을 이야기는 아니었기에 어쩔 수 없이 경성에 남았다. 다행히 이곳에서는 매일 눈코 뜰 새 없이 바빠 장림왕부를 떠올릴 일은 별로 없었다.

어느 날 오후, 임해가 새로 들어온 약재를 검사하고 있는데 운 아주머니가 다급히 달려와 의미심장하게 웃으며 말했다.

"낭자, 후원에 손님이 오셨답니다. 장림세자비세요."

장림부에서 처음 방문한 사람이 세자비라니, 임해는 몹시 의외였지만 귀빈을 오래 기다리게 할 수는 없어 서둘러 앞치마를 벗고 후원으로 나갔다.

금릉성 제풍당도 대동부의 제풍당과 구조가 크게 다르지 않아, 앞쪽은 점포이고 뒤쪽에는 별도의 원락이 있었다. 다만 황성에 있다보니 약초밭은 대동부보다 약간 작았다.

남쪽을 바라보고 선 조그마한 사합원(四合院)은 정교하고 조용했으며, 임해는 이곳을 혼자 쓰고 있었다. 몽천설은 대청의 차 탁자 앞에 앉아 호기심어린 눈으로 좌우를 둘러보다가 임해가 들어오자 생긋 웃어 보였다.

두 사람은 계죽계에서 한번 만난 적이 있지만, 당시 상황이 너무 혼란스러워 한가로이 이야기를 나눌 기회가 없었다. 그렇지만 몽천설은 하얀 치마에 머리를 길게 늘어뜨린 곱고 조용한 이 낭자에게 좋은 인상을 받았다. 장림부로 돌아간 뒤 원숙에게 물어보고서야 그녀가 감주성에서 부군을 치료해준 의녀라는 것을 알게 된 몽천설은 그 자리에서 감사인사를 하지 못한 것을 매우 후회했다. 어제 소평정이 형의 상처를 걱정하며 임해에게 다시 진료를 부탁하겠다고 하자, 마음이 급해진 그녀는 바로 다음 날 직접 가서 인사를 하고 시간을 내어 방문해달라 청하기로 한 것이었다.

그날 아침 일찍 대문을 열기도 전에 형부에서 사람이 왔고, 소평정이 다급히 동쪽 원락을 찾아와 형을 부축하여 부왕의 서재로 갔다. 아마도 탈옥 사건에 대해 이야기를 나눌 모양이었다. 낙관적인 몽천설은 부군이 나서면 아무리 어려운 문제도 절로 풀리리라 믿었기에 꼬치꼬치 캐묻지 않았고, 점심을 먹은 뒤에는 외출복으로 갈아입고 계획대로 마차를 타고 제풍당으로 향했다.

임해는 냉담한 성격이고 교류를 좋아하지 않았지만, 오랫동안 의술을 베풀어오면서 낯선 사람과 이야기를 나누는 데 익숙해져 있었다. 덕분에 귀빈을 대접하는 일도 자연스러워서, 차부터 올린 다음 세자의 안부를 물었다. 원락에 옮겨놓은 선물들은 대강 훑어보아도 몽천설이 손수 고른 것이 분명했기에, 고지식하게 거절하지 않고 감사인사를 한 후 운 아주머니에게 챙겨두라고 일렀다.

몽천설은 행동이 시원시원한 이 낭자가 무척 마음에 들어, 몇 마디 이야기를 나누다가 임해의 손을 잡고 웃으며 말했다.

"여 당주와 부왕께서는 30년이나 교분을 이어오고 계시니 우리도 가까운 사이나 마찬가지야. 그러니 세자비니 뭐니 멀게 느껴지는 호칭은 내려놓고 그냥 언니라고 불러. 오늘 다른 일은 없어?"

임해는 살며시 잡힌 손을 잡아당겼지만 빠지지 않자 그대로 둔 채 사실대로 대답했다.

"잡다한 일만 조금 남아 있습니다."

몽천설은 매우 기뻐하며 그녀의 손을 더욱 꽉 잡았다.

"우리 평장이 며칠 전부터 조금씩 일을 하는데 상태가 썩 좋아진 것 같지 않아. 귀찮겠지만, 급한 일이 없으면 나와 함께 가서 한

번 더 봐주지 않겠어?"

장림왕부와 자주 왕래하고 싶지 않은 것이 임해의 본심이었다. 하지만 소평장은 본래 그녀의 환자였고, 상태에 무슨 변화가 있거나 회복이 더디면 찾아가 다시 치료하는 것이 의원의 도리였기에 그녀는 거절하지 않고 바깥에 나가 약상자를 챙긴 뒤 몽천설과 함께 마차에 올랐다.

세자비가 외출할 때 쓰는 것은 친왕부의 규정대로 빨간 바퀴에 누런 덮개를 씌우고 말 네 마리를 매단 마차였는데, 앞쪽 지붕에 건 장림부의 명패가 눈에 확 띄었다. 덕분에 지나던 사람들이나 마차들은 알아서 길을 양보했다.

주작대가를 지나 동서로 이어지는 주 도로에서 다시 두세 골목을 지나자 앞에 보이는 십자로 끝에 금군의 병사 한 무리가 입구를 막고 도열해 있었다. 작은 거리로 반쯤 들어서던 검은 마차 한 대가 뒤늦게 길이 막힌 것을 보고 피하려다 실수로 왕부의 마차 쪽으로 뛰어들었다. 거의 부딪칠 뻔했지만 양쪽의 마부 모두 반응이 빨라 황급히 고삐를 잡아채어 가까스로 충돌을 피했다.

검은 마차는 장식은 화려하지 않았지만 튼튼하고 반질반질 윤이 나는 끌채와 칠을 한 바큇살과 비단을 두른 수레로 보아 주인이 보통 사람이 아니라는 것을 알 수 있었다. 하마터면 뒤집힐 뻔했던 마차가 겨우 중심을 잡자, 가리개가 걷히고 마흔 살가량 되는 남자가 황급히 내려 마부를 꾸짖었다.

"어허, 어찌 그러고 섰느냐! 어서 빨리 마차를 물리지 않고!"

이렇게 외친 그는 바삐 왕부의 마차로 다가와 웃는 얼굴로 허리를 숙였다.

"아랫것이 경솔하여 실수를 했습니다. 세자비께서 놀라지는 않으셨는지요?"

몽천설도 가리개를 걷고 반쯤 몸을 내밀며 미소를 지었다.

"그리 쉽게 놀랄 리야 있소? 개의치 마시오."

눈앞의 남자는 새하얀 옥으로 만든 높은 관을 쓰고 적갈색 바탕에 붉은 무늬를 그린 학창의를 걸쳤는데, 체격이 크고 웃는 인상이었다. 나이가 젊다고는 할 수 없지만 풍채가 늠름하고 보기 좋은 모습을 한 이 남자는 바로 황제가 상사로 봉한 복양영이었다.

황제 앞에서 감주에서 순국한 병사들과 장림세자를 위해 법회를 열겠다고 한 순 황후는 곧바로 사람을 보내 건천원에 통보했다. 소식을 들은 복양영은 즉시 준비를 시작하여, 이튿날 곧바로 제단을 차려 장명등 천 개를 밝히고 밤낮으로 축복을 빌었다. 그리고 오늘에서야 그 법회가 끝나 입궁하여 보고를 드리고 나오던 차였다.

앞길이 봉쇄된 바람에 건천원의 마차는 담장에 바짝 붙은 채 꺾인 곳으로 물러나 겨우 길을 내줄 수 있었다. 하지만 몽천설은 서두르지 않고, 고개를 내밀어 홀린 듯한 표정으로 앞을 바라보았다.

본래 다니는 사람이 많은 거리지만 지금은 병사들이 소리치며 쫓아내어 아무도 없었고, 길을 봉쇄한 울짱 뒤로 연갑(軟甲)을 입은 용맹스런 청년 장군이 모습을 드러냈다. 봉쇄된 길을 따라 천천히 말을 모는 것을 보니 사방을 순찰하고 있는 것이 분명했다. 이쪽에 선 두 마차에 시선이 닿는 순간, 그는 무슨 영문인지 흠칫하더니 잠시 망설이다가 말머리를 돌려 다가왔다.

복양영이 황급히 나아가 웃으면서 공수를 했다.

"안녕하십니까, 순 통령."

금군통령 순비잔은 말 등에서 살짝 허리를 숙여 마주 인사했다. 그의 조부인 순 노대인은 종가의 어른으로 슬하에 삼남일녀를 두었다. 그 장남과 차남은 모두 젊은 나이에 병으로 죽어 출사는 못했으나 고향인 상주에 있는 동안 둘이 합쳐 아들 둘과 딸 넷을 남겼다. 나이가 가장 어린 순백수는 몸이 건강했고 관운도 좋아 순풍에 돛 단 듯 승진을 했으나 아쉽게도 처첩이 모두 아이를 낳지 못해 자녀가 없었다. 그래서 그는 상주에 있던 큰조카 비잔과 큰질녀 안여(安如)를 금릉의 저택으로 데려와 키웠다. 순씨는 본래 유명한 학자 가문이라 아들을 열심히 가르쳐 관직에 내보내는 것을 영광으로 여겼다. 그런데 순비잔은 어릴 때부터 책 읽는 것을 싫어하고 권각(拳脚, 주먹과 발을 사용하는 무술-옮긴이)을 익히는 것만 좋아했다. 순백수가 온갖 방법을 동원해보았지만 그 취향을 돌려놓을 수는 없었다. 그러던 어느 연말 황궁의 연회에서 노장군 몽지가 숙부를 따라 입궁한 어린 비잔을 보더니 근골이 튼튼하고 뛰어나다며 문하에 받아들이고 싶다고 했다. 순백수는 조카가 무관직으로 나가는 것을 원치 않았음에도 불구하고, 랑야 고수방 1위에 오른 몽지가 보통 인물이 아니라는 것을 알기에 매우 기뻐하며 꼼꼼하게 감사 선물을 준비하여 순비잔을 보냈다. 그때 몽지는 나이가 무척 많은데다 지위까지 높아, 어린 순비잔을 몽천설 아버지의 제자로 삼은 뒤 사조(師祖)로서 친히 가르쳤다.

순씨 집안 출신에 몽지의 문하였으니 순비잔은 출사하자마자 높은 자리에 올라, 경성의 자제 가운데 황족을 제외하면 아무도 그를 따를 자가 없었다. 무관직을 받은 후 일사천리 승진을 거듭한 그는 겨우 스물여섯 살에 금군을 손에 넣었다. 이치를 따지자면 몽지 본인도 칭찬을 아끼지 않은 이 마지막 사손(師孫)이 절정 고수 목록에 이름을 올리는 것은 당연한 일이었다. 그런데 하필이면 수십 년 전 지금의 노각주가 랑야각을 이어받은 뒤로, 무슨 까닭인지 각국 조정에서 실권을 맡은 사람들은 고수방에 오를 수 없다는 제한을 두는 바람에 대량의 금군통령은 지금까지도 공자방 7위에만 올라 있었다. 혈기 넘치는 다른 젊은이들이 그렇듯, 순비잔도 자신이 천하 고수들 중에 몇 순위쯤 될지 궁금해했다. 그러나 곰곰이 생각해보면, 명문가의 자제로서 고작 그런 이유로 관직을 내던질 수는 없어 몇 년 동안 마음 졸이면서도 아무렇지 않은 척해왔다.

단동주가 탈옥했으니 금군이 성안을 수색하여 그를 체포하라는 황제의 명은 순비잔에게는 무척 신명 나는 기회였다. 명을 받은 그는 이 일에 온 힘을 쏟아부었고, 어디선가 의심스런 흔적이 나타났다는 말만 들으면 즉각 인마를 끌고 가서 주변 거리를 모조리 봉쇄했다.

몽천설은 처녀 적에 장림왕비의 보살핌을 받던 2년을 제외하면, 대부분 작은할아버지인 몽지의 부중에서 보냈고 순비잔과는 동문수학하며 무척 가까이 지냈다. 그가 다가오자 몽천설은 고개를 들고 생긋 웃으며 물었다.

"천뢰에서 죄인이 사라진 일이 금군과 무슨 상관이죠? 어째서 사형께서 쫓고 계세요?"

점잖은 성품의 순비잔은 그녀를 똑바로 보지 않고 살짝 시선을 돌린 채 대답했다.

"단동주는 무공이 높아 보통 사람들은 붙잡기 어렵기 때문에 폐하께서 제게 도우라 명하셨습니다. 이곳은 길을 봉쇄하고 수색 중이니 세자비께서는 다른 길로 돌아가시지요."

한 사람은 시집을 가고 한 사람은 관직에 오른 뒤로 순비잔은 더 이상 이 사매를 어린 시절처럼 친밀하게 대하지 않았다. 사매라고 부르지도 않고 늘 딱딱하게 격식을 차렸지만, 그 태도에 익숙해진 몽천설은 아무렇지 않게 마부를 돌아보며 다른 길로 돌아가자고 분부했다.

마차 안에서 내내 말없이 앉아 있던 임해는 그제야 살짝 창문 가리개를 걷고 밖을 내다보았다.

마차 옆에 선 순비잔은 무표정했고 얼굴은 약간 창백했다. 길을 비켜줘야 했기 때문에 그는 담장 모퉁이까지 말을 물렸다. 먹빛 벽돌로 쌓은 담장이 시선을 가려줄 것이라 생각한 그는 그제야 시선을 들고 왕부의 마차 지붕에 빽빽하게 매달려 팔랑팔랑 흔들리는 술들을 멍하니 바라보았다.

이 짧은 순간, 청년 장군의 칠흑같이 검은 눈동자에 한 줄기 파문이 일면서 쓸쓸한 빛이 떠올랐다가 순식간에 사라졌다. 말 등에 탄 용맹스럽고 우뚝한 그의 몸도 그 짧은 순간만큼은 예리함이 바래 연약하고 희미해진 것 같았다.

아직 정에 관해 잘 알지 못하는 임해가 그의 복잡한 심경을 알아보지 못하는 것도 당연했다. 그저 표정이 조금 이상하다는 생각이 들어 가리개를 내리기 전까지 몇 번 눈길을 줬지만, 도무지 그 의미를 알 수 없었다.

태자 소원시

—

11

—

죄인을 붙잡을 가능성은 달아난 지 며칠 내가 가장 높고 시간이 흐를수록 낮아진다는 것은 누구나 아는 사실이었다. 섣달 중순이 되어도 단동주의 행적이 여전히 묘연하자 장림왕부조차 그를 붙잡을 희망이 거의 없다고 생각했다. 반면, 순비잔은 포기하지 않고 성안에 용모파기를 뿌리고 금군과 순방영이 협조하게 하여 계속 추적해나갔다.

연락책이던 막료가 사라지는 바람에 풀기 어려운 수수께끼가 남기는 했지만, 사건 경위가 확실하여 이 일로 송부 등의 죄가 경감되거나 그의 입에서 나온 내각의 공모자 명단을 조사하는 일이 어그러지지는 않았다. 순백수의 일처리 솜씨가 날카롭고 효과적이라는 것은 이미 공인된 사실이었다. 마음먹고 나서면 어렵지 않게 완수할 일이었기에, 그는 명을 받은 지 고작 이레 만에 송부가 내키는 대로 사람들을 끌어들인 것이 아니라는 결론을 내렸다. 공모자 명단에 있는 스무 명은 사건에 연루되기는 했으나 이용당했거나 속임수에 넘어간 것이었고, 나머지 다섯 명은 확실한 공모자였다.

순백수가 올린 상주문을 읽은 뒤 소흠은 몹시 상심하여 한참 동안 입을 열지 못했다. 곧장 내원으로 돌아간 황제는 울적한 마음에 밤새 제대로 잠을 이루지 못했는데, 다음 날 아침 일어나보니 머리가 어지럽고 몸이 무거워 어의를 불러 진맥을 받았다.

순 황후는 놀라서 어쩔 줄 몰랐다. 태의원을 완전히 믿지 못하는 그녀는 늘 그랬듯이 따로 사람을 보내 복양영을 입궁시켰다. 하지만 황제는 신하들을 아무도 만나고 싶지 않다며 모조리 거절했고, 오로지 문안을 올리러 온 장림왕만 안으로 들였다.

"송부는 이품의 고관이고 조당에 든 지 10여 년이나 되었는데 그가 그런 사람인 줄도 몰랐으니 짐은 정말 사람 보는 눈이 없나 봅니다."

사실 소흠은 큰 병이 난 것이 아니라 의기소침해진 것뿐이었다. 그가 우울한 목소리로 말했다.

"그자뿐만이 아닙니다. 재물을 빼앗고 권력을 쥐기 위해 나라의 안위조차 돌보지 않는 자들이 이렇게도 많다니…… 지난날 선제께서 다스리던 조정은 이렇지 않았잖습니까?"

소정생은 예를 올린 뒤 용상 옆에 앉아 달랬다.

"송부가 조정에서 세운 치적이 있으니 폐하께서 그를 잘못 쓰셨다 할 수는 없습니다. 사람이 몰래 나쁜 마음을 품는 것을 그 누가 꿰뚫어볼 수 있겠습니까?"

그래도 소흠은 고개를 푹 숙인 채 찡그린 얼굴을 펴지 않았다.

"이 모두가 최근 들어 짐이 기운이 없기 때문이지요. 왕형은 전선에서 피를 흘리고 계시는데 짐은 후방을 제대로 다스리지도 못하고 있으니, 그 생각만 하면 실로……."

"어느 나라 어느 왕조에서든 악한 자들이 나타나는 것은 막을 수 없었습니다."

소정생은 눈을 찡그리며 정색했다.

"이 사건은 삼사에서 판결을 내릴 것이고, 보고가 올라오면 폐하께서는 법에 따라 처결하시면 됩니다. 이 일로 우울해하시다가 용체가 상하시면 결코 안 됩니다."

소흠은 빙그레 웃으며 그의 어깨를 툭툭 쳤다.

"선제께서 붕어하신 뒤에도 왕형만이 이렇게 짐을 돌봐주셨지요. 걱정 마십시오. 그저 답답해서 하소연을 한 것뿐, 당연히 왕형 말을 들어야지요."

소흠이 권유를 받아들이자 소정생도 마음이 편안해졌다. 서둘러 어의에게 탕약을 가져오게 하여 황제가 마시는 것을 직접 지켜본 소정생은, 그가 평소 평정을 좋아하던 것을 떠올리고 평정에 얽힌 재미있는 이야기를 꺼내 기분을 풀어주었다.

경성 사람이라면 누구나 알다시피, 장림왕은 세자를 더 귀하게 여기지만 황제는 둘째 공자를 가장 예뻐하여 아무리 장난이 심하고 사고를 쳐도 절대 처벌하지 않았다. 힘이 닿지 않는 깊디깊은 궁궐만 아니었다면 소정생은 평소 이 막내아들을 단속하지도 못했을 것이다.

소평정이 경성으로 돌아온 지 보름이 조금 넘었지만, 황제는 국경의 전쟁과 보급선 침몰 사건에 마음을 쓰느라 그를 부를 틈이 없었다. 그러잖아도 보고 싶던 차에 왕형이 말을 꺼내자 그는 곧 평장의 몸 상태는 어떠냐고 물은 뒤 움직일 수 있으면 평정과 함께 입궁시키라고 했다.

증인들이 경성에 들어온 뒤로, 소평장은 명목 상 휴양 중이었지만 온갖 급한 업무들은 여전히 그의 손을 거쳐야 했기에 진정한 휴양이라고는 할 수 없었다. 다행히 상처가 모두 외상이어서 과하게 체력을 소모하지만 않으면 괜찮았다. 그 후 임해가 다시 치료하자 순조롭게 회복하여, 탕약도 보신 위주로 바꾸고 매일 뜰 안에서 반 시진가량 산책도 할 수 있게 되었다.

황제는 둘째를 더 좋아했지만 장림세자에게도 마음을 썼다. 그가 다쳤다는 소식을 들었을 때 어의 수십 명을 줄줄이 감주로 보냈고, 경성으로 돌아온 뒤에도 어용 약재와 보약을 끊임없이 장림부에 하사했다. 뜻밖에 순 황후까지 백신의 제단에 바쳐진 공물이라며 약재를 보내왔다. 소평장은 예를 중요하게 생각하는 사람이라 입궁하여 감사인사를 드리겠다고 몇 번이나 주장했지만, 몽천설은 신하로서 당연히 그래야 하지만 아직 몸이 낫지 않았으니 의원의 허락 없이는 절대 집 밖으로 나갈 수 없다며 가로막았다.

소정생은 아무래도 어려서부터 소흠을 보아온 터라 그와 함께 있을 때는 편하게 행동하며 엄격하게 군신의 예를 따지지 않았기 때문에 그 문제에 대해서는 늘 며느리 편에 섰다. 다행히 며칠 전 진맥을 온 임해가 큰 문제가 없다고 한 터라, 황제가 이런 말을 꺼내자 이튿날 당장 두 형제를 입궁시키겠다고 대답했다.

장림왕부에 있어 입궁하여 황제를 알현하는 일은 일상적이었기에 소정생은 부중으로 돌아온 뒤 원숙을 불러 동쪽 원락에 통보하라고 분부했다. 소식을 들은 소평장은 사람을 보내 아우에게 알리는 한편, 몽천설에게 세자의 관복을 미리 준비해달라고 했다. 몽천설은 시킨 대로 했지만 여전히 마음이 놓이지 않아 평정을 제풍당으로 보내 임해를 청해왔다.

이 시동생과 형수는 의원과 환자 사이에는 인연이 있어야 한다고 믿는 사람들이었다. 임해의 치료가 소평장에게 가장 효과가 있다고 단단히 확신한 그들은 임해가 처음 진맥하러 온 날 이후로 이틀에 한 번꼴로 꼭 그녀를 불렀다. 시간이 갈수록 임해 역시 왕부를 출입하는 일이 자연스러워졌고, 시원시원하고 열정적인 두 사람의 성품에도 점차 익숙해져 전처럼 일부러 거리를 둘 필요가 없다고 생각하게 되었다. 누가 뭐래도 성격이 잘 맞는 사람을 만나 친구가 되는 것은 즐거운 일이었다.

소평장은 온화하여 사람들의 요구에 될 수 있으면 따르는 편이었다. 몽천설이 반드시 임해를 불러 확인해야 한다고 고집을 피우자 그는 속으로는 우스웠지만 별말 없이 동의했다.

사부를 따라 의술을 행한 지 오래된 임해는 환자가 무슨 생각을 하는지, 친구들이 무슨 생각을 하는지 쉽게 알아차렸다. 숨을 고르고 진맥을 한 다음 그녀는 곧바로 몽천설을 돌아보며 말했다.

"단순히 입궁하여 문안을 드리는 것이라면 걱정하지 않으셔도 돼요. 더군다나 둘째 공자께서 함께 가시니까요."

소평정이 서둘러 끼어들었다.

"맞아요, 맞아. 걱정 마세요, 형수님. 제가 잘 지킬게요."

임해의 곁에 딱 붙어 앉아 있던 몽천설은 매우 기뻐하며 그녀의 손을 꽉 움켜쥐었다.

"세자께서 큰 고비를 넘긴 것은 모두 동생 덕분이야."

임해는 이번에는 손을 빼지 않고 하얀 손목을 돌려 몽천설의 손을 마주 잡으며 자세히 들여다보더니 칭찬했다.

"언니는 손이 정말 곱군요."

마침 차를 마시던 소평정이 입안의 찻물을 내뿜었다. 몽천설은 그를 흘겨보았지만 저도 참을 수 없는지 자조하듯 깔깔거렸다.

"늘 활이나 검을 쥐느라 굳은살투성이인 손이 곱다니?"

그렇게 말하며 그녀는 부군에게 시선을 던졌다.

"당신이 싫다고 내치지 않아 다행이죠."

소평장은 장난스럽게 한숨을 푹 쉬었다.

"주먹으로는 당신을 이길 수가 없으니, 내치고 싶다 한들 내 무슨 용기로 말을 꺼내겠어?"

두 사람이 농을 주고받는 사이, 임해는 몽천설의 손을 놓고 가져온 약상자를 정리하면서 시선을 내리뜬 채 이따금씩 주위를 살폈다.

소평장은 한동안 묵묵히 그 모습을 보다가 불쑥 칭찬을 했다.

"임 낭자는 의술에 정통하고 성품도 침착하구려. 여 당주께서 말씀하지 않았다면 우리 평정이와 나이가 같다고는 절대 믿지 못했을 것이오."

몽천설이 경악한 눈으로 그를 바라보았고 임해도 움찔 당황한 듯했다. 하지만 그녀는 별다른 반응 없이 약상자를 닫아 잠근 뒤 일어나 작별인사를 했다.

평소에는 몸소 임해를 원락 밖까지 배웅하던 몽천설이지만, 오늘은 문밖까지만 따라나갔다가 멈춰 서서 소평정에게 배웅을 부탁했다. 두 사람의 모습이 뜰 문밖으로 사라지자 그녀는 즉시 돌아서서 안방에 있는 소평장의 침상 앞으로 달려가 다급히 물었다.

"어서 말해봐요, 무슨 일이에요?"

소평장은 놀란 눈으로 그녀를 보았다.

"밑도 끝도 없이 그게 무슨 말이야?"

"내가 당신을 모를 줄 알아요? 어려서부터 어머님께 규칙과 예절을 배워 예부에서도 꼬투리 하나 잡지 못하는 당신이잖아요. 그런데 시집도 안 간 낭자 앞에서 나이 이야기를 꺼내다니, 평소 당신답지 않았다고요. 대체 무슨 일인지 어서 말해보라니까요. 답답해 죽겠잖아요!"

소평장은 저도 모르게 웃음을 터뜨렸다.

"가끔 당신이 이렇게 똑똑하게 나올 때마다 겁이 난단 말이지. 사실 무슨 일인지는 벌써 말했어. 여 당주께서 먼저 말을 꺼내셨다고. 왜, 그래도 모르겠어?"

몽천설은 힘껏 고개를 저었다.

"모르겠어요!"

"당신 말대로, 아무리 한담이라고는 해도 시집도 안 간 낭자가 언제 태어났는지 입에 담아서는 안 되는 일이지."

소평장은 그녀에게 가까이 오라고 손짓하며 목소리를 낮췄다.

"여 당주께서도 이를 모를 리 없는데 무슨 까닭으로 굳이 그 말을 꺼냈을까?"

"무슨 까닭인데요?"

"그 까닭을 모르니까 필시 무슨 연유가 있겠다 싶어 임 낭자를 떠본 거야."

"떠봐요?"

몽천설은 애써 생각을 더듬더니 멍한 얼굴로 물었다.

"하지만 임해 동생은 아무 반응도 없었잖아요?"

"그러게 말이야. 임 낭자는 정말이지 차분한 사람이군. 아무것도 알아낼 수가 없으니……."

소평장은 감탄을 내뱉고는 다시금 웃음을 터뜨렸다.

"물론 여 당주께서 사소한 예의에 얽매이는 사람이 아니어서 지나가듯 꺼낸 말일 수도 있어. 내가 공연한 생각을 했겠지."

몽천설도 그 판단에 동의하고 당연하다는 투로 말했다.

"분명 그럴 거예요!"

이들 부부가 방에서 소곤거리는 동안, 임해를 배웅 나간 소평정은 둘째 원락 밖에서 그녀를 잡아 세우고 소리 죽여 물었다.

"여긴 아무도 없소. 그러니 대체 무슨 일인지 내게 알려줄 수 없겠소?"

임해가 눈썹을 살짝 치켰다.

"무슨 말씀이죠, 둘째 공자? 저는 모르겠군요."

"내가 당신을 가장 잘 안다고 할 수는 없지만 적어도 아무렇게나 칭찬을 하는 사람이 아니라는 건 아오."

소평정은 동쪽 원락 쪽을 흘끔거리며 확신에 차서 물었다.

"방금 당신은 형수님의 손을 자세히 살폈소. 형수님이 이상하게 생각할까 걱정스럽지만 거짓말을 지어내는 성격이 못 되니 그런 칭찬을 한 게 아니오? 대체 형수님 손에 무슨 문제가 있소?"

임해는 표정 없이 눈을 내리깔고 계속 앞으로 걸어갔다. 그러다가 마차가 대기하고 있는 곳에 이르러서야 비로소 걸음을 멈추고 낮은 목소리로 말했다.

"둘째 공자 말씀대로 그때는 분명 다른 생각을 하고 있었어요.

하지만 아직 확실하지 않으니, 명확히 밝혀내고 나면 말씀드리겠어요."

그때쯤 손님을 배웅하는 일을 맡은 하인과 마부가 종종걸음으로 다가왔다. 아무리 마음이 급해도 계속 이야기를 나눌 수는 없었기에 소평정은 의심을 잔뜩 품은 채 임해를 마차에 태워 보냈다.

이튿날은 마침 조정이 쉬는 날이라 두 형제는 아침 일찍 일어나 동쪽 원락에서 식사하고 곧장 궁성으로 향했다.

대량의 역대 군주 가운데 아들과 집안 젊은이들을 아끼는 것으로 순위를 매기면 소흠은 꽤 상위권에 있었다. 소평장 형제가 큰절을 마치자마자 그는 얼른 일어나라고 손을 들면서 좌우에 분부했다.

"장림세자에게 자리를 내주어라."

"폐하, 어찌 감히……."

소평장이 황급히 거부하려고 했지만 소흠은 손을 내저었다.

"그래, 안다. 평소라면 너 같은 젊은이들이 자리에 앉을 수는 없지."

소흠은 자상하게 웃으며 말했다.

"허나 짐이 태의에게 물어보니 이번에 입은 상처가 예전과는 달리 꽤 심각하다고 하더구나. 어렵사리 외출했는데 입궁했다가 부축을 받으며 돌아가기라도 하면 짐이 무슨 낯으로 네 부왕을 보겠느냐?"

그러는 동안 태감이 비단 방석을 가져왔다. 처음에는 소평장 뒤에 놓았지만 황제가 계단 가까이 놓으라고 하여 다시 자리를 옮겼다. 소평장은 곤란한 듯 재삼 거절했지만 결국 감사인사를 올리고 방석에 앉았다.

소흠은 소평정에게로 시선을 옮겨 미소를 지으며 꾸짖었다.

"1년 내내 바깥을 떠돌기만 하는구나. 네 형이 위기에 처하지 않았다면 돌아오지도 않았겠지!"

황제에게 어리광 부리는 일에 익숙한 소평정은 그런 책망에도 기죽지 않고 대동부에서 경성까지 오며 겪은 일들을 생생하게 떠들며 화제를 돌리고는, 마지막에는 부왕에게 끝까지 속아 억울하다며 하소연했다.

소흠도 사건의 대강은 알았지만 세세한 줄기는 모르고 있었기 때문에 재미나게 그 이야기를 들은 뒤 웃으며 말했다.

"너는 성품이 경솔하여 좀 더 경험을 쌓을 필요가 있다. 왕형께서 옳게 하신 게야."

소평정은 울적하게 대답했다.

"제가 아무리 아버지를 원망해도 폐하께서 제 편이 되어주실 리 없다는 건 저도 안다고요."

"알면 됐다."

웃으며 말하던 소흠이 갑자기 생각난 듯 손짓하며 말했다.

"참, 태자가 올해 열 살이 되어 정식으로 동궁으로 옮겼으니 한 번 가서 만나봐야지. 1년에 한 번 올까 말까 하니 이번에도 얼굴을 비치지 않으면 네 얼굴을 잊어버릴지도 모른다."

소평장도 그 말을 듣고 황급히 일어나 두 손을 모았다.

"그렇다면 소신도 함께……."

"너야 늘 원시를 만나는데 서두를 것이 무엇이냐. 좀 더 남아 짐과 이야기를 하자꾸나."

소평장은 이상한 생각이 들었지만 캐물을 수도 없어 다시 자리에 앉았다. 아무 의심도 없이 신나게 어전에서 물러나온 소평정은 혼자서 나는 듯이 달려갔고, 황제가 길을 안내하라고 보낸 태감은 눈 깜짝할 사이에 그의 모습을 놓치고 말았다.

떠들썩한 사람이 사라지자 양거전 안은 금세 조용해졌다. 황제는 차를 한 모금 마신 뒤 물었다.

"평장아, 짐이 듣자니 네가 랑야각을 찾아 무언가를 물었다지?"

소평장은 얼굴이 창백해지고 가슴이 콱 막히는 듯하여 저도 모르게 다시 일어섰다.

랑야각에 올라 비단 주머니를 받은 것은 오랫동안 속에 묵혀둔 의문을 풀기 위해서였지만, 한편으로는 희미해진 지난 일을 다시 파헤치는 것이기도 했다. 깊은 못의 바닥에 묻힌 시간들, 너무 오래되어 거의 잊힌 기억들. 그 중에는 평생을 비춰줄 따스한 햇살도 있었지만, 마음속 깊은 곳에 묻어두고 영원히 다시 떠올리고 싶지 않은 슬픔도 있었다.

아무렇지 않아 하던 소정생과는 달리 황제의 눈가에는 약간 불편한 심기가 드러나 있었다.

"지난 일을 알고자 했다면 어찌하여 직접 네 부왕께 묻지 않았느냐? 네가 말을 꺼내면 네 부왕은 결코 너를 속이지 않고 무엇이든 말해주었을 터인데."

그사이 평정을 되찾은 소평장은 빙그레 웃으며 대답했다.

"랑야각은 그 어떤 나라에도 얽매이지 않는 공평한 눈을 갖고 있습니다. 신은 그 눈을 빌려 제3자로서 그 속의 잘못까지 살펴보고 싶었습니다."

"그래서 자세히 보았느냐?"

"그렇습니다."

소흠은 그의 눈을 똑바로 들여다보았다.

"사실대로 말하마. 당초 네 부왕이 너를 세자로 책봉하겠다고 했을 때 짐은 극력 반대했었다."

"폐하께서 평정을 세자로 삼고자 하신 것을 신도 알고 있습니다."

소평장은 고개를 숙인 채 다소 처량하게 미소 지었다.

"실은 신 역시 폐하와 마찬가지로 부왕께서 평정을 세자로 세우시기를 바랍니다."

소흠은 천천히 고개를 저었다.

"그렇다면 네가 틀렸다."

지금까지 나눈 대화에서 유일하게 예상치 못한 부분이었기에 소평장은 멈칫했다.

"틀렸다니요?"

소흠은 일어나서 탁자를 돌아 나왔다.

"짐이 당시에 무슨 생각을 했든, 그동안 네가 자라는 것을 보면서 왕형이 옳았다는 것을 깨달았다. 너는 어른들이 가장 믿고 맡길 수 있는 아이야. 장림세자의 자리에 너보다 더 잘 맞는 이는 없을 게다."

"하지만 평정의 타고난 능력은 폐하께서도 잘 아실 것입니다. 아직 훈련이 부족해서 그렇지 훗날……."

소흠은 용좌의 계단에서 거의 내려와 있었다. 점점 가까워지는 그의 무거운 눈빛에 소평장은 흠칫하며 입을 다물었다.

"평정은 천성이 활달하여 큰 변고를 만나지 않는 한 네가 아무리 훈련을 시켜도 그 성품을 바꿔놓지는 못한다."

소흠은 소평장 앞에 걸음을 멈추고 그의 어깨를 두드리며 말을 이었다.

"짐이 평정을 편애하는 것은 인정하마. 하지만 그렇기 때문에 그 아이가 평생 아버지와 형의 보호를 받으며 구속받지 않고 제 천성대로 살기를 바란다. 설마 그것을 원치 않는 것은 아니겠지?"

소평장은 잠시 멍하니 있다가 가볍게 고개를 저었다.

"신은 그저 자질이 뛰어난 평정을 중임을 맡겨 갈고 닦지 않고 저렇게 놓아두는 것은 부왕과 모친께 죄송한 일이라는 생각이 듭니다."

"평정을 내버려두더라도 네가 있지 않느냐? 너는 왕형이 가장 사랑하는 자식이다. 장래 짐의 태자도 네게 맡겨야 안심이지."

황실, 그리고 조정에서 무언가를 맡기겠다는 말은 항상 사람을 바짝 긴장하게 만들었다. 소평장은 창백해진 입술로 줄곧 소매 속에 숨겨둔 두 손을 맞잡고 손가락으로 손등을 꽉 움켜쥐었다.

"하긴, 지금이야 짐이나 네 부왕 같은 늙은이들이 건재하니 서두를 일은 아니지."

황제는 그에게 너무 큰 부담을 주기 싫었는지 위로하듯 미소를 지어 보였다.

"너도 이만 동궁에 가서 태자를 만나보거라. 여봐라, 장림세자에게 가마를 내주어라."

소평장은 더욱 황공해하며 다급히 사양했다.

"폐하, 이 궁중에서는……."

하지만 황제는 단호하게 손을 내저었다.

"동궁까지 가는 길이 멀다. 평정이야 괜찮지만 너는 너무 힘을 써서는 안 된다."

군주가 내리는 것을 끝까지 거절하는 것도 예의가 아니었기에, 소평장은 내키지 않는데도 불구하고 아무 말 없이 천천히 물러나 고개를 숙이고 감사를 올렸다.

"신, 폐하의 성은에 감사드립니다."

동궁은 태자의 거처였다. 소흠이 즉위한 후 자연스럽게 폐쇄되어 청소하는 사람들만 드나들던 그곳이 올해 초부터 다시 주인을 얻었다. 아직 젊은 소평정은 비록 궁성을 잘 알고 있었지만 한 번도 동궁을 방문한 일이 없어 양거전에서 나온 지 얼마 되지도 않아 길을 잃고 말았다. 안내를 맡은 태감은 그를 놓친 지 오래였고 주변에 물어볼 사람도 없자 그는 이리저리 돌아다니다가 점점 더 외진 곳으로 향했다. 겨우 사람을 만나 물었더니 동궁에서 한참 떨어진 곳에 와 있었다.

고개를 들어보니 해가 중천에 가까워져 소평정은 마음이 급했다. 서둘러 온 길로 돌아가고 싶은 마음에 그는 발을 굴러 담장으로 뛰어오른 뒤 골목길을 뚫으며 곧장 내달렸다.

소평장은 황제가 하사한 1인용 가마를 타고 양거전 바깥 정원으로 나왔다. 머리가 몹시 복잡하여 자신이 무슨 생각을 하고 있는지도 알 수가 없었다. 그럴 때 저 앞에서 그림자 하나가 휙 지나가는 바람에 화들짝 놀라 정신을 차렸다. 담장 위를 달리는 사람을 자세히 보고서 아우라는 것을 확인한 그는 놀란 표정에서 화난 표정으로 싹 바뀌어 그를 엄하게 불러 세웠다.

"평정!"

그 소리를 듣고 돌아본 소평정은 형을 보자 기쁜 나머지 활짝 웃으며 통로 쪽으로 곧장 달려와 맞은편에 훌쩍 내려섰다. 다른 것은 몰라도 바람같이 가벼운 그 움직임은 확실히 멋이 철철 흘러 넘쳤다. 가마를 호송하던 태감들은 이런 광경을 처음 보는 듯 눈을 휘둥그레 떴다.

"형님, 드디어 오셨군요! 동궁이 대체 어느 쪽인지 알 수가 있어야죠. 한참 동안 빙빙 돌았다고요!"

소평장은 화를 꾹 참으며 가마에서 내린 뒤 태감의 수장에게 분부했다.

"길이 얼마 남지 않았으니 걸어가겠다. 그만 물러가라."

명을 받은 태감들은 예를 올린 뒤 가마를 들고 물러갔다. 소평장은 그들이 멀리 사라진 것을 확인한 뒤에야 돌아서서 아우의 손목을 움켜쥐고 성큼성큼 몇 걸음 옮긴 뒤 눈을 찌푸리며 야단쳤다.

"길을 잃었으면 사람들에게 물어볼 것이지, 어쩌자고 담장에 올라갔느냐? 이곳은 지엄한 궁성이고 규율이 삼엄한 곳이다. 네가 대체 뭐라고 무작정 담장으로 뛰어올라 벽을 타넘어도 상관없다고 생각하는 것이냐?"

소평정도 황실의 자제답게 궁궐의 예의규범에 대해서는 잘 알고 있었다. 단지 제멋대로 하던 습관이 남아 깜빡 잊었을 뿐이어서, 야단을 듣자 혀를 쑥 내밀며 잘못을 시인했다.

"형님 말씀이 옳아요. 그만 아무 생각 없이……."

그 모습에 소평장은 아우가 귀담아 듣지 않는다는 것을 알아차리고 속이 답답했다.

"너는 평소 구속받는 데 익숙하지 않고 나도 그런 너를 옭아맬 생각은 없다. 하지만 누가 뭐래도 이곳은 금릉성이고 규칙이 지엄한 곳이다. 이곳에는 우리 장림부를 지켜보는 눈이 많으니, 폐하께서 아무리 총애를 베푸신다 해도 이 점만은 꼭 기억해야 한다."

형의 말 속에 담긴 피로와 괴로움을, 소평정은 완전히 이해하지 못했다. 그저 형이 화를 내자 습관적으로 고개를 끄덕이며 웃어 보일 뿐이었다.

"알았어요. 앞으로 다시는 안 할게요."

소평장은 어린 아우를 한참 동안 바라보았으나 뾰족한 수가 없어 결국 고개를 설레설레 저었다.

"가자."

장림부 둘째 공자가 동궁을 방문하는 일은 황제가 제안한 것인 만큼 황명이나 마찬가지였기 때문에, 그가 양거전에서 물러났을 때 황제 곁에 있던 태감이 곧바로 동궁으로 달려가 소식을 전했다.

올해 태자로 책봉된 소원시는 황제가 마흔 살에 겨우 얻은 늦둥이였다. 게다가 적출이라 몇 년 후에 태어난 두 서출 황자보다 훨씬 귀하게 여겼고 아버지 곁에서 친히 가르침을 받곤 했다. 사랑을 듬뿍 받은 만큼 해야 할 공부도 부담스러우리만치 많았고, 그래서인지 그가 종실의 가까운 친척 중에서 가장 좋아하는 사람은 바로 활발하고 명랑하여 함께 놀아주는 평정이었다. 양거전에서 전해준 소식에 그는 몹시 신이 나서, 일부러 글 연습을 하던 난각(暖閣, 난방이 되는 방—옮긴이)에서 동궁 대청인 장신전(長信殿)으로 옮겨 사촌

형을 기다렸다.

순 황후는 태자가 궁을 옮긴 후 매일 한 번씩 찾아왔고 오늘도 예외는 아니었다. 양거전에서 통보가 왔을 때 황후 역시 동궁에서 태자가 고서를 베껴 쓰는 것을 지켜보고 있었다. 원시가 대청으로 옮기겠다고 하자 순 황후는 직접적으로 이의를 제기하지는 않았지만 별로 내키지 않는 표정이었다. 그런데 한참을 기다려도 사람의 그림자조차 보이지 않자 순 황후는 더욱 역정이 나서 싸늘하게 말했다.

"폐하께서 말씀을 전하시고 태자가 특별히 기다리는데 이토록 늑장을 부리다니, 장림부 둘째 공자는 아주 배포가 두둑하구나."

그 말이 떨어지기 무섭게 원시가 탁자를 밀어내고 발딱 일어나 반갑게 전각 문으로 달려나가며 두 손을 활짝 뻗었다.

"평정 형!"

소평정이 무릎을 굽히고 품에 달려든 태자를 안더니 번쩍 들어 올려 전각 안을 빙빙 돌았다.

뒤따라 들어온 소평장이 살짝 굳은 얼굴로 소리 죽여 외쳤다.

"평정!"

태자가 까르르 웃으며 '날려줘, 날려줘' 하고 외치자 소평정은 형의 목소리는 듣지 못한 채 태자의 허리를 잡아 휙 던졌다가 곧바로 받아 다시 한 번 던져올렸다. 조금만 더 높았다가는 저 높은 전각의 들보에 부딪힐 지경이었다.

순 황후가 놀라 찬 숨을 헉 들이켜더니 입술을 실룩이며 당장이라도 야단칠 듯 달려왔다.

"평정!"

소평장이 더욱 엄한 목소리로 한 번 더 외친 뒤 옷매무새를 다듬고 절을 올렸다.

"소신 소평장이 황후마마와 태자 전하께 인사 올립니다. 아우가 오랫동안 궁궐 출입을 하지 않아 기쁜 나머지 그만 실수를 했으니 부디 용서해주십시오."

순 황후는 파르르 떨리는 입을 애써 다물고 한참 동안 아무 말도 하지 않았다.

소평정도 그제야 깨닫고 천천히 태자를 내려놓은 다음 형의 뒤로 물러나 절을 올렸다.

"황후마마와 태자 전하께 인사 올립니다."

순 황후는 소매 속에서 손가락을 꽉 움켜쥐며 억지로 냉소를 지었다.

"세자는 그리 예의 차릴 것 없소. 형제 사이가 워낙 좋으니 잠시 예를 잊을 수도 있는 법, 본 궁은 개의치 않소."

"마마의 넓은 아량에 감사드립니다. 허나 나라의 후계자이신 태자께 어찌 불손하게 굴 수 있겠습니까?"

소평장은 천천히 몸을 일으켜 소평정을 돌아보았다.

"평정, 황후마마께 사죄를 올리거라."

순 황후는 여전히 얼음장같이 차가운 눈빛으로 쌀쌀하게 대답했다.

"됐소. 예전에 폐하와 장림왕께서도 이렇게 서로 장난을 치며 자라셨는데, 둘째 공자에게 사죄를 시켰다가 폐하의 귀에 들어가기라도 하면 본 궁이 옹졸하다고 야단치시지 않겠소."

이 말에는 소평정마저 심상치 않은 분위기를 눈치 채고 당황한 얼굴로 형을 바라보았다. 하지만 형은 눈을 내리뜬 채 해명하지도 않고 표정조차 없어 더욱더 이상했다.

그때 태자가 순 황후의 소맷자락을 잡아당기며 조용히 물었다.

"어마마마, 평정 형이랑 놀러 가도 돼요?"

순 황후는 눈살을 찌푸렸다.

"너는 이제 어린아이가 아니거늘, 어찌 늘 놀 생각만 하느냐? 태부께서 뭐라고 하셨는지 잊었느냐?"

"태부께서 오늘 하루는 쉬어도 된다고 하셨어요. 아침에 벌써 글자 연습도 했고……."

태자는 조그마한 얼굴을 찡그리며 말하다가 황후의 어두운 표정을 보자 말을 꿀꺽 삼키고 고개를 숙였다.

어려서부터 노는 것을 무척 좋아한 소평정이 태자의 심정을 누구보다 잘 알고 참다못해 끼어들었다.

"마마, 원시는 이제 겨우 열 살이니 바람을 좀 쐬는 것도 나쁘지 않을 것입니다. 종일 방에 갇혀 공부만 할 수는 없지 않겠습니까? 선제께서도 소씨의 아들들은 문무를 모두 익혀야 한다고 하셨습니다."

소평장은 그가 입을 열자마자 눈짓을 했지만 아무 소용이 없어 골치 아픈 듯 관자놀이를 매만졌다.

순 황후는 얼굴이 창백해진 채 소매 속의 손가락을 꽉 움켜쥐었다가 한참 만에야 겨우 입을 열었다.

"둘째 공자가 선제를 내세워 사람을 가르치려 하니 본 궁이 무슨 할 말이 있겠소? 태자, 나가고 싶으면 그리하거라. 앞뜰을 벗어나면 아니 된다."

태자는 얼굴이 환해져 쪼르르 달려가서 소평정의 손을 붙잡고 소평장을 향해 물었다.

"평장 형도 같이 가요?"

소평장은 몸을 살짝 숙이고 웃으며 말했다.

"신은 오늘 몸이 좋지 않으니 다음번에 함께하는 것이 어떻겠습니까?"

태자는 황급히 고개를 끄덕인 뒤 소평정을 끌고 밖으로 달려나갔다. 전각 문을 나서기 무섭게 태자는 사촌형에게 업어달라고 떼를 썼다.

순 황후는 두 사람의 뒷모습을 한참 동안 묵묵히 바라보다가 겨우 시선을 거두고 좌우를 꾸짖었다.

"어서 방석을 가져오지 않고 무얼 하느냐? 세자가 양거전에서도 자리에 앉았고 여기까지 오는데도 가마를 탔으니 폐하께서 얼마나 아끼시는지 너희도 알 터, 자칫 동궁에서 몸이 지치기라도 하면 태자와 본 궁의 잘못이 아니고 무엇이냐?"

소평장은 해명하려는 듯 입을 달싹했으나 결국 한 마디도 하지 못한 채 목구멍으로 솟아나는 한숨을 꾹 삼켰다.

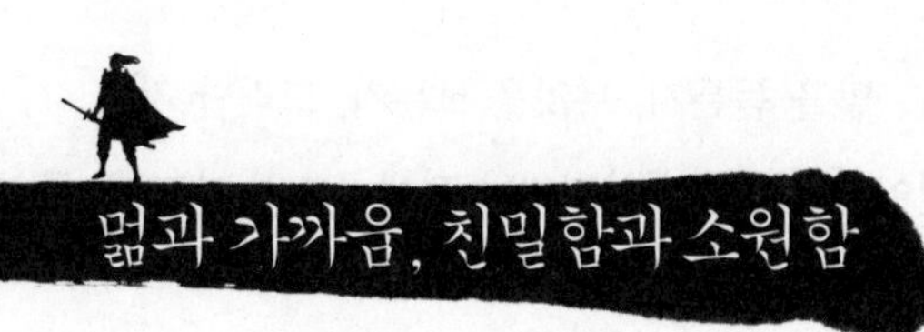

멂과 가까움, 친밀함과 소원함

—

12

—

두 형제가 동궁에서 나왔을 때는 이미 신시(申時, 오후 3~5시) 초가 지나 해가 서쪽으로 기울고 있었다.

궁성의 남문에서 주작대가 초입의 길은 청석을 깔아 반질반질하고 평평해서, 왕부의 붉은 마차 바퀴가 빠른 속도로 달려도 마차 안은 약간의 흔들림밖에 느껴지지 않았다.

젊은 장림세자는 이마를 벽에 대고 눈을 내리뜬 채 내내 말이 없었다. 바깥에 바람이 부는지 '휭' 하는 소리가 빠르게 다가왔다가 희미하게 사라지곤 했다. 눈에 보이지는 않지만 겨울의 추위를 느끼게 하는 소리였다.

조정에서도, 궁궐에서도, 장림부를 겨누는 이 음침한 기운이 도대체 어디서부터 시작된 것인지, 소평장조차 확실하게 짚어낼 수 없었다. 그가 아는 것은 하나, 폐하와 부왕은 지금 이 상황을 너무 쉽게 생각하고 있다는 사실이었다.

황제는 한번 믿으면 의심하지 않아야 한다고 믿었고, 장림왕은 마음이 결백하면 구태여 나서서 밝히지 않아도 절로 알려진다고 생각했다. 때문에 무슨 말을 듣든지, 무엇을 보든지, 드러난 것만으로 판단할 뿐 더 깊이, 더 자세히 살피거나 껍데기를 벗기고 그 어두운 핵심을 들여다보려 하지 않았다.

이런 동행 방식은 어린 시절부터 시작된 따뜻한 정에서 비롯되었다. 소평장 역시 그 속에서 자라났으니 그 정을 소중하게 여기고 싶었고, 할 수만 있다면 이어받아 영원히 보존하기를 바랐다.

하지만 그런 바람이 사실을 가릴 수는 없었다. 황제는 나날이 병이 깊어지고 태자는 아직 어려 황후는 불안감을 감추지 못했다. 장림세자로서 모든 것을 예전과 똑같이 하려고 아무리 애를 써도, 이곳 금릉성의 날씨가 하루가 다르게 추워지는 것을 민감하게 느낄 수 있었다.

바퀴 구르는 소리가 달라지고 마차가 격렬하게 흔들리는 것을 보니 황톳길로 들어선 모양이었다.

소평정이 고개를 갸웃하며 형을 흘끔거렸다. 동궁에서 나온 뒤로 몇 차례 말을 꺼내보았지만 아무 소용이 없자, 답답한 분위기에 질린 그가 참다못해 소평장의 팔을 잡아 흔들며 물었다.

"형님, 너무 화내지 마세요, 네? 원시는 열 살밖에 안 된 어린아이인데 황후마마께서 너무 엄하게 가르치신다고요."

소평장은 머리가 묵직해지고 관자놀이에서 욱신욱신 통증이 느껴져 저도 모르게 손으로 미간을 눌렀다. 한참 만에야 손을 내리고 몸을 돌려 아우를 똑바로 보는 그의 표정은 몹시 어두웠다. 소평정도 무언가를 느꼈는지 자연스럽게 허리를 쭉 폈다.

"잘 들어라. 네가 꼭 기억해야 할 것이 두 가지 있다."

소평장의 말투는 무척 진지했다.

"첫째, 태자 전하는 정식으로 동궁에 책봉되셨으니 그분의 함자를 함부로 부르면 안 된다. 그리고 둘째, 황후마마께서 태자 전하를 어떻게 교육하시든 그 방법을 바꿀 수 있는 사람은 폐하와 태자 삼사(太子三師, 태자를 교육하는 태자태사, 태자태부, 태자태보를 함께 일컫는 말-옮긴이)뿐이다. 네가 뭐라고 감히 황후마마 면전에서 지적을 하느냐?"

소평정은 인정하기 싫은지 작은 소리로 궁얼거렸다.

"그냥 한마디 한 거지, 지적하긴요? 형님, 꼭 그렇게 시시콜콜 따져야 해요? 어쩐지 노각주께서 금릉성 사람들은 참 피곤하게 산다고 하더라니!"

화가 치민 소평장이 눈썹을 바짝 세우자 소평정은 재빨리 덧붙였다.

"말대꾸를 하는 게 아니라 그냥…… 폐하께서는 한 번도 우리를 탓하신 적이 없는데 형님 혼자 너무 신경을 쓰시는 게 아닌가 싶어서요."

소평장은 잠시 아우를 노려보았지만, 눈동자에 떠오른 분노의 빛은 점차 흩어지고 피로와 무력감이 그 자리를 대신했다.

"기억하고 있느냐? 단동주가 탈옥하기 전에 우리는 그가 모시는 사람이 따로 있을 거라고 추측했지."

소평정은 금세 흥분했다.

"누군지 아셨어요?"

소평장은 가볍게 고개를 저었다.

"아니, 그 또한 아무렇게나 추측할 일은 아니다. 아무튼, 그 말은 결국 우리에게 보이지 않는 적이 있다는 뜻이다. 그자는 잠시 논외로 하더라도, 이미 죄가 확정된 송부는 내각의 중서령이고 사건에 연루된 사람들은 하나같이 사품 이상의 조정 관리지. 우리 장림왕부는 오로지 나라를 위한 마음으로 북쪽 국경을 지켜왔는데, 조정 사람들이 어째서 우리에게 그토록 적의를 품었는지 생각해 본 적이 있느냐?"

그의 말투는 조금 전보다 훨씬 부드러웠지만, 소평정은 점점 몸이 굳어지고 멍한 표정이 되어 아무 대답도 하지 못했다. 가슴에 생긴 상처가 땅기듯이 아파오자 소평장은 손으로 문지르고 싶었지만 끝내 그 충동을 억눌렀다.

"폐하께서 후하게 대해주실수록 우리 장림부는 더욱더 그 총애를 저버려서는 안 된다. 네 마음이 거리낌 없이 당당하더라도, 다른 사람들에게 각자 알아서 네 마음을 이해하고 믿어달라 할 수는 없다. 이 금릉성에서 네가 장림부 둘째 공자라는 사실은 모든 이가 알고 있으니, 누군가는 네 일거수일투족을 지켜보며 그 의미를 추측해내려 할 것이다. 네게 조금 더 신중하게 말하고 예의를 갖추라는 것은, 조심스러워서도 아니고 가식적으로 굴기 위해서도 아니다. 그저 남들이 오해하지 않기를, 우리 장림부가 공적만 믿고 폐하와 태자께 불경을 저지른다고 오해하지 않기를 바라서다. 넌 총명한 아이니 무슨 뜻인지 모르지는 않겠지?"

소평정은 어려서부터 야단맞는 것을 겁내지 않았지만, 형의 말투에 실망한 기색이 떠오르면 어깨가 축 처지곤 했다. 그가 고개를 숙이며 뭐라고 말하려는데 갑자기 마차가 기우뚱 흔들렸다. 그 바람에 소평장은 중심을 잡지 못하고 앞으로 고꾸라지며 하마터면 바닥에 곤두박질칠 뻔했다. 다행히 소평정이 한 손과 한 발로 마차 벽을 짚고 형의 허리를 붙잡아 원래 자리에 앉혀주었다. 그런 다음에야 가리개를 걷고 바깥을 내다본 그는 놀란 목소리로 말했다.

"금군과 순방영 사람들이에요. 어째서 래양부를 에워싸고 있을까요?"

소평장도 그 말이 이해가 가지 않았는지 몸을 내밀어 밖을 내다보았다.

앞쪽은 길이 꺾이는 곳이고, 그 10여 장 밖에 저택의 대문 하나가 자리하고 있었다. 대문 앞과 주위의 높은 담장 아래를 빽빽하게 에워싼 수많은 병사는 모두 금군과 순방영의 군복 차림이었다.

래양후부의 편액 아래로 순비잔이 성큼성큼 나아가 문을 두드리려는 찰나, 바깥쪽에 있던 부장이 장림부의 마차를 발견하고 황급히 그에게 알렸다. 돌아선 순비잔은 몸을 내밀고 바라보는 소평장을 발견하고 깜짝 놀라더니, 몇 걸음 만에 달려와 그를 샅샅이 살피며 물었다.

"이렇게 외출해도 되는 건가? 잘은 몰라도 가슴에 입은 상처는 가볍게 다루지 말아야 한다는 것은 아네. 지난달에는 손님을 만날 수도 없다고 하던데 그 후로 얼마 지나지도 않았잖은가? 세자비께서 염려하지 않으시나?"

소평장은 저도 모르게 웃음을 터뜨렸다.

"몽씨 가문 출신들은 어찌 그렇게들 똑같은지……."

옆에 있던 소평정이 순비잔의 팔을 잡아끌며 초조하게 물었다.

"순 형님, 무슨 일로 래양부를 포위하셨어요? 혹시 단동주예요? 그자의 종적을 찾아내신 거예요?"

순비잔은 소평장을 한 번 더 살피며 표정이나 행동이 평소와 다름없다는 것을 확인한 뒤에야 안심하고 소평정을 돌아보았다.

"순방영에서 밀보를 받고 달려왔는데 확실히 단동주였다. 안타깝게도 몇 번 겨루다가 소맷자락만 뜯어내고 놓치는 바람에 이쪽 골목으로 달아났지. 주변 수색을 마쳤지만 찾을 수가 없었고, 이제 남은 곳은 래양부뿐이다."

소평정은 잔뜩 흥분한 얼굴로 같이 가겠다고 소리칠 뻔하다가 형을 보호해야 한다는 것을 깨닫고 알아서 입을 다물었다.

그의 마음을 모를 리 없는 소평장이 빙그레 웃으며 말했다.

"가보거라. 단, 반드시 비잔의 명을 따라야 한다."

분부가 떨어지자 소평정은 뛸 듯이 기뻐 알겠다고 약속하며 마차에서 뛰어내렸다. 순비잔도 조력자가 필요하던 터라 두 손 모아 소평장과 작별한 후 소평정을 데리고 래양부 문 앞으로 향했다.

문밖에 어마어마한 병사들이 몰려들자 바깥뜰에 있던 하인들은 놀라고 당황하여 허둥지둥 안채에 보고했다. 소원계는 대동부에서 돌아온 뒤 멋모르고 위험한 일에 나섰다고 래양 태부인으로부터 실컷 꾸중을 들었고 한바탕 울음까지 터뜨렸다. 그 후로 그는 어머니를 위로하기 위해 약 보름 동안 가끔씩 외출하여 술을 마실 때 외에는 거의 집에서 어머니 곁을 지켰다. 금군이 에워쌌다는 말에 그는 도무지 영문을 알 수 없어 황급히 장포를 걸치고 달려나갔다.

소평정이 그를 맞이하고 상황을 대강 설명해주었다. 단동주를 추포한다는 말에 젊은 래양후는 당연히 막지 않았지만, 외롭게 지내는 어머니가 놀라지 않도록 안채는 건드리지 말아달라고 부탁했다.

"수색을 허락해주셔서 감사합니다, 래양후. 하지만……."

순비잔이 다소 난처한 듯 말했다.

"죄인은 안채와 곁채를 가리지 않으니 만약……."

소원계도 그 말을 알아들었다.

"잘 압니다. 어머니가 계신 안채는 내가 직접 가서 살펴보고 이상한 점이 있으면 곧바로 순 통령께 보고하겠습니다."

래양 태부인은 아무래도 황실의 부녀자였기에 그 침소까지 병사를 보내 살피는 것은 확실히 온당한 행동은 아니었다. 순비잔은 잠시 생각해보았지만 억지로 요구하지 않고 돌아서서 부하들에게 명을 내렸다.

금군과 순방영은 모두 천자가 계신 경성에서 일하는 만큼 행동에도 절도가 있었다. 죄인을 붙잡으려는 것이지 집 안을 뒤집어엎자는 것이 아니기에, 병졸들의 행동은 매우 조심스러웠고 하인이나 물건도 함부로 다루지 않았다.

그와 동시에 소원계는 문안을 핑계로 어머니의 침소를 찾아갔지만 다행히 안채는 평화롭고 조용하여 안심이 되었다. 래양 태부인은 죄인이 뛰어들었다는 소식에 처음에는 혼비백산했으나, 곧바로 시녀를 순비잔에게 보내 철저하게 수색하여 죄인을 래양부에 남겨놓지 말아달라고 당부했다.

반 시진 뒤 수색은 순조롭게 끝났지만 결과는 실망스러웠다. 소원계도 만일을 대비해 태부인의 안채를 뒤졌지만 역시 아무 소득이 없었다. 단서를 잡은 줄 알았는데 아무 성과가 없자, 세 사람은 다소 낙담한 얼굴로 넋이 나간 채 래양후부의 대문 앞에 섰다.

잠시 후 소원계가 위로했다.

"한 번 종적을 찾았으니 두 번이라고 못 찾을까요? 단동주가 아직 경성에 있다면 순 통령의 손아귀에서 결코 벗어나지 못할 것입니다."

소평정은 두 사람의 싸움에 더 흥미가 있는지 꼬치꼬치 캐어물었다.

"순 형님, 어디서 그자와 겨루셨어요? 기분이 어떠셨어요? 그자를 이길 수 있을 것 같았어요?"

"저쪽 작은 골목에서였다."

순비잔은 턱짓으로 서남쪽을 가리키며 말했다.

"몇 초 만에 달아나버렸는데 무슨 수로 승부를 예측하겠느냐."

소평정은 그를 붙잡고 늘어졌다.

"자자, 다시 가서 살펴봐요. 혹시 무슨 단서가 있을지도 모르잖아요."

당장 급한 일도 없었기에 순비잔은 두 사람을 데리고 추적해온 길을 되짚어 돌아갔다. 가는 길에 새롭게 눈에 띄는 것은 없어, 일행은 금방 싸움이 벌어졌던 작은 골목 가운데에 이르렀다. 골목은 고작 세 사람이 나란히 지나갈 수 있을 만큼 좁은데다 바닥은 거친 돌판길이었고, 양쪽에는 평범한 민가가 서 있었다.

소평정은 주위를 둘러보다가 어느 집 대문 기둥에서 까맣게 탄 손자국을 발견했다. 그는 황급히 그쪽으로 다가가 자세히 살피며 감탄을 터뜨렸다.

"단동주가 남긴 것이겠지? 그동안 무리하게 맞서 싸우지 않아서 몰랐는데, 이제 보니 예상보다 내공이 훨씬 강하겠군."

단동주가 이곳 기둥을 때려 손자국을 남기는 것을 직접 본 순비잔이지만, 달아난 그를 급히 뒤쫓느라 제대로 살필 겨를이 없었다. 소평정이 혼잣말로 중얼거리는 소리를 듣고 그제야 다가와 기둥을 자세히 살폈다.

소원계는 소평정 쪽으로 몸을 기울이며 속삭였다.

"대체 왜 금군통령이 조정에 몸담고 있다는 이유로 랑야 고수방에 오르지 못하는 거야? 몽 대인께서도 1위에 오르신 적이 있잖아. 랑야각이 무엇 때문에 규칙을 바꾼 거야?"

소평정은 어깨를 으쓱했다.

"나도 노각주께 여쭤보지는 않았어. 아마 조정은 음모가 많고, 강호처럼 넓지도 않아서 조금만 건드려도 성가신 일이 꼬리를 물고 벌어지니 멀리할수록 좋다고 생각하신 것 같아."

순비잔은 두 사람이 속삭이는 이야기를 전혀 듣지 못한 듯 기둥에 찍힌 손자국만 뚫어져라 보고 있었다. 창백한 석상이라도 된 양 그의 뺨과 입술에서 핏기가 가시기 시작했다.

이상함을 알아챈 소평정이 고개를 돌리며 불렀다.

"왜 그러세요, 순 형님?"

순비잔은 파르르 떨리는 입술 근육을 힘껏 억누르다가 한참 후에야 고개를 설레설레 저으며 대답했다.

"이런 고수를…… 일시적인 부주의로 놓치다니, 나 자신이 원망스럽구나."

소평정도 그 기분을 충분히 이해한 듯 그의 등을 토닥여주었다.

죄인을 잡기 위해 거리를 봉쇄했으니 단동주가 달아난 이상 계속해서 백성들에게 피해를 줄 수는 없었다. 이 때문에 순비잔은 할 일이 많다는 핑계로 급히 두 사람에게 작별하고 골목을 떠났다.

순방영의 손(孫) 통령이 래양후부 바깥에서 기다리고 있었다. 그와 합류한 순비잔은 앞서 밝힌 것처럼 봉쇄를 풀게 하는 대신, 여러 가지 잡무를 부하에게 맡긴 뒤 홀로 말을 타고 떠났다. 가까이 모시는 친위대들이 따라오려 했지만 손짓으로 물리쳤다.

그는 중심가를 따라 한참을 빠르게 달리다가 작은 거리로 접어들었다. 무척 익숙한 길인지 거침없이 이리저리 꺾고 지름길을 골라 민가를 통과하자 또 다른 널따란 중심가에 이르렀다. 길을 따라 북쪽으로 좀 더 갔더니 빨갛게 칠한 문에 잿빛 담장을 두른 높다란 저택이 나타났다. 3층짜리 높은 처마를 얹은 문의 가로대에는 '순부(荀府)'라는 두 글자가 쓰여 있었다.

고향을 떠나 금릉에 온 뒤로 순비잔은 대부분의 시간을 이곳 순부에서 보냈다. 지금은 혼자 쓰는 통령부가 있지만, 어떤 의미에서 이곳은 여전히 그의 집이었다.

빠른 걸음으로 앞뜰과 중문, 회랑, 꽃밭을 지나는 동안 마주치는 하인과 하녀가 차례차례 '나리' 하고 인사를 해왔지만 순비잔은 듣지도 못한 듯 말없이 서재가 있는 원락으로 달려가 곧장 문 안으로 뛰어들었다.

마침 책상 뒤에서 내각의 보고서를 정리하고 있던 순백수는 깜짝 놀랐다.

"비잔? 어쩐 일이냐? 요즘 몹시 바쁘다더니……."

서재는 두 채 세 칸으로 이루어진 곳이고, 가장 안쪽에 병풍을 두른 조그마한 다실이 있었다. 순비잔은 굳은 얼굴로 곧장 다실의 탁자에 다가가 비단 깔개에 달린 술을 잡아 홱 젖혔다. 주전자와 잔이 이리저리 날아올랐다가 바닥에 와장창 떨어졌다.

순백수는 분노에 휩싸여 허둥지둥 따라 들어와 외쳤다.

"이 무슨 짓이냐?"

순비잔은 거칠게 숨을 내쉬며 핏발이 선 눈으로 바늘처럼 날카롭게 차 탁자를 노려보았다. 자단목으로 만든 탁자의 한쪽 모퉁이와 다리가 만나는 부분에 검게 탄 손자국이 또렷하게 찍혀 있었다.

"이것이 무엇인지 설명 좀 해주시겠습니까, 숙부님?"

순비잔이 천천히 몸을 돌리며 물처럼 고요한 목소리로 물었다.

순백수의 서재는 평소 그가 집에서 업무를 할 때 쓰는 곳으로 꼼꼼하게 관리되고 있었다. 안에서는 가까이 부리는 동자가 차 시중을 들거나 먹을 갈았고, 바깥 마루에서는 서리(書吏) 두 명이 언제든 심부름을 하기 위해 대기했으며, 정원에는 호위병이 넷이나 있었다.

순비잔이 들이닥쳤을 때 순백수의 심복인 호위 순월(荀樾)은 복도에서 후원 집사와 이야기를 나누다가 상황이 이상하다 싶었는지 황급히 달려왔다. 하지만 섬돌 앞에 이르자 동자와 서리들이 허둥지둥 쫓겨나왔고, 뒤이어 수보 대인도 문가로 나와 모두 중정으로 물러가라고 소리친 뒤 손수 문을 닫아버렸다.

돌아서서 다실로 들어가는 순백수의 발걸음은 몹시 느렸지만, 머리는 빠르게 회전하며 어떻게 설명하고 달래야 할지 생각하고 있었다. 하지만 다시 조카 앞에 설 때까지 완벽한 해명을 생각해내지 못한 탓에 일단 발뺌부터 했다.

"이 손자국이 대체 무엇인지, 언제 생겼는지 묻는다면 이 숙부는 정말 모른다. 오늘 네가 들이닥치기 전까지는 이런 것이 있는 줄도 몰랐구나."

순백수는 고개를 저으며 허허 웃었다.

"네가 이리 서슬이 퍼런 것을 보니 평범한 것은 아닌 모양이지?"

순비잔은 그의 눈을 한참 들여다보더니 여전히 차가운 투로 말했다.

"귀역무영 유명암화…… 단동주 말고는 그 누구도 이런 손자국을 남길 수 없습니다."

순백수의 얼굴에도 곧바로 노기가 떠올랐다.

"단동주? 그래, 내가 송부의 사건에 연루되었다고 의심하는 것이냐? 정말 그렇다면 송부가 삼사에서 심문받을 때 무슨 이유로 내 이름을 대지 않았겠느냐?"

"송부의 속내를 추측할 생각은 없습니다."

순비잔의 얼굴은 잔뜩 긴장해 있었다.

"저는 제 눈만 믿을 뿐입니다. 숙부께서는 달아난 죄인 단동주와 이 서재에서 만난 적이 있으십니까?"

순백수는 노한 얼굴로 탁자를 힘껏 내리쳤다.

"방자하구나!"

순비잔은 그 노여움 앞에서도 전혀 흔들리지 않았고 눈빛은 쇠처럼 침착했다. 이 조카가 얼마나 고집이 센지 누구보다 잘 아는 사람이 바로 순백수였다. 화를 내고 꾸짖는 것만으로는 그를 막을 수 없었기에 그는 말투를 누그러뜨리고 어쩔 수 없다는 듯이 말했다.

"송부는 유능한 막료가 있다는 것을 무척 자랑스러워했지. 그래, 언젠가 그가 그 막료를 데리고 이곳을 찾아왔었고, 나를 위해 몇 가지 사소한 일을 처리해준 적은 있다. 허나 그 일 외에는 왕래한 적이 없고, 특히 대동부의 일은 나와는 아무 상관이 없다."

차 탁자를 가리키는 그의 손가락 끝이 바르르 떨리고 있었다.

"저 손자국이 언제부터 있었는지 누가 알겠느냐? 단동주 같은 고수라면 남몰래 어딘들 가지 못하겠느냐? 설마 저 흐리터분한 손자국 하나가 내게 죄가 있다는 증거라도 된단 말이냐?"

"증거가 되는지 아닌지는 제가 판단할 일이 아닙니다."

순비잔은 여전히 그의 눈을 똑바로 들여다보며 말했다.

"숙부님께서 그렇게 당당히 말씀하시니, 이 일을 폐하께 보고드리고 처분을 받아도 괜찮으시겠군요?"

순백수의 눈꺼풀이 절로 바르르 떨렸다. 돌아서서 방 안을 왔다갔다하던 그가 다시 입을 열었을 때는 말투가 변해 있었다.

"비잔, 너는 어려서 부모를 잃었지만 이 숙부가 언제 너를 박대한 적이 있더냐? 어려서부터 네가 굶지나 않는지, 춥지나 않은지, 하나같이 네 숙모가 손수 보살펴주었지. 네가 일곱 살 때 느닷없이 무학을 배우겠다고 했을 때도, 이 숙부가 몸소 몽 통령부를 찾아가 사제지간을 맺는 선물을 바치기도 했다."

누가 보아도 한 발 물러선 이 말 속에 무슨 의미가 담겨 있는지, 순비잔이 알아듣지 못할 리 없었다. 순간, 그는 극도로 실망했고, 슬픔과 노여움을 참지 못한 나머지 옆에 있던 차 탁자를 낚아채어 벽에다 몇 번이나 내리쳤다.

그 어마어마한 소리에 바깥에 있던 사람들은 화들짝 놀랐다. 순

월은 걱정스러웠지만 명을 어기고 함부로 들어갈 수도 없어 황급히 사람을 보내 안채에 알리게 했다.

다른 누구보다 조카를 잘 아는 순백수는 그가 이렇게 화를 쏟아내자 도리어 마음이 가라앉아, 묵묵히 눈을 내리깔고 조카가 냉정을 찾기를 기다렸다.

순비잔의 안색은 분노로 벌겋게 달아올랐다가 점차 창백하게 식어갔다. 그는 어렵사리 마음을 가라앉힌 다음에야 비로소 순백수를 돌아보았다.

"내원에는 황후마마가 계시고 태자 전하께서는 동궁에 들어가셨습니다. 조정에서는 숙부께서 가장 높은 자리에 올라 내각을 이끌고 계시고, 궁성의 금군 5만 명은 모두 제 손에 들어 있습니다. 하나하나 헤아려보면 폐하께서는 우리 순씨 일족에게 지극한 영광과 총애를 내리셨습니다. 그런데 숙부께서는 도대체 왜, 왜 또 그런 일을 하셔야 했습니까?"

순백수는 살며시 고개를 저었다.

"방금 말하지 않았느냐. 네가 의심하는 그런 일은 정말 없었다. 허나 방금 그런 마음이 전혀 없다고 부인할 생각은 없구나."

순비잔은 멈칫했다.

"저는 모르겠습니다."

"모르겠다고?"

순백수가 냉소를 지었다.

"늘 천자 곁에 있는 네가 정말 알아차리지 못했다는 게냐?"

"무얼 말입니까?"

"그동안 폐하께서는 내내 두 눈을 꼭 감으신 채, 단 한 번도 태자의 미래를 준비하신 적이 없으셨다!"

순비잔은 심장이 철렁하여 저도 모르게 반박하려 했다. 하지만 순백수가 재빨리 손을 들어 막으며 말했다.

"비잔아, 이 숙부가 공연히 겁을 주려는 것이 아니다. 장림왕부의 위상이 어떤지는 너도 잘 알지 않느냐. 선제께서 베푸신 은혜가 아직 남아 있고 폐하와 장림왕은 우애가 깊으시니 그분들 대에서는 잘 지낼 수 있을 게다. 하지만 훗날 태자도 그럴 수 있을까? 일찌감치 균형을 맞추고 방비하지 않으면, 훗날 피바람이 불지 않는다고 어찌 장담할 수 있겠느냐."

순비잔은 추호의 망설임도 없이 고개를 저었다.

"장림왕 전하는 그럴 분이 아니시고, 평장 역시 절대 그럴 리 없습니다. 저는 그리 믿습니다."

"그 얼마나 유치하고 가소로운 생각이냐!"

순백수는 숨을 크게 들이쉬더니 슬픈 눈빛을 띠며 말했다.

"단순한 '믿음', 그 하나로 충분하더냐? 훗날 대량의 천자가 다스릴 강산의 안전을 오로지 장림왕부의 품성에만 맡겨야 한다는 게냐? 그들이 올바르게 행동하면 황위가 안정되고, 조금이라도 나쁜 마음을 먹으면 비바람이 몰아치고…… 그런 상황에서 너라면 마음이 편하겠느냐?"

순비잔은 이 말에 격노하여 버럭 소리를 질렀다.

"그래서 숙부께서는 있을지도 모를 그 나쁜 마음을 비난하기 위해 그런 수작을 부리셨다는 말씀입니까? 북쪽 전선에서 죽은 자들은 이 대량의 장사가 아닙니까? 적군의 말발굽이 남하하는 순간 짓밟힐 땅은 이 대량의 국토가 아닙니까?"

이 질문이 순백수의 약점을 정확히 찌르는 바람에 그 역시 한동안 말문이 막혔다. 송부가 대동부에서 한 일에 직접적으로 공모하지는 않았지만, 적어도 모르는 척 눈감아주며 몰래 부추긴 것은 사실이었다. 국경의 안위는 어디에 내놓아도 양보할 수 없는 한계선이었으니, 어떤 변명도 그 앞에서는 창피하고 무력해질 수밖에 없었다. 그는 한동안 망설이다가 힘없이 입을 열었다.

"하지만 결국…… 감주를 잃지는 않았잖느냐."

이런 논리를 순비잔이 받아들일 리 없었다. 그는 차갑게 숙부를 바라보더니 더 이상 말하고 싶지 않은지 돌아서서 성큼성큼 밖으로 나갔다. 그런데 문턱을 넘어서는 순간, 그 자리에 우뚝 멈추고 말았다.

하인들마저 멀리 물러나 텅 빈 정원에는 불안한 표정의 순 부인이 조카딸인 순안여의 부축을 받고 서 있었다. 두 사람 다 걱정스런 기색이 다분했다.

그가 나오는 것을 보자 순 부인이 급히 다가서며 물었다.

"하인들이 서재의 분위기가 심상치 않고 시중드는 이까지 쫓아냈다고 하여 왔단다. 대체 무슨 일이니? 숙부와 너는 늘 사이가 좋았는데 무슨 일로 말다툼을……."

순비잔은 가까스로 '숙모님' 하고 불렀지만 다른 말은 할 수가 없었다.

순백수가 따라나와 길게 한숨을 쉬며 무거운 눈빛으로 말했다.

"너도 이제 조정의 중신이고 너만의 생각이 있을 터이니 강요할 수는 없겠지. 다만 순씨 일족 백여 명이 모두 너의 혈육이라는 사실은 잊지 않기를 바란다."

날은 이미 저녁이 되어 어스름이 깔리고 있었다. 순안여는 숙모 옆에 딱 붙어 서 있었다. 나란히 고개를 들고 바라보는 두 여인의 얼굴에는 걱정이 가득하여, 너무도 무고하고 연약해 보였다.

순비잔은 떨리는 손으로 천천히 주먹을 쥐고 한참 동안 망설이다가 마침내 이를 악물고 순백수를 돌아보았다.

"단동주를 붙잡기 전에는 아무 말도 하지 않겠습니다. 숙부께서는 위험천만한 절벽 끝에 서 계시니, 부디 더 이상은 한 걸음도 내딛지 마시기 바랍니다."

"단동주를 붙잡으면 어찌할 생각이냐?"

순백수가 재빨리 캐물었다.

"먼저 그자에게 물어볼 것이 있습니다. 확실히 알아내면 그때 결정하겠습니다."

마지막 한마디를 할 때 순비잔의 씁쓸한 목소리는 너무 낮아 거의 들리지 않았다. 그는 눈을 내리뜨고 숙모와 사촌누이의 시선을 피한 채 한 번도 뒤돌아보지 않고 성큼성큼 밖으로 나갔다.

순 부인이 초조하게 그 뒤를 쫓다가 고개를 돌리고 물었다.

"나리, 저 아이가 저리도 심각한 말을 하다니 도대체 무슨 일이에요?"

순백수는 중얼거리듯 대답했다.

"비잔은 마음이 약한 아이요. 괜찮소. 아무 일 없을 게요."

13

장림왕 소정생은 선제 무정제의 친아들이 아닌 양자로, 이 사실은 한 번도 비밀인 적이 없었다. 하지만 그의 진짜 신분과, 황실과 인연을 맺게 된 연유를 아는 사람은 이제 금릉성을 통틀어 몇 되지 않았다.

처음 몇 년간은 호사가들이 이의를 제기하며 조사를 통해 연고를 밝혀내려 했지만, 세상이 바뀌고 세월이 유수처럼 흐르면서 사람들은 병권을 쥔 왕주 일곱 개의 친왕을 받아들이게 되었고, 종실에서 존귀한 위치를 차지하고 있는 것에도 익숙해졌다. 그가 아들의 이름에 황실의 돌림자인 '원' 자를 쓰지 않은 일만 아니었다면, 애초에 그가 선제의 친혈육이 아니라는 사실을 아무도 기억해내지 못했을 것이다.

대량의 종실은 왕주로 품계를 정하며, 왕주 일곱 개가 가장 높은 자리였다. 관례에 따라 태자가 생기면 왕주 다섯 개 이상의 왕을 봉하지 않게 되는데, 이는 새 황제에게 책봉의 기회를 남겨주기 위해서였다. 비록 성문화된 규칙은 아니었으나 역대 황제들 모두 지키려 노력해왔다. 대량이 세워진 이래 3백여 년 동안 이 규칙을 깨뜨린 황제는 단 한 명뿐이었고, 그 한 번이 좋지 않은 결과를 가져왔다는 사실은 분명했다.

장림왕부를 처음 지을 때는 왕주 두 개의 친왕부 구조를 따랐는데, 선제와 소정생 둘 다 사치를 좋아하지 않아 훗날 두 번이나 품계가 올랐을 때에도 그대로 놓아두었고, 소흠이 등극한 후에야 왕주 일곱 개를 내리면서 내정사에 일러 개축하게 했다.

왕주 일곱 개 친왕의 규칙에 따르면, 세자가 머무는 동쪽 원락을 삼중 구조로 짓고 처마에 신수(神獸)를 다섯 마리 올릴 수 있으며, 침소 외에 서재와 자수방도 지을 수 있었다. 물론 지금의 장림세자비에게는 자수방이 아무 쓸모가 없었기에 정원의 화초를 모조리 뽑아내어 조그마한 연무장을 만들었다.

소평장이 상처를 입어 부중에서 쉬는 동안 몽천설은 매일 그의 주변을 맴돌았기 때문에 그가 입궁하자 갑자기 한가해졌다. 처음에는 할 일이 없어 정원을 거닐다가 오후에 연무장에 가서 두 시진 동안 검술 연습을 하며 시간을 때운 뒤 침소로 돌아가 씻고 옷을 갈아입었다.

혼자서 난각 안에 잠시 앉아 있던 몽천설은 다소 기분이 무거워져, 벌떡 일어나 시녀들을 물리고는 문을 닫고 병풍 뒤로 돌아갔다. 병풍 뒤에는 조그마한 연주실이 있었는데, 창 아래에 놓인 고금(古琴) 외에 다른 것은 아무것도 없었다. 안으로 들어간 그녀는 곧장 남쪽 벽으로 다가가 안쪽에 공간을 내어 만든 벽감을 열었다. 벽감에는 조그마한 관음상이 들어 있고 관음보살의 팔 안에 포동포동하고 사랑스러운 아기가 안겨 있었다.

몽천설은 가느다란 향에 불을 붙여 신상 앞에 놓인 조그마한 구리 화로에 꽂은 뒤, 눈을 감고 한참 기도를 올린 다음 눈을 떴다. 손가락으로 백자로 만든 아기의 토실토실한 얼굴을 매만지는 동안 그녀의 눈동자는 반짝임을 잃고 어둡게 가라앉았다.

7년 전, 소평장과 혼례를 올렸을 때 장림왕비는 이미 중병에 걸려 하루빨리 손자를 보고 싶어 했다. 몽천설은 건강에 자신이 있어서 시어머니의 소원을 들어드릴 수 있다고 생각했지만, 기다리고 또 기다렸으나 시어머니가 한을 품고 돌아가실 때까지도 몸에서는 아무 소식이 없었다.

3년상을 꽉 채우고 또 반년이 지나자 몽천설도 조급해져 용하다는 의원들을 불러보았지만, 아무도 원인을 밝혀내지 못했다. 이렇게 한 달 또 한 달, 1년 또 1년을 보내며 기다리는 동안 이 문제는 마음의 병이 되어갔고, 굳센 그녀조차 남몰래 몇 번이나 울었다.

구리 화로에 꽂힌 조그마한 향이 하얀 연기를 몽실몽실 피워올렸다. 몽천설은 떨리는 손가락으로 바짝 선 아기의 머리카락을 쓰다듬으며 씁쓸한 마음에 또다시 참지 못하고 눈물을 글썽였다.

바로 그때, 밖에서 시녀들이 인사하는 소리와 함께 소평장의 발소리가 들려왔다. 몽천설은 재빨리 눈을 비벼 닦고 벽감을 닫은 후 마중을 나가 부군의 겉옷을 벗겨주며 물었다.

"오늘 처음으로 외출했으니 부왕께서 걱정하실 거예요. 인사는 드리고 왔어요?"

"돌아온 지 한참 되었는데…… 오자마자 부왕께 갔다가 지금 온 거야."

소평장은 살짝 붉어진 아내의 눈을 보자 급한 와중에 제대로 닫지 못한 벽감 쪽으로 흘낏 시선을 주었다. 곧 무슨 일인지 알아차린 그는 가볍게 한숨을 쉬며 몽천설의 손을 꼭 잡아 옆에 앉힌 다음 나지막한 소리로 달랬다.

"아이를 얻을 운명이면 언젠가는 꼭 가질 수 있어. 우리는 아직 젊고 부왕께서도 재촉하지 않으시는데 왜 그리 서둘러?"

몽천설은 그의 어깨에 이마를 기대고 있다가 한참 만에야 떨리는 목소리로 말했다.

"하지만 시집온 지 7년이나 되었는데……."

"7년 만에 벌써 질렸어? 당신은 평생 나와 함께 살아야 한다고!"

그 농담에 몽천설도 웃음을 터뜨리며 그를 꼬집었다.

소평장은 그녀의 손을 꼭 감싸 쥐고 손가락으로 손등을 매만지며 위로했다.

"우리는 어려서부터 함께 자랐잖아. 어릴 때는 당신의 평장 오라버니였고 지금은 당신의 부군이야. 우리 사이의 이 깊은 정을 누가 따를 수 있겠어? 나는 우리가 부부가 된 것만으로도 충분해. 다른 것은…… 생기면 금상첨화겠지만 없더라도 너무 신경 쓸 필요 없어."

몽천설은 마음이 죄어들어 그의 품속으로 뛰어들며 속삭였다.

"하지만 나는 금상첨화를 바라는걸요. 당신에게 귀여운 아이를 낳아주고 싶단 말이에요."

사랑하는 아내의 마음속 상처를 소평장이 모를 리 없었지만, 위로가 될 만한 말은 다 했고 다른 말은 떠오르지 않아 가만히 가슴만 눌렀다. 말을 하느라 지쳤기 때문인지 상처가 아프기 시작한 것이다.

몽천설은 깜짝 놀란 나머지 다른 일은 까맣게 잊고 조심조심 부군을 누이고 팔다리를 주물렀다. 그리고 그날 저녁 먹어야 하는 탕약을 손수 가져와 그가 한 모금씩 마시는 모습을 지켜보았다.

바삐 움직이다보니 어느새 저녁 식사 시간이 되었다. 시녀가 들어와 밥상을 차릴지 묻자, 소평장은 그제야 아우를 떠올리고 사람을 보냈지만 평정은 여태 돌아오지 않았다고 했다.

소평정은 활력이 넘치고 노는 것을 좋아해 바깥에서 친구를 만나 먹고 마시는 일이 비일비재했다. 때문에 몽천설은 신경 쓰지 않고 두 사람 분만 차리라고 일렀다. 하지만 아우가 순비잔을 따라 단동주를 추격하러 간 것을 아는 소평장은 여태 소식이 없다는 말은 죄인을 체포하지 못했다는 뜻임을 알아차리고 실망을 감추지 못했다.

사실 소평정과 소원계가 그 작은 골목에서 헤어졌을 때, 날은 아직 어두워지기 전이었다. 그가 여태껏 돌아오지 않은 까닭은 도중에 운 아주머니에게 붙잡혔기 때문이다. 운 아주머니는 낭자가 만나고 싶어 하니 제풍당에 들러달라고 했다.

감주에서 대동부, 그리고 경성까지 함께 오면서 소평정은 임해를 거의 친구처럼 여기고 있었지만, 임해가 먼저 만나자고 청한 일은 지금껏 한 번도 없었다. 더군다나 지금은 해가 서쪽으로 완전히 기울어 곧 황혼이 찾아올 시간이었다. 물론 아무리 이상한 생각이 들어도 가보지 않을 수 없었다.

주작대가에 도착했을 때 길가로 난 대문은 닫혀 있었지만, 운 아주머니는 그를 뒤쪽 샛문으로 안내하여 임해가 혼자 쓰는 조그마한 원락으로 데려갔다. 어느새 날이 어두워져 방 안과 복도에 등불이 켜져 있었다. 등불 아래 혼자 앉아 있던 임해가 소평정을 보고 즉시 일어났다.

소평정은 고개를 갸웃하며 일부러 놀리듯 말했다.

"왜 갑자기 날 부를 생각이 들었소? 요 며칠 내가 다른 일로 바빠 찾아오지 않으니 보고 싶었나보지?"

임해는 대답하지 않고 운 아주머니를 내보낸 후 내실로 들어가면서 그를 향해 따라오라는 손짓을 했다. 그가 들어가자 그녀는 문을 꼭 닫았다.

소평정의 장난스런 미소가 다소 어색해졌다. 그는 억지로 낄낄 웃으며 말했다.

"보고 싶으면 보고 싶다고 하시오. 뭐 어떻소? 나란 사람은 늘 남들이 보고 싶어 하는……."

임해는 여전히 그를 무시하고 창가로 가서 위로 세워 여는 창문을 내리고 가리개까지 쳤다.

주위를 둘러본 소평정은 단단히 밀폐된 방을 보자 저도 모르게 얼굴이 빨개져서 무의식적으로 목에 건 은쇄를 만지작거렸다. 목이 멘 듯 쉽게 말이 나오지 않았다.

"음…… 그러니까 임해…… 내 말을 들어보시오. 우리 랑야각이야 이런 일에 별로 신경 쓰지 않지만 장림부에는 규, 규칙이라는 것이 있소. 그게 그러니까…… 날이 어두운데…… 이, 이런 곳에서 이야기를 나누는 것은 아무래도……."

임해는 그의 말이 귀에 들어오지도 않는지 이번에는 배나무로 만든 조그만 궤짝 앞으로 가더니 맨 위쪽 서랍에서 무언가를 꺼내 등불 아래로 가져갔다. 그리고 또다시 소평정에게 손짓했다.

"이쪽으로 오세요."

소평정은 얼떨떨하고 민망해하며 조심조심 다가갔다. 등불 아래에는 빨간 바탕에 금박을 두른 조그마한 분합이 놓여 있었다. 반질반질한 표면에는 정교한 꽃무늬가 새겨져 있고, 단추는 둥그런 진주로 만들어 한눈에도 보통 민가에서 쓰는 물건이 아님을 알 수 있었다. 게다가 매우 눈에 익은 것이었다.

"당신 형수님 거예요. 오늘 이 표면의 무늬가 예뻐서 베끼고 싶다며 빌려왔어요."

소평정은 멍하니 그녀를 바라보았다.

"이 밤에 나를 부른 이유가…… 형수님의 분합을 보여주기 위해서였소?"

임해는 분합을 등불에 가까이 가져갔다.

"자세히 보세요."

소평정이 몸을 숙여 바라보니, 등불에 비친 분합의 바닥에 희미하게 틈이 벌어져 있었다. 더럭 의심이 든 그가 분합을 주워 꼼꼼하게 살피다가 손에 쥐고 힘을 주자 숨겨진 공간이 열리고 그 속에 얇게 깔린 빨간 아교가 드러났다.

"이게…… 당신이 보여주려고 한 거요?"

임해가 고개를 끄덕였다.

"동해주교(東海朱膠)인 것 같아요."

소평정은 멍한 얼굴로 되물었다.

"무, 무슨 교?"

임해는 빨간 아교를 옆에 놓인 은쟁반에 조심스럽게 덜어낸 다음 천천히 분합을 닫고 한숨을 쉬었다.

"주교는 몹시 차가운 속성을 띠는데, 특히 동해의 깊은 바다 속에서 나는 주교가 가장 강력해서 건드리지 않고 놔두기만 해도 효과를 발휘해요. 이 분합은 세자비께서 늘 쓰시는 것이니 만약 계속 이 안에 들어 있었다면……."

그녀의 말이 끝나지도 않았는데 눈치 빠른 소평정은 금세 알아듣고 화를 참지 못해 물었다.

"그러니까…… 형수님이 혼례를 올린 지 오랜 시간이 지나도 아기를 갖지 못한 이유가 바로 이거란 말이오?"

임해는 직접적으로 대답하지 않고 가만히 한숨을 쉬었다. 소평정은 노기가 치솟아 씩씩거리다가 한참 후에야 겨우 마음을 가라앉혔다.

"만약…… 그게 사실이라면 형수님께서 회복하실 수는 있소?"

임해는 잠시 망설이다가 물었다.

"세자비께서 이 분합을 얼마나 오래 쓰셨는지 아시나요?"

"그건 잘 아오. 이 분합은 7년 전 형수님이 시집오실 때 황후마마께서 하사하신 혼수품이오. 형수님께서도 무척 마음에 든다며 한 번도 바꾸신 적이 없소."

"7년……."

임해는 더욱더 얼굴이 어두워지더니 한참이 지나서야 비로소 대답했다.

"세자비께서는 무예를 익힌 분이라 몸이 건강하시니 방법이 있을 거예요. 다만, 제가 아직 경험이 없어 동해주교의 약효를 푸는 방법은 다른 의원들께 물어봐야 해요. 각지로 의료행을 떠나신 분들이라 서신으로 물어야 하는데 아무리 빨라도 며칠은 걸리겠지요. 곧바로 세자비께 알리지 않고 공자부터 부른 이유도 그 때문이에요."

소평정도 임해의 호의를 알 수 있었다. 아이를 갖지 못하는 일은 몽천설의 마음속 응어리가 되어 있었고, 해독할 확신이 없는 상황에서 알렸다가 만에 하나 일이 잘 풀리지 않으면 공연히 근심만 더할 뿐이었다.

은쟁반에 놓인 종이처럼 얇은 붉은 아교는 너무나 작고 보잘것없어 보였지만, 그 속에 담긴 나쁜 뜻은 말로 표현할 수 없을 만큼 끔찍했다. 잠깐 생각해보는 것만으로도 등골이 서늘해져 소평정은 경악했고 분노가 치밀었다.

"대체 누가 이런 짓을 했지? 대체 무슨 의도로 이런 짓을?"

임해는 긴 속눈썹으로 눈에 그림자를 드리우며 중얼거렸다.

"저는 의원이라 어려서부터 약서와 의서를 읽으며 사람을 구할 생각만 했어요. 어째서 세상에 이런 일이 벌어지고 있는지 저로서는 도저히 모르겠어요."

"지난번 당신이 형수님의 손을 잡았던 것도 증상이 있는지를 살펴보기 위해서였군."

소평정이 고개를 들자 눈동자가 반짝 빛났다.

"임해, 알려줘서 고맙소."

임해는 빙그레 미소를 지었다.

"약속했으니 알려줄 수밖에요. 하지만 세자께 먼저 말씀을 드려야 할지는 당신이 결정하세요."

소평정은 마음이 어지럽고 복잡한 나머지 당장 결정을 내리지 못하고 자기 얼굴을 힘껏 문질러댔다. 한참 망설이는 사이 멀리서 시각을 알리는 경고 소리가 들리자, 그는 임해를 방해하고 싶지 않아 서둘러 작별하고 물러났다.

이미 통금 시간이 지나 거리는 한산했다. 밤이 되자 삭풍이 몰아쳐 얼굴을 때렸다. 묵묵히 한참을 걷던 소평정은 문득 언제부턴가 하늘에서 눈송이가 떨어지고 있다는 것을 깨달았다. 송이송이 눈이 피부에 닿자 뼛속까지 한기가 스몄다.

어두운 밤에 사락사락 내리던 눈은 날이 밝자 더욱 강해져, 하루 밤낮 동안 펑펑 쏟아지며 금릉성 전체를 하얀 옷으로 갈아입혔다. 덕분에 멀리서 본 금릉성은 마치 반짝반짝 빛나는 유리 세상처럼 이루 말할 수 없이 아름다웠다. 눈 쌓인 길을 걷는 것이 힘들지만 않다면, 이때야말로 겨울에서 가장 아름다운 시기였다.

몽천설은 일찍부터 섣달 스무날에 서쪽 교외의 청련사에 참배를 가기로 정해두었다. 추위를 타지 않는 그녀는 눈이 그득히 쌓인 산길도 아랑곳없이 그날 아침 일찍 준비를 마치고 문을 나섰다.

소평장은 아직 완치되지 않아 황궁을 다녀온 뒤에도 조정 업무에 복귀하지 못했지만, 어차피 연말이 다가오면서 명절을 위한 잡무가 많아, 차라리 계속 왕부에서 쉬고 새해에 일을 시작하기로 했다. 몽천설이 외출한 뒤, 그는 난각에서 책을 반쯤 읽다 말고 소평정이 집에 있는지 확인하고는 일어나 여우가죽 외투로 몸을 따뜻하게 감싸고 아우를 찾아갔다.

소평정의 거처는 본채 남쪽으로 뻗어나온 별도의 담장으로 둘러싸인 조그만 원락이었다. 손님을 맞거나 요리를 하는 등의 일이 필요하지 않았기 때문에 방은 무척 작은 대신 정원은 다른 곳보다 훨씬 크고 탁 트여 있었다. 담장을 돌며 흐르는 맑은 개울과 하늘을 찌를 듯 높이 솟은 큰 나무는 그가 어려서부터 몹시 마음에 들어 한 것이었다. 열 살이 되던 해 이 원락을 받은 그는 뛸 듯이 기뻐하며 '광택헌(廣澤軒)'이라 이름 짓고 친필로 편액을 써서 걸어놓았는데, 자라고 보니 약간 창피한 생각이 들어 치우려 했지만 짓궂은 형님이 이름을 바꾸도록 허락하지 않아 여태 그대로였다.

그날 밤 제풍당에서 돌아온 소평정은 이틀째 방에서 두문불출하며 형에게 사실을 알려야 할지 말지 고민에 빠져 있었다. 하지만 소평장이 들어와 말없이 그를 바라보는 순간, 이틀간의 고민이 시간 낭비였다는 사실을 깨달았다. 그는 본래부터 뭐든 모른 척 숨기는 능력이 없었다.

"어젯밤 네 형수가 손수 요리를 했는데도 먹으러 오지 않더구나. 대체 무슨 일이냐?"

소평정은 곧바로 대답하지 않고, 창가의 긴 의자에 호피를 깔아 형을 앉히고 발치에 화로를 가져다주었다. 그리고 방석 하나를 끌어다 책상다리를 하고 앉은 다음에야 조그만 소리로 말했다.

"확실히 형님께 말씀드려야 할 일이 있긴 있어요."

아우의 이런 진지한 말투를 무척 오랜만에 들은 소평장은 가슴이 철렁했다. 특히 고개를 푹 숙인 채 차마 자신을 마주 보지도 못하는 아우의 모습에 사소한 일이 아니라는 것을 짐작하고 마음의 준비까지 했지만, 그럼에도 불구하고 아우의 입으로 더듬더듬 전해진 임해의 이야기를 듣자 얼굴이 하얗게 질리고 온몸이 싸늘하게 식었다.

요 몇 년 그가 사랑해 마지않는 아내가 아이를 얻기 위해 쓰디쓴 약을 얼마나 마셨는지, 뜨거운 눈물을 얼마나 흘렸는지, 그보다 더 잘 아는 사람은 없었다. 하늘이 정한 운명이라면 부부 두 사람이 서로 의지하며 감내할 수도 있었지만, 누군가 몰래 수작을 부린 것이라니…….

소평장은 긴 의자의 팔걸이를 힘껏 움켜쥐고 이를 악물었다. 소평정은 걱정스러워 형의 무릎에 한 손을 올리며 불렀다.

"형님……."

자제력이라면 소평장이 아우보다 훨씬 강했다. 눈을 감고 한동안 감정을 추스르며 차차 평정을 되찾은 그는 맨 먼저 이렇게 말했다.

"네 형수가 오늘 외출하고 없으니, 임 낭자에게 시간이 있으면 와서 방 안을 한번 살펴봐달라고 해다오."

소평정은 어리둥절했지만 곧 무슨 뜻인지 알아차렸다. 임해는 몽천설이 눈치 채지 않게 몰래 조사를 해왔기 때문에 모든 물건을 샅샅이 살피지는 못했다. 분합은 화장 도구 중 하나에 불과하니 다시 한 번 조사해야 안심이 될 것 같아, 소평정도 즉시 고개를 끄덕이고 일어났다.

폭설이 내린 뒤라 제풍당을 찾은 환자 대부분은 한기가 든 증세였다. 사람 수는 평소보다 많았지만 어려운 증상이 아니었기에 다른 의원들만으로도 손이 부족하지 않았고, 임해는 종일 안채의 약방에서 동해주교의 독성을 연구하고 있었다.

소평정이 찾아와 형의 말을 전하자, 그녀는 가능성이 크지 않다고 생각하면서도 장림세자가 걱정하는 까닭을 잘 알고 곧바로 그를 따라나섰다. 왕부에 도착한 임해는 몽천설이 평소 사용하는 곳들을 빠짐없이 살핀 뒤 위로하듯 말했다.

"안심하시지요, 세자. 다른 곳은 이상이 없습니다. 동해주교는 쉽사리 얻을 수 있는 물건이 아니고 이 정도 분량으로도 목적을 이루기에는 충분하니, 다른 곳에 손을 쓰지 않아도 이상한 일은 아니지요."

소평장은 조금 안심이 되었지만 마음속에는 여전히 의혹이 남아 있었다.

"소설은 무인 가문 출신이고 고수에게 내공심법을 배웠소. 그녀와 나는 나누지 못할 말이 없는 사이인데 몸에 문제가 있다면 어째서 말하지 않았는지 모르겠소."

"정확하게 설명드리기는 어렵지만 이렇게 생각하시지요. 주교에 몸이 상하면 이런 결과가 생기기는 하지만, 몸의 다른 부분에는 영향을 주지 않습니다. 세자비께서도 특별히 불편하다고 느끼시지는 않았을 겁니다."

임해는 잠시 생각하다가 물었다.

"이 분합이 정말 7년 전 황궁에서 하사하신 그것이 맞을까요? 몽 언니는 물건에 특별히 마음을 쓰는 분이 아닌 것 같은데, 나중에 누군가 비슷한 것을 위조하여 바꿔치기했다면 독성에 노출된 시간이 조금 짧을지도……."

소평장은 손가락 끝으로 분합의 가장자리를 만져보더니 가볍게 고개를 저었다.

"이쪽에 긁힌 자국이 있소. 혼례날 밤 소설이 실수로 떨어뜨렸다가 억지로 복구한 흔적이오. 더욱이 내정사에서 특별히 제작한 물건은 그리 쉽게 위조할 수가……."

여기까지 말한 그가 갑자기 말을 뚝 멈추고 눈동자에 어두운 빛을 떠올렸다. 하지만 더 이상 말하지 않고 창틀을 짚으며 천천히 의자에 앉더니, 임해에게 미소를 지어 보이며 감사인사를 한 뒤 평정에게 대신 배웅하라고 일렀다.

동쪽 원락의 문을 나서자 소평정은 주위에 아무도 없는 것을 확인한 뒤 다급하게 물었다.

"치료할 수 있다지 않았소? 내가 도울 일이 있으면 뭐든 시켜주시오. 필요한 약재가 있으면 내가 어디든 가서 캐어오겠소."

임해는 한숨을 쉬었다.

"둘째 공자께서 최선을 다하실 것은 알아요. 저도 그럴 거예요. 다만, 세자와 몽 언니를 더한층 실망시키고 싶지 않으니 치료법을 완전하게 찾아내기 전에는 두 분께 치료할 수 있다는 말을 하지 마세요."

소평정은 답답한 얼굴로 고개를 끄덕였다. 아무 도움도 되지 못한다는 사실에 몹시 낙담하고 실망한 그는 임해를 마차에 태워 보낸 후 풀이 죽은 채 동쪽 원락으로 돌아갔다.

손님을 배웅하느라 왕부를 한 번 왕복하고 났더니 시간이 제법 흘렀는데, 소평장은 여전히 원래 모습 그대로 자세조차 바꾸지 않고 창가에 앉아 있었다. 걱정이 된 소평정이 재빨리 다가가 위로했다.

"형님 기분이 어떠실지 알아요. 하지만 이렇게 음험하고 악독한 수작은 그 뿌리를 밝히기가 쉽지 않으니 너무 조급해하지 마시고

같이 천천히 생각해봐요."

소평장은 대답 없이 화로에 일렁이는 불꽃을 한동안 바라보다가 불쑥 물었다.

"평정, 경성의 바람이 갈수록 차가워지는구나. 너도 느껴지느냐?"

소평정은 어리둥절하여 황급히 외투를 가져와 형의 어깨에 걸쳐주었다.

"형님, 추우세요? 화로를 하나 더 가져올까요?"

소평장은 외투의 목 부분을 두른 부드러운 여우 털을 천천히 여몄다. 눈빛은 슬프지만 차분했다.

"찬바람이 불면 어떻고 폭우가 몰아치면 어떠냐. 우리 장림왕부가 비바람을 겪어보지 않은 것도 아니고……."

그가 이렇게 말하며 탁자를 짚고 일어섰다.

"평정, 나와 함께 나가자."

"어디를 가시려고요?"

"천뢰."

막막한 심정

—

14

—

탈출한 단동주는 아직 붙잡히지 않았지만, 이는 탈옥 사건의 최종 판결에는 영향을 주지 않았다. 천뢰 관리를 맡은 제형사(提刑司)는 귀양을 떠났고 형부상서는 3년간 녹봉을 받지 못하는 벌을 받았으니, 너무 가볍지도 무겁지도 않은 벌이었다. 내각은 대리시승인 상문거(商文擧)에게 임시로 제형사의 직책을 대신하게 하고, 일단 부임부터 한 뒤 설 이후에 다시 논의하기로 했다.

소소하지만 승진 기회를 얻은 상문거는 이를 몹시 소중하게 여기고, 부임하자마자 실수하지 않도록 신중에 신중을 기하여 천뢰 안팎의 규칙을 새롭게 정리하고 이틀마다 몸소 순시했다. 특히 단동주와 같은 사건에 얽힌 죄인들은 아침저녁으로 철저히 확인하며 물샐틈없이 감시했다.

신임 상사가 부임하자마자 열성적으로 움직이니, 천뢰 총관부터 옥졸에 이르기까지 일을 대충대충 하는 사람은 아무도 없었다. 뜻밖의 사고를 방지하기 위해 송부 같은 죄인은 숫제 아무도 만나지 못하게 했다.

이날, 옥졸 노위(老魏)는 '유명도(幽冥道)'라 불리는 천뢰로 이어지는 길을 청소하고, 자신이 맡은 옥방의 사람 수를 센 다음 욱신거리는 허리와 아픈 다리를 이끌고 방으로 돌아가 조금 쉬려고 했다. 그런데 당직인 곡(曲) 총관이 허둥지둥 달려와 바삐 열쇠를 찾기 시작했다. 그리고 장림세자가 송부를 만나러 왔는데, 옥방이 너무 더러워 귀인에게 무례가 될지 모르니 어서 빨리 사람들을 불러 깨끗이 청소하라고 다그치는 것이었다.

노위 같은 자에게 장림세자는 구름처럼 높은 곳에 있어 올려다볼 수도 없는 사람이었다. 깜짝 놀란 그는 허둥거리며 동료들을 데리고 송부의 옥방으로 달려가, 죄인을 구석에 가둔 뒤 터진 솜이불을 걷고, 벌레며 쥐를 잡고, 물 두 통을 가져와 바닥까지 싹싹 닦았다. 침상 널빤지에 깔아놓은 지푸라기까지 한 올 한 올 가지런히 정리하지 않은 것만도 다행이었다.

상황이 이 지경이 된 뒤로 모든 것을 포기한 송부는 눈앞에 펼쳐지는 이 뜻밖의 광경에도 전혀 호기심을 보이지 않고 옥졸들을 한번 바라본 뒤 눈을 꼭 감고 벽에 기댄 채 움직이지 않았다.

얼마나 지났을까, 옥방 안의 소란이 차츰 잦아들더니 잠시 후 누군가 다가와 그를 문 쪽으로 끌어낸 뒤 억지로 무릎을 꿇렸다.

바깥에서 맑은 목소리가 들려왔다.

"형구를 풀어주어라."

그 목소리에 송부는 몸을 부르르 떨며 두 눈을 번쩍 떠서 옥방의 문밖을 뚫어져라 보았다. 꽉 다문 이에 점점 힘이 들어갔다.

평소와 달리 무척 깨끗해진 내뢰(內牢, 천뢰의 안쪽 중요 죄인들을 가두는 곳) 통로에는 배나무로 만든 의자가 놓이고, 그 위에 소평장이 모피 옷을 입고 앉아 있었다. 따라온 시종도 없어 뒤에 선 사람은 장림부 둘째 공자 뿐이었다.

명을 받은 옥졸들이 죄인의 몸에서 족쇄를 풀고 모조리 밖으로 물러가자 내뢰 안은 정적에 휩싸였다. 시간이 한참 흐른 후, 송부가 냉소를 터뜨리며 먼저 입을 열었다.

"장림왕부는 이번 심리에 간섭하지 않는다고 하지 않았습니까? 한데 세자께서는 참을 수가 없으셨던 모양이지요?"

소평장은 얼음장 같은 말투로 대답했다.

"이 사건은 이미 판결이 났소. 폐하께서는 허리를 자르고 길에 버리는 요참형을 승인하셨소. 본래라면 삼족을 멸해야 마땅하나 폐하께서 넓으신 아량으로 일족의 남자들만 유배 보내기로 하신 것이오. 아니, 아직 아무도 판결을 알려주지 않았소?"

예상 못한 것은 아니나 희망이 보이지 않는 최후의 결과를 귀로 직접 듣자, 송부는 가슴이 난도질당하듯 아파왔다. 그는 똑바로 앉아 있기도 힘든지 얼굴이 잿빛이 된 채 힘없이 바닥을 짚었다.

"여기 송 대인의 이력이 정리된 문서가 있소."

소평장은 그를 바라보지도 않고 소매에서 문서 한 부를 꺼내 딱딱한 덮개를 열고 읽어 내려갔다.

"기록에 따르면 현광 7년에 대인은 영주 통판이었는데, 서려(西厲)의 기습으로 성이 포위되고 부윤과 참장이 모두 달아났을 때 문관인 대인 혼자 성을 지켰소. 다행히 선제께서 알아보시고 크게 칭찬하셨고 그 후로 벼슬길도 활짝 열렸구려. 그때만 해도 송 대인은 그런대로 혈기를 간직하고 나라와 백성을 생각하는 마음을 품고 있었던 것 같은데, 그 마음이 변하기 시작한 것이 언제부터요?"

송부는 노기 띤 얼굴로 달려들어 바닥을 쾅쾅 치면서 쉰 소리로 외쳤다.

"선제와 폐하께 충성을 바친 이 마음은 단 한 번도 변한 적이 없습니다! 이 몸이 한 모든 일은 오로지 폐하께서 다스리시는 조정의 안전을 지키기 위해서였을 뿐입니다!"

소평장은 느릿느릿 등받이에 기대며 차갑게 말했다.

"대인의 그 말은 잘 이해가 가지 않소. 전선의 보급을 끊은 것은 감주 이남을 적국에 바치겠다는 뜻이나 다름없소. 그런 행동이 어찌 폐하의 조정을 안전하게 한다는 말이오?"

송부의 눈에서 눈물이 솟구쳤다.

"이번에는 전선의 상황이 장림왕께서 예측하신 대로 흘러갔으니 할 말이 없습니다. 허나 있었던 사실만을 말하자면, 장림왕은 군을 이끄는 원수로서 그럴듯한 이유 하나 없이 오랜 경험에서 나온 느낌만으로 폐하께 행대군의 병부를 청하여 대군을 움직이셨지요. 그런 행동은 나쁜 전례요, 독단적으로 저지를 일이 아니라는 것을, 이 송부는 지금도 자신 있게 말할 수 있습니다. 세자께서는 재주로 명성을 날리고 계시니 묻지요. 우리 대량의 정치와 군사에는 정해진 제도가 있는데, 훗날 국경을 지키는 무관들이 하나같이 장림왕 전하를 본받아야 한다고 생각하십니까?"

우렁차게 옥방을 울리는 그 목소리에 소평정마저 눈썹을 살짝 떨었다. 하지만 소평장은 여전히 아무 표정 없이 말했다.

"그 모습이 달갑지 않아 전선에 나간 장병들과 다섯 주 백성들의 목숨을 담보로 후세에 경계로 삼으려 했소?"

필사적으로 고개를 젓는 송부의 표정이 점점 격앙되었다.

"대동부의 사건은 이 몸이 명령을 내렸으나 당시에는 대유가 정말로 전군을 들어 남하할 줄 몰랐습니다. 그저 보급을 잠시 지연시킬 생각이었지, 감주의 보급선을 끊어 기침이 군공을 세울 기회를 주려던 것은 아니었습니다!"

소평정이 눈을 찡그리며 한 걸음 나섰다.

"그렇다면 단동주가 송 대인을 위해 일한 것은 인정합니까?"

송부는 멈칫하다가 고개를 끄덕였다.

"기침이 단동주와 손잡고 증인을 죽이려던 것을 내 눈으로 똑똑히 보았어요. 대인과 공모한 것이 아니라면, 기침이 무엇 때문에 크나큰 위험을 무릅쓰면서까지 그런 일을 했겠어요?"

송부는 창백해진 얼굴로 중얼거렸다.

"저도 모릅니다. 이 몸은 정말 제주로 사람을 보낸 적이 없습니다, 정말로 없습니다."

사태가 이렇게 되었는데도 송부가 계속 거짓말을 꾸며댈 가능성은 거의 없었다. 여기까지의 대화로 속에 품은 의혹을 뒷받침할 증거를 얻은 소평장은 더 이상 묻지 않고 천천히 일어나 그곳을 떠났다.

내뢰의 대문이 열렸다가 닫히고 이어서 바깥에 자물쇠를 채우는 쇳소리가 들렸다. 송부가 옥방의 목책을 움켜쥔 손을 힘주어 아래로 미끄러뜨리자, 기다랗게 자란 손톱이 부러지고 피가 배어나와 까만 나무 군데군데 시뻘건 핏자국을 남겼다. 하지만 맥없이 바닥에 쓰러진 그는 통증을 전혀 느끼지 못하는 듯했다.

천뢰 문밖의 높고 긴 계단을 내려가는 소평장의 걸음이 갈수록 느려졌고, 눈가에는 지친 기색이 묻어났다. 눈치 빠른 상문거는 장림세자의 기분이 좋지 않은 것을 알아차리고, 다가가서 말을 거는 대신 부하들과 함께 멀리서 허리를 깊이 숙이며 배웅했다.

소평정은 형 곁에서 걸으며 망연한 눈빛으로 물었다.

"조정에 송부 같은 생각을 하는 사람이 몇이나 될까요?"

소평장은 걸음을 멈추고 어두컴컴한 천뢰 문을 돌아보며 아무 대답도 하지 않았다. 왕부의 마차가 덜컹덜컹 다가와 두 사람 앞에 멈췄고, 동청이 발판을 놓아주었다. 소평정은 팔을 내밀어 형을 부축하면서 권했다.

"날이 이렇게 추운데 형님은 아직 몸도 낫지 않았으니 어서 돌아가서 쉬어요."

소평장은 싸늘하게 식은 손가락으로 부축해주는 아우의 손을 누르며 말했다.

"아니, 한 군데 더 가볼 곳이 있다."

"어디로 가시려고요?"

"정양궁."

소평정은 흠칫 놀라 저도 모르게 눈썹을 찡그렸다.

"형수님이 쓰시는 분합이 황후께서 내리신 것이긴 하지만 거쳐간 사람이 많아요. 무엇보다 친히 선물한 물건에 수작을 부리는 것은 너무 멍청한 짓이잖아요."

소평장의 시선은 굳은 듯 움직이지 않았다. 한참이 지나서야 빙그레 웃으며 말했다.

"무슨 말이냐? 당연히 마마께 도움을 청하려고 입궁하는 것이다."

연말이 다가올 때마다 조정에서 가장 중요한 일은 바로 각종 의식과 제례를 치르는 것이고, 후궁 또한 여러 차례의 연말 연회를 준비하느라 눈코 뜰 새 없이 바빴다. 태자가 정식 책봉된 올해는 예년과는 달라서 순 황후도 특별히 신경을 쓰며 매일 음식과 기물 목록을 꼼꼼히 살폈고, 수차례 복양영을 불러들여 백신에게 올릴 법사를 논의했다.

여관(女官) 소영(素瑩)이 들어와 수보 대인이 전각 밖에서 알현을 청한다고 아뢰었을 때 복양영은 근래 별의 움직임을 해석하는 중이었다. 오라버니가 백신에 지나치게 의지하는 것을 좋아하지 않는다는 사실을 아는 순 황후는 재빨리 복양영을 전각에서 물러가게 한 다음 순백수를 청했다.

순비잔이 냉담하게 떠나간 뒤로 순백수는 겉으로는 태연한 척했지만 아무래도 불안하여 그 일을 황후에게 알리러 온 참이었다.

순 황후가 아무리 백신을 깊이 믿는다 해도 가장 의지하는 사람은 역시 내각의 수보인 오라버니였다. 소식을 들은 황후는 초조해하며 물었다.

"오라버님께서는 송부의 일에는 전혀 관계가 없다고 하지 않으셨습니까?"

순백수는 어쩔 수 없는 표정을 지었다.

"확실히 직접적으로 연루된 것은 아닙니다. 단지 단동주와 약간의 교분을 나눈 것뿐이지요. 허나 지금 성심이 노해 계시니, 그 소소한 관계마저 해명하기가 쉽지 않을까 걱정입니다."

순 황후는 쉽사리 꺾이지 않는 순비잔의 성품을 떠올리고는 더욱 마음이 달아 푸념을 했다.

"오라버니댁이 아이들을 너무 응석받이로 키운다고 그렇게 말했는데도 들은 척도 않으시더니, 이제야 아이들을 단속하기 어렵다는 것을 아셨군요!"

순백수가 황급히 위로했다.

"소신이 이렇게 입궁한 것은 마마께서 알고 계셔야 한다고 생각했기 때문이지, 비잔이 정말로 그리 매정하게 하리라고는 생각지 않습니다. 다만 그 아이가 의심을 품기 시작했으니 앞으로는 더한층 신중해야 할 것입니다."

'앞으로'라는 말에 담긴 의미를 순 황후도 모르지 않았다. 하지만 최근 보급선 침몰 사건으로 일어난 거센 파도에 황후 역시 조금 놀랐기 때문인지, 그 말을 듣자 다소 망설이지 않을 수 없었다.

순백수가 가볍게 탄식했다.

"어찌 그러십니까? 훗날 태자 전하께서 소평장의 눈치를 보게 되더라도 괜찮으시겠습니까?"

순 황후는 잠시 고민하다가 낮은 소리로 중얼거렸다.

"꼭 그런 것도 아닙니다. 본 궁이 평소 행동을 지켜보니 장림세자는 경솔하고 거친 사람이 아니더군요."

순백수가 비웃음을 지으며 고개를 저었다.

"마마, 조정에서 중요한 것은 장림왕부가 지금 어떤 생각을 하느냐가 아니라, 훗날 어떤 행동을 하는가입니다. 사람의 마음은 변하게 마련이니 방비를 할 수밖에 없습니다."

순 황후도 결단을 내리지 못한 것일 뿐, 오라버니와 논쟁할 생각은 없었기에 곧바로 고개를 끄덕였다.

"알았습니다. 적당한 기회가 오면 비잔을 달래보지요."

할 말을 마친 순백수는 황후가 알아들은 것 같자 마음이 놓였다. 마침 연말이라 내각에도 일이 쌓여 있는 터라 그는 태자의 안부를 물은 뒤 지체하지 않고 물러났다.

마음이 복잡해진 순 황후는 좌우에서 동궁에 올린 연말 예물 목록도 살필 기분이 나지 않아 한쪽으로 밀어놓고 높은 자리에 멍하니 앉았다. 그렇게 울적하게 생각에 잠겨 있는데, 여관 소영이 다시 들어와 장림세자가 문안인사를 올리러 왔다고 아뢰었다.

그 말을 듣는 순간, 순 황후는 잘못 들은 것이 아닌가 했다. 장림세자는 경성에 있는 동안에는 정해진 예에 따라 입궁해야 할 때 빠짐없이 찾아왔으니 문안인사를 오는 것이 희귀한 일은 아니었다. 하지만 예를 벗어나서 찾아오는 일은 단 한 번도 없었다.

"소영, 오늘이 보름은 아니겠지?"

소영은 저도 모르게 생긋 웃었다.

"오늘은 섣달 스무날입니다, 마마."

의혹에 가득 차 곰곰이 생각하던 순 황후는 예삿일이 아니라 판단하고, 입고 있는 평상복으로는 위엄이 부족하다고 느껴 서둘러 의복을 담당하는 여관을 불러 예복과 웃옷을 준비하게 했다. 시중드는 궁녀들도 바삐 움직여 황후의 옷장을 열고 금사로 짠 하늘하늘한 어깨걸이를 조심스럽게 꺼내어 활짝 펼친 다음 황후의 어깨를 덮어주었다.

정양궁은 육궁의 수장이니, 어깨걸이 또한 세 겹으로 자수를 놓고 앞뒤에는 동해의 공물인 진주를 달아 흔들릴 때마다 땡그랑땡그랑 맑은 소리를 내는 귀한 물건이었다. 매끄럽고 반짝이는 진주를 물끄러미 바라보던 순 황후는 무슨 영문인지 느닷없이 화가 치밀어 치맛자락을 매만지던 궁녀를 홱 밀어버렸다.

어째서 이렇게 신경을 써야만 할까? 어째서 절로 두려움이 이는 걸까? 그녀는 태자의 어머니이자 세상에서 가장 존귀한 여인인 데 반해 소평장은 스물 일고여덟 살가량의 젊은이인데다 심지어 선제의 핏줄도 아니다!

예고 없는 황후의 노여움에 주변의 궁녀들은 무슨 잘못을 저질렀는지도 모른 채 바닥에 바짝 엎드려 아무 소리도 내지 못했다. 전각의 관리를 맡은 소영은 아무래도 궁녀들보다 담력이 커서, 황급히 달려가 바르르 떨리는 황후의 손을 부축하며 조용히 불렀다.

"마마, 어찌 그러십니까?"

순 황후는 마음을 다잡으며 여관의 어깨를 짚고 천천히 자리에 앉았다. 한참이 흐른 뒤에야 비로소 황후가 명했다.

"본 궁이 피곤하고 몸이 불편하니 세자에게는 다음에 다시 찾아오라고 해라."

의아한 명령에 소영은 혹여 실수가 있을까 다시 물었다.

"마마, 뭐라고 하셨는지요?"

순 황후는 손바닥으로 옆에 놓인 작은 탁자를 탁 내리치며 노한 목소리로 말했다.

"왜, 장림세자가 찾아오면 본 궁이 반드시 만나야 한다는 법이라도 있더냐?"

소영은 감히 대답도 못한 채 허둥지둥 물러났다. 잠시 후, 그녀가 쟁반 하나를 들고 다시 들어와 무릎을 꿇고 황후에게 올렸다. 쟁반에는 빨간 분합과 소량의 붉은 아교, 그리고 글 한 통이 놓여 있었다.

"마마께 아룁니다. 장림세자가…… 마마께서 틈을 내지 못하실 줄 알고 이미 청원드릴 일을 글월로 써왔으니 바쁘시더라도 부디 보아달라 합니다."

이런 요청이 들어올 줄은 예상하지 못한 순 황후는 어리벙벙했으나 끝내 궁금증을 이기지 못하고 글을 펼쳤다. 하지만 글을 읽어 내려가는 동안 그녀의 얼굴은 점점 빨갛게 달아올랐고, 결국 종이를 와락 구기며 무섭게 외쳤다.

"당장 소평장을 들여라!"

아무리 소영이라도 황후가 이렇게 화내는 것을 거의 본 적이 없어 화들짝 놀라며 바삐 달려나갔다.

얼마 지나지 않아 소평장이 세자의 관복을 입고 차분한 걸음으로 들어왔다. 노한 황후의 표정과 착 가라앉은 전각의 분위기도 그에게 영향을 주지 못했는지, 그는 언제나처럼 단아한 모습과 겸손한 표정으로 황후좌로 오르는 계단 앞에서 한 올 흐트러짐 없는 자세로 예를 올렸다.

순 황후는 떨리는 손을 들어 쟁반 위의 분합을 가리킨 뒤 소평장을 손가락질하며 이를 악물고 물었다.

"세자는 무슨 뜻으로 이런 글을 올렸소? 도, 동해주교라니? 세자는 정말 문안인사를 온 것이오, 아니면 본 궁에게 죄를 물으러 온 것이오?"

일어나라는 말을 하지 않았기 때문에 소평장은 그 자리에 꿇어앉은 채 눈꺼풀을 살짝 내리며 대답했다.

"신이 어찌 감히 그럴 수 있겠습니까? 그 분합은 마마께서 하사하신 것인데 이상한 점을 발견하였기에 당연히 마마께 먼저 고하러 온 것입니다."

"고해?"

순 황후의 눈에서 불꽃이 튀었다.

"정말로 본 궁이 모를 줄 아시오? 이것을 정양궁까지 가져온 것을 보면, 본 궁에게 어찌된 일이냐고 따지려는 심산이 아니면 무엇이겠소! 꼬박 7년이 지난 일인데 본 궁이 어찌 안단 말이오!"

소평장은 눈썹 끝을 살짝 올렸다.

"내정사가 의지(懿旨, 황후나 황태후의 공식적인 명령—옮긴이)를 받아 만들고 마마의 분부로 궁 밖으로 전해진 물건에 누군가 몰래 수작을 부렸으니 마마께서 노여워하시는 것이 마땅합니다. 한데 마마의 노여움을 받아 마땅한 사람이 소신입니까?"

순 황후는 그 질문에 말문이 막혀 받아치지 못하고 입술을 파르르 떨었다.

"신은 그 도면과 재료, 참여한 장인, 그리고 만들고 검사하고 보관하고 하사품으로 내린 과정을 모두 조사해야 한다고 생각합니다."

소평장이 차분하게 말을 이었다.

"관련된 사람 가운데 많은 수가 내원에 있으니, 폐하께 아뢰어 명을 내려달라 하더라도 마마께서 친히 조사를 감독해주시는 것보다는 불편할 것입니다. 이 때문에 소신은 마마께 이 사건을 처리해주십사 간곡히 청하러 입궁한 것입니다."

말을 마친 소평장은 두 손을 이마 높이로 올리고 바닥에 머리를 조아려 다시 한 번 절을 올렸다. 굽혔던 허리를 펼 때 그는 눈꺼풀을 올리고 순 황후를 똑바로 보았다.

침착하면서도 샅샅이 살피는 듯한 그 시선에 순 황후는 부끄러움과 분노가 교차하여 손톱이 손바닥에 박힐 정도로 주먹을 꽉 쥐었다.

"폐하께 명을 내려달라? 세자, 지금 본 궁을 위협하는 것이오? 본 궁은 마음속에 한 점 부끄러움도 없으니 소인배의 중상모략 따위는 두렵지 않소."

"그런 뜻은 아니지만, 마마께서 반드시 그리 생각하셔야겠다면 소신도 어쩔 도리가 없습니다."

소평장의 시선은 잔뜩 찡그린 황후의 양미간과 발그레 달아오른 두 뺨, 분노로 떨리는 손가락 위로 천천히 미끄러지다가 마지막에는 눈앞에 있는 계단으로 떨어져 더 이상 황후를 똑바로 보지 않았다.

"사람마다 그 인내심에는 한계가 있다는 말이 있습니다. 소신에게 그 한계는 부왕과 안사람, 그리고 아우 평정입니다. 그들이 해를 입으면 소신은 결코 입 다물고 용인하지 않을 것입니다. 마마께서 철저히 조사하기를 끝내 거부하시니……."

"본 궁이 언제 거부한다 했소?"

순 황후가 노기등등하게 탁자를 내리쳤다. 조그마한 아교를 노려보는 그녀의 가슴이 분노에 찬 숨결에 들썩이고 있었다.

"감히 정양궁의 물건에 수작을 부리다니, 본 궁 또한 결코 용납할 수 없소."

소평장도 입궁하기 전부터 순 황후가 동해주교와 직접적으로 연결되어 있을 가능성은 매우 낮다고 생각했다. 다만 직접 만나 판단할 필요가 있었고, 내정사가 연루된 데다 시일이 오래 지났으니 장림왕부보다는 황후가 나서는 것이 더 편리했기 때문에 찾아온 것이다.

그가 정양궁에서 물러나왔을 때 전각 앞 해시계는 어느새 신시 가운데를 가리키고 있었다. 전각 밖의 섬돌 아래에서 기다리던 소평정은 초조하게 왔다갔다하다가 밖으로 나오는 형을 발견하고 황급히 다가와 부축했다.

아침부터 나와 저녁이 될 때까지 종일 움직이며 심신이 지치는 일을 한 탓에 소평장의 체력은 거의 바닥나 있었다. 아우의 어깨를 빌려 섬돌을 내려온 뒤 갑자기 눈앞이 까매져 급히 눈을 감았는데, 다행히 잠시 서서 기다리자 약간 좋아졌다.

소평정은 핏기 하나 없는 형의 얼굴을 보자 몹시 마음이 아파 근심스런 표정으로 말했다.

"형님은 푹 쉬셔야 하는데 이래서 어떻게 견뎌요? 더군다나 단서조차 없으니 아무리 서둘러도 소용없어요. 일단 저한테 맡겨주세요, 네? 그러다가 뭔가 진전이 있으면 다시 형님과 상의하면 되잖아요."

소평장은 묵묵히 말이 없었다. 무슨 생각을 했는지 한참 만에야 잿빛이 된 그의 입가에 한 줄기 미소가 피어올랐다.

"평정, 네가 경성에 있어 다행이구나."

짤막한 한마디였지만, 소평정은 별안간 미안한 마음이 솟구쳐 저도 모르게 눈시울을 붉혔다.

—

15

—

금릉성은 천자가 있는 수도로, 권세가들의 저택은 대부분 황궁 주변이나 남쪽 상류를 끼고 성 서쪽에 집중되어 있었다. 고산(孤山)에서 동쪽으로 뻗어 내려온 산 고개는 자갈이 많아 황성 구역 내에 있어도 인적이 무척 드물었다. 2년 전, 경성에 온 복양영이 사방을 두루 돌며 백신 계시를 받았다고 주장하면서 동쪽 교외 산 고개 아래에 제단을 세우고 건천원을 지었는데, 지금 그 소유지가 백 묘(畝, 전답의 넓이 단위로 1묘는 약 666.7평방미터—옮긴이)가 넘었다.

건천원의 앞쪽 대전은 웅장하고 정교할 뿐 아니라 금으로 만든 백신상을 모셔놓아 방방곡곡의 신도들이 참배를 올리려고 구름처럼 몰려들었다. 반면 뒤쪽의 후원은 언덕에 바짝 붙어 있고 숲을 이룬 오래된 나무들은 대부분 상록수여서 겨울에도 울창한 나뭇잎이 대전의 번잡함을 완전히 가려주어 고요하면서도 품위가 있었다. 복양영이 평소 머무는 곳과 단방(丹房, 영단을 만드는 방—옮긴이)은 모두 이 후원에 있었다.

건천원의 수입은 황실에서 내리는 상을 제외하면 대부분 신도들의 헌금이었다. 경성의 명문가나 귀족 집안 가운데 래양후부에서 바치는 헌금은 아주 상위권은 아니지만, 비가 오나 바람이 부나 매달 네 번씩 꼭 와서 참배를 올리는 태부인의 정성에 비할 자는 거의 없었다. 백신교는 섣달 스무닷새에 등을 켜고 수미제(收尾祭)를 지내게 되어 있었고, 그날이 되자 래양 태부인은 아침 일찍 목욕재계한 뒤 아들을 시켜 바깥뜰에 마차를 준비하게 하여 서둘러 건천원으로 향했다.

신도들 중에는 명문가의 부녀자들이 적지 않았다. 건천원은 동쪽에 현가원(玄伽院)과 소인원(素引院)이라는 전각을 설치하여 잡인들의 출입을 엄격히 금지하고 귀부인들이 백신에게 제를 지내는 곳으로 삼았다. 래양 태부인은 주로 가는 현가원에서 제사용 향로에 지전을 사르고 소원등 세 개를 켠 뒤, 시녀들을 복도에서 기다리게 하고 홀로 들어가 신상 앞에서 기도를 올렸다. 전각에는 향을 관리하는 동자 한 명밖에 없어 기도를 올릴 때면 심장 뛰는 소리마저 들릴 정도로 무척 조용했다.

대략 반 각쯤 지났을 때, 갑자기 신상 옆에서 긴 한숨 소리가 들려왔다.

"래양후부는 재산이 넉넉하지 못할 텐데 항상 이렇게 후한 공물을 보내주시니 송구스러울 따름입니다."

중얼거리던 기도를 멈추고 고개를 드는 래양 태부인의 눈동자에 원망의 기색이 언뜻 스쳤다.

"상사의 부적이 효력을 발휘한다면 가산을 모두 털어도 아깝지 않소."

동자는 어느새 고개를 숙인 채 물러났고, 대신 복양영이 뒤쪽 전각 방향에서 천천히 걸어왔다. 그 옆에는 마른 체격에 형형하게 번쩍이는 눈을 한 잿빛 옷을 입은 남자가 따르고 있었다. 바로 금군의 추격을 받고 있는 단동주였다.

"태부인의 성의를 저보다 더 잘 아는 사람은 없을 겁니다. 며칠 전 단 선생께서 위험에 처했을 때도 도와주셨으니……."

복양영은 눈꼬리를 올리고 빙그레 웃으면서 단동주를 흘낏 보았다.

"그 정을 보아서라도 우리 건천원도 부인께 성의를 보여야 할 것 같군요, 그렇지 않겠습니까?"

그 말을 듣자 래양 태부인은 격앙된 표정으로 꿇어앉았던 융단에서 벌떡 일어났다. 복양영은 소매 속에서 밀봉한 누런 종이를 꺼내어 그녀를 향해 내밀었다. 그렇지만 상대방이 손을 내밀어 받으려 하자 살짝 손을 물리며 말했다.

"이 백신 부적은 효력이 무척 뛰어나지만 신중히 다루지 않으면 도리어 해를 입을 수 있습니다. 부디 조심하십시오, 태부인."

래양 태부인은 깊이 숨을 들이쉰 뒤 결심을 내린 얼굴로 정중하게 종이를 받아 소매 주머니에 넣었다. 그러더니 갑자기 생각난 듯 물었다.

"상사, 황후마마께서 오래전 몽 통령부에 내리셨던 분합에 대해 엄히 조사를 하신다는데, 알고 계시오?"

복양영이 태연하게 대답했다.

"태부인께서 아시는 일을 제가 모르겠습니까?"

래양 태부인은 어리둥절했다.

"알면서도 걱정되지 않소?"

복양영은 도리어 놀란 표정이었다.

"제가 걱정할 까닭이 무엇입니까? 7년 전이면 제가 경성에 있지도 않았다고들 알고 있을 텐데요."

"하지만 내게 정양궁에 가서 바꿔놓으라고 준 그 분합은 상사가 장인을 매수하여 몰래 만든……."

"그래서 어떻다는 말씀입니까?"

래양 태부인의 숨소리가 점점 가빠졌다.

"그 장인이 상사의 이름을 대기라도 하면……."

복양영은 냉소를 지었다.

"태부인, 마음 푹 놓으시지요. 벌써 몇 년 전에 죽은 사람이 무슨 수로 이름을 대겠습니까? 그 일은 황후마마께서 맡으신 이상 아무것도 알아내지 못하실 겁니다."

래양 태부인은 그제야 안심이 되어 살며시 고개를 끄덕였다.

현가원 뒷문을 나오면 그 북쪽에 단방으로 곧장 연결되는 오솔길이 나 있었는데, 굽이가 많고 고요한데다 함부로 드나드는 사람도 없었다. 몇 마디로 래양 태부인을 안심시킨 복양영은 단동주를 데리고 후원으로 돌아가면서 마음 편히 이런저런 이야기를 나눴다.

"순비잔이 확실히 그 숙부와 네 관계를 알아차렸느냐?"

단동주의 눈빛은 확고했다.

"확실합니다. 문관인 순백수는 제가 서재에 무엇을 남겼는지 알지 못했고 숨겨야 한다는 생각조차 하지 못했습니다. 순비잔은 제가 남긴 손자국을 보자 곧바로 순부로 달려갔는데, 그 기세로 보아

집안이 한바탕 뒤집혔을 것입니다."

복양영은 몹시 만족스러운 듯 소리 내어 웃었다.

"경성은 네게 위험한 곳이야. 계획대로 순씨네 숙질 간에 틈을 벌려놓았으니 가능한 한 빨리 너를 성에서 내보내야겠구나."

단동주는 성을 나가는 것은 별로 걱정되지 않는지, 생각에 잠긴 채 잠시 걷다가 물었다.

"상사께서는 순 통령이 속사정을 알고 나면 어느 편에 서리라 생각하십니까? 장림왕부 쪽이겠습니까, 아니면 자신의 숙부 쪽이겠습니까?"

복양영의 눈동자가 싸늘하게 식었다.

"그가 어느 편에 서든 상관없지. 어쨌거나 5만의 금군을 손에 쥔 금군통령이니 그자를 끌어들이지 않을 수 없다."

단동주가 더 말하려는데 갈림길 다른 쪽에서 열 서너 살쯤 된 소년이 나는 듯이 달려오며 숨 가쁘게 외쳤다.

"사부님! 사부님, 큰일 났습니다!"

복양영이 돌아보니, 그가 가장 아끼는 어린 제자 한언(韓彦)이었다. 평소에도 그리 진중한 성품은 아니지만 이렇게 허둥거린 적은 처음이기에 복양영도 가슴이 덜컥 내려앉아 매섭게 물었다.

"무엇이 큰일이라는 것이냐. 소상히 말해보아라!"

한언이 바닥에 털썩 엎드렸다.

"금군입니다. 밖에 수많은 금군과 순방영까지……."

복양영은 전에 없이 당황하며 잠시 멍해졌다가 어린 제자를 노려보며 물었다.

"뭐라고?"

한언은 숨을 몰아쉬며 헐떡임을 가라앉힌 후 대답했다.

"건천원 사방이 단단히 포위되었고 통로도 모두 봉쇄되었습니다. 문밖에는…… 순 통령이 몸소 대오를 이끌고 와 있습니다!"

"순비잔?"

단동주는 몹시 놀랐다.

"뒤를 밟는 사람이 없는 것을 똑똑히 확인했는데, 그자가 어떻게 여기까지 쫓아왔을까요?"

복양영은 관자놀이를 눌러 정신을 가다듬으며 말했다.

"거기까지 생각하고 있을 여유가 없다. 지금 나갈 수는 없으니 어서 숨을 곳을 찾아라."

단동주는 건천원을 속속들이 아는지 곧바로 대답했다.

"일단 단방의 밀실로 가겠습니다!"

말을 마친 그가 나는 듯이 후원으로 달려갔다.

앞쪽 전각에서 소란스런 소리가 들리자 복양영은 목을 빼고 그쪽을 살핀 뒤 사라져가는 단동주의 뒷모습을 돌아보며 저도 모르게 입술을 살짝 실룩였다.

다른 황실 자제들과 마찬가지로 소원계는 궁학에서 글을 배웠고, 어서원(御書院)에서 대유학자들의 가르침을 받으며 책을 읽고 육예(六藝, 중국 고대 귀족들의 교육 방식으로 여섯 가지 과목을 말함-옮긴이)를 익혔기 때문에 당연히 백신을 믿지 않았다. 다만 어머니에게 순종하는 것이 효도라고 생각했고 나라에서도 백신의 교리를 설파하는 것을 금하지 않았기 때문에, 태부인이 매달 거금을 바치며 백신을 참배하는 일을 제지한 적은 한 번도 없었다. 어머니가 전각에서 기도를 올릴 때면 그는 바깥으로 나와 한가로이 거닐었다.

며칠 전 내린 폭설이 채 녹지 않아 붉은 쇳가루를 섞어 지은 건천원 일대의 담장은 하얀 눈에 비쳐 그 빛이 유난히 선명해 보였다. 소원계는 중심 도로에서 벗어나 더 아름다운 설경을 찾아 산속 깊숙이 들어가려다가, 수풀 속에서 예리한 창날들이 빛을 받아 반짝이는 것을 발견했다. 곧이어 수백 명의 금군 병사가 밀려와 건천원 밖 대로를 봉쇄하고 담장을 따라 신속히 움직이며 빽빽하게 방어선을 쳤다.

눈 쌓인 언덕에 멍하니 선 젊은 래양후가 무슨 일인지 알아채기도 전에, 연갑을 입은 순비잔이 말을 몰고 대로 맞은편에 나타나 그에게 손짓했다. 소원계도 제법 영리한 편이었기 때문에 금군통령을 보는 순간 상황을 짐작하고 서둘러 그쪽으로 달려가 물었다.

"이번에도 단동주입니까?"

순비잔은 말에서 뛰어내리며 고개를 끄덕였다.

"지난번 그자와 싸웠을 때 소맷자락을 찢었습니다."

그가 소매에서 천조각을 꺼내 내밀었다.

"래양후께서도 한번 보시지요."

소원계가 급히 받아 펼쳐보니, 천 위에 손바닥 반만 한 기름 자국이 남아 있었다. 코로 가져가 냄새를 맡으니 무척 익숙한 향이 났다. 순비잔은 멀리 보이는 교단의 대문으로 싸늘한 시선을 던지며 말했다.

"향이 무척 독특한 것이 민간에서 만든 것 같지 않아 내정사에서 각종 향료를 담당하는 위(魏) 대인을 찾아갔습니다. 위 대인은 내정사가 백신 제단을 위해 특별 조제한 등유로 다른 곳에는 절대 있을 리 없다고 장담했습니다."

어딘지 낯익은 향이라고 생각한 소원계도 그 말을 듣자 즉각 고개를 끄덕였다.

"맞습니다, 맞아요. 모친께서 건천원에 참배하고 돌아오실 때마다 늘 이런 향기가 몸에 배어 있었습니다. 이곳은 나도 좀 아는데, 방이 즐비하게 늘어서 있고 상주하는 하인이 많은데다 평소에는 신도도 많이 드나들어 무척 번잡하지요. 단동주같이 절정의 고수라면 은신처로 삼기에 딱 좋은 곳입니다."

그때 말발굽 소리와 함께 손 통령이 순방영 병사들과 함께 옆쪽 갈림길로 달려왔다.

"순 통령, 고산 동쪽 고개로 이어지는 뒤쪽 통로도 봉쇄했습니다. 순방영의 정예들이 지키고 있으니 그 누구도 쉽사리 뚫지 못합니다."

순비잔은 만족한 듯 고개를 끄덕였다. 그가 명령을 내리려는데 손 통령이 말을 바짝 붙이며 다소 걱정스런 얼굴로 말했다.

"순 통령, 단동주는 흉악무도한 탈옥범이니 만에 하나 이곳에 숨어 있다면 싸움이 벌어졌을 때 몹시 위험할 것입니다. 먼저 사람을 보내 몰래 복양 상사께 조심하라고 통지해야 하지 않을까요?"

순비잔은 빙그레 미소를 지었다.

"단동주를 체포하려면 속도가 가장 중요하오. 통지할 필요는 없으니 들어가서 수색하시오!"

손 통령이 두 손을 모아 쥐며 큰 소리로 대답했다.

"예!"

호령이 떨어지자, 그 순간만을 기다리고 있던 금군 병사들이 대문을 향해 우르르 달려가 힘차게 안으로 뛰어들었다. 그들은 백신교의 술사든, 참배하러 온 신도든, 청소하는 하인이든, 앞뜰과 대전에 있던 사람들을 모조리 한쪽 구석으로 몰아넣은 뒤, 대오를 이끄는 장령들이 나서서 한 사람씩 초상과 비교한 다음 풀어주었다.

현가원과 소인원도 앞뒤 문이 봉쇄되었다. 이곳에 귀한 부녀자들이 주로 출입한다는 말을 들은 순비잔은 특별히 여자 시위를 불러와 한 곳도 빼놓지 않고 조사하겠다는 의지를 드러내 보였다.

복양영이 급한 걸음으로 후원에서 달려나왔을 때, 이 금군통령은 금칠을 한 신상 앞에 서서 고개를 들고 눈을 내리뜬 백신을 싸늘하게 바라보고 있었다.

"순 통령, 이…… 이 무슨 일입니까?"

복양영이 다급히 다가서며 당황한 얼굴로 물었다.

"우리 대량이 백신교를 금하는 것도 아닌데, 어찌하여 우리 교의 신도들을 조사하는 겁니까?"

순비잔은 서서히 몸을 돌려 그를 지그시 바라보더니 그제야 두 손을 모아 쥐며 예를 차렸다.

"상사를 놀라게 하여 송구하오. 성지를 받들어 순방영과 협력하여 죄인 단동주를 쫓는 중인데, 그자의 몸에 내정사가 특별히 조제한 등유가 묻어 있는 것을 발견했소. 하여 최근 그자가 이 건천원에 다녀간 것은 아닌가 싶어 찾아왔소."

복양영은 몹시 놀란 듯 눈을 휘둥그레 떴다가 별수 없다는 투로 말했다.

"확실히 이 건천원에는 드나드는 사람이 많지요. 듣자 하니 순통령께서는 이곳을 샅샅이 뒤지실 생각이군요?"

순비잔은 눈썹을 살짝 추켜올렸다.

"건천원은 백신의 제단을 모시고 있으니, 내 비록 신도는 아니지만 무례하게 굴지는 않을 것이오. 죄인을 추포하라는 폐하의 말씀만으로는 이곳을 수색하기에 다소 모자란 부분이 있다는 것은 나도 아오. 허나 지금 당장 성지를 받아오라고 한다면 시기가……."

그는 일부러 여기까지 말하고 입을 다물었다.

복양영은 잠시 망설이더니 한숨을 푹 쉬었다.

"금군통령께서 공무로 찾아오셨는데 그런 것을 따질 수야 없지요. 더욱이 조정의 중요한 죄인이 이곳에 숨었을 수도 있다 생각하면 저도 심장이 떨려 마음이 편치 않습니다. 다만…… 전각과 후원에는 황궁에서 하사하신 물건이 꽤 있으니 수색할 때 조금 신경 써 주셨으면 합니다."

그가 말하는 동안 순비잔은 그 표정을 자세히 살폈으나, 아무런 실마리도 얻지 못하고 살짝 몸을 숙여 예를 차렸다.

"상사의 넓은 마음에 감사할 따름이오."

두 사람의 대화는 겉보기에는 협상하는 것 같지만, 기실 금군은 그동안에도 계속 움직였고 어느새 앞쪽 전각 수색을 완료한 뒤 복양영의 사적인 거처인 후원에 도착했다.

후원은 크고 작은 가옥들뿐 아니라 수련실 몇 칸과 단방 하나가 있어 방의 개수는 많았지만, 웅장하고 화려한 앞쪽 전각에 비해 몸을 숨길 만한 곳은 훨씬 적었다. 순비잔은 몸소 사방을 둘러본 후

마지막으로 단방에 들어갔다.

다른 방과는 달리 단방 안은 탁 트인 구조로, 대들보는 높이가 수장에 이르고 천장을 받치는 기둥도 둘레가 두 아름이나 되었다. 방 한가운데 놓인 순동으로 만든 단약 제조용 화로에는 불길이 활활 타올라 사람 눈썹 높이까지 빛이 어른거렸다.

복양영이 농을 던졌다.

"화로에는 밤낮으로 불을 피우고 있으니 아무리 단동주라도 저 안으로 들어가지는 못했겠지요?"

순비잔은 화로 주위를 한 바퀴 돌면서 몇 걸음마다 한 번씩 발끝으로 바닥을 가볍게 눌러보았다. 그러다가 마침내 걸음을 멈추고는 먹빛 벽돌 바닥을 힘껏 밟고 선 채 고개를 들어 복양영을 바라보았다.

"내가 잘못 본 것이 아니라면 이곳에 기관이 있구려."

복양영이 수염을 쓰다듬으며 빙긋 웃었다.

"순 통령께선 눈이 참 예리하시군요. 우리 백신교는 폐관(閉關, 사람을 만나지 않고 밀실에서 홀로 수련하는 것-옮긴이)할 때 땅의 기운을 받아야 하기에, 제가 수련할 때 쓰는 용도로 이렇게 선방 밑에 밀실을 만들어두었지요."

순비잔은 알겠다는 듯 고개를 끄덕이고는 다시 물었다.

"한번 열어 보여줄 수 있겠소?"

복양영의 얼굴에서 서서히 웃음이 사라졌다.

"우리 건천원에 드나드는 사람이 많아 죄인이 섞여 들어올 수 있다는 말씀은 저도 동의합니다. 그렇기에 원망 한마디 없이 금군의 수색에도 적극 협조했지요. 허나 선방의 밀실로 들어가려면 기관을 열어야 하니, 결코 외부인이 숨어들 수는 없습니다. 만약 순 통령께서 끝내 이곳을 수색하셔야겠다면 그 이유는 한 가지뿐이지요."

"허."

순비잔은 단조로운 목소리로 물었다.

"무슨 이유요?"

"제가 일부러 죄인을 숨겼다고 의심하시기 때문입니다."

"그러셨소?"

"그러다니, 무얼 말입니까?"

"죄인을 숨기는 것 말이오."

복양영은 이내 노기를 떠올리며 단호하게 대답했다.

"당연히 아니지요!"

순비잔은 입술 끝을 잡아올렸다.

"그런 일이 없다면 열어서 보여주시오."

복양영은 모욕을 꾹 참는 얼굴로 이를 악물고 말했다.

"순 통령께서는 우리 백신교의 신도는 아니지만, 똑같이 황궁을 위해 일하고 있고 사이도 썩 나쁘지 않았지요. 금군이 우리 건천원을 발칵 뒤집어놓았는데도 저는 저지하지 않았습니다. 하지만 제 단방의 밀실까지 수색하는 것은 의미가 아주 다르니 아무래도 마음이 좋지 않군요."

순비잔은 눈썹을 살짝 찡그리더니, 돌아서서 몇 걸음 옮기며 다소 유감스런 투로 말했다.

"이 몸은 어명을 받았기에 전력을 다한 것뿐인데, 상사께서는 정녕 그렇게 생각하셔야겠소?"

"그렇습니다!"

복양영은 단호하게 대답했다.

순비잔은 눈썹을 살짝 펴더니 뜻밖에도 빙그레 웃음을 지었다.

"그렇다면 나도 어쩔 도리가 없구려. 자, 밀실을 열고 안을 보여 주기 바라오."

건천원 뒤에 황실이 버티고 있다는 것은 경성 사람이라면 누구나 아는 사실이고, 특히 상사 복양영은 정양궁의 신임을 받고 있었다. 다른 사람이었다면 증거도 없이 함부로 밀어붙이지 못했겠지만, 황후의 친조카인 순비잔은 황후의 체면이고 뭐고 신경 쓰지 않았다. 복양영은 뺨 근육을 몇 차례 부르르 떨었지만, 결국 화를 눌러 참고 옆에 있는 한언에게 눈짓을 했다.

한언이 고개를 숙이고 나아가 서로 잇닿은 바닥의 벽돌 몇 개를 밟고 벽에 장식된 이무기 머리를 만져 기관을 작동하자, '끼익' 하는 소리가 나면서 화로 앞쪽의 바닥에 폭이 한 장 정도 되는 네모진 입구가 나타났다. 기다란 계단이 어둠 속으로 쭉 뻗어 있었다.

순비잔은 호위병에게 횃불을 가져오게 하여 화로에서 불을 붙인 뒤, 다른 손으로는 허리에 찬 검을 뽑고 주의하듯 가장 먼저 내려갔다. 점점 안으로 들어갈수록 어두컴컴하던 밀실에도 느릿느릿 등불이 밝혀졌다.

안쪽은 정갈하게 꾸며진 방으로, 벽에 융단을 걸고 바닥에는 먹빛 벽돌을 깔아두었지만 둥글둥글한 부들방석 하나 외에는 이렇다 할 가구가 없었다. 순비잔은 눈을 찡그린 채 손가락으로 벽의 융단을 훑다가 이따금씩 손가락을 굽혀 톡톡 두드려보더니 마침

내 단방 한가운데에 서서 주위를 둘러보았다. 아무도 이곳에 잠입한 적이 없는 게 분명했다.

또 허탕을 친 금군통령은 검 자루를 움켜쥔 손가락을 풀며 실망한 눈빛을 떠올렸다. 단방에서 나오자 마침 손 통령도 건천원을 샅샅이 수색하던 인마를 이끌고 합류했는데 표정으로 보아 수확이 없는 것 같았다. 순비잔은 목구멍으로 올라오는 탄식을 삼키며 복양영을 향해 돌아서서 두 손을 모아 쥐었다.

"상사를 성가시게 해드려 참으로 송구하오. 나중에라도 이상한 점이 발견되면 즉각 금군에 알려주시오."

복양영은 쌀쌀하게 코웃음을 쳤다.

"내키는 대로 뒤졌다가 없으니 그냥 떠나시겠다는 말씀인데, 너무 쉽게 생각하시는 게 아닙니까?"

순비잔은 못 알아들은 척 눈썹을 추켜올렸다.

"아니, 상사께서는 내가 떠나는 것이 아쉽소? 설마 차라도 한잔 하자는 말씀이오?"

순비잔은 너털웃음을 터뜨리며 성큼성큼 밖으로 나갔다. 금군과 순방영 병사들도 그 뒤를 따라 채 일각도 되기 전에 깨끗이 물러갔다.

단방 앞 정원에는 왜백나무가 두루 서 있고 가지 끝에는 눈이 묵직하게 쌓여 있었다. 가지 위에서 눈덩이 몇 개가 미끄러져 나무 밑동의 시든 풀을 때리고는 어디론가 모습을 감췄다. 누렇게 시든 풀잎에 잔뜩 뒤덮여 잘 보이지 않았지만, 사실 그 아래쪽은 땅바닥이 아니라 조그마한 우물이었다. 우물 입구로 손 두 개가 불쑥 튀어나오더니 곧이어 단동주가 훌쩍 뛰어올랐다.

복양영은 제자 한언의 조그마한 어깨에 기대어 가볍게 한숨을 내쉬었다. 조금 전의 긴박한 상황 때문에 등에 식은땀이 솟아 젖은 옷자락이 싸늘하게 느껴졌다.

"경성에 온 지 오래인데 오늘처럼 식은땀 흘리기는 처음이구나."

복양영은 단동주를 바라보며 마음을 가다듬었다.

"순 통령이란 자는 실로 인물은 인물이다. 그간 너무 얕보았어."

순비잔이 건천원을 수색했지만 수확이 없다는 소식은 나는 듯이 장림왕부에 전해졌다. 때마침 서재에서 소평장과 상의하고 있던 소정생은 이 소식을 듣고 조금 놀랐다.

"비잔이 이렇게 대대적으로 나서다니 무슨 흔적이라도 발견한 것이냐, 아니면 복양영을 의심했기 때문이냐?"

소평장은 잠시 생각한 뒤 대답했다.

"아마도 둘 다일 것입니다. 건천원이라면 드나드는 사람이 많으니 몸을 숨기기에 딱 좋은 곳이지요. 그리고 복양영은……."

소정생은 잠시 고민하다가 고개를 저었다.

"복양영이 비록 상사라 불리고는 있으나 관직이 있는 것도 아니고 정무에 참여하는 것도 아니니, 논리적으로는 최근 일어난 일들과는 아무 관계가 없다. 그자가 끼어들었다면 도무지 무엇 때문인지 짐작이 가지 않는구나. 비잔이 아무 소득 없이 돌아왔다니 그자는 무관하다고 볼 수 있지 않겠느냐?"

요 며칠 소평장은 동해주교에만 마음이 쏠려, 황후의 조사 결과를 기다리는 한편 스스로도 전력을 다해 왕부 안을 남몰래 조사하고 있었다. 사건은 얽히고설킨 삼 가닥처럼 풀어도 풀어도 아무런 진전이 없었고, 며칠 뒤면 새해이기 때문에 그들 형제는 나이 지긋한 아버지에게는 일단 비밀로 하기로 했다. 금군이 단동주 체포에 재차 실패한 소식에 소평장도 약간은 실망스러웠지만, 아무래도 마음속에서 큰 부분을 차지하고 있는 일이 아니기에 잠시 생각하다가 내려놓았다.

장림왕부에서 조정과 관련한 일은 9년 전부터 세자가 도맡아 처리하고 있었고, 내각에서 보내는 요약 문건은 대부분 곧바로 동쪽 원락의 서재로 전달되었다. 소평장이 요양을 하는 동안 소정생은 아들이 공연히 마음을 쓸까봐 그 문건들을 안채 서재로 가져오게 하여 직접 처리했는데, 일상 업무에서 손을 뗀 지 오래고 별로 좋아하는 일도 아니다보니 점점 미루게 되고 처리하지 못한 일이 하나둘 쌓여갔다. 오늘 안채를 찾은 소평장은 책상 위에 높이 쌓인 미처리 문건을 발견하고 웃음을 금치 못했고, 자리에 앉은 지 반 시진 만에 가장 긴급한 일들을 모두 처리했다.

소정생은 미안한 마음에 얼굴을 붉히고 목청을 가다듬으며 말했다.

"이런 잡무들은 새해가 오기 전에 이 아비가 다 처리했을 게야. 네가 신경 쓸 것까지는 없었다."

"잡무라고 하시니 당연히 제가 처리해야지요. 더욱이 저는 이미 익숙합니다."

소평장은 미소 띤 얼굴로 아버지를 위로하면서 맨 위에 놓인 문건을 펼쳐 훑어보았다. 순간 그의 얼굴이 딱딱하게 굳었다.

소정생도 이상함을 알아차렸다.

"어찌 그러느냐?"

소평장은 억지웃음을 지으며 한숨을 내쉬었다.

"아무것도 아닙니다. 그저 평정이 언제쯤 이 일을 이어받을까 생각한 것뿐입니다."

이렇게 말하며 그는 문건을 슬쩍 소매 속에 넣었다.

소정생은 코웃음을 쳤다.

"기대할 것을 기대해야지!"

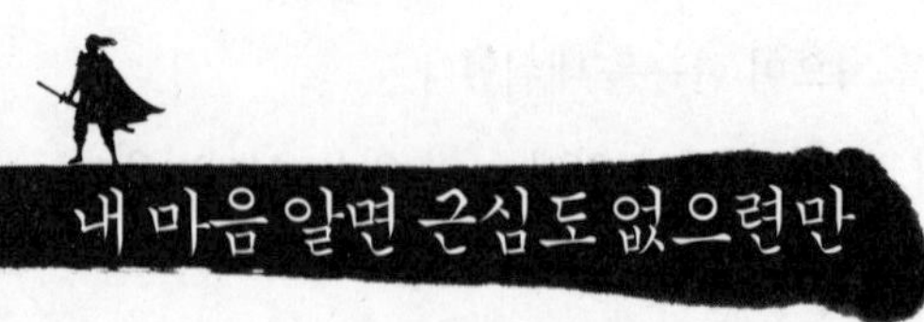

내 마음 알면 근심도 없으련만

—

16

—

대량이 세워진 지 3백여 년, 나라의 정무는 내각의 육부(六部)가 나누어 맡고 있었다. 각 관부는 제각각 맡은 바가 있었지만, 새해가 다가올 때 가장 바쁜 곳이 어디냐고 물었을 때 예부(禮部)가 첫손으로 꼽힌다는 데에는 아무도 반대하지 않을 것이다.

현 예부상서 심서(沈西)는 과거를 치르고 출사한 인물로, 한림원에서 일한 적도 있고 지방에서 일한 적도 있었다. 그는 천성적으로 기억력이 좋아서, 아무리 복잡한 일도 그의 손에 들어가면 사소한 부분조차 빠뜨린 적이 없었다. 시랑에서부터 상서까지 10년 가까이 예부에서 일한 그에게는 성대한 연말 제례 역시 몸에 익어 어렵지 않게 준비할 수 있는 예식이었다. 덕분에 예부 전체가 눈코 뜰 새 없이 바쁘기는 해도 전혀 혼란스럽지 않았다.

섣달 스무엿새가 되자 제반 의식이 모두 준비되었다. 한숨 돌린 심서가 술 한잔 걸치려고 할 즈음, 앞쪽 대청에서 일하는 서리가 나는 듯이 달려와 장림세자가 기다리고 있다는 소식을 전했다. 심서는 느슨하게 풀었던 옥대를 황급히 조이고 의관을 다듬은 뒤 서둘러 손님을 맞으러 나갔다. 관아의 대청 섬돌에 올라서기 무섭게 그는 두 손을 모으며 외쳤다.

"세자께서 왕림하셨는데 오래 기다리시게 하여 참으로 결례가 많았습니다."

소평장은 하얀 가죽으로 된 바람막이를 걸치고 대청에 홀로 서 있었다. 곁을 지키는 호위병들은 모두 정원에 있었고, 예부의 심부름꾼들도 멀찍이 정원 문밖으로 쫓겨난 상태였다. 이 광경과 장림세자의 어두운 표정을 본 심서는 어쩐지 마음이 불안해져 억지로 웃음을 짜내며 물었다.

"혹시 사사로이 가르침을 내리실 일이라도 있으신지요?"

소평장은 우선 몸을 숙이며 반례를 한 뒤 소매에서 문건 하나를 꺼내며 차갑게 물었다.

"예부에서 보낸 제례 순서를 받았습니다. 심 대인, 무언가 이상하다고 생각지 않습니까?"

심서는 어리둥절했다.

"제례 순서는 예부가 예년의 관례에 따라 정한 것인데, 어떤 점이 세자의 마음에 들지 않으십니까?"

소평장은 노기를 꾹 눌렀다.

"예년? 예년에는 황자가 아직 어려 제례에 참가하지 않았기에, 대대로 그리해왔듯 품계가 가장 높은 친왕이신 부왕께서 종실의 수장으로 천지에 제를 올리셨던 것입니다. 허나 올해는 태자께서 열 살이 되시어 정식으로 동궁에 책봉되셨습니다. 이렇게 중요한 일이 있었으니 제례의 규정도 이에 따라 모두 달라져야 마땅하지요. 한데 심 대인은 제례의 순서조차 바꾸지 않고 우리 장림부에 보냈더군요."

그가 '퍽' 소리가 나도록 들고 있던 문건을 옆의 탁자에 내려놓았다.

"만에 하나 부왕께서 발견하지 못하셨다면 무슨 일이 벌어졌겠습니까? 사람들이 이를 두고 예부의 실수라고 하겠습니까, 아니면 우리 장림부가 동궁을 무시한 처사라고 하겠습니까?"

그 말을 듣는 동안 심서는 안색이 점점 창백해졌고, 문건이 탁자에 떨어지는 순간 화들짝 놀라며 떨리는 목소리로 해명했다.

"세자, 부디 노여움을 거두십시오. 말씀대로 소관이 제대로 살피지 못한 것이 분명합니다. 더욱이 폐하께서 늘 태자 전하는 손아랫사람이니 백부께 예의를 갖춰야 한다 하시어……."

소평장은 가슴속에 끓어오르는 노기를 누르고 가능한 한 차분한 목소리로 말했다.

"우리 대량은 장유(長幼)보다 적서(嫡庶)를 더 중요시 여기는 곳입니다. 태자의 백부였던 역대의 수많은 왕이 태자에게 어찌 예의를 갖추었는지는 예부상서인 심 대인이 나보다 더 잘 아시잖습니까?"

이마에 땀방울이 송골송골 맺히자 심서는 소맷자락으로 땀을 닦으며 대답했다.

"예, 예, 세자께서 일깨워주셨으니 예부에서 수정하는 것이 마땅합니다. 순서를 정리한 후 소관이 직접 왕부를 찾아 사죄를 올리겠습니다."

소평장은 그를 지그시 바라보다가 고개를 설레설레 저었다.

"내가 오늘 찾아온 까닭은 억지로 사죄를 받기 위해서가 아닙니다. 다만 앞으로는 맡은 업무에만 충실하시고 불필요하게 깊이 생각지 마시기를 바랍니다."

말을 마친 그는 온몸이 딱딱하게 굳은 상서 대인을 지나쳐 빠른 걸음으로 대청을 나섰다. 하지만 섬돌을 두 계단 내려갔을 때 갑자기 우뚝 멈춰 서고 말았다.

섬돌 모퉁이 월계수 아래에, 순비잔이 다소 곤란한 표정으로 서 있었던 것이다. 금군은 연말 천자가 참석하는 제례에 호위를 맡고 있기 때문에 예부와 엮인 일이 많았다. 오늘도 마지막으로 일정을 논의하러 왔다가 우연히 두 사람의 대화를 듣게 된 순비잔은 일순 자리를 피해줘야 할지 기다려야 할지 판단을 내리지 못하고 그곳에 서 있었던 것이다.

마음이 어지럽고 몸도 피곤한 소평장은 이야기를 나누고 싶지 않았기에 살짝 고개를 숙여 보인 후 곧장 밖으로 나갔다. 순비잔은 잠시 망설이다가 그의 뒤를 따랐다. 예부 관아의 대청에서 대문까지는 긴 회랑을 지나야 했는데, 화가 난 소평장은 아무래도 걸음이 빨라졌고 결국 숨이 차서 기침을 하기 시작했다.

뒤따르던 부장 동청이 깜짝 놀라 쫓아가려는데, 순비잔이 먼저 뛰어와 한 손으로는 그의 팔을 붙잡고, 다른 한 손으로 등을 눌러 숨을 돌리게 해주면서 불만스럽게 말했다.

"폐부가 상했으니 화를 내면 안 되네. 상처가 재발하기라도 하면 전하와 세자비께서 걱정하시지 않겠나?"

소평장은 뺨이 창백하게 물든 채로 한참 동안 눈을 감고 아무 말도 하지 않았다. 며칠 전 숙부와 한바탕 말다툼한 뒤로 순비잔은 소평장이 이렇게 화를 내는 이유가 예전보다 더 깊이 마음에 와닿았다. 그는 한숨을 쉬며 권유했다.

"심 상서가 원만한 성품이라는 것은 자네도 알잖나. 일부러 장림왕부를 난처하게 하려던 것이 아니라, 도리어 비위를 맞추려 했다는 것이 맞을 걸세. 심 상서뿐 아니라 그동안 너무 많은 사람이 폐하 다음에는 장림왕 전하라는 사실에 익숙해져 있으니 일시에 바꿔놓기는 쉽지 않을 거야."

앞만 뚫어져라 보는 소평장의 눈동자는 어둡고 무거웠다. 한참 후 그가 낮은 목소리로 말했다.

"비잔, 자네는 똑똑한 사람이니 조금만 생각해보면 그 익숙함이 얼마나 무서운지 알 걸세. 사람 마음은 예측하기 힘든 법이니 나도, 다른 이들도, 겉으로 드러난 서로의 모습만 볼 수 있을 뿐이네. 그 속이 어떤지는 말만으로는 믿을 수가 없지."

차분한 목소리였지만 그 속에는 말할 수 없는 쓸쓸함이 담겨 있었다. 순비잔은 한동안 할 말을 잃었다가 겨우 이렇게 말했다.

"사람 마음이 예측하기는 어렵지만 오래 지켜보면 그 속을 들여다볼 수 있네. 일시적으로 잘못 볼 수는 있지만 결국에는 깨닫게 될 걸세."

차츰 평정심을 찾은 소평장은 더는 이야기를 나누고 싶지 않은지 순비잔을 돌아보며 빙그레 웃었다.

"자네도 할 일이 많을 텐데 나한테 신경 쓸 것 없네. 동청이 있으니 별일 없을 걸세."

순비잔은 잠깐 머뭇거리다가 동청에게 그를 넘겨주고 한 걸음 물러섰다. 몇 마디 더 위로하고 싶었지만 결국 아무 말도 할 수가 없었다.

예부의 대문은 중심가 쪽으로 나 있지 않았고, 오래된 나무 몇 그루만 널따란 공터를 가리고 서 있었다. 장림세자의 마차는 바로 그곳에서 대기 중이었다. 호위병 두 사람이 먼저 달려가 마차를 문 앞으로 불러들였다. 동청이 소평장을 부축하여 대문을 나서기 무섭게 멀리서 소평정의 신난 목소리가 들려왔다.

"형님! 형님, 기다리세요! 찾아다녔잖아요!"

소평장이 돌아보니 아우가 중심가 쪽에서 달려오고 있었다. 가까이 다가온 소평정은 곧바로 형의 팔을 붙잡으며 애원하는 표정으로 말했다.

"형님, 부탁이 있어요."

소평장은 두 눈썹을 치켜세웠다.

"또 무슨 사고를 친 건 아니겠지?"

소평정은 입을 삐죽였다.

"그럴 리가요! 성 밖에 나갈 일이 있단 말이에요. 조금 먼 곳이라 하루 만에 돌아올 수가 없는데 아버지께서 이제 곧 새해니 함부로 나다니지 말라고 엄명을 내리셨거든요. 형님이 좀 도와주세요, 네?"

소평장은 의심이 일었다.

"이럴 때 성을 나가겠다니? 어디를 갈 생각이냐? 무얼 하려고?"

"무얼 하긴요, 답답해서 응수간(鷹愁澗)에서 놀다 오려는 거예요. 길어봤자 하룻밤 아니면 이틀 밤만 보내고 돌아올게요!"

그는 형의 팔을 흔들며 떼를 썼다.

"형님, 황궁에서 부르는 것도 아니고 왕부에도 제가 할 일이 없으니 딱 이틀만 놀게요, 네?"

아우의 반짝반짝 빛나는 발그레한 얼굴을 보면서 소평장은 문득 얼마 전 황제가 했던 말이 떠올랐다. 평정이 정말로 이렇게 즐겁고 편안하게 평생을 보내며 아무 걱정 없이 살아간다면 그 또한 나쁘지 않을 것이다.

넋이 나간 듯한 형의 모습에 소평정의 웃음이 점차 딱딱해졌다.

"왜 그러세요?"

"난 또 무슨 일인가 했구나."

소평장은 입술 끝을 휘며 살며시 미소를 지었다.

"다녀오너라. 내가 부왕께 말씀드리마."

형 앞에서는 응수간에 놀러 간다고 했지만, 물론 사실이 아니었다. 요 며칠 임해는 명의들에게서 답신을 받아 동해주교를 연구하는 데 큰 진전이 있었고, 소평정은 그녀를 바짝 따라다니며 쓸모 있는 심부름꾼 역할을 톡톡히 하고 있었다.

"줄기의 굵기와 잎 모양, 꽃잎의 수와 색깔을 일일이 대조해서 하나라도 틀리지 않아야 해요."

임해는 약재의 모양을 그린 종이를 그에게 건네며 진지하게 당부했다.

"이 약재는 음지를 좋아하고 빛을 싫어해요. 쉽게 찾을 수 있는 것도 아니고 쉽게 캘 수도 없으니 신중히 찾아보세요."

소평정은 자신 있는 얼굴로 대답했다.

"걱정 마시오, 내가 랑야각에 있을 때……."

임해가 그를 흘끗 쏘아보았다.

"얼음 연못의 소신룡은 소용없어요. 응수간에서 물속에 들어갈 일은 없을 테니까요. 대신…….”

소평정이 히죽거리며 그녀의 말을 잘랐다.

“겁나지 않소. 절벽을 기어오르고 골짜기를 넘는 것은 내 전문이거든.”

말을 마친 그는 훌쩍 몸을 날려 말에 오른 뒤 흙먼지를 일으키며 달려갔다.

장림부 둘째 공자가 절벽을 기어오르는 것이 전문이라고 한 것은 허풍이 아니었다. 랑야산의 깊디깊은 골짜기는 위험하기가 응수간에 비할 바 아니었고, 그런 곳에서 약초를 캐는 일은 그에게 아무것도 아니었다. 그날 밤 다시 불어닥친 폭설도 그의 앞길을 막지 못해, 겨우 하루 밤낮이 지난 뒤 그는 임해가 필요하다고 한 약재를 조그만 광주리 하나에 꽉 채워 돌아왔다.

금릉성 남쪽 문밖의 큰길은 사방으로 뻗은 관도와 곧장 이어져 먼 길 떠나는 수레가 많이 드나들었다. 이 때문에 성 밖 높다란 언덕 위 수양버들이 자라는 곳에 정자를 여럿 세워 떠나는 사람들을 배웅하는 자리를 만들었다.

솜털처럼 펑펑 쏟아지는 폭설이 시야를 가렸지만, 돌아오던 소평정은 희뿌연 눈발을 뚫고 멀리 사각지붕을 얹은 조그마한 정자 아래에 선 늘씬한 그림자를 볼 수 있었다. 입가에 저도 모르게 미소가 떠올랐다.

북풍이 눈송이를 휘말아 정자의 울타리 속으로 쏟아져 들어가 달빛같이 하얀 외투를 걸친 임해의 치맛자락을 펄럭였다. 눈발 때문에 얼굴은 또렷하게 보이지 않았지만 표현할 길 없는 아름다움과 사랑스러움이 느껴지는 모습이었다.

소평정은 눈을 무릅쓰고 한달음에 정자 안으로 달려가 득의양양한 표정으로 씩 웃었다.

"이렇게 폭설이 내리는데 일부러 마중까지 나오다니, 너무 미안하잖소?"

그가 이런 농담을 할 때마다 임해의 하나뿐인 대처 방식은 무시하며 고개를 돌리는 것이었다. 정자 안의 돌 탁자에는 하늘색 기름종이로 만든 우산이 놓여 있었다. 소평정은 몸에 묻은 눈을 털고 그쪽을 돌아보며 눈을 환하게 빛냈다.

"우산까지 가져왔군. 내가 젖을까봐 걱정이 되었나보오?"

그는 흐뭇해하며 우산을 활짝 펼쳤다.

"내가 이 색깔을 좋아하는 줄 어떻게 알았소?"

임해는 그를 싹 무시한 채 먼 곳만 바라보고 있었다. 빈틈없이 쏟아지는 눈발 저편에서 희미하게 검은 점 하나가 나타났다가 점점 가까워졌다. 점이 열 장 정도 거리로 가까워지자 말을 탄 사람이라는 것을 알 수 있었다.

소평정도 그녀의 시선을 따라 그쪽을 바라보았다.

"저건 뭐요?"

임해는 그의 손에서 우산을 받아들었다.

"마지막 약재예요."

말을 마친 그녀는 우산을 쓰고 눈 속으로 걸어들어갔다.

말 탄 사람은 언덕 아래에 멈춘 뒤, 말에서 내려와 허리 숙여 예를 갖추면서 조그마한 보따리를 임해에게 내밀었다.

"당주께서 친히 약초를 캐어 만드신 것이니 안심하고 사용하십시오."

임해가 보따리를 받고 마주 예를 갖추자, 왔던 사람은 다시 말에 올라 눈을 맞으며 떠나갔다.

어느새 뒤따라 나온 소평정이 긴장한 목소리로 물었다.

"어떻게 됐소?"

임해는 대답 대신 반문했다.

"하루 밤낮을 나가 계셨는데 찾으셨나요?"

소평정은 금세 다시 기운이 솟아 어깨를 슬쩍 내리며 등 뒤로 메고 있던 조그만 광주리를 내보였다.

"한 광주리나 따왔으니 충분하겠지?"

임해는 광주리를 덮은 천 한쪽을 걷고 훑어보더니 비로소 미소를 띠며 정자 뒤쪽으로 돌아갔다. 소평정도 그 뒤를 따라갔다가 바람이 불지 않는 쪽에 서 있는 마차를 발견했다. 마차 옆에서 팔짱을 끼고 기다리던 두중이 그들을 보고 허둥지둥 일어나 나무에 묶어둔 고삐를 풀었다. 임해는 우산을 접고 약초 광주리를 받았다.

"좀 더 준비할 것이 있으니 설이 지난 다음 연락할게요."

그녀는 이렇게 말하며 마차에 올라탔다.

소평정이 다급히 외쳤다.

"어이, 잠깐! 눈이 이렇게 쏟아지는데 우산이라도 주고 가야지?"

임해는 미소를 지으며 마차에 앉은 뒤 가리개를 살짝 걷었다. 잠시 후 창을 통해 삿갓 하나가 쑥 튀어나왔다. 소평정은 몸을 날려 삿갓을 받은 뒤 어깨를 으쓱하며 자못 만족스럽게 머리에 썼다.

두중은 웃음을 꾹 참고 채찍을 높이 쳐들었다. 날카로운 마찰음과 함께 바퀴가 천천히 움직이기 시작했고, 마차는 곧 휘날리는 폭설 속으로 사라졌다.

이번 눈은 며칠 전에 내린 것과는 달리, 첫날에만 지독하게 쏟아지다가 그 후로는 드문드문 내리며 그칠 듯 말 듯 이어지더니 섣달 그믐날 오후가 되어서야 완전히 그쳤다.

연말 제례는 평화롭게 끝났다. 처음으로 큰 행사에 나선 태자는 조금 긴장되어 보였지만 순 황후가 열심히 가르치고 황제가 잘 이끌어준 덕에 시작부터 끝까지 아무런 실수도 하지 않았다.

섣달 그믐날 밤이면 으레 그랬듯이 승천전(承天殿)에서 종실 연회가 열렸다. 중대한 자리였기 때문에 소평정도 일찌감치 예복으로 갈아입고 먼저 동쪽 원락을 찾아갔다. 입구에 도착했을 때 마침 혼자 나오던 소평장이 그를 보고 빙긋 웃으며 말했다.

"네 형수는 1년에 딱 한 번 예복을 입으니 동작이 굼뜨구나. 우리가 먼저 가서 부왕을 맞이하자."

이렇게 말하던 그는 아우의 옷깃이 접힌 것을 발견하고 역시나 하는 얼굴로 고개를 설레설레 젓더니, 가까이 불러 손수 매무새를 정리해주었다.

소평정은 순순히 목을 빼고 맡기면서 헤헤거렸다.

"어머니께서도 우리 집안 두 세대 중에 세심한 사람은 형님밖에 없다고 하셨죠."

세상을 떠난 장림왕비 이야기가 나오자 소평장의 눈동자에 그리움이 번졌다. 그는 아우의 옷깃을 정리한 다음 목에 걸린 가죽 목걸이를 바로잡고 가운데 매달린 조그마한 은쇄를 손가락 끝으로 톡톡 퉁기며 말했다.

"부왕과 폐하께서 어찌 생각하시는지는 잘 안다만, 그간 네가 이 오래된 혼약을 어떻게 생각하는지 한 번도 묻지 못했구나."

소평정은 머리를 긁적였다.

"어떻게 생각하긴요? 어머니께서 저를 잡아놓고 이 세상에는 제게 아주 특별한 여자아이가 있으니, 반드시 보살펴주고 보호해 줘야 한다고 하셨잖아요. 제겐 선택할 권한도 없었다고요."

아우가 또 장난을 치자 소평장이 화난 척 노려보았다.

그러자 소평정은 재빨리 장난스런 표정을 거두고 진지하게 말했다.

"알았어요, 알았어. 솔직하게 말할게요. 부왕께서 하신 약속이니 제게도 책임질 의무가 있어요. 그래서 수없이 생각을 해보았어요. 그녀는 어디에 있을까, 어떤 모습일까, 성격은 또 어떨까……."

그가 살짝 고개를 들자 눈동자가 환하게 반짝였다.

"반드시 함께하게 되리라고 기대하진 않지만, 그래도 진심으로 그녀가 편안하고 즐겁게 살다가 좋은 결말을 맞이하기를 바라요."

소평장은 곁눈질로 그를 훑어보며 물었다.

"듣자 하니 우리가 영영 그녀를 찾지 못할 거라고 생각하는 모양이구나?"

소평정은 어쩔 수 없다는 듯 양손을 펼쳐 보였다.

"당연하잖아요. 부왕께서 잊지 못하시는 것이야 어쩔 수 없지만, 설령 그 낭자가 지금 이 앞에 서 있어도 우린 못 알아볼걸요?"

소평장은 가타부타 말하지 않고 대화를 끝냈다. 두 형제는 눈을 밟으며 묵묵히 걸어 바깥뜰과 이어지는 대청에 도착했다.

부중의 주인들이 모두 입궁해야 했기에 널찍한 바깥뜰에는 마차와 가마들이 준비되어 있었고, 주 집사는 관리인들을 데리고 외출 준비에 여념이 없었다. 멀리서도 그의 우렁찬 목소리가 들릴 정도였다.

“연말에는 외출이 잦으니 매일 한 번씩 모든 마차를 점검해야 한다. 세자께서 아니 계시더라도 동쪽 원락의 화로는 꺼뜨리지 말고…… 참, 남쪽에 신선한 채소와 과일을 주문해뒀으니 우선 사당 제사상에 올리거라.”

소평정은 저도 모르게 웃음을 터뜨렸다.

“주 아저씨께서는 저 연세에도 아직 정정하시네요.”

그러나 소평장은 생각에 잠긴 듯한 표정으로 눈을 찡그렸다.

“주 집사는 어머니께서 시집오실 때 따라온 사람이니 연세가 많이 드시기는 했구나. 연말이면 잡다한 일이 많아 혼자서는 고생이 많을 테니, 아무래도 부왕의 시중만 들도록 하는 것이 좋겠다. 동청에게 앞으로 동쪽 원락의 일을 맡아 하라고 일러두었으니, 주 집사도 짐을 좀 덜겠지.”

소평정은 연신 고개를 끄덕였다.

“맞아요! 역시 형님이 세심하시다니까요.”

승천전에서 열리는 섣달 그믐날 밤의 종실 연회는 여자들도 동석하는 자리였기에 연회가 시작되기 전부터 비단 치마며 진주며 비취로 전각 안이 환하게 빛났다. 술이 세 순배 돈 뒤 무희들이 나비처럼 소맷자락을 펄럭이며 춤을 추고 구성진 사죽 소리가 울려 퍼지자 승천전 안은 황실 연회답게 떠들썩하게 달아올랐다.

종실의 가까운 친척 가운데 가장 연장자는 황제의 셋째 숙부인 녕왕(寧王)이었다. 선천적으로 다리가 온전치 못한 그는 제위를 두고 싸울 자격이 없었기 때문에 오히려 평온하게 살 수 있었고, 아흔 살이 된 지금도 시력과 청력이 쓸 만한데다 먹고 마실 수도 있었다. 평소에는 왕부에 머무는 그는 1년 중 딱 이날만 입궁하여, 황제의 왼쪽 맨 앞좌석에 혼자 앉아 싱글벙글 가무를 즐기며 자유롭게 시간을 보냈다.

녕왕의 맞은편은 공인된 종실의 수장인 장림왕 소정생의 자리로, 황제 오른쪽에 자리를 마련한 태자에게서 겨우 팔 하나 거리밖에 떨어지지 않았다.

새봄이 다가오는 계절에 친지들이 가득 모이자 소흠은 기분이 좋은 듯 금으로 만든 술잔으로 술을 한 모금 마신 뒤 웃는 얼굴로 소정생을 돌아보았다.

"연말에는 의례가 많아 왕형께서도 수고가 많으셨습니다. 오늘은 가족들이 모인 연회이니 편안하게 드십시오. 취하시더라도 사람을 시켜 떠메고 가게 할 테니 마음 푹 놓으셔도 됩니다."

소정생이 두 눈썹을 치키며 인정하지 못하겠다는 투로 말했다.

"폐하의 주량으로 신을 떠메고 나가게 하시겠다고요? 꿈이 너무 크시지 않습니까?"

황제는 하하 소리 내어 웃고는 옆에 앉은 태자의 머리를 쓰다듬으며 물었다.

"원시, 황백부께 세배를 드렸느냐?"

금귤을 잡으려던 태자는 그 말을 듣자 발딱 일어나 소정생 앞으로 달려가 절을 올리려 했다.

소정생이 황급히 일어나 태자를 붙잡고 고개를 저었다.

"나라의 후계자이신 태자께서 이러시면 아니 되지요."

소흠은 상관없다는 듯 손을 내저었다.

"가족 연회에서는 항렬만 따지는 겁니다. 왕형께서도 예전에는 그런 것에 구애받지 않으셨잖습니까? 짐이 태자로 봉해졌을 때에도 함께 무예를 익히면서 진흙 구덩이에 몇 번이나 내동댕이치셨는지 셀 수도 없습니다."

황제가 그 이야기를 꺼내자 소정생도 오래전 나날이 떠올라 빙그레 웃으며 태자를 번쩍 안아올렸다.

"꼭 세배를 해야겠다면 두 손을 맞잡고 인사하는 것으로 하시지요."

태자는 그의 어깨에 기댄 채 공손하게 손을 맞잡으며 말했다.

"황백부, 만수무강하세요."

소정생은 자상하게 태자의 머리를 쓰다듬으며 물었다.

"이 백부가 드린 세의(歲儀)는 마음에 드십니까?"

어리고 순진한 태자는 한숨을 쉬며 대답했다.

"저는 무척 마음에 드는데, 어마마마께서는 제가 아직 키가 작아 그렇게 큰 말은 탈 수가 없대요. 그래서 그냥 구경만 해요."

소흠이 살짝 눈을 찡그리며 순 황후 쪽을 돌아보았다. 환하게 웃던 얼굴이 살짝 굳었지만, 황후는 못 들은 척 시선을 돌렸다.

하지만 소정생은 개의치 않고 원시를 내려놓은 뒤 양손으로 그 어깨를 힘껏 움켜쥐며 웃음 띤 목소리로 말했다.

"황후마마 말씀이 옳고말고요. 태자께서 아직은 어리시나 앞으로 몇 년만 더 지나면 사나운 말도 타고 장궁도 쏠 수 있으실 겁니다. 그때 원하시는 것이 있으면 이 백부가 다시 선물을 드리지요!"

태자는 금세 활짝 웃으며 힘껏 고개를 끄덕였다. 그리고는 홱 돌아서서 몇몇 자리를 지나 소평장 형제가 앉은 좌석으로 달려가 소평정 곁에 앉더니, 탁자에 무엇이 있는지 고개를 쏙 내밀고 살펴보았다.

소평정이 소리 죽여 물었다.

"별로 맛이 없지, 응?"

원시는 입을 뾰로통하게 내밀며 고개를 끄덕였다.

"황궁의 연회 음식이 맛있을 리가 없지."

소평정은 소매 속에서 슬그머니 무언가를 싼 기름종이를 꺼냈다. 펼쳐보니 안에는 주전부리가 들어 있었다.

"형수님이 만드신 거야. 먹어봐."

그는 이렇게 말하며 주전부리 한 조각을 떼어 태자의 입에 넣어주었다.

원시가 그쪽으로 달려갈 때부터 순 황후의 시선은 줄곧 아들을 좇고 있었는데, 이 장면을 보는 순간 안색이 싹 변해 당장 달려나갈 듯 상반신을 앞으로 내밀었다.

옆에 있던 소평장이 젓가락을 내려놓고 미소를 지으며 말했다.

"녀석, 나까지 먹고 싶게 만드는구나."

그러면서 그는 태자가 먹은 주전부리 한 부분을 떼어 자기 입에 넣었다.

높은 자리에 앉은 황제는 아래에서 벌어지는 모든 일을 똑똑히 보았고, 껄껄 웃으며 소정생과 녕왕을 돌아보았다. 세 사람 다 몹시 우스운 듯 큰 소리로 웃음을 터뜨렸다.

순 황후는 천천히 본래 자세로 돌아갔다. 아래쪽에 앉은 장림세자의 차분한 표정을 보자 마음이 놓이면서도 동시에 전과는 전혀 다른 또 다른 불안감에 빠졌다.

소평장이 정양궁을 다녀간 뒤 분노에 휩싸이고 체면까지 깎인 그녀는 그날 당장 심복을 보내 7년 전 장림왕부에 내린 예물과 조금이라도 관계된 이들은 모조리 조사하게 했다. 금방 실마리를 찾을 줄 알았는데, 단서가 나타나는 족족 쫓아가보면 어디선가에서 뚝 끊기곤 해서 그날의 분노는 차츰차츰 놀라움으로 바뀌어갔다.

국모의 자리에 오른 지 10여 년, 그 세월이 평온하기만 했던 것도 아니요, 홀로 황제의 총애를 독차지한 것도 아니었다. 하지만 풍파가 몰아치고 총애를 빼앗겼을 때에도, 순 황후는 자신이 후궁을 완전히 장악하고 있다는 데 추호의 의심도 하지 않았다. 그런데 그 오랜 시간 철판같이 단단하다고 여긴 이 후궁에 줄곧 자신도 모르는 틈이 벌어져 있었던 것일까?

순 황후는 입을 꾹 다물고 잠시 생각에 잠겼다가 오른쪽으로 몸을 살짝 기울였다. 오른쪽 아래에서 무릎 꿇고 시중을 들던 소영이 즉각 눈치를 채고 황급히 다가왔다.

"그 분합에 손을 댄 모든 사람을 조사했으니 당장 그 명단을 만들어 내일 장림세자에게 보내거라."

소영은 허리를 숙이며 낮은 목소리로 '예' 하고 대답했다.

글자 없는 위패

—

17

—

대대로 승천전 연회가 가장 떠들썩해지는 시기는 바로 황제가 설음식 열두 가지를 골라 경성에서 가장 중요한 권세가와 귀족 저택에 하사할 때였다. 올해는 태자를 세운 기념으로 소흠은 태자에게 첫 번째 음식을 고르게 했다.

원시는 턱을 괴고 한참 동안 요리를 살피다가 팔보압(八寶鴨, 오리 한 마리를 등을 갈라 다양한 재료를 넣고 통째로 익힌 음식-옮긴이)을 골라 외숙부인 순백수에게 보냈다.

설음식 하사 의식이 끝났을 때는 이미 자정이 가까운 시간이었다. 곁에 앉은 늙은 숙부가 피로에 눈이 가물가물하는 것을 보자, 소흠은 웃으면서 일어나 모두에게 술 한잔 권한 다음 연회를 파하고 자리를 떴다.

황궁에서 왕부로 돌아오는 길에 보니 성안 가득 축포가 터져 불꽃이 눈부시게 번쩍이고 있었다. 정월 열엿새까지는 야간 통행금지가 없었다. 갓 갠 하늘은 온통 별천지였지만 번잡한 도성의 환한 등불 앞에서는 희미하게 빛을 잃었다.

소평장은 아무래도 몸이 평소 같지 않아, 바람막이를 벗고 대청 앞에 섰을 때 이미 반쯤 감긴 눈이 잿빛으로 어두워져 있었다. 이 모습을 보는 몽천설은 마음이 아팠으나 오늘밤 꼭 해야 할 중요한 일이 있어 어쩔 수 없었다. 그녀는 차마 말을 건네지도 못한 채 그를 안채로 부축하여 부왕에게 절을 올리게 하고 혼자 동쪽 원락으로 돌아와 부군을 위한 차와 간식을 준비했다.

왕부의 안채 서북쪽 모퉁이에는 평소 닫아두는 별원이 있었다. 현무암으로 쌓은 담장에 흑단목 문을 달고, 안쪽으로 청석길을 놓아 길 양쪽에 사시사철 푸른 소나무와 잣나무를 심은 이곳은 다름 아닌 장림부의 사당이었다.

지금 이 사당의 대문이 활짝 열려 있었다. 회랑 아래에는 등불을 켜 주위를 훤히 밝혔고, 뜰도 깨끗이 비질되어 있었다. 소정생은 섬돌 앞에 잠시 멈춰 다시 한 번 매무새를 가다듬은 다음에야 두 아들을 데리고 안으로 들어갔다.

사당 안쪽 입구 맞은편에 놓인 긴 탁자에는 제물들이 가지런히 놓여 있었고, 탁자 한가운데 놓인 제사용 향로 양옆으로는 하얗고 큰 초가 하나씩 세워져 있었다. 초는 벌써 반쯤 타들어가 촛대에는 촛농이 그득했다.

다른 사당과 달리 제사상 뒤쪽에는 자단목으로 만든 위패만 외로이 놓여 있었고, 위패에는 글자 하나 없었다. 소정생은 옆에서 시중드는 원숙의 손에서 향 세 대를 받아들고 위패를 향해 공손하게 머리를 조아렸다. 소평장과 소평정 형제도 부왕의 뒤에 나누어 서서 따라 절을 올렸다.

예를 끝내고 향을 향로에 꽂은 뒤, 소정생은 위패의 거무스름한 나뭇결을 응시하며 아득하고 낮은 목소리로 말했다.

"너희도 알다시피 글자 없는 저 위패는 선제께서 손수 만드시고 우리 장림부가 모시도록 내리신 것이다. 매년 저 위패에 대고 예를 올리지만, 그 속에 담긴 깊은 뜻은 평장을 세자로 책봉하던 해 딱 한 번 말해주었지. 아직 기억하고들 있는지 모르겠구나."

소평장이 엄숙한 표정으로 낭랑하게 대답했다.

"부왕의 가르침을 어찌 쉽사리 잊을 수 있겠습니까? 세상에는 영령이 수없이 많으나 그 모든 영령이 후세에 이름을 남기는 것은 아닙니다. 저 위패에는 비록 글자는 없지만 그 정과 의리는 마음속에 있습니다. 제를 올리려는 사람이 스승이든 집안 어른이든 옛 벗이든, 혹은 대량의 깃발 아래 죽어간 망혼이든 저 위패 앞에서 향을 피움으로써 근심을 위로하고 오랜 정을 되새길 수 있습니다."

살짝 고개를 든 소정생의 노쇠한 눈동자에 서서히 파도가 일었다. 황궁에서 함께 자란 형제, 눈앞에 무릎을 꿇은 두 아들. 이렇게도 가깝고 마음이 통하는 그들조차 소정생의 마음속에 깊이 숨겨진 이야기를 다 알지 못했다. 줄기줄기 피어난 하얀 연기가 흩어질 기미 없이 위패 위를 감돌 때, 그의 눈앞에는 어느 때의 금릉성 모습이, 또 어느 때의 매령 모습이 떠오르고 있을까? 어쩌면 인간 세상에서 그 이야기를 아는 사람은 늙은 왕 혼자뿐일지도 모른다.

"너희도 와서 향을 피우고 돌아가 쉬거라."

부왕이 경성에서 해를 보낼 때마다 섣달 그믐날 밤 반드시 혼자 사당을 지킨다는 것을 잘 아는 두 사람은 아무 말도 못한 채 원숙의 손에서 향을 받아 공손하게 예를 올린 다음 조용히 물러났다.

사당 뜰 문 앞에 이르자 소평장은 참다못해 뒤를 돌아보았다. 한들거리는 촛불 빛 아래 비친 늙은 아버지의 그림자는 언제부턴가 구부정해져 더 이상 예전처럼 꼿꼿하지 않았다. 반쯤 닫힌 문이 마치 시간을 가르는 선처럼 아버지 홀로 다른 세월 속으로 떨어뜨려놓은 것 같았다. 한때는 생생했지만 지금은 쫓을 수 없는 연기처럼 지나가버린 그 세월로.

다음 날인 정월 초하루는 한 해에서 가장 기쁨이 넘치는 날이었다. 그믐날 밤을 꼬박 새운 피로도 소평정에게는 아무것도 아니었는지, 이날도 그는 날이 밝자마자 기운 왕성하게 방문을 나섰다. 그는 정원에서 한 시진 정도 검 연습을 하고, 부왕과 형, 형수가 일어나자 찾아가 세배를 올리고 세뱃돈을 받은 다음 함께 아침 식사를 한 뒤 곧 사라졌다.

소정생은 맞은편에 앉아 함께 바둑을 두는 큰아들과 그 옆에서 열심히 차를 끓이는 며느리를 번갈아 보다가 결국 화가 폭발했다.

"고얀 녀석! 그런 녀석은 키워봤자 소용도 없어!"

소평장이 웃으며 위로했다.

"평정이 부중에 있어도 이것저것 못마땅하실 테니 그냥 내버려두십시오."

찻주전자의 찻잎을 갈던 몽천설도 웃으며 거들었다.

"제가 간식을 만들어 제풍당에 가져다주라고 한걸요. 탓하시려거든 저를 탓하세요, 부왕."

사실 소정생도 정말 화가 난 것은 아니었기에 그 몇 마디에 허허 웃음을 터뜨렸다. 그리고 정월 초하루는 여자들이 참배하러 가는 날이라는 사실을 떠올리고, 같이 있어줄 필요 없으니 어서 준비해서 가보라며 몽천설을 내보냈다.

공평하게 말해서 장림부 둘째 공자는 형만큼 신중하지도 않고 효심이 깊지도 않았지만, 새해 첫날 제풍당으로 달려간 까닭이 반드시 놀고 즐기기 위해서는 아니었다. 설이 되기 전, 임해는 마침내 필요한 약재를 모두 모았고 동해주교의 독성도 거의 파악했다. 게다가 침구(針灸) 방법까지 찾아내어 한동안 연습한 덕에 새해가 되면 확실하게 답을 알려줄 수 있다고 전해왔다. 성격이 급한 소평정은 기다리지 못하고 새해가 되자마자 달려갔고, 형수가 손수 만든 간식을 선물하고 새해인사를 한 다음에야 겨우 소식을 들을 수 있었다.

임해는 말할 때 신중한 편이지만 뜸 들이기를 좋아하는 사람이 아닌데다 지금은 생각해둔 것도 있었기 때문에 질문을 받자 곧바로 대답했다.

"백이면 백 자신이 있는 것은 아니지만, 약재가 준비되었고 침술법에도 익숙해졌으니 치료를 시작해도 될 거예요."

그녀는 말하다 말고 잠시 망설이며 한숨을 쉬었다.

"병을 치료할 때는 환자의 도움이 꼭 필요해요. 이제 몽 언니께 사실을 알려야 해요."

이런 대답을 듣자 소평정은 기쁘면서도 마음이 무거웠다. 형수가 나을 수도 있다는 사실은 기뻤지만, 막 새해를 맞은 지금 그토록 우울한 소식을 형수에게 전해야 한다는 생각을 하면 마음이 무거울 수밖에 없었다.

"겉으로 드러나지는 않지만, 내가 알기로 형님은 그동안 잠도 제대로 주무시지 못했소. 무엇보다 화가 나는 건, 누가 그런 지독한 짓을 했는지 영원히 밝혀낼 수 없을지도 모른다는 거요. 그 생각만 하면 정말…… 정말이지 속이 답답해 미칠 지경이오."

임해는 무슨 말로 위로해야 좋을지 몰라 입을 다물었다가 결국 이렇게만 말했다.

"몽 언니는 밝고 명랑한 성품이니 무사히 이번 난관을 견뎌내실 거예요."

새해 첫날부터 마음이 무거운 사람이 소평정 혼자만은 아니었다. 섣달 그믐날 궁성에서 당직을 마치고 막 교대한 순비잔도 기분이 몹시 우울했다.

"당직을 서느라 수고가 많으셨습니다. 태자 전하께서 순 통령의 새해를 축복하시기 위해 일부러 소인을 시켜 보낸 것입니다."

황후를 모시는 정양궁의 태감이 몸소 잔칫상을 들고 금위영 직방(值房, 황궁 내에서 대신들이 쉬거나 일을 하던 곳—옮긴이)으로 찾아와 내려놓고는 입만 열었다 하면 태자를 들먹이고 있었다. 너는 순씨 일족과 한몸이니 동궁 태자를 생각해야 한다는 것을 일깨우기 위해 황후가 보냈다는 것쯤은 깊이 생각하지 않아도 훤히 알 수 있었다. 궁성을 지키는 금군이 동궁 태자의 안전을 생각하는 것은 당연한 만큼, 이 일에서 순비잔을 가장 불편하게 만든 부분은 사실 그 뒤에 숨겨진 암시였다.

어지러운 마음을 누르고 감사인사를 올린 순비잔은 도저히 입맛이 없어 당직 서는 부하에게 잔칫상을 내어주고 터덜터덜 집으로 돌아갔다. 그러나 아무리 기분이 좋지 않아도 집안 어른에게 세배하는 일을 빠뜨릴 수는 없었다. 잠깐 쉬고 나자 그는 어쩔 수 없이 씻고 옷을 갈아입은 뒤 예년처럼 순부를 찾아갔다.

순백수는 순비잔이 오리라 믿으면서도 혹시 오지 않을까봐 불안해하다가 직접 보고서야 겨우 안심했다. 그는 순비잔이 절을 마치기도 전에 허둥지둥 부축해 일으키며 말했다.

"남도 아니고 한집안 사람이 아니냐. 어젯밤 당직까지 서놓고 무엇 하러 이렇게 일찍 찾아왔느냐? 자자, 어서 앉아 차나 마시자꾸나."

그러면서 순 부인을 돌아보며 분부했다.

"우리 조카는 남들과 달라서 연말이면 더욱 바빠지는 사람 아니오? 오래 머물지 못할 테니 당신이 주방에 가서 잔칫상을 좀 재촉하구려."

순 부인은 어려서부터 데려와 기른 조카와 조카딸을 항상 친자식처럼 여겨, 새해 첫날의 가족 식사를 몹시 중요하게 생각했기 때문에 숙부와 조카가 앉아서 이야기를 나누기 시작하자 서둘러 주방으로 나가 식사 준비를 했다.

순 부인이 사라지자 자리에 앉은 두 사람의 표정은 금세 바뀌었다. 순비잔은 얼굴에 떠올렸던 미소를 거두고 돌아서서 뜰 밖에 쌓인 눈을 바라보며 말했다.

"황성을 몇 번이나 샅샅이 뒤졌지만 단동주의 종적은 더 이상 찾을 수 없었습니다. 아마도 벌써 금릉성을 빠져나갔나봅니다."

이 말을 끝으로 그는 천천히 고개를 돌려 순백수의 눈을 똑바로 보았다.

"다시 한 번 여쭙겠습니다. 숙부께서는 이 일 외에 또 연루된 일이 있으십니까?"

순백수는 즉시 고개를 저으며 간곡한 목소리로 대답했다.

"없다. 정말 없구나. 이 숙부도 생각하는 바는 있지만, 장림왕부에 마땅히 바쳐야 할 존경심은 아직 품고 있단다."

순비잔은 얼굴 근육을 팽팽히 당기며 한동안 망설이다가 눈동자에 어렸던 예리함을 살짝 흐리며 느릿느릿 말했다.

"폐하께서는 병환이 잦으시니 조정에 다시 풍파가 일어나서는 안 됩니다. 그러니 그 내막이 무엇이든 이번에는 여기서 묻기로 결심했습니다. 앞으로 어떻게 될지는 생각해보면 아실 겁니다."

"걱정 말아라. 이 숙부도 수년째 조정의 녹을 먹고 있으니 분별은 있다."

순백수는 안도의 숨을 쉬고는, 손수 찻주전자로 뜨거운 차를 잔에 따라 조카에게 내밀었다.

"허나 비잔아, 솔직히 말해 그 방법은 틀렸다만 송부의 근심은 결코 허무맹랑한 것이 아니란다. 우리 대량의 병권이 조금만 안정된다면, 태자만 평온해지는 것이 아니라 장림왕부에도 커다란 이득이라 할 수 있다."

순비잔은 믿을 수 없다는 눈길로 그를 바라보았다.

"평장이 감주성에서 죽을 뻔했는데 커다란 이득이라니요?"

순백수는 가볍게 고개를 저었다.

"그리 말하는 게 아니다. 우리 대량의 전례에 따르면, 황자가 왕으로 봉해진 뒤에는 설령 군무를 맡고 있더라도 지방으로 이주하게 되어 있다. 어째서 그렇게 했겠느냐? 종실 사람이 황권에 너무 가까이 있으면 경계의 대상이 되기 때문이 아니겠느냐? 장림왕 전하처럼 수십 년간 병권을 쥔 사람을 본 적이 있느냐?"

"그게 어찌 같겠습니까? 장림왕이 선제께서 거두어 기른 양자요, 진짜 종실의 핏줄이 아니라는 사실은 누구나 압니다!"

"그렇다 해도 군공을 많이 세우고 병력을 너무 많이 부리는 사람이 꺼림을 받는 것은 대대로 마찬가지였다. 다른 것은 차치하더라도, 장림부의 둘째 공자는 작위도 직위도 없지만 정식으로 후(侯)에 봉해진 사람보다 더 높은 대우를 받고 있다. 평범한 장군 가문도 그렇게 위세가 있더냐?"

순백수는 조카의 안색을 살피는 한편 가까이 몸을 기울이며 소리 죽여 말을 이었다.

"조정 안팎의 수많은 사람이 남몰래 소평정을 무엇이라고 부르는지 아느냐?"

순비잔은 어리둥절했다.

"무엇이라고 부릅니까?"

"작은 임수(林殊)다."

순간 순비잔의 눈꺼풀이 부르르 떨렸다.

임수.

지난날 혁혁한 명성을 날리던 적염군의 소원수(少元帥), 금릉성에서 가장 눈부시던 빛, 전장을 종횡하며 단 한 번도 패하지 않았던 청년 장군. 그런 그를 장림부 둘째 공자에 비하는 것은 얼핏 칭찬처럼 들릴 수도 있지만, 열아홉 살에 억울하게 매령에서 죽은 임수의 최후를 모르는 사람은 이 대량의 하늘 아래 단 한 명도 없었다.

적염군 사건의 발단은 원수 가문의 명성이 너무 높아져 군주가 그를 의심하고 용납하지 못하게 되면서부터였다. 비록 선제가 그 누명을 벗겨주어 명예는 보존했지만 집안이 완전히 몰락한 것은 실로 안타깝고 슬픈 일이었다.

순비잔은 깊어진 눈빛으로 물었다.

"장림왕께서도 아십니까?"

"암암리에 쑥덕이는 말인데 누가 감히 그분 앞에서 그런 말을 하겠느냐."

순백수는 말투를 누그러뜨리고 계속해서 권유했다.

"비잔, 이 숙부가 장림왕부에 악의가 있는 것은 아니란다. 믿어다오. 폐하께서 계실 때 병권을 나누어 균형을 맞출 수만 있다면, 훗날 태자께서 달리 방도가 없어 부득이하게 그런 일을 하시게 되는 것보다 낫지 않겠느냐?"

순비잔의 미간에 분노가 떠오른 것을 보면 동의하지 않는 것이 분명했다.

"그런 생각을 하시는 것도 결국은 훗날 태자께서 장림왕부를 억누르지 못할까봐 우려되기 때문입니다. 허나 사실 장림왕 전하께서는 정치에 참여하신 적이 없는 무관이고, 군에서도 재능 있는 자를 억압하신 적이 없습니다. 지금 장림군이 누리는 명성은 선제의 은혜나 폐하의 용인 덕분이 아니라, 그간 착실하게 쌓아올린 군공에 기인한 것입니다."

순백수가 그래도 반박하려 했지만 순비잔이 재빨리 손을 들어 막았다.

"본질적으로 생각이 다르니 시비를 가릴 수는 없겠지요. 저도 다시 말다툼하고 싶지 않습니다. 숙모님께는 궁에서 급한 부름이

와서 일찍 일어나게 되었다고 대신 사과를 전해주십시오."

순비잔은 고개를 설레설레 저으며 괴로운 표정으로 말했다.

"한자리에서 식사를 하자니 아무래도 밥이 넘어갈 것 같지 않습니다."

순백수도 한두 마디로 조카를 설득할 수 없다는 것을 잘 알기에, 쫓아나가 몇 번 만류하기는 했으나 억지로 붙잡아두진 않았다.

울적하게 순부의 대문을 나선 순비잔의 걸음걸이는 점점 느려졌다. 관자놀이가 지끈지끈해지기 시작했다. 근골이 튼튼한 무인인 그는 궁성에서 밤새 당직을 서고도 걸음이 바람처럼 가벼웠는데, 세배를 드리고 나오는 지금은 몸이 물먹은 솜처럼 묵직하게 느껴져 한시바삐 말을 타고 집으로 돌아가 한숨 푹 자고 싶은 마음뿐이었다.

정월 초닷새 전까지는 다양한 금기 사항이 있었는데, 그때 일을 하면 1년 내내 힘든 일만 해야 한다는 말이 있어 성안 거리 점포들마저 대부분 문을 닫았다. 유일하게 주작대가 쪽만 인파가 몰려 왁자지껄했고, 주점과 찻집은 평소보다 손님이 바글바글했다.

마음이 답답하던 순비잔은 조금 빨리 말을 달리고 있었다. 그런데 주작대가 옆길에서 대로로 접어드는 순간, 누군가 길가 창문을 뚫고 날아와 그의 바로 앞에 쿵 떨어져 데굴데굴 구르는 것이었다.

너무 갑작스런 상황이라 말을 세울 수 없던 탓에 순비잔은 황급히 고삐를 잡아당겨 옆으로 방향을 틀어 말발굽이 쓰러진 사람을 짓밟는 것만은 겨우 피했다. 정신을 차리지도 못한 사이 또 한 사람이 휭 날아들어 앞서와 같이 내동댕이치듯 바닥에 떨어져 나뒹굴었다.

이어서 비단 옷을 입은 청년이 2층 누각 창문에서 훌쩍 뛰어내리더니, 노기를 잔뜩 띤 얼굴로 다가와 쓰러진 두 사람의 멱살을 잡아 일으키고 때릴 듯이 주먹을 쳐들었다. 다름 아닌 소평정이었다.

숙부의 집에서는 극력 변호했지만, 사실 '작은 임수'라는 말은 순비잔에게 적잖은 충격을 주었다. 지금 그 장림부 둘째 공자가 길거리에서 함부로 사람을 때리느라 누각 아래위로 구경꾼이 잔뜩 모여든 장면을 보자, 그는 노기를 띤 채 말안장을 짚고 몸을 훌쩍 날려 소평정의 주먹을 가로막았다. 두 사람은 빠르게 몇 초를 주고받았는데, 둘 다 지독한 속앓이를 하고 있기 때문인지 주먹이 날아갈 때마다 씽씽 바람 가르는 소리가 무서울 정도였다.

쓰러진 두 사람은 기겁하여 머리를 감싼 채 옹송그리고 있다가 그 소리에 숫제 몸을 바들바들 떨었다. 당장이라도 멀리 달아나고 싶었지만 겁이 나서 움직일 수도 없었다. 입은 옷이나 차림새로 보아 귀한 가문의 공자들 같았다.

"소평정! 네가 뭐라도 되는 줄 아느냐?"

순비잔이 두 주먹을 휘둘러 소평정을 물러서게 한 후 노한 목소리로 꾸짖었다.

"이곳은 천자가 계시는 금릉성이다. 네가 제멋대로 굴 수 있는 무법천지가 아니란 말이다!"

소평정은 화가 나서 얼굴이 창백해져 있었다.

"무슨 일인지 묻지도 않고 제가 제멋대로 구는지 아닌지 어떻게 아세요?"

"물을 것도 없어! 저 두 사람이 아무리 잘못했어도 경조부(京兆府)

관아의 대문은 언제든 열려 있지 않느냐! 네가 내키는 대로 판결하고 거리에서 폭행을 하면 그것이 정말 정의겠느냐, 아니면 횡포겠느냐?"

그가 이렇게 말하는 동안 주루 입구를 막고 선 구경꾼들 틈으로 소원계가 비집고 나와 황급히 만류했다.

"진정하세요, 둘 다 진정들 해요."

우르르 몰려든 구경꾼들과는 달리 이 젊은 래양후는 소식을 듣고 구경 나온 사람이 아니었다. 이 사건의 시작은 사실 어느 정도 그와 관계가 있었던 것이다. 새해가 밝자 래양 태부인은 백신에 제를 올리러 떠나면서 아들을 데려가지 않았고, 할 일이 없어진 그는 평소 가까이 지내는 세가의 공자 둘을 불러 술을 마시러 나왔다.

술자리에 앉아 성안의 귀족들이 제사 지내러 가는 이야기를 하는 중에 그 중 한 사람이 장림세자비의 행차와 마주쳤는데 아마도 서산의 청련사로 갔을 거라며 히죽거렸다. 청련사는 관음보살을 모시는 사찰로, 아들을 점지해달라고 비는 곳이었다. 사적인 자리인데다 술도 몇 잔 걸쳐 얼근해진 두 사람은 점점 말본새가 거칠어졌고 소원계도 막으려야 막을 수가 없었다.

하지만 두 사람의 운이 썩 좋지는 않은 모양이었다. 때마침 제풍당에서 나온 소평정은 형에게 동해주교 이야기를 할 생각에 울적해하다가 주루 앞에서 소원계의 시종인 아태를 보자 소원계와 술이나 한잔 하고 들어가기로 마음먹었다. 뜻밖에도 그가 별실 병풍 앞에 이르렀을 때 안에서 경박한 말소리가 들려왔다.

"글쎄, 관음보살에게 빌어본들 무슨 소용이 있겠어? 성안에 떠도는 소문에는, 장림왕께서 수십 년간 군사를 이끌며 사람을 너무 많이 죽였기 때문에 그렇게 쌓인 업보가 후손에게 간 것이라 하더군. 그래서 며느리가 후사를 못 만드는 거야."

"허튼소리!"

소원계가 나무라듯 외치는 순간, 병풍이 우지끈 소리를 내며 둘로 부러지면서 소평정이 노한 얼굴로 달려들어 귀공자들을 한 손에 한 명씩 붙잡아 창밖으로 휙휙 던져버렸다. 그런 다음 막 주먹질을 하려는데 길을 가던 순비잔이 가로막았으니, 꾸지람을 듣는다고 가슴속의 노기가 쉽사리 풀릴 리 없었다.

"횡포?"

소평정은 으드득 소리가 나도록 주먹을 부르쥐며 한 걸음 다가섰다.

"우리 집안 여자를 모욕하는데도 관아에 가서 해결하라고요? 미친 거 아니에요?"

순비잔도 조금 당황했다.

"집안 여자라니? 누구 말이냐?"

"우리 집안에 여자가 몇인지 모르세요?"

몽천설을 떠올리자 순비잔의 얼굴 근육이 실룩였다. 그는 와락 손을 뻗어 쓰러진 귀공자들을 낚아채더니 호위병에게 넘기며 호되게 명했다.

"포박하여 끌고 가라!"

그리고 어쩔 줄 모르고 서 있는 두 사람의 시종들을 돌아보며 으르렁거렸다.

"너희 나리께서 아들을 찾고자 하면 금위부로 오시라고 전해!"

말을 마친 그는 소평정 쪽은 돌아보지도 않고 훌쩍 말에 올라 떠나갔다. 싸움의 원인이 된 두 사람은 호위병들에게 꽁꽁 묶여 말 등에 던져진 채 바람처럼 끌려 사라졌다.

소평정은 갑작스런 상황에 어리둥절한 얼굴로 뿌옇게 일어나는 흙먼지만 바라보다가 버럭 화를 냈다.

"이게 뭐야. 난 아직 화가 안 풀렸다고!"

그는 힘껏 발을 굴러 씩씩거리면서 말을 타고 달려가버렸다.

소원계는 멍한 표정으로 한동안 그 자리에 서 있다가 겨우 중얼거렸다.

"새해 첫날부터…… 다들 왜 저렇게 화를 낸담."

주작대가에서 벌어진 이 충돌에는 구경꾼들이 어마어마하게 몰려들었다. 자기 방으로 돌아간 뒤 한참 동안 울적하게 앉아 있던 소평정은 이 소식이 금방 형의 귀에 들어갈 것을 알고 결국 제 발로 동쪽 원락을 찾아갔다.

소평장은 창가에 놓인 긴 의자에 혼자 앉아 무언가를 적은 목록을 보고 있었다. 화로 두 개가 빨갛게 타올라 방 안은 따사롭고 포근했다.

소평정은 말없이 형 옆에 놓인 앉은뱅이 의자로 슬금슬금 다가가 앉은 뒤, 사람 허리쯤 오는 조그마한 둥근 탁자에 턱을 얹고 눈을 껌뻑껌뻑하면서 책상 모서리에 놓인 수선화를 바라보았다. 한참이 지나도 형이 말을 걸 기미가 없자 결국 참다못한 그가 몸을 일으키며 말했다.

"오늘 거리에서 싸움을 했어요. 분명히 누군가 형님에게 일렀을 거야, 그렇죠?"

"그래."

소평장은 개의치 않는 투로 대답했다.

소평정은 잠시 주저하다가 다소 가라앉은 목소리로 말했다.

"전에도 사람들이 우리 장림부를 두고 이러쿵저러쿵했어요?"

소평장은 들여다보던 종이를 내려놓았다.

"가지가 많은 나무는 바람 잘 날이 없는 법이다. 지금뿐만 아니라 선제께서 건재하셨을 때도 그런 풍문이 있었지. 아직도 기억이 나는구나. 폐하께서 황자를 얻지 못하시던 때에도 부왕을 두고 듣기 흉한 이야기가 돌았다. 태자께서 태어나시고 잇달아 서출 황자 두 분이 더 생긴 후에야 조금 나아졌지."

소평정이 눈을 휘둥그레 떴다.

"그, 그런…… 남들이 마음대로 비방을 해도 못 들은 척 가만히 있어야 해요?"

"그러지 않으면? 들리면 너처럼 주먹을 휘둘러 혼내주되, 들리지 않으면 고민해봐야 무슨 소용이냐?"

소평장이 손을 내밀어 아우의 머리를 쓰다듬었다.

"예로부터 사람 혀는 칼처럼 날카롭고 풍문은 막기 힘들다고 했다. 너 같은 영웅호걸도 뾰족한 수가 없지."

처음으로 이런 말을 들은 소평정은 기분이 착 가라앉으면서도 화가 치밀었다.

"그건 그렇다 쳐요. 하지만 순비잔은 왜 그러는지 모르겠어요. 다짜고짜 끼어들어서 나더러 횡포를 부린다고 하잖아요."

하지만 소평장은 개의치 않는 듯 빙그레 웃었다.

"다른 사람은 몰라도 비잔은 내가 잘 알지. 분명 악의가 있어서 그런 것은 아니다. 아마 기분이 좋지 않은 와중에 네가 눈에 띄었겠지."

소평정은 입을 삐죽이다가 형의 무릎에 놓인 종이로 시선을 던지며 궁금한 듯 물었다.

"이건 뭐예요?"

"방금 황후마마께서 보내신 것이다."

소평장은 종이를 아우에게 건넸다.

"7년 전 분합에 손을 대었을 만한 사람이 모두 적혀 있다."

소평정이 다급히 받아 살펴보았다.

"특별히 의심 가는 사람이라도 있어요? 제가 가서 캐물어볼게요. 어, 이 이름은 왜 동그라미가 쳐져 있죠?"

"분합을 만든 장인인데, 7년 전 갑작스레 죽었다는구나. 그 분합이 그가 만든 마지막 물건이지."

세상에 그렇게 우연한 죽음은 있을 수 없었기에 소평정도 의아한 듯 눈썹을 치켜떴다.

"만들자마자 죽었다고요? 분명히 뭔가 있어요!"

"분합이 완성되면 내정사에서는 관례대로 세 번 검사를 하고, 정양궁으로 보내진 뒤에는 전각을 담당하는 여관과 집무 상궁이 또 한 번씩 검사를 하지."

소평장은 분합을 주워 숨겨진 공간을 열었다.

"이 공간은 분합과 함께 만들어져서 눈에 띄지 않게 잘 숨겨져 있지만, 세 번 네 번 마음먹고 검사하는데도 발견하지 못할 리가 있을까?"

소평정은 턱을 치켜들고 생각에 잠겼다.

"그러게요. 그렇게 여러 번 검사를 하는데 모두 속았다니 말이 안 돼요. 그렇다고 그 많은 사람을 다 끌어들였다간 비밀이 새어나가기 십상이잖아요?"

"만약 내정사가 아니라 왕부로 전달되는 과정에서 문제가 생긴 것이라면……."

"그렇다면 분합을 만든 장인과는 무관할 텐데 왜 죽었을까요?"

소평정은 이해가 가지 않는 듯 머리를 긁적였다.

"정양궁에 직접 드나들지도 못하는 일개 장인이 대체 무슨 힘이 있겠어요? 그런 사람이 뭘 할 수 있을까요?"

등받이에 몸을 기대는 소평장의 눈동자도 어둡게 가라앉았다.

정양궁에서 명단을 보냈다는 것은 순 황후가 조사를 했지만 만족할 만한 결과를 얻지 못했다는 뜻이었다. 장인이 죽었으니 그가 무슨 일을 했는지는 추측할 수밖에 없었고, 더욱이 시간이 너무 많이 지나 사건을 명확하게 밝혀낼 일은 까마득하기만 했다.

소평정은 퍼뜩 중요한 일이 생각난 듯 황급히 소평장의 다리를 잡고 흔들며 한숨을 푹 쉬었다.

"형님, 동해주교 말인데요, 형수님께 말해야 할지도 몰라요."

천하제일

—

18

—

장림세자비 몽천설은 무장 가문에서 태어나 어려서부터 활발하고 털털했으며, 아무리 큰 걱정거리가 생겨도 종일 마음속에 붙들어 매고 있는 성품이 아니었다. 하지만 그럼에도 불구하고, 그날 저녁 소평장이 그 오랜 세월 바라 마지않던 것을 얻지 못한 진짜 이유를 나지막하게 설명하자 한참 동안 넋을 놓고 있다가 부군의 품으로 달려들어 슬피 흐느꼈다.

소평장은 실컷 울게 해준 다음 부드러운 목소리로 달랬다.

"몇 년이란 세월을 낭비하긴 했지만, 우리는 일찍 혼례를 올렸기 때문에 아직 나이가 젊어. 임 낭자에게 치료를 받은 뒤에 낳고 싶은 만큼 낳으면 돼. 이런 짓을 꾸민 자들에게 우리 소설은 그렇게 쉽게 당하는 사람이 아니라는 것을 보여줘야지."

몽천설은 입술을 잘근거리다가 슬픔과 당혹감이 어린 목소리로 말했다.

"하지만 난 모르겠어요. 어째서 나한테 그러는 거죠? 내가 평소 미움 살 일을 한 사람이라도 있었나요?"

"우리같이 정상적인 사람들이 못된 자들이 무슨 생각을 하는지 제 입으로 밝히기 전에야 무슨 수로 알겠어?"

소평장은 베개 옆에 놓인 부드러운 수건으로 그녀의 눈물을 닦아주었다.

"누군가 해치려 한다고 해서 반드시 우리에게 잘못이 있다는 뜻은 아니야. 당신 작은할아버지께서도 늘 말씀하시지 않았어? 세상에는 불공평한 일도 있고 그 때문에 고통스럽기도 하지만, 올바른 마음가짐을 갖춘 사람은 언제나 마음이 평화롭다고 말이야. 비열하고 못된 자들이 그런 것을 알기나 하겠어?"

한바탕 울고서 차차 마음을 가라앉힌 몽천설은 몸을 꼿꼿이 펴고 심호흡을 했다.

"당신 말이 맞아요. 나는 몽씨 집안의 딸이니 작은할아버지 말씀을 들어야죠."

부군의 다정다감한 위로와 스스로의 낙천적인 성격 덕분에 몽천설은 이틀도 지나지 않아 기운을 차리고 제풍당을 찾아갔다. 치료가 시작되자 그녀는 도리어 임해를 위로했다.

"동생이 내게 이렇게까지 신경을 써주었으니 나도 동생을 위해 무슨 일이든 할게. 설사 원하는 대로 되지 않더라도 매일 눈물바람을 하며 살지는 않을 거야. 남몰래 그런 짓을 한 못된 자들의 웃음거리가 되고 싶지는 않으니까."

수많은 환자를 보아온 임해지만, 이토록 밝은 환자는 거의 없었기에 감탄이 절로 나오고 호감도 훨씬 커졌다. 그녀는 이틀마다 한 번씩 침을 놓고 매일 복용하는 약도 닷새에 한 번씩 약방문을 고쳐가며 오로지 병 치료를 하는 데에만 신경을 쏟았다. 이 때문에 한

때 마음을 복잡하게 하던 오래된 혼약은 어느새 머릿속에서 까맣게 잊혀갔다.

눈 깜짝할 사이 정월 초순이 지났다. 연말에 두 차례 쏟아진 눈으로 막혔던 위령(衛嶺)의 관도가 다시 열리고, 보름 가까이 지연된 동쪽에서 보낸 서신들이 속속 경성에 도착했다.

이날 임해는 왕부를 찾아가 몽천설에게 침을 놓았고, 소평정은 습관처럼 그녀를 제풍당까지 배웅했다. 돌아오는 길에 주작대가를 막 벗어날 때쯤 옆 골목에서 시끄러운 소리가 들려와 그는 무슨 일인가 싶어 그쪽으로 향했다.

그리 넓지 않은 골목에는 사람들이 바글바글 모여들어 비집고 들어갈 틈조차도 없었다. 소평정은 목을 쭉 빼고 살펴보았지만 사람들이 무엇을 둘러싸고 있는지 알 길이 없었고, 안쪽에서 관병들의 외침 소리만 들려왔다.

"관부에서 조사를 하고 있으니 물러나시오! 모두 물러나시오! 자꾸 몰려들지 마시오!"

호기심이 인 소평정은 살짝 발을 굴러 담벼락으로 올라가 주위를 둘러보았다. 골목 중간쯤에 문을 꼭 닫은 민가가 있고, 경조부 관아에서 나온 관병들이 그 앞을 지키고 있었다. 몰려든 구경꾼들을 해산시키는 순방영은 다름 아닌 손 통령이 친히 이끄는 중이었다.

수도 금릉성에서 순방영은 성문 수비와 야간 통행 금지, 싸움 진압 같은 경성의 치안을 유지하는 업무를 맡고 있었다. 벌써 수년째 순방영을 이끌어온 손 통령은 이 경성의 유명한 세가나 주요 인물에 대해서는 손바닥 들여다보듯 훤히 알고 있었다. 바삐 움직이던 그가 문득 고개를 돌려보니 장림부 둘째 공자가 담장 위에 서서 자신을 향해 손을 흔드는 것이 보였다. 화들짝 놀란 그는 황급히 부하들을 물리고 그를 들어오게 한 뒤 두 손을 모아 예를 차렸다.

"둘째 공자 오셨습니까?"

소평정은 꼭 닫힌 민가의 문을 눈짓하며 물었다.

"새해 벽두부터 무슨 일이에요?"

손 통령은 앞으로 살짝 몸을 기울이며 속삭였다.

"저 안에서 사람이 죽었습니다. 노부부가 밤사이 목숨을 잃었는데 청소를 하려던 하녀가 아침에야 발견하고 관아에 알려왔지요."

소평정은 이상한 생각이 들었다.

"살인 사건은 경조부 관할인데 어째서 손 통령까지 불려나오셨어요?"

손 통령은 어두운 표정으로 더더욱 목소리를 죽였다.

"공자께서는 모르시겠지만 이번이 처음이 아닙니다. 성 남쪽과 북쪽에서도 살인 사건이 일어났다는 보고가 있었으니 이 사건까지 합치면 모두 여섯 명이 죽었지요."

"하룻밤 만에요?"

소평정도 놀라지 않을 수 없었다.

"그렇습니다! 다른 네 사람은 검에 목이 꿰뚫려 죽었다고 들었는데 이곳은 어떨지……."

말이 끝나기도 전에 민가의 대문이 '끼익' 소리를 내며 반쯤 열리고, 관아의 심부름꾼들이 흰 천으로 덮은 시체를 나무 들것에 싣고 나왔다. 소평정이 재빨리 다가가 천 귀퉁이를 들춰보니, 피부가 축 늘어진 목 언저리에 과연 두 치 길이의 상처가 있었다. 너무 가늘어서 빨갛게 줄을 그어놓은 듯했고 가장자리가 몹시 깨끗해서 일반적인 검상(劍傷)과는 판이하게 달랐다.

소평정은 가슴이 쿵 내려앉았다. 어렴풋이 뭔가 떠올랐지만 확실하지는 않았기에 그는 천을 원래대로 덮고 심부름꾼을 보내주었다.

골목을 에워싼 사람들이 멀리서 시체가 나오는 것을 보고 웅성거리며 바짝 밀려들었고, 손 통령은 재빨리 부하들을 지휘하여 그들을 가로막았다. 한참 애를 쓴 뒤 돌아보니 장림부 둘째 공자는 어디론가 사라지고 없었다.

소평정이 향한 곳은 다른 곳도 아닌 왕부였다. 곧바로 동쪽 원락 서재로 달려간 그는 안으로 들어서기 무섭게 소리를 질렀다.

"형님! 형님!"

정원에서 하인들이 처마 밑 고드름을 쳐내는 것을 지켜보던 몽천설이 그 소리를 듣고 돌아보았다.

"그만해. 폐하께서 논의할 것이 있으시다며 부왕과 형님을 부르셔서 입궁했으니까."

"입궁이요?"

소평정은 당황했다.

"이제 겨우 정월 열나흗날인데 벌써 조정이 열리다니!"

"연말에 동해에서 보낸 국서가 위령에 발이 묶였다가 어제 경성에 들어왔대. 아차, 잊을 뻔했네."

몽천설은 서재 창문을 가리키며 말을 이었다.

"내각에서 국서 사본을 보내왔으니 너더러 읽어보라고 했어."

소평정은 의심쩍은 표정이었다.

"동해에서 보낸 국서를 왜 저더러 보래요?"

몽천설이 곁눈질로 그를 흘기며 대답했다.

"네가 아직도 어린아이인 줄 알아? 형님 말씀대로 어서 빨리 일을 배워야지!"

소평정은 그런 그녀에게 혀를 쑥 내밀어 보이고는 서재로 들어가 책상에 쌓인 문서 중 맨 위에 놓인 국서 사본을 들어 펼쳤다.

그때쯤 고드름 제거도 거의 끝나고 하인들을 내보낸 몽천설이 열린 창문으로 상반신을 쑥 내밀며 물었다.

"어때? 이해가 가?"

소평정은 입을 삐죽이며 말했다.

"동해에서 국경 무역을 열어 장인들을 교환하고 은화를 유통하자고 제안했네요. 다 정무에 관한 일이니 우리 장림부와는 아무 상관 없는데, 마지막 한 가지 항목은 잘 이해가 안 가요."

그는 국서 위로 손가락을 미끄러뜨리며 읽어 내려갔다.

"약소하나마 예물을 준비하였으니, 동해의 예로서 숙비(淑妃)를 추모하여주십사 합니다. 숙비가 누구예요?"

몽천설은 까르르 웃음을 터뜨렸다.

"경성에 잘 머물지 않으니 황궁의 윗대 어른들 일을 모르는 것도 당연해. 숙비는 바로 우(虞) 숙비마마를 말하는 거야."

소평정은 턱을 매만지며 잠시 고민하다가 비로소 우 숙비가 누군지 떠올렸다.

동해는 바다에 인접한 나라로, 국토가 좁아 항상 대량에 우호적이었고 나라 간 혼사도 종종 있었다. 20여 년 전, 동해의 군주 두 명이 멀리 대량으로 시집을 왔는데, 그 중 한 명은 동궁으로 들어가 소흠의 숙비로 봉해졌고, 다른 한 명은 무정제의 명으로 둘째 황자의 짝이 되었는데 바로 지금의 래양 태부인이었다.

"맞아, 맞아. 원계의 어머니가 동해 사람이었죠. 알려주시지 않았다면 깜빡할 뻔했어요."

소평정은 국서 사본을 계속 들여다보며 말했다.

"하지만 숙비께 추모제를 올리느냐 마느냐는 폐하께서 결정하실 일이잖아요. 그런데 형님은 왜 저더러 이걸 보라고 하셨……."

순간, 그가 말을 뚝 끊고 따로 끼워진 종이 한 장을 빼내더니 표정을 굳혔다.

"왜 그래?"

성미 급한 몽천설은 좌우에 아무도 없는 것을 보자 문을 놔두고 창문을 훌쩍 넘어 안으로 들어섰다.

"그게 뭔데?"

"동해 사절단 명단이요."

소평정은 그 중 한 이름 밑에 손톱자국을 찍어 몽천설에게 내밀었다. 가느다란 손톱자국 위에는 딱 여섯 글자가 적혀 있었다.

'묵치후(墨淄侯) 우천래(虞天来)'

랑야 고수방의 으뜸, 동해 묵치후.

타국의 사절단이 방문할 때 국서 뒤에 사절단의 명단을 덧붙이고 신분과 직책을 써놓는 것은 별로 놀라운 일이 아니었다. 다만 이번 사절단 목록에는 당금의 천하제일 고수가 포함되어 있다는 것이 문제였다.

장림왕부의 동쪽 원락과 마찬가지로, 궁성의 조양전 역시 동해에서 오는 손님에 관해 논의하고 있었다.

"묵치후의 이름이 우천래였군요."

소정생은 황제의 왼쪽에 있는 팔걸이의자에 앉아 생각에 잠긴 얼굴로 말했다.

"노각주가 세운 규칙이 있으니, 랑야방에 오른 이상 그는 동해에서 아무 직책도 맡지 않은 것이 분명합니다. 그렇다면 두 나라의 정무 또한 그와는 아무런 상관이 없을 텐데 무슨 일로 사절단을 따라오려는 것일까요? 이렇게 정식으로 명단에 이름을 올리면서까지 말입니다."

전각 안이 일시적으로 조용해졌다. 장림왕의 입에서 나온 이 질문에 대답한 것은 용좌에 앉은 소흠이었다.

"지난날 숙비에게 들은 기억이 있소. 그녀의 친오라버니 이름이 바로 저러했소."

소정생은 몹시 의외인 듯 멍하니 있다가 물었다.

"묵치후는 동해에서도 속세를 등진 은둔자라 하던데, 숙비마마의 오라버니인 줄은 몰랐습니다. 친혈육의 추모제를 지내고 싶은 것이야 인지상정입니다만, 마마께서 별세하신 것이 7년 전 일인데 어째서 이제야 금릉을 방문하려는 걸까요?"

내내 계단 아래에 서 있던 순백수가 그제야 한 걸음 나서 허리를 숙이며 말했다.

"폐하, 그 이유가 무엇이든 소신이 우려되는 점은…… 동해의 사절단은 아직 오는 길인지 모르나 묵치후는 벌써 금릉에 도착했을 수도 있다는 것입니다."

그 한마디가 떨어지자 황제와 장림왕은 동시에 흠칫 놀랐다. 소정생이 황급히 물었다.

"순 대인, 그 말씀에 무슨 근거라도 있소?"

"예, 전하, 어젯밤에 성안 곳곳에서 살인 사건이 일어났습니다. 경조부에서 사망자 여섯 명의 신분을 조사하니, 비록 성 내에 흩어져 살고는 있으나 모두 황궁과 관련 있는 자들이었습니다. 두 사람은 태의이고, 한 사람은 어의방의 산파이며, 나머지 세 사람은 7년 전 숙비마마의 금화궁에서 시중들던 자였습니다."

순백수는 이렇게 말하며 나란히 선 순비잔을 흘낏 돌아보았다.

순비잔도 한 걸음 나서서 두 손을 모으고 말했다.

"신도 경조부에 가서 확인해보았습니다. 사망자들은 하나같이 목이 꿰뚫리는 치명상을 입었는데, 상처가 몹시 가늘어 결코 평범한 검객의 솜씨가 아닐뿐더러 그토록 얇은 검날은 일반적으로 쓰는 무기도 아닙니다. 당금 천하에서는 오로지……."

"금도 아니고 옥도 아니며 철도 아니고 구리도 아니요, 동해의 물에 담가 만든 흑수정검이니라."

소평장이 한 구절을 중얼거리며 눈을 가늘게 떴다.

"묵치후의 방문 목적을 알 수 없고 살기 또한 짙으니, 보통 일은 아닌 것 같습니다. 소신의 생각으로는 경조부에서 처리할 수 있는 일이 아니니, 금군통령께서 맡아주시되 평정이 옆에서 돕도록 하는 것이 좋을 듯합니다. 두 사람이 힘을 합치면 아무리 묵치후라 해도 함부로 굴지는 못할 것입니다."

소흠은 잠시 망설이다가 소정생을 바라보았다.

"평장의 말이 맞습니다. 비잔과 평정에게 맡기시고, 강호의 일로 취급하여 상황에 따라 적절히 대응하게 하시지요."

소정생은 말투를 누그러뜨리며 무거워진 분위기를 풀어보려 했다.

"곧 조정이 열리면 국정을 돌보느라 바쁘실 터, 이런 일로 마음을 쓰시면 아니 되지요."

신하들을 두루 둘러본 황제는 순백수와 순비잔 두 사람 다 이견이 없는 것을 보자 고개를 끄덕였다.

"좋습니다. 장림세자의 주청을 받아들이지요. 모두 물러가되 왕형은 잠시 남으십시오. 짐이 할 이야기가 있습니다."

명이 떨어지자 아랫자리에 있던 사람들은 공손하게 머리를 조아린 뒤 물러났다.

세 사람의 모습이 완전히 사라진 다음에야 소정생이 소흠을 돌아보며 진지한 목소리로 물었다.

"동해에서 숙비마마를 추모해달라 청하고 묵치후가 금릉성을 찾은 데에는 필시 무슨 뜻이 있을 것입니다. 그해 신은 출정을 나가 평장의 혼례식에도 참석하지 못해 경성에서 벌어진 일을 잘 모릅니다. 혹시 숙비마마의 별세에 숨겨진 내막이라도 있었습니까?"

눈꺼풀을 내리고 한참 동안 말없이 앉아 있던 소흠이 이윽고 소정생더러 앉으라는 듯 옆의 자리를 툭툭 치며 가라앉은 목소리로 말했다.

"왕형, 사실대로 말씀드리지요. 숙비가 난산으로 죽었을 때 짐도 부쩍 의심이 들어 녕왕 숙부와 내정사에 대대적으로 조사를 맡겼습니다. 하지만……."

말끝을 흐렸지만 그 뜻은 분명했다. 소정생은 눈을 찡그린 채 잠시 생각하다가 말했다.

"폐하께서 친히 명을 내리셨다면 필시 꼼꼼히 조사했을 겁니다. 그런데도 이상한 점이 없었다면 아무래도 숙비마마의 복이 거기까지셨나봅니다."

"그럴 수도 있지만 그간 숙비를 떠올릴 때마다 그때의 일이 응어리처럼 짐의 마음에 남아 있었습니다."

소흠의 입술이 바르르 떨리고 얼굴도 창백해졌다.

"그녀의 친오라버니가 금릉에 온 것이 케케묵은 옛 응어리를 풀기 위해서인지도 모르지 않습니까?"

소정생도 표정이 어두워지며 뺨 근육을 팽팽하게 당기더니, 별안간 두 손을 모아 올리며 말했다.

"노신이 평정을 데리고 입궁하여 궁궐을 지키는 금군을 돕고자 하오니 부디 허락해주십시오, 폐하."

소흠은 빙그레 웃으며 모아 올린 그의 손을 잡아 눌렀다.

"왕형은 항상 짐 걱정뿐이시군요. 궁궐에는 비잔이 있지 않습니까? 한 발 양보해서 궁궐 호위를 위해 평정을 입궁시키는 것은 허락하겠습니다만 왕형까지 오시는 것은 허락 못합니다. 왕형은 짐보다 건강하다 생각하시는 모양인데 아무리 그래도 벌써 육순이 넘으셨으니 너무 무리하시면 안 되지요."

나이 먹은 형제가 전각에서 옛이야기를 하는 동안, 그곳에서 인사하고 물러나온 세 사람은 한가하게 쉴 틈이 없었다. 순백수는 전각에서 나오기 무섭게 정양궁에 불려갔고, 순비잔은 소평장과 함께 남의문(南儀門) 방향으로 걸어갔다.

문으로 통하는 복도로 들어서자 장림세자는 걸음을 늦추고 곁에 있는 금군통령을 돌아보며 웃을락 말락 하는 표정을 지었다. 그 표정을 보자 순비잔은 어쩐지 얼굴이 화끈 달아올랐다.

"자네가 길에서 평정과 한바탕 싸운 뒤로 처음이지?"

소평장이 입술 끝을 살짝 올리며 물었다.

"그 녀석은 성격이 급해서 탈이야. 장림부 대신 혼을 내주어 고맙네."

평온한 웃음에 부드러운 말투였지만 두둔하는 기색이 담뿍 담겨 있었다. 순비잔도 바보가 아니었기에 진짜 감사인사가 아닌 것을 알고 고개를 숙이며 말했다.

"그날은 내 말이 좀 과했네. 정말 그렇게 생각하는 것은 아닐세. 평정도 가족을 지키려던 것이니 폭력을 쓰기는 했어도 참작해줄 만한 일이지."

소평장은 입가에 떠올린 미소를 서서히 거두고 탄식을 뱉었다.

"사실 자네가 좋은 뜻으로 평정을 막아선 것은 나도 잘 아네. 그 이야기는 그만하지. 동청을 보내 평정에게 금위부에서 기다리라 말을 전했으니, 우선 묵치후를 어찌할 것인지부터 논의하세."

이 경성에서 순비잔이 반드시 그 의견을 경청하는 사람 목록이 있다면, 장림세자가 그 상위권에 있는 것은 확실했다. 그 때문에 그는 고개를 끄덕이고 소평장과 함께 궁 밖에 대기한 마차에 올라 금위부로 향했다. 과연 소평정은 그곳에서 기다리고 있었다.

열흘 전쯤 주먹을 주고받은 그들이라 처음에는 다소 어색했지만, 두 사람 다 사리에 밝고 평소 사이도 좋았기 때문에 소평장이 일부러 몇 마디 우스개를 하자 지난 일은 금세 잊고 당장 해야 할 일에 몰두했다.

묵치후는 하룻밤 사이 여섯 명의 목숨을 앗아가면서 천하에 널리 알려진 자신의 무기를 썼고, 피해자는 하나같이 죽기 전 숙비를 돌본 사람들이었다. 의도를 숨길 생각이 전혀 없는 것을 보면, 누이동생의 죽음을 철저히 조사하겠다는 뜻이 분명했다.

"그해 폐하께서 백방으로 조사하시고도 밝혀내지 못한 일을 이제 와서 그자가 무슨 수로 조사한단 말인가?"

순비잔은 당혹스런 얼굴로 눈을 찡그렸다.

"그것은 조금 다르네. 우리 폐하께서는 온건하고 사리에 밝으시니 의심만으로 판단하지 않고 자백이나 증거가 있어야만 믿으시네. 하지만 묵치후는 달라. 그는 이것저것 가릴 필요도 없으니 몇 가지 질문만으로도 판단을 내릴 수 있지."

소평장은 설레설레 고개를 저었다.

"마지막에 어떤 결론을 내릴지는…… 그가 무엇을 믿느냐에 달려 있네."

소평정이 코웃음을 치며 끼어들었다.

"결론을 내리면요? 마음대로 복수라도 하겠대요?"

그 말에 무슨 생각이 났는지 소평장이 눈썹을 살짝 치켰다.

"묵치후가 자신의 이름을 사절단 명단에 올리고 보란 듯이 소란을 일으킨 연유가 바로 그 목적 때문이라고 생각하지 않나?"

순비잔은 잘 이해가 가지 않았다.

"무슨 목적 말인가?"

"누군가가 숙비마마의 죽음을 종용했다고 의심한다면, 지금 벌인 일들은 그 흉수에게 소식을 전하기 위함이 틀림없네."

소평장은 눈을 가늘게 뜨고 천천히 말을 이었다.

"그는 세상에 대적할 자가 없는 천하제일의 고수일세. 숙비의 복수를 위해 왔다면 무고한 사람이 죽어도 눈 하나 깜짝하지 않을 거야."

소평정이 말뜻을 알아듣고 무릎을 탁 쳤다.

"맞아요! 내정사가 조사를 나섰을 때는 입만 꾹 다물면 만사형통이었지만, 말이 안 통하고 복수심에 불타는 사람 앞에서는……."

그는 깃털 같은 두 눈썹을 치키며 눈동자를 환히 빛냈다.

"숙비마마의 죽음에 정말 무슨 내막이 있다면 지금쯤 그 누군가는 놀라서 허둥거리고 있겠군요."

이 금릉성에 동해에서 온 손님 때문에 놀라 허둥거리는 사람이 또 있는지는 알 수 없지만, 적어도 구중궁궐에 있는 순 황후는 완전히 혼란에 빠져 마음을 추스르지 못했다.

"어제 동해에서 온 국서에 숙비의 추모제를 지내달라는 청이 있었다지요? 오라버님은 그토록 어마어마한 일을 어째서 즉각 본 궁에게 알리지 않으셨습니까!"

"마마, 우 숙비는 세상을 뜬 지 오래입니다. 그 모국에서 사람이 찾아와 추모제를 지내는 것이 무슨 큰일이라고 이토록 긴장하십니까?"

이상하게 생각한 순백수는 주위에 시중드는 사람이 소영 혼자인 것을 보자 마음 놓고 물었다.

"묵치후가 경성에서 흉악한 짓을 하고 있으니 의당 폐하께서 용납지 않으실 것입니다. 그자가 이 금릉성에서 함부로 사람을 죽인

다 해도 그 누이동생이 난산으로 죽었다는 사실은 변치 않지요, 아니 그렇습니까?"

순 황후는 창백해진 얼굴로 멍하니 앉아 있을 뿐 한동안 대답이 없었다. 순백수는 눈썹을 찌푸리며 한 걸음 다가서며 그런 그녀를 똑바로 보았다.

"마마와 신은 한 배에서 태어난 친혈육이니 털어놓지 못할 말도 없지요. 꼬박 7년이 지난 케케묵은 옛일이 무슨 풍파를 일으킬 수 있겠습니까?"

그를 똑바로 마주 보는 순 황후의 눈동자에 눈물이 어렸다.

"오라버님까지…… 오라버님까지 나를 그런 사람으로 생각하십니까?"

"소신이 어찌 생각하는지는 중요하지 않습니다. 중요한 것은 사실이……."

"사실이 무엇인지가 중요하다고요?"

순 황후는 갑자기 흥분하여 목소리를 높였다.

"폐하께서 숙비를 더 총애하시어 원망스럽기는 했으나 견딜 만했습니다. 나는 그저 훗날…… 훗날 폐하께서 우리 원시보다 숙비의 아이를 더 마음에 들어하실까봐 걱정했을 뿐이에요. 아무렇지도 않았다거나 그 여인 때문에 애태운 적이 없다고 말하면 거짓이겠지요. 하지만 그녀의 죽음은…… 본 궁은 결코 아무것도 하지 않았습니다, 결코……."

순백수는 겨우 안심이 되어 황후를 위로했다.

"그저 문득 생각이 나서 여쭌 것뿐입니다. 마음을 먹는 것과 실제로 준비하여 손을 쓰는 일은 완전히 다르지요. 마마께서 아무 일도 하지 않으셨다면 어찌하여 그리 근심하십니까?"

순 황후는 날카롭게 냉소를 터뜨리며 슬픈 눈빛을 지었다.

"어찌 근심을 하느냐고요? 의심을 받고 있으면서도 변명할 길조차 없다는 것이 얼마나 무시무시한 일인지 모르십니까?"

이 무력하고 서글픈 한마디와 함께 순 황후의 눈에서 눈물이 왈칵 쏟아졌다. 숙비와 그 뱃속 아이가 한꺼번에 목숨을 잃었을 때 천자의 분노가 얼마나 컸는지 그녀보다 더 잘 아는 사람은 없었다. 성지를 받들어 조사를 시작한 녕왕과 내정사는 겉으로는 특정인을 지목하지 않고 육궁의 비빈들을 모두 탐문했지만, 모두가 정양궁을 가장 의심한다는 사실은 순 황후도 잘 알고 있었다.

사람의 마음이란 때로는 이렇게도 이상했다. 정말로 연루되었다면 당당하게 조사에 응할 수 있었겠지만, 분명 아무 일도 하지 않았는데 도리어 황제의 어두운 눈빛 앞에서 몸이 움츠러들었다.

소흠은 박정한 사람이 아니었다. 녕왕이 실질적인 증거를 찾아내지 못하자, 그는 의심만으로 판단하지 않고 숙비가 난산으로 죽었다는 결론을 받아들였다. 그 사건이 벌어졌을 때 황제는 시종일관 황후에게 아무 말도 하지 않았다. 책망하거나 곤란하게 만들지도 않았고, 암시를 담은 말로 자극한 적도 없었다. 하지만 여자의 육감은 이따금씩 자신을 바라보는 소흠의 아득한 눈빛을 통해 속으로 무슨 생각을 하는지 분명하게 느꼈다.

"폐하께서는 본 궁의 부군이시나 그간 의심을 완전히 거두지는 않으셨습니다. 하물며 묵치후가 복수를 하러 찾아왔으니 그자 역시 본 궁을 흉수로 단정하고 있을 겁니다."

순 황후는 탁자에 놓인 금잔을 낚아채어 계단 쪽으로 힘껏 내던졌다.

“숙비! 숙비! 죽은 지 몇 년이 지났는데 어째서 아직도 이 궁궐 안을 맴돌고 있느냐!”

순백수가 허둥지둥 다가가 초조한 목소리로 위로했다.

“마마, 이러지 마십시오. 태자를 생각하셔서라도 때가 되기도 전에 이리 흐트러지시면 안 됩니다. 묵치후가 천지를 뒤집어놓을 힘이 있다 한들, 설마하니 이 구중궁궐의 내원까지 쳐들어오기야 하겠습니까?”

멍하니 그를 바라보던 순 황후는 가슴 한구석이 서늘해지고 얼굴에서도 핏기가 싹 가셨다.

저변에 이는 파도

—

19

—

방대한 도성 안 이곳저곳에서 살인 사건이 벌어진 것이 사소한 일이라 할 수는 없지만, 구경꾼들이 몰려들망정 일반 백성들이 혼란에 빠질 정도는 아니었다. 다음 날은 상원절(上元節)이라 휘황찬란한 등불이 성안을 환히 밝혔고, 거리는 등 구경을 나온 사람들로 발 디딜 틈 없이 북적이고 시끌시끌해졌다. 또다시 밤새워 즐기는 날이 찾아온 것이다.

백성들 대부분이 중심가로 등을 구경하러 나간 바람에 민가만으로 이루어진 골목들은 쥐 죽은 듯 고요했다. 인적 없는 텅 빈 골목에는 서리와 이슬에 뒤덮인 새까만 기와지붕만 짙푸른 하늘에 떠오른 둥그런 보름달에 반짝반짝 빛을 낼 뿐이었다.

사람 그림자 하나가 달빛을 밟으며 다가와 텅 빈 골목 깊숙한 곳에 자리한 문 하나짜리 조그마한 뜰로 소리 없이 들어섰다. 뜰에는 2층짜리 나무 누각이 서 있었는데, 대충 닫아놓은 문틈으로 희미한 불빛이 새어나왔다. 나타난 사람은 문밖에 잠시 멈췄다가 살짝 손을 휘둘렀다.

반쯤 닫혔던 문이 안으로 활짝 열리고 벽 높이 걸린 등불 밑에 또 다른 사람이 모습을 드러냈다. 새까만 학창의를 걸치고 입가에 미소를 머금은 그는 다름 아닌 건천원의 복양영이었다. 나무로 만든 문이 열리자마자 복양영이 몸을 돌리며 문 쪽을 향해 예를 갖췄다.

"내내 이곳에서 기다렸는데 드디어 오셨군요, 후 나리."

안으로 들어선 사람은 야윈 몸을 한 남자로, 눈썹이 가늘고 길며 피부는 창백하고 몸놀림이 무척 가벼워 보였다. 하지만 새까만 구레나룻 군데군데 흰 터럭이 섞여 있어 한눈에 진짜 나이를 가늠하기는 쉽지 않았다. 다만, 조금이나마 견식이 있는 사람이라면 허리춤에 찬 새까만 검만 보아도 그의 신분을 짐작할 수 있었다.

"이 복양영, 천하제일 고수의 풍채를 직접 대할 기회를 얻어 실로 행운입니다."

복양영은 예를 끝내고 일어나 봄바람처럼 환하게 웃었다.

묵치후는 그를 아래위로 훑어보며 냉랭하게 물었다.

"내 누이동생이 대량의 궁궐에서 억울하게 죽었다는 서신을 보낸 자가 바로 네놈이냐?"

복양영의 얼굴에 떠오른 웃음이 더욱 환해졌고 입에서는 간단한 대답이 흘러나왔다.

"그렇습니다."

새까만 빛이 번쩍하더니 묵치후의 검이 검집에서 쑥 뽑혀나와 복양영을 기둥 쪽으로 몰아붙였다.

"오냐, 결국 모습을 드러낼 줄 알고 있었다. 말해라. 네놈은 대관절 그 사건과 무슨 연관이 있느냐? 꼬박 7년이 지난 지금에야 내게 서신을 보낼 생각을 한 이유는 또 무엇이냐?"

복양영은 자칫하면 목숨을 잃을 상황이었지만 두려워하기는커녕 여전히 웃음 띤 얼굴로 말했다.

"제 목적이 무엇인지는 중요하지도 않고 나리께서 관심을 보이실 일도 아닙니다. 나리께 가장 중요한 것은 그 서신에 적힌 내용의 사실 여부겠지요, 그렇지 않습니까?"

묵치후는 부인하지 않고 눈을 가늘게 뜨며 말했다.

"그렇다, 내가 금릉으로 오기로 결심한 것은 네가 보낸 편지에 적힌 이야기가 날조한 것 같지 않았기 때문이다. 하지만 너는 진짜 흉수가 누구인지 명확하게 지목하지 않았다."

"안심하시지요. 나리께는 언젠가 모두 말씀드릴 터, 결코 뜸을 들일 생각은 없으니까요. 다만 나리께서 친히 조사를 하시는 것이 제 입으로 그 이름을 말하는 것보다 훨씬 나으리라 생각했을 뿐입니다."

그 말은 사실이었다. 밀서를 받고 금릉성으로 오기 전만 해도 묵치후는 반신반의했지만, 남몰래 조사해본 지금은 자꾸만 의혹이 깊어져 누이동생의 죽음이 단순하지 않다는 사실을 믿기 시작한 것이다. 하지만 숙비는 궁궐에서 죽었고 그 일에 관계된 자들 역시 대부분 궁궐 안에 있었다. 궁궐 밖에 있던 사람들은 어젯밤 깨끗이 죽여 없앴지만 여전히 실마리를 얻지 못했으니, 조사를 계속하려면 반드시 궁궐에 침입해야만 했다. 하지만 누구나 알다시피 궁성의 삼엄한 경비는 일반적인 성에 비할 바가 아니었으니, 그와 같은 절정의 고수라 해도 내키는 대로 드나들거나 경솔하게 굴 수는 없었다.

"나리께서는 황족이시니 후궁이 어떤 곳인지 잘 아시겠지요. 은혜와 원한이 복잡하게 얽힌 곳인 만큼 혐의가 있는 자도 당연히 한 명만은 아닐 겁니다. 하지만 아무래도 이곳은 대량의 수도이니 천하제일 고수인 나리시라도 언제까지나 숨어 계실 수는 없겠지요."

복양영은 가슴을 겨눈 흑수정검을 흘끔거리며 히죽히죽 웃었다.

"시간이 많지 않습니다. 기회는 그보다 더 적지요. 나리께서도 마지막으로 움직이기 전에 정확한 목표를 찾고 싶으시겠지요?"

묵치후는 한참 동안 그를 살피다가 검 끝을 천천히 움직여 그의 가슴팍을 눌렀다.

"그렇다. 대량의 궁성에 침입하는 일은 아무리 나라도 안전을 장담할 수 없다. 그래서 오늘밤 너를 만난 것이 제법 기쁘구나. 네가 밀서를 보냈으니 너는 이미 답을 알고 있을 터, 다른 사람들에게 아무리 캐물어도 너 하나 심문하는 것만 못하겠지, 아니냐?"

복양영이 길게 한숨을 내쉬며 유감스런 목소리로 말했다.

"나리의 누이분께서는 타국으로 시집와서 구중궁궐에서 아무런 보호도 받지 못하고 외로이 살다가 결국 두 목숨을 한꺼번에 잃는 억울하고 처량한 최후를 맞이하셨지요. 나리, 그분께 악독한 짓을 한 사람 역시 벌을 받아 마땅하나, 대량의 황실에도 똑같이 갚아주어야 하지 않겠습니까?"

묵치후는 이 갑작스런 화제 전환에 당황한 눈치였다.

"무슨 뜻이냐?"

"제가 나리를 위해 절묘한 계책을 세워두었습니다. 숙비마마의 억울한 원한을 갚아드리는 것은 물론, 훗날 나리께서 웅지를 펼치는 데도 도움이 되는 일이지요. 한번 들어보고 싶지 않으십니까?"

마치 묵치후의 심장을 힘껏 두드려대는 듯한 한마디였다. 별안간 묵치후가 눈빛을 가라앉히고 더욱 매서운 목소리로 되물었다.

"나의 웅지라니?"

"설마, 나리께서 천 리 길을 마다 않고 금릉성까지 오신 까닭이 단순히 7년 전 세상을 떠난 누이동생 때문이라는 말씀은 아니겠지요?"

복양영은 눈꼬리를 추켜올리며 천하제일 고수를 바라보았다.

"오신 김에 이 대량 경성의 중심부에 손을 써볼 만한 가치가 있는지 확인해보고 싶지 않으십니까?"

묵치후는 한참 동안 복양영의 눈동자를 살피다가 천천히 흑수정검을 거뒀다.

"네가 어떤 자인지, 대량의 경성에서 어떤 위치에 있는지는 들었다. 한데 나를 위해 이런 계략을 꾸미는 게 네게 무슨 이득이냐?"

복양영은 즉각 합장을 하며 기다렸다는 표정으로 대답했다.

"나리께서 말씀을 꺼내셨으니 사양 않고 말씀드리지요. 나리를 흉수가 있는 곳으로 모시기 전에 소소하게 도움을 청할 일이 있습니다."

"어떤 일이냐?"

"오늘은 명절이라 성 전체가 기쁨에 빠져 있으니 일찍 잠들기는 참 아쉽지요."

복양영의 목소리가 약간 차가워졌다.

"나리께서 피곤하시지 않다면 장림왕부에 다녀와주실 수 있겠습니까?"

묵치후는 두 눈썹을 치켜세웠다.

"장림왕부?"

"좀 더 정확히 말하면 장림세자가 묵는 동쪽 원락이지요."

복양영은 변함없는 묵치후의 표정을 보자 이 짧은 말로는 부족하다는 것을 깨닫고 웃으면서 설명하기 시작했다.

"솔직히 말씀드리면, 제가 이 금릉성에서 몇 년을 지낸 것은 저만의 계획이 있기 때문입니다. 그 계획에서 장림왕부는 크나큰 걸림돌이지요. 장림왕은 이미 나이를 먹었고, 이제 그 왕부를 지탱하는 기둥이 세자라는 사실은 점점 많은 사람이 알아차리고 있습니다. 물론 몹시 중대한 문제이니 감히 나리께 그를 처치해달라 부탁드릴 수야 없지요. 그저 천하제일 고수의 절륜한 무공으로 소평장 곁에 있는 호위들을 시험해달라 말씀드리는 겁니다. 나리께서도 그에게 접근하기가 힘드시다면 그자를 처치할 마음을 접고 다른 방법을 모색해봐야겠지요."

장림왕부가 금릉성에서 차지하는 위치로 보아 천하제일이라는 묵치후도 함부로 원한을 맺을 상대는 아니었다. 하지만 단순히 상황을 살펴보는 정도라면 그리 심각할 것도 없었다. 어젯밤에 그가 핍박하여 죽인 여섯 사람은 하나같이 숙비는 분명히 난산으로 죽었다고 입을 모았다. 의심은 있지만 그 의심을 풀 실마리는 없고 타국의 경성에 오래 머물 수도 없으니, 아무리 생각해도 복양영과 손을 잡는 것이 빠르게 목적을 이룰 최선의 방도였다.

"내가 장림왕부의 상황을 살펴봐준다면 당시에 있었던 일들을 하나도 빠짐없이 알려주겠느냐?"

복양영은 공손하게 허리를 굽히며 미소를 지었다.

"나리의 흑수정검 앞에서 누가 감히 빈말을 하겠습니까?"

선달 그믐날 소평장이 주 집사의 부담을 덜어주라고 말한 뒤로, 동청은 곧 장림왕부 동쪽 원락을 관리하는 일을 이어받았다. 꼼꼼하게 살피고 적절한 판단을 내리는 점에 있어서는 늙은 집사에 비해 한참 부족했지만, 야간 경비 계획은 누구보다 철저해서 몽천설마저 동청은 금군에 들어가야 한다고 농을 할 정도였다.

장림왕부도 상원절 분위기에 맞춰 회랑 처마 밑에 오색등을 줄줄이 걸어놓아 제법 풍치가 있었지만, 눈부신 등불과 화려한 폭죽으로 물든 주작대가에 비할 정도는 아니었다. 몽천설은 천성적으로 왁자한 것을 좋아하여 매년 등 구경을 나갔는데, 올해는 몸이 성치 않은 부군이 피로할까봐 이경을 알리는 경고가 울리자 피곤하다며 왕부로 돌아갔다.

동쪽 원락에는 차와 간식, 따뜻한 물이 준비되어 있었다. 소평장은 씻고 옷을 갈아입은 뒤 침상 머리맡에 기대어 등불 아래에서 기다란 머리채를 빗질하는 몽천설을 바라보았다. 그녀의 앵두 같은 입술과 발그레 홍조 띤 뺨을 보자 그는 문득 생각난 듯 물었다.

"임 낭자가 여러 차례 침술을 베풀어주었는데 느낌이 어떻소?"

그 물음에 몽천설은 얼굴을 찡그렸다.

"동생이 침을 놓을 때마다 정신 바짝 차리고 집중했지만, 아무리 자세히 살펴도 어디가 다른지 전혀 모르겠어요."

소평장은 웃음을 금치 못했다.

"당신 스스로 모르겠으면 임 낭자의 안색이라도 살펴보지 그랬어. 무슨 조짐이라도 있으면 안색이 훨씬 좋아졌을 테니."

몽천설은 열심히 고개를 끄덕이며 침상 가까이 다가와 앉았다.

"나도 그렇게 생각했죠! 하지만 당신은 몰라요. 동생은 시종일

관 눈썹 하나 까딱하지 않는다고요. 그렇게 젊은 낭자가 어쩜 그리도 수양이 깊은지……."

이렇게 말하던 그녀가 갑자기 말을 멈추고 눈빛을 번쩍이며 창밖을 홱 돌아보았다.

"왜 그래?"

소평장이 입을 열기 무섭게 그녀가 그를 침상으로 밀어붙이고는 몸을 날려 벽에 걸린 무기 시렁에서 보검을 꺼내 검집에서 뽑았다.

그와 동시에 뜰 밖에서 동청의 외침이 들려왔다.

"누구냐? 감히 한밤중에 장림왕부에 침입하다니!"

몽천설은 검 끝으로 탁자에 놓인 찻잔을 낚아챈 뒤 홱 던져서 창문을 열어젖히고 밖을 내다보았다. 바깥뜰 북쪽 담장 위에 검은 그림자가 번뜩이고 동청이 호위병들을 이끌고 뒤쫓는 것이 보였다. 담장 위를 질주하는 검은 그림자의 속도만으로도 몽천설은 그가 고수라는 사실을 알아차렸다. 때문에 더욱더 부군의 곁을 비우지 못하고 보검을 든 채 잔뜩 경계를 돋워 침상 앞을 지켰다.

아직 잠들지 않은 소평정도 동쪽 원락의 소란을 듣고 달려왔다가 때마침 침입자와 딱 마주쳤다. 두 사람은 전광석화처럼 수차례 초식을 주고받았다. 묵치후는 여유롭게 그의 공격을 받아냈지만 오래 머물 생각이 없었기에 곧 검을 힘껏 휘둘러 상대를 한 발 물러나게 한 다음 침착하게 그곳에서 벗어났다. 소평정은 왕부 바깥까지 바짝 뒤쫓았지만 끝내 놓치고 말았다.

동청이 호위병들과 함께 횃불을 들고 쫓아나왔으나 왕부 바깥거리에는 소평정 혼자 분통이 터지는 듯 발을 구르고 있었다.

"아니, 대체…… 누굴까요?"

동청이 어둡게 가라앉은 주위를 휘휘 둘러보며 놀란 얼굴로 물었다.

"바깥에 배치한 방어선 둘을 무너뜨리고 소리도 없이 동쪽 원락까지 들어온 것도 모자라, 둘째 공자까지 따돌리다니……."

소평정의 얼굴에는 노기가 그득했다.

"누구긴 누구겠어? 당연히 묵치후지!"

동청은 까무러칠 듯 놀라 다급히 물었다.

"인마를 좀 더 불러 모아 주변을 수색할까요?"

"됐어. 왕부의 안전이 가장 중요하니 오늘밤은 순찰을 두 배로 늘리도록 해."

소평정은 그렇게 분부하고 잠시 생각하다가 다시 말했다.

"묵치후는 동쪽 원락을 노린 것이 분명해. 형님이 계신 곳이니 내가 직접 지켜야겠어."

그의 이런 결정에 다른 사람들은 몰라도 몽천설은 몹시 긴장했다. 즉시 침의를 벗고 갑옷을 걸친 뒤 소평정과 함께 앞뜰과 침상 머리맡을 나누어 지키는 품이 밤새 경비를 설 기세였다.

그런 두 사람에 비해 소평장은 훨씬 담담했다. 그는 침상 가장자리에 기댄 채 쓴웃음을 지으며 말했다.

"평정은 그렇다 치고 당신까지…… 정말 이렇게까지 해야겠어?"

몽천설이 눈썹을 추켜올렸다.

"평정 말대로 조심해서 나쁠 것은 없잖아요. 나는 몽씨 집안 사람이라고요. 당신을 호위하는 일에 나만 한 사람도 없을걸요?"

이렇게 말하는 동안 그녀는 잔뜩 흥분한 표정을 지었다.

"묵치후가 오기만 해봐요. 평정더러 여길 지키게 하고 내가 나가서 싸울 테니까. 천하제일 고수가 무슨 대수라고? 우리 작은할아버지도 천하제일 고수였다고요!"

소평장은 그만 폭소를 터뜨리고 말았다.

"마나님께서 꿈도 야무지시군. 그만하고 편히 잠이나 자자. 묵치후는 오늘밤은 물론이고 앞으로 며칠이 지나도 다시는 오지 않을 거야, 내기해도 좋아."

하지만 몽천설은 인정하기 싫었다.

"당신이 어떻게 알아요?"

소평장은 두 눈을 가늘게 뜨고 대답했다.

"발각되자마자 떠난 것은 싸울 마음이 전혀 없다는 뜻이야. 아마 단순히 이곳의 방비를 시험해보러 왔을 것이고, 이미 목적을 이뤘을 거야."

장림세자의 예상대로 묵치후가 사라진 후 날이 밝도록 왕부에는 아무 일도 일어나지 않았다. 소평정과 몽천설은 밤낮으로 경비를 서겠다고 고집을 피웠고 덕분에 소평장은 편히 잠을 잘 수가 없었다. 별수 없이 눈을 감고 이런저런 생각을 하는데, 몽롱하게 잠들기 직전에 좋은 생각이 떠올랐다.

"숙비의 죽음에 대해 재조사를 하겠다고?"

소정생은 찬성하지 않는 기색으로 눈을 찌푸렸다.

"당시 폐하께서 어명을 내려 철저히 조사하게 하셨고, 연루된 이들이 수차례나 내정사에 불려가 심문을 받았다. 비잔과 평정을 시켜 다시 한 번 심문한다 해도 더 많은 것을 알아낸다는 법도 없지 않으냐?"

"옳으신 말씀입니다."

소평장은 먼저 이렇게 대답한 뒤 설명을 덧붙였다.

"묵치후가 7년 만에 금릉성에 온 데에는 반드시 그만한 계기가 있었을 것입니다. 그자는 모습을 감추고 있고 무공 또한 절륜합니다. 그자가 움직이기를 기다렸다가 따라 움직이기에는 너무도 위험합니다. 이제 궁 밖에 있던 사람들은 모두 그자 손에 죽음을 당했고, 궁궐에 침입하기는 쉬운 일이 아닙니다. 그러니 그 틈에 우리가 위세를 빌려 관련자들을 다시 한 번 심문하면 묵치후의 최종 목표를 한 발 앞서 알아낼 수 있고 그리되면 기선을 제압할 수 있습니다. 설령 아무것도 알아내지 못하더라도 크게 잃는 것도 없지 않겠습니까?"

언제나 장남을 믿어온 소정생은 그 말에 일리가 있다고 생각하자 더는 간섭하지 않고 모두 맡겼다.

소평장은 주도면밀한 사람이기에 후궁의 일을 조사하는 것은 당연히 순비잔에게 맡기기로 하고 아우에게 몇 마디 당부한 뒤 금위영으로 보냈다.

묵치후가 한밤중에 장림왕부에 침입했다는 소식은 이미 순비잔에게도 전해진 뒤였다. 몹시 걱정이 된 그는 소평정을 보자마자 물었다.

"어젯밤 왕부에 소란이 있었다지? 네 형님과 형수님은 괜찮은 거냐?"

질문을 하자마자 장림왕도 있는데 손아랫사람의 안부를 먼저 묻는 것은 예의가 아니라는 생각이 들어 그는 황급히 덧붙였다.

"원숙이 있으니 안채야 별일 없었을 것이고……."

둔감한 소평정은 별생각 없이 대답하고 형의 계획을 전했다.

묵치후가 어젯밤 장림왕부에 침입했다면 오늘밤 궁궐에 침입하지 않으리라는 보장이 없기 때문에, 궁궐 호위라는 중책을 짊어진 순비잔은 그 누구보다 어깨가 무거웠다. 묵치후의 움직임을 예측할 방법이 있다면 무엇이든 시도해보고 싶던 그는 곧장 소평장의 계획을 수행하러 갔다. 순비잔은 오랫동안 궁성을 지켜왔고 황후의 친조카이기도 하여, 한 시진도 못 되어 내정사에서 그 옛날의 사건 조사서를 얻어 관련자들을 모조리 남쪽 정원 밖 편전에 불러 모아 소평정과 함께 일일이 심문했다.

소평정은 아침을 먹자마자 금위영으로 달려갔으니 때는 아직 진시(辰時, 오전 7~9시) 초였는데, 요주의 인물 20여 명의 조사가 끝났을 때쯤 어느새 해가 서쪽으로 뉘엿뉘엿 기울고 있었다. 혈기왕성한 그도 다소 피로를 느꼈다.

"폐하께서 왜 의심을 하셨는지 알 것 같아요. 들어보면 아무 문제 없는 것 같지만 느낌이 뭔가 이상하거든요."

소평정은 얼굴을 만지작거리며 어질러진 진술서를 그러모았다. 서쪽 창살이 바닥에 드리운 그림자를 넋 놓고 쳐다보는 순비잔의 표정은 몹시 낙담해 있었다.

태의원의 기록을 보면, 우 숙비는 회임을 하고 출산하기까지 사흘에 한 번 진맥을 받았지만 이상이 없었고 몸도 건강했다. 매일 먹는 식사와 보약도 꼼꼼히 살펴 한 치도 소홀함이 없었고, 출산 당일 가까이에서 시중들던 사람들 역시 실수 없이 적절하고 세심하게 보살폈다. 그런데도 갑자기 출혈이 발생하여 반 시진도 못 되어 세상을 떠나고 만 것이다. 그때의 소흠과 지금의 묵치후가 난산으로 죽었다는 사실을 받아들이지 못하는 근거 또한 이 예상치 못한 반전 때문이었다.

"하지만 아이를 낳는 일은 본래 백이면 백 안전을 장담할 수 없지 않느냐?"

순비잔은 머리를 긁적이며 말했지만 심사가 복잡했다.

"아무리 캐물어도 그날은 아무 문제가 없었다. 폐하께서도 문책할 사람을 찾아내지 못하셨는데 묵치후가 무슨 수로 밝혀낸단 말이냐?"

두 사람은 한참 서로를 바라보았지만 아무런 실마리도 찾아내지 못했다. 순비잔은 양거전에서 당직을 서야 했기에, 소평정은 하릴없이 문서들을 모아 형에게 보여주기 위해 왕부로 돌아갔다.

그날은 마침 몽천설이 침술을 받는 날이었다. 소평정이 대문으로 들어서기 무섭게 임해가 진료상자를 들고 동쪽 원락에서 나오는 것이 보였다. 그는 황급히 그녀에게 잠시 이야기하자는 눈짓을 보냈다.

"마침 묻고 싶은 것이 있었소."

소평정은 진료상자가 무거울까봐 대신 들어주면서 소리 죽여 물었다.

"형수님에게 그런 짓을 한 자를 찾아내지 못해 마음이 좋지가 않소. 동해주교는 몹시 얻기 힘든 약재라고 했으니 분명히 아무나 손에 넣지는 못할 거요. 그러니까 거기서부터 조사를 하면 찾을 길이 있지 않겠소?"

임해는 잠시 생각하다가 고개를 저었다.

“동해주교는 약성이 무척 강해 열병에 효과가 아주 좋아요. 그렇기 때문에 그곳 사람들은 늘 주교를 채집하여 북연과 대량, 대유, 남초 등 각국 상인들에게 팔아넘겨 없는 곳이 없어요. 얻기 어렵다는 말은 생산량이 적어 가격이 몹시 비싸다는 뜻이지, 언제 어디서 누가 무엇에 썼는지 알아낼 정도는 아니에요. 구매한 사람이 재력가라는 것은 미루어 짐작할 수 있지만 구체적으로 누구인지 알기는 어려울 거예요.”

이렇게 말한 그녀는 문득 무슨 생각이 났는지 덧붙였다.

“참, 세자께서 동해주교가 여자에게만 효용이 있는지 물은 적이 있었지요.”

소평정은 무슨 뜻인지 몰라 어리둥절했다.

“그게 무슨?”

임해가 설명했다.

“이런 유의 해로운 약재는 남녀를 가리지 않아요. 저는 그저 단순한 걱정인 줄 알고 세자를 진맥해드렸지만 아무 문제도 없었지요. 하지만 이제 와서 생각해보니 아무래도…….”

소평정의 시선이 잠깐 굳었다가 순식간에 환해졌다.

“맞아! 남들은 형수님이 아이를 갖지 못하면 형님도 언젠가 첩을 맞아들이실 거라고 생각할 거요. 그자가 형님의 후사를 끊을 계획이었다면 형수님에게만 손을 쓰고 형님을 내버려두면 그 목적을 이루지 못할 게 뻔하오. 다만…….”

그는 눈을 찡그리며 입을 다물었지만 입 밖으로 내지 않아도 의미는 분명했다. 장림세자 부부가 서로를 매우 아끼고, 소평장이 결코 첩을 들일 리 없다는 속사정을 알려면 적어도 왕부와 무척 가까운 사람이어야 했다.

임해는 창백해지는 그의 얼굴을 보며 가볍게 한숨을 쉬었다.

"남들에게 공격받고, 속고, 배신당하는 것도 끔찍하지만 그보다 더 끔찍한 것은 믿었던 사람에게 의심을 품게 되는 것이지요. 제 생각에는 세자께서 공자에게 그 이야기를 꺼내지 않은 까닭도 그 때문일 거예요."

소평정은 마음이 어지러워 이리저리 왔다갔다하다가 관자놀이를 꾹꾹 누르며 힘껏 고개를 저었다.

"노각주는 입만 열면 사람 마음은 알 수 없는 것이라 했고, 나 또한 얼굴은 알아도 마음은 모른다는 말이 뭔지 알고는 있소. 하지만 친구나 가까운 사람이 그렇게 악독한 짓을 했다고는 도저히 믿을 수가 없소. 잘 생각해보면 진상은 오히려 완전히 반대일 수도 있소."

임해는 다소 의아한 표정을 지었다.

"완전히 반대라니요?"

"그 흉수는 장림왕부와 전혀 교류가 없는 사람일 수도 있소. 운이 좋아서 형수님을 해칠 기회는 얻었지만, 형님에게까지 손을 쓰려니 접근할 방법이 없었던 거요. 하지 않은 게 아니라 못한 거지!"

임해도 자연스럽게 그쪽으로 생각을 돌렸다.

"분합에는 손을 쓸 수 있지만 세자에게는 접근할 수 없다…… 그렇다면 귀한 집안의 부녀자란 말인가요?"

적절한 추리였기에 소평정은 눈을 빛내며 머리를 굴리기 시작했다. 하지만 경성에는 귀한 가문이 구름처럼 많고 그 은원 또한 복잡하게 얽혀 있기에 턱을 괴고 한참 동안 고민했지만 구체적으로 의심스런 사람을 찾아내기는 힘들었다.

그때 바깥뜰에 있던 마부가 손님이 너무 오랫동안 소식이 없자 기다리다 못해 중문 안으로 고개를 들이밀었다. 돌아보니 날이 어두워져 임해 역시 더는 머물기가 불편했다.

"시간이 늦었으니 가봐야겠어요. 천천히 생각해보세요."

소평정도 정신을 차리고 진료상자를 든 채 임해와 함께 샛문으로 나가 마차에 오르도록 부축해주었다. 가리개가 내려가는 순간, 임해가 멈칫하더니 손바닥을 그의 팔에 살짝 갖다 대고 한동안 우물거리다가 겨우 속삭였다.

"묵치후의 이야기를 들었어요. 부디…… 조심하세요."

알고 지낸 지 반년째, 대강이나마 그녀의 성품을 알게 된 소평정은 백옥같이 하얀 그녀의 두 뺨이 발그레해지자 우스개를 할 때가 아닌 것을 알아차리고 진지하게 고개를 끄덕이며 입술 끝을 삐죽 올렸다.

"알겠소."

임해를 보낸 뒤 소평정은 동쪽 원락의 집사를 찾아 형의 행방을 확인한 뒤 곧바로 서재로 달려갔다.

평소 밝은 것을 좋아하는 소평장은 서재 사방에 큰 창을 달아놓아 황혼녘인데도 아직 빛이 환했다. 비스듬히 새어든 금빛 찬란한 석양이 책상과 책상 뒤에서 깜빡 잠든 사람을 비추자 서재 안은 유난히도 평온해 보여 소평정은 저도 모르게 발소리를 죽였다.

휴양 중인데도 마음 편히 쉬지 못하는 형의 모습에 소평정은 처음으로 그 수고를 대신해주지 못해 괴로웠다. 그는 불편한 마음을 안고 들어가 가져온 책문갑을 책상에 내려놓으며 말했다.

"태의원의 기록과 7년 전 진술서, 그리고 오늘 다시 심문한 내용…… 여기 다 있어요."

소평장이 고개를 들고 아우를 흘낏 보았다.

"표정을 보니 소득이 없었나보구나. 쉽지 않은 일이라는 것을 알고 있었을 텐데 무엇 때문에 그렇게 울적해하느냐? 네 형수는 네가 고생이 많았을 거라고 주방으로 나갔다. 차라도 마시고 있으면 곧 맛있는 것이 올 거야."

그는 이렇게 말하며 책문갑을 열고 진술서를 읽기 시작했다.

황제의 후비가 회임하고 죽은 일은 큰 사건인 만큼 그 기록은 책문갑 하나에 담을 수 있는 양이 아니었지만, 소평정이 쓸모 있어 보이는 것만 골라 가져왔기 때문에 총 50장에서 60장 정도에 불과하여 속독에 능한 소평장은 반 시진도 못 되어 모두 읽었다.

"다른 문서는 가져오지 않았지만 내용은 대강 기억하고 있어요. 물어볼 것이라도 있으세요, 형님?"

형이 책문갑을 덮는 것을 보자 소평정은 재빨리 창가 탁자에 놓인 마노 쟁반에서 과일 하나를 가져와 가까이에 앉았다.

"숙비의 궁에 있던 두 의녀는 출산 전 석 달 동안 밤낮없이 줄곧 숙비 곁을 지켰다고 했구나. 단 두 번, 숙비와 래양 태부인 자매가 이야기를 나눌 때만 빼고."

소평정은 과일을 오물거리며 고개를 끄덕였다.

"맞아요! 6월 열닷샛날에 한 번, 출산 이틀 전인 7월 스무사흗날에 한 번이요."

"래양 태부인의 진술서는?"

소평정은 우뚝 동작을 멈췄다가 입에 넣은 과일을 뱉어냈다. 소평장은 곧 상황을 파악하고 이마를 짚었다.

"아무도 정식으로 래양 태부인을 심문하지 않았구나?"

"그, 그분과 숙비는 동해에서 온 동족이고 황궁 사람도 아니잖아요. 자매간의 정을 빼놓고 보더라도 숙비가 죽으면 래양 태부인께는 손해면 손해지, 아무 이득도 없어요. 이치를 따져볼 때 혐의가 없으니 심문할 생각을 하지 않았던 게 아닐까요?"

소평장은 한동안 말없이 앉아 있다가 소매 속에서 동해주교가 담겨 있던 분합을 꺼내 책상에 내려놓았다.

"너와 나는 지금껏 이 분합이 어떻게 수차례에 걸친 검사를 통과해 정양궁에 들어갔는지 이상하게 생각했다."

소평정은 형이 갑자기 화제를 바꾼 이유를 알 수 없어 입을 벌리고 멍하니 쳐다보기만 했다.

"그건 정양궁에 전해진 분합에는 애초에 아무 문제가 없었기 때문이다. 모든 검사가 끝난 후 누군가가 똑같이 생긴 분합과 바꿔치기하여 우리 장림부에 하사했던 거야."

"하지만 형님도 사람을 불러 조사하셨잖아요. 이 분합은 다른 화장 도구들과 똑같은 재료, 똑같은 방법으로 만들었으니 분명 한 사람 손에서 나온……."

소평정은 말을 하다 말고 눈을 환하게 빛냈다.

"아, 알았어요. 겉모양이 똑같은 분합을 두 개 만들어 그 중 비밀 공간이 없는 것은 정양궁에 보내고 나머지는 나중에 바꿔치기할 사람에게 보낸 거군요. 그래서 그때 맨 말단에 있던 장인만 죽은 거예요."

소평장이 살짝 고개를 끄덕였다.

“이 일을 밝히기가 어렵던 것도 직접적으로 연루된 자가 단 두 명뿐이기 때문이지. 그 중 장인은 죽었고 남은 사람은 바꿔치기한 자뿐이다. 황후마마도 그렇게 생각하셨기 때문에 분합이 궁에 들어간 뒤 구경하러 왔던 사람들을 떠올리고 그 명단을 보내주셨다.”

그는 책상 위의 다른 문서 더미에서 종이 한 장을 뽑아내어 소평정에게 내밀었다.

“안타깝게도 구경한 사람이 너무 많아 황후마마나 내가 한참을 들여다보아도 혐의가 있을 만한 사람을 고를 수가 없었지.”

소평정은 종이를 받아 멍하니 훑어보았다.

“여기에도 래양 태부인이…… 역시 6월 열닷샛날, 외명부 여인들이 입궁하여 알현을 하는 날이군요.”

“같은 날 래양 태부인은 외명부 사람들과 함께 황후를 배알하고 분합을 구경한 뒤, 숙비의 부름을 받고 그 궁에 들러 회포를 풀었지. 이렇게 자주 등장하는데도 전혀 갑작스럽지 않았기 때문에 놓치고 있었던 거야.”

소평장은 눈을 찡그렸지만 눈빛은 여전히 차분했다.

“이 두 사건에 인과관계가 있다고 볼 수도 없고 이 정도로 혐의를 씌울 수도 없지만, 어찌되었든 한 번쯤 심문해볼 필요는 있지 않겠느냐?”

“당장 순 형님께 가서 알리고 내일 아침 일찍 래양부로 갈게요!”

성질 급한 소평정은 냅다 일어나 밖으로 달려가다가 도중에 홱 방향을 틀어 돌아왔다.

“형수님께 밥 남겨놓으라고 전해주세요!”

한밤의 변고

—

20

—

동해 사절단이 도성에 들어온 일은 조정의 기밀이 아니었고, 국빈 접대를 담당하는 홍려시(鴻臚寺)는 소식을 듣고 곧바로 준비를 시작했다. 황제는 묵치후의 위세를 빌려 진상을 밝혀내기 위해 그가 하룻밤 사이 여섯 명의 목숨을 앗아간 사건을 비밀에 부치지 않았다. 쉽게 찾아오지 않는 새로운 화젯거리가 나타나자 세간의 관심이 쏟아졌고 금세 유언비어가 나돌아 진짜인지 가짜인지 모를 온갖 기괴한 소문들이 퍼져나갔다.

효성스런 소원계는 머나먼 타국으로 시집온 어머니가 고국의 사절단을 반기리라 생각하고 일찌감치 홍려시를 찾아 동해 국서의 내용을 확인한 뒤 래양 태부인에게 낱낱이 들려주며 위로했다.

"국서에는 특별히 숙비마마를 추모해달라는 내용까지 있었어요. 세월이 한참 흘렀는데 동해국은 여전히 두 분을 기억하고 있다는 뜻이지요."

고국에 대한 그리움 탓일까, 래양 태부인은 소원계가 기대한 만큼 기뻐하거나 감동하지 않고 도리어 창백한 표정으로 어쩔 줄 몰라 하며 한동안 아무 말도 하지 않았다. 그 후 묵치후 사건이 들려오자 소원계는 어머니를 자극할까 두려워 이틀이 지나서야 겨우 말을 꺼냈다. 뜻밖에도 이번에는 어머니의 반응이 차분했다. 래양 태부인은 상세한 내용을 묻지도 않고 친척 오라버니와의 어린 시절 추억을 떠올리며 주절주절 이야기를 시작해 점심 먹을 때가 되어서야 겨우 끝냈다.

겨울날의 오후는 낮잠을 자기 좋은 때가 아니었지만, 그래도 잠시 쉬기는 해야 했기에 시녀들은 평소처럼 이부자리를 깔고 조용히 물러났다. 래양 태부인은 화장대 옆에 멍하니 앉아 있다가 거울을 씌운 덮개를 걷고 미모가 바랜 자신의 얼굴을 들여다보았다.

꽃가마를 타고 시집오던 그해, 천 리 길을 함께한 동해의 두 군주는 타국에서도 서로를 의지하며 아무것도 모르던 시절을 버텨냈고, 자매의 정은 고국에 있을 때보다 훨씬 깊어졌다. 하지만 정이 아무리 깊은들 무슨 소용일까? 일단 출가하고 나면 여자의 운명은 오로지 부군에게 달려 있었다. 숙비는 입만 열면 언니, 언니, 하고 따랐지만 결코 홀로 과부살이를 하는 고초와 원망을 이해하지 못했다.

"네가 총애를 독차지하는 후궁이었다고 질투한 적도 없는데 너는 도리어 나를 몰아붙이고 내 마음속 원한을 몰라주었지."

구리 거울 속 눈동자는 이미 청춘의 광채를 잃어 어두컴컴하고 당혹감에 젖어 있었다. 숙비의 금화궁(金華宮)에 꿇어앉아 간절히 애원하던 그날처럼. 그러나 옷깃을 흠뻑 적신 눈물도, 바닥에 찧어 퍼렇게 부은 이마도 숙비를 움직이지 못했다. 지금 이 순간까지도 래양 태부인은 그날 숙비가 한 말을 똑똑히 기억하고 있었다.

"나는 언니가 동해에서 무얼 가져왔는지도 알고, 황후궁에 손을 쓰신 것도 직접 봤어요. 그 자리에서 폭로하지 않은 것은 오로지 동족 자매의 정을 생각했기 때문이에요. 무릇 사람을 해치는 일에는 반드시 허점이 생기게 마련이에요. 그 일이 밝혀지면 폐하께서 우리 동해 여자들을 어떻게 보시겠어요? 열흘 말미를 줄 테니 어떻게든 그 물건을 되찾아오세요. 이 정도가 언니에게 베풀 수 있는 최대한의 배려예요."

최대한의 배려. 말이 좋아 배려지 결국 연루될까 두려운 것뿐이었다. 부군을 잃고 상복을 입은 채 산실에 누워 고통스럽게 울부짖으며 아이를 낳은 고통을, 그 괴로움을, 뼛속까지 스며들어 평생토록 잊을 수 없는 그 원한을, 귀하디귀한 황자를 회임한 숙비가 무슨 수로 이해할 수 있을까?

래양 태부인은 이를 악물며 화장대 비밀 공간에서 그날 건천원에서 받은 백신부적을 꺼내들고 일어나 신상을 넣어두는 감실 앞에 무릎 꿇고 기도를 올렸다.

복양 상사의 말마따나 조그마한 주교 덩어리 하나면 성가신 일이 모두 해결되었다. 궁 밖의 사람이니 이익으로 얽힌 것도 없었고, 숙비의 동족으로서 항상 사이좋게 지내왔으니 아무도 그녀를 주목하지 않았다. 의심하는 사람은 더더욱 없었다. 그녀는 여느 때처럼 아무도 눈길 주지 않는 어둠 속에 숨어 보잘것없고 가엾은 청상과부로 지내며 복수의 칼을 갈 수 있었다.

어마어마한 폭풍우를 넘기고 나자 오래전 지은 죄의 그늘은 어느덧 씻은 듯이 사라졌다. 장림왕부가 주교를 발견해도, 황후가 대대적인 조사를 시작해도, 그녀에게는 아무런 위협이 되지 못했다. 동해에서 보낸 국서에 묵치후의 이름이 나타나기 전까지는.

불빛이 활활 타오르고 누르스름한 부적은 구리 그릇 위에서 꿈틀거리며 타들어갔다. 래양 태부인은 손가락을 깨물어 새빨간 피를 불그레한 잔불 위로 떨어뜨렸다.

어머니의 침소 내실에서 무슨 일이 벌어지고 있는지 소원계는 전혀 알지 못했다. 여느 때처럼 할 일 없이 거닐다가 서재로 돌아가 책을 읽었더니 어느새 황혼녘이 되어 안채의 시녀가 와서 저녁 식사를 하러 오라는 말을 전했다.

래양후부는 식구가 단출하여 평소에는 각자 좋아하는 음식을 번갈아가며 식탁에 올리게 했고, 거창한 요리보다는 먹기 편하고 입에 맞는 음식 위주로 식사를 했다. 그런데 화청으로 나간 소원계는 곧 뭔가 다르다는 것을 깨달았다. 작고 네모진 식탁이 커다란 둥근 식탁으로 바뀌고 진수성찬이 가득한 가운데 래양 태부인이 손수 술을 데우고 있었던 것이다.

"오늘 저녁에 손님이라도 오세요? 제가 잊고 있었나보군요."

소원계는 빠른 걸음으로 어머니 곁에 다가갔다.

"어떤 손님이신데요?"

래양 태부인은 빙그레 웃으며 그를 자리에 앉혔다.

"손님은 무슨, 문득 생각해보니 다음 달이 네 생일이지 뭐니?"

소원계는 실소를 흘렸다.

"다음 달 생일을 오늘 챙기시게요? 이렇게 빨리 생일상을 치르는 법이 어디 있다고요?"

래양 태부인은 아들 옆에 앉아 젓가락으로 반찬을 집어주며 나지막이 말했다.

"네가 입만 열었다 하면 경성을 떠나 경험을 쌓을 수 있도록 일을 맡겨달라고 폐하께 부탁하겠다고 하니, 만에 하나 그렇게 되면 이 어미가 생일에 너를 못 볼 수도 있잖니?"

일 이야기가 나오자 소원계는 울적해졌다. 그는 이제 나이도 찼고 머리도 제법 총명했다. 비록 면전에 대고 이야기하는 사람은 없지만, 적출 황자인 아버지가 봉작도 없이 죽고 황릉에 묻히지도 못한 것은 필시 무슨 잘못을 저질러 선제의 사랑을 잃었기 때문이라는 것은 짐작할 수 있었다. 래양후라는 이품의 작위를 받고 먹을 걱정 입을 걱정 없이 어머니를 부양하며 살고 있으니 만족스럽지는 못하더라도 박정하다 원망할 수는 없지만, 그래도 뭔가 실질적인 일을 하고 싶다는 생각은 늘 있었다. 그러나 황권의 중심에서 멀어져 있는 자신이 그럴싸한 일을 맡는다는 보장이 없으니 기분이 울적할 수밖에 없었다.

"경험을 쌓으러 경성을 떠날 생각은 있지만, 당장 다음 달에 그렇게 되지는 않을 거예요."

래양 태부인의 눈동자에도 슬픔이 어렸지만 그녀는 눈물을 꾹 참으며 말했다.

"네가 마음속에 웅지를 품고 있는 것은 어미도 안단다. 이 황성 안에서 너만 한 사람이 없으니 반드시 네가 하고 싶은 일을 이룰 수 있을 거야."

소원계는 참지 못하고 웃음을 터뜨렸다.

"어머니가 제 어머니라서 다행이에요. 이 황성에 저만 한 사람이 없다니, 그런 말씀을 하실 분은 어머니밖에 없을 거예요."

래양 태부인도 아들을 따라 생긋 웃고는 눈꺼풀을 내리뜨고 다시 반찬을 덜어주었다. 그러면서 자신은 한 젓가락도 먹지 않고 아무리 봐도 부족한 것처럼 아들만 바라보았다. 어머니 마음속에 오로지 아들밖에 없다는 사실에 익숙해진 소원계는 이상하게 여기지 않고 식사를 하며 바깥에서 벌어진 재미있는 이야기를 들려줬고, 식사 자리는 점차 편안하게 무르익었다.

식사가 끝나자 소원계는 어머니를 침소로 모신 뒤 반 시진 가까이 이야기를 나누다가 물러났다. 문 앞까지 배웅 나온 래양 태부인은 미련이 남은 듯 아들의 모습이 완전히 사라질 때까지 바라보다가 천천히 몸을 돌렸다. 시녀를 불러 화장을 지우고 시중드는 이들을 모두 병풍 뒤로 내보낸 다음, 그녀는 마치 누군가를 기다리듯 홀로 침소에 앉아 있었다.

몽롱한 가운데 일경을 알리는 경고 소리가 멀어지고 이경을 알리는 소리가 들려왔다. 별안간, 화장대에 세워둔 높다란 촛불이 파르르 흔들렸다. 등골이 서늘해지는 것을 느낀 래양 태부인이 화들짝 놀라 고개를 돌려보니, 어떻게 들어왔는지 꼭 닫힌 문 안에 까마귀같이 새까만 장포로 몸을 휘감은 사람이 서 있었다. 소리도 기척도 없는 귀신같은 움직임이었다.

래양 태부인은 일어나서 무릎을 굽히며 예를 올린 뒤 나지막하게 불렀다.

"넷째오라버니."

묵치후는 싸늘하게 그녀를 바라보았다.

"같은 피가 흐르는 동족이니 네가 아니기를 진심으로 바랐다."

"오라버니께서 이렇게 찾아오신 것은 이미 저라고 단정하셨기 때문인가요?”

래양 태부인은 새하얘진 얼굴로 마지막 변명을 해보았다.

“저와 동생은 이 타국에서 서로 목숨처럼 의지하고 살았어요. 그런데 왜…….”

묵치후가 재빨리 말을 끊었다.

“애쓰지 마라. 여기까지 온 이상 진상을 모두 알았다는 뜻이니, 더 이상 쓸데없는 말은 필요 없다.”

말을 마친 그의 시선이 그녀의 어깨 너머 뒤쪽을 바라보았다.

재빨리 몸을 돌린 래양 태부인은 심장이 무겁게 가라앉는 것 같았다. 높은 촛대 아래에 복양영이 웃음 섞인 눈으로 태연하게 서 있었다.

“그렇습니다, 제가 말씀드렸지요. 태부인께서 숙비를 해친 이유를 아는 유일한 사람이 바로 접니다. 제가 아니었다면 묵치후께서 무슨 수로 이렇게 빨리 태부인을 찾아내셨겠습니까?”

래양 태부인은 다리에 힘이 풀려 휘청거리다가 결국 바닥에 털썩 주저앉았다.

그녀를 쳐다보는 묵치후의 눈동자에는 온기라고는 없었다.

“여러 가지 가능성을 생각해보았지만 이곳에 오기 직전까지도 네가 정말 그런 악독한 짓을 했다고는 믿을 수가 없었다.”

희망이 없는 것을 알아차린 래양 태부인은 눈을 감고 고개를 숙인 채 나지막이 중얼거렸다.

“악독한 사람이 저 하나뿐이었을까요? 똑같이 동해 종실의 자녀인데 그 아이는 총애 받는 후궁이 되어 폐하의 보호를 받고, 저는 외로운 과부가 되어 살얼음판을 걷듯 눈치 보며 하루하루를 보내야 했지요. 오라버니는 제가 그 아이에게 악독한 짓을 했다 하시지만, 그 아이는 저를 친자매처럼 대한 줄 아세요?"

묵치후는 차갑게 코웃음을 치며 아무 말도 하지 않았다. 도리어 복양영이 나서서 웃으며 말했다.

"자자, 그만하십시오. 무슨 연고 때문인지는 제가 이미 나리께 낱낱이 말씀드렸습니다. 나리께서도 태부인의 억울함을 모르시진 않지만, 이유가 어쨌든 태부인 손으로 그런 일을 하신 이상 살아날 길은 없지요. 그 점은 태부인께서도 이미 잘 아실 겁니다. 지금 중요한 것은…… 아드님을 어찌 처리하느냐는 것이지요."

래양 태부인이 온몸을 부르르 떨며 고개를 번쩍 들었다.

"뭐라고? 어찌 원계를 끌어들이시오?"

그녀는 무릎걸음으로 허둥지둥 묵치후에게 다가가 그의 옷자락을 붙잡았다.

"오라버니, 넷째오라버니, 원계는 아무것도 모릅니다. 그 아이는 아무 죄도 없어요!"

묵치후는 얼음처럼 차가운 눈빛으로 그녀를 내려다보며 냉담하게 말했다.

"죄가 있는지 없는지는 관심 없다. 내 관심은 어미를 죽이고 아들을 남겨두었을 때 생겨날 후환뿐이다. 그 아이의 목숨을 살리려는 것도 그런 이유 때문이 아니냐?"

이 친척 오라버니의 음험한 성품은 래양 태부인도 모르지 않았다. 초조한 와중에 어떻게든 아들을 살려보려고 머리를 굴리는 동안 어찌나 세게 깨물었는지 입술이 터지고 핏방울이 맺혔다.

가만히 지켜보던 복양영이 웃으면서 다가와 어디서 났는지 모를 쟁반을 옆의 탁자에 내려놓았다. 쟁반에는 지필묵이 구비되어 있었다. 래양 태부인은 영문을 모르는 얼굴로 온몸을 후들후들 떨며 그를 바라보았다.

"젊은 래양후께서 태부인께 얼마나 소중한 사람인지는 저도 잘 압니다. 이대로 보내기에는 저도 마음이 아파 이렇게 제안을 드리는 겁니다."

그는 벼루에 물을 조금 붓고 먹을 갈면서 말을 이었다.

"솔직히 말씀드리면, 태부인의 아드님이 훗날 크게 쓸모가 있다는 말로 나리를 설득하기란 참으로 어려운 일이었답니다."

래양 태부인은 금세 말뜻을 깨닫고 날카롭게 외쳤다.

"원계를 이용하겠다는 것이오? 그 아이는 내 아들이오. 아무도 그 아이를 이용할 수……."

복양영이 칼날처럼 단호하게 말을 잘랐다.

"태부인의 아들 몸에는 동해 황실의 피가 흐릅니다. 그 아들이 평범하게 살지 않겠다는 웅지를 품은 것은 태부인께서 더 잘 아시지요."

그는 허리를 숙이고 그녀의 귓가에 속삭였다.

"'이용'이란 태부인이 생각하시는 것처럼 그리 끔찍한 것은 아닙니다. 사람이 세상에 태어났으면 일단 어딘가 쓸모가 있어야 기회도 얻는 법이지요, 안 그렇습니까?"

래양 태부인은 혼란에 빠져 대답조차 할 수 없었다. 단정했던 머리카락은 쥐어뜯어 산발이 되고 양쪽 뺨도 마구 할퀴어 여기저기 핏자국이 생겼다.

복양영은 웃으면서 먹을 듬뿍 찍은 붓을 그녀에게 내밀었다.

"아들을 살리는 길은 그뿐입니다. 태부인께서 거절하시면 그 아들은 이유도 모른 채 죽겠지요. 자, 제가 시키는 대로 아들에게 유서를 쓰시지요. 해야 할 말을 한 마디도 빼놓지 않고 쓰셔야 합니다."

래양 태부인은 여전히 정신을 차리지 못했다.

"무슨 내용을 쓰라는 것이오?"

복양영은 가볍게 콧방귀를 뀌었다.

"지난날 래양왕의 죽음과 태부인께서 선제와 폐하, 장림왕에게 품으셨던 20년에 걸친 원한, 그 모든 것을 젊은 래양후께도 알려 드려야 하지 않겠습니까? 아버지와 어머니를 잃고 세상에 홀로 외로이 남은 아들이 아무것도 모른 채 계속해서 남들 손에 놀아나고 기만당하기를 바라시지는 않겠지요? 아버지의 복수, 어머니의 원한이 어디서부터 시작되었는지조차 모르고 살아가기를 바라시지는 않겠지요?"

차디찬 바닥에 멍하니 앉아 있던 래양 태부인의 몸이 차츰차츰 떨림을 멈췄다. 그녀는 일어나서 묵치후에게 한 발 다가서며 낮은 목소리로 말했다.

"오라버니, 저자는 못 믿으니 오라버니께서 한마디 해주세요."

묵치후는 굳은 얼굴로 그녀를 흘끗 보더니 천천히 말했다.

"네가 목숨을 바치면 누이의 복수는 끝난다. 그 후의 일은 별개의 문제다. 어쨌든 네 아들이라면 내게도 조카가 아니냐. 그 아이가 정말로 품은 뜻이 있다면, 내가 동해에서 뒤를 받쳐주면 대업을 이루지 못할 까닭이 어디 있느냐?"

래양 태부인의 눈에서 눈물방울이 왈칵 쏟아졌다. 그녀는 절망적인 몸짓으로 마지막으로 창밖을 돌아본 뒤, 이를 악물고 느릿느릿 복양영이 내민 붓을 받았다.

래양후부의 안채에서 무슨 일이 벌어지고 있든 간에 금릉성 안의 다른 사람들에게는 평온한 밤이었다. 이상한 움직임도 자잘한 소동조차 없었다.

일찍 일어난 소평정은 간단히 준비를 마치고 금위영 통령부로 달려가 순비잔을 만났다. 두 사람은 어제 약속대로 열 명쯤 되는 호위병을 대동하고 조용히 래양후부로 향했다.

막 세수를 끝낸 소원계가 소식을 듣고 황급히 달려나와 놀란 얼굴로 두 손을 모으며 인사했다.

"아니, 이렇게 귀하신 분들이 아침부터 어쩐 일이십니까?"

순비잔도 마주 예를 갖추며 말했다.

"래양후께서도 아시겠지만 저와 평정은 폐하의 명을 받들어 궁궐에서 있었던 지난 일을 조사하고 있습니다. 그 중 소소하게 여쭙고 싶은 것이 있으니 귀찮겠지만 태부인께 말씀드려주십시오."

외명부 사람에게 궁궐에서 있었던 일을 묻는다는 것이 조금 이상하게 들리기는 하나 아주 터무니없는 일도 아니었다. 소원계는 꼬치꼬치 묻지 않고 앞장서서 두 사람을 안채로 안내했다. 문 안쪽에 세워진 병풍을 돌아 들어간 그는 저도 모르게 멈칫했다.

안채 안방 문은 꼭 닫혀 있고, 시녀들이 창가에서 안을 들여다보거나 섬돌 아래에 멍하니 서 있었다. 오랜 세월 태부인을 모신 장(張) 할멈이 문에 딱 붙어 안방에서 나는 소리를 들으려 애쓰다가, 해가 소원계의 그림자를 드리우자 황급히 일어나 종종걸음으로 다가와 걱정스럽게 말했다.

"나리, 태부인께서 아직 기침하지 않으셨습니다요. 소인들이 문을 두드렸지만 대답이 없으셔서 혹시 무슨 일이라도 생겼나 싶어 나리께 알리려던 중이었습니다요."

소원계도 살짝 안색이 변해 단걸음에 문 앞으로 달려가 힘껏 두드리며 불렀다.

"어머니! 어머니!"

섬돌 아래에 있던 순비잔과 소평정은 의아한 눈빛으로 서로를 바라보았다.

방 안에서 한참 동안 대답이 없자 초조해진 소원계는 뒤로 물러섰다가 힘껏 문을 걷어차 억지로 열었다. 우당탕 하고 문이 쓰러지면서 먼지가 풀풀 일어나고, 햇살이 방 안으로 새어들었다.

래양 태부인은 바깥마루 대들보에 매달려 흔들리고 있었다. 목을 매단 것이 아니라 긴 비단끈으로 옆구리를 묶어 대들보에 매달아놓았는데, 목 부위에 난 빨간 선처럼 보이는 가느다란 검상에서 새빨간 피가 몸을 타고 흘러내려 바닥에 조그만 웅덩이를 만들고 있었다. 래양 태부인의 눈꺼풀은 반쯤 감긴 채였고 그 틈으로 보이는 눈동자는 잿빛이었다.

소원계는 충격을 받아 그 자리에 굳었다가 목멘 소리로 '어머니' 하고 부르며 벌게진 눈으로 달려들었다. 뒤에 있던 두 사람도 그 못지않게 반응이 빨라 뒤따라 방 안으로 뛰어들었다. 순비잔이 검을 뽑아 래양 태부인을 묶은 비단을 싹둑 자르자 아래에 있던 소원계가 어머니를 받아 바닥에 꿇어앉으며 힘껏 끌어안았다. 그는 이미 피가 굳어버린 목의 상처를 누르며 목이 터져라 외쳤다.

"태의를 불러라! 어서! 어서 태의를 부르라지 않느냐!"

몸을 웅크리고 살펴본 순비잔은 이미 늦었다는 것을 알고 눈썹을 찌푸린 채 소평정을 향해 고개를 저어 보였다.

소평정이 화난 얼굴로 재빨리 주위를 둘러보다가 갑자기 동공을 확 조였다. 한쪽 벽에 비수로 종이 한 장이 박혀 있고, 그 위에 초서체로 쓴 글이 휘갈겨져 있었다.

'지난 원한은 마무리되었으니 동해로 돌아간다. 묵(墨)'

글은 위조할 수 있어도, 죽은 사람 목에 남긴 검상은 절대로 위조할 수 없었다. 눈앞에 펼쳐진 광경은 묵치후가 누이동생의 죽음을 래양 태부인 탓으로 판단했다는 것을 말해주었다.

묵치후가 지목한 자가 다른 사람이었다면 그 판단이 의심스러울 수도 있지만, 천 리 길을 달려 이곳까지 와서 친척 누이동생을 죽였다면 잘못되었을 가능성은 거의 없었다.

이 뜻밖의 반전에 노련한 순비잔마저 어떻게 해야 좋을지 알 수가 없었다. 그는 호위병들을 시켜 서둘러 원락을 봉쇄한 뒤, 자신은 묵치후가 남긴 종이를 들고 사건 보고를 위해 입궁했다.

아무것도 모르는 순비잔에 비해 소평정은 그보다 조금 더 알고 있었다. 그는 래양 태부인이 시집올 때 데려온 동해의 시녀 둘을 각각 심문하여 태부인이 고향에서 동해주교를 한 묶음 가져왔다는 증언을 확보했고 수색할 때 눈여겨보라고 명령했다. 만약 남은 것을 찾아내지 못하거나 양이 부족하면 가져온 주교를 모두 사용했다고 추측할 수 있었다.

얼마 후 순비잔이 온 집 안을 수색하라는 어명을 받고 돌아왔다. 몽천설이 동해주교에 당했다는 이야기를 듣자 분노가 폭발한 그는 금군을 이끌고 래양후부를 이 잡듯이 뒤졌지만 결국 주교는 찾지 못하고, 대신 방 안 비밀 공간에 숨겨진 은침이 가득 박힌 황금 장포를 걸친 인형을 찾아냈다.

무고(巫蠱)는 대역죄이기 때문에 그 자리에 있던 사람들은 놀란 나머지 온몸이 뻣뻣하게 굳었다. 순비잔은 황급히 빨간 나무상자를 가져와 인형을 넣게 한 후 상자를 들고 입궁했다.

마침 내정사에서 장례를 맡은 태감이 도착하여 흰 천으로 시신을 싸서 들고 나가자 소원계는 비틀비틀 뒤를 쫓으며 쉰 목소리로 외쳐댔다.

"무슨 짓이냐! 어머니를 내려놓아라! 어머니!"

황제가 소원계에게 '잠시 문을 닫아걸고 처벌을 기다리라' 고 명했으니, 이 순간 그가 조금이라도 부적절한 행동을 하면 곧바로 무거운 죄를 뒤집어쓸 수 있었다. 하지만 어제만 해도 다정하게 이야기를 나누던 어머니가 하룻밤 사이 피비린내 나는 딱딱한 시신으로 돌변했으니 지금 그의 뇌리에 남은 것은 심장을 갈기갈기 찢는 비통함과 흐리멍덩한 혼란뿐, 밝게 헤아릴 힘 같은 것은 잃은 지 오래였다. 아태가 죽을 각오를 하고 뒤에서 그를 껴안고 늘어지지 않았다면 벌써 태감들을 때려눕히고도 남았을 것이다.

어려서부터 소원계와 가깝게 지낸 소평정은 태부인의 악행에 분노하면서도 그가 실수로 인생을 망치는 것은 원치 않아 재빨리 앞을 가로막으며 눈을 찌푸렸다.

"도무지 무슨 일인지 이해가 안 간다는 건 나도 알아. 하지만 너무 복잡하게 얽혀 있어서 당장은 설명하기가 어려워. 폐하께서 어명을 내리셨으니 경솔하게 굴지 말고 기다려. 당장 입궁해서 보고를 드려야 하니, 할 말이 있으면 나중에 다시 와서 하자."

소원계는 핏발이 잔뜩 선 눈으로 눈물을 꾹 참으며 애원했다.

"어머니께서 아무리 큰 죄를 지으셨다 해도 이제는 돌아가신 분이야. 적어도…… 정식으로 장례를 치러 다시 세상에 나실 수 있는 기회는 주어야 하잖아."

자신이 결정할 수 있는 일이 아니기에 소평정은 눈을 찡그린 채 한참을 생각하다가 한숨을 푹 쉬며 말했다.

"가능한 한 방법을 생각해볼게. 하지만 어쨌든 폐하께서 은총을 내려주셔야만 해."

금군 몇 명이 달려와 소원계를 뜰 문 안으로 밀어 넣었다. 이번에는 소원계도 반항하지 않았다. 그는 시키는 대로 몇 걸음 물러난 뒤 먼지투성이 바닥에 엎드려 방성통곡하기 시작했다.

—

21

—

동해에서 온 흑수정검의 냉기가 금릉성을 뒤덮은 며칠간, 순 황후는 매일 밤 잠을 이루지 못하고 나날이 생기를 잃어갔다. 그런데도 그녀는 어의를 불러 진맥을 맡기지도 않고 연지분으로 거무스름해진 얼굴빛을 가리며 아무 일 없는 척했다. 가까이에서 시중드는 여관과 상궁들은 거듭 권해보아도 소용이 없어 속으로만 애를 태웠다.

이날도 아침에 일어난 그녀는 억지로 멥쌀죽을 몇 숟갈 삼킨 뒤 애써 정신을 가다듬고 동궁의 태감에게 태자의 생활에 관한 보고를 들었다. 반쯤 들었을까, 소영이 다가와 복양 상사가 새로 얻은 백신의 계시라며 건천원에서 보낸 나무상자를 내밀었다.

마침 심사가 무겁던 순 황후는 황급히 상자를 받아 열어보았다. 그 안에 놓인 누런 부적에는 단정한 필체로 이렇게 적혀 있었다.

'오랜 근심, 하루아침에 풀리리라.'

옆에 꿇어앉은 소영이 그 글을 흘끔 들여다보았다가 순 황후의 표정을 살피며 조용히 물었다.

"상사를 불러 해석해달라고 할까요?"

순 황후는 잠깐 멍하니 앉아 있다가 천천히 고개를 저었다.

"그럴 필요 없다. 본 궁도 무슨 뜻인지 알겠구나. 부디 백신의 말씀대로 되기를……."

그 말이 떨어지기 무섭게 바깥 전각을 지키던 태감이 허둥지둥 달려들어와 계단 아래 엎드려 고했다.

"폐하의 어명이니 황후마마께서는 속히 양거전으로 납시옵소서."

순 황후는 가슴이 철렁했지만 깊이 생각할 겨를이 없어 재빨리 일어나 옷을 갈아입고 치장을 한 뒤 서둘러 양거전으로 향했다. 전각 문으로 들어서는 순간, 그녀는 곧바로 이상한 분위기를 느꼈다.

황제는 여느 때와 마찬가지로 침상에 비스듬히 기대앉아 한 손으로 무릎을 짚고 상반신을 앞으로 기울인 구부정한 모습이었다. 장림왕은 계단 아래에 앉았고 세자는 그 뒤에 서 있었다. 순비잔과 소평정이 전각 가운데 나란히 서 있는 것을 보면 방금 무언가를 보고한 모양이었다. 두 사람 옆에 선 태감이 허리를 숙인 채 쟁반을 받쳐들고 있는데, 그 위에는 종이 한 장과 밝게 칠한 분합, 그리고 은침이 잔뜩 박힌 황금 장포 걸친 인형이 놓여 있었다.

'오랜 근심, 하루아침에 풀리리라.'

방금 전 읽은 신의 계시가 퍼뜩 뇌리를 스쳐 순황후는 저도 모르게 숨이 거칠어졌지만, 겉으로나마 억지로 차분함을 유지하며 나아가 황제에게 예를 올렸다.

소흠이 살짝 손을 들어 자리에 앉으라는 뜻을 전한 뒤 계단 아래에 선 순비잔을 향해 말했다.

"내원의 일이니 순 경이 황후께 다시 한 번 설명하도록 하라."

명을 받은 순비잔이 두어 걸음 다가와 낮은 목소리로 어젯밤과 오늘 아침에 발생한 변고를 다시 한 번 설명했다.

래양왕의 사건과 동해주교가 든 분합 사건은 순 황후도 알고 있었다. 묵치후의 복수는 래양 태부인이 숙비를 죽인 진범이라는 것을 의미했고, 이 결론을 통해 거꾸로 짚어보면 대강의 진상을 조합하기란 어렵지 않았다. 순비잔의 설명을 반쯤 들은 순 황후는 곧 상황을 파악하고 놀라워하면서도 안심이 되었다. 하지만 이것을 기쁘다고 해야 할지 슬프다고 해야 할지, 요행이라 여겨야 할지 괴로움으로 받아들여야 할지 당장 판단이 서지 않았다.

소흠은 그간 그녀의 복잡했을 심경을 이해했는지 살며시 몸을 기울여 손등을 두드리면서 위로했다.

"선제와 폐하께서 그토록 은총을 베푸셨는데, 그동안 죄인이 거짓으로 공손한 척하며 악독한 마음을 품고 있을 줄은 몰랐습니다. 기회만 있으면 숙비든, 장림세자비든, 가만 내버려두지 않았군요."

순 황후는 깊이 숨을 들이쉬며 이를 악물었다.

"다행스러운 것은 폐하께서 만복하시어 죄인의 저주에 해를 입지 않으신 것입니다."

순비잔이 처음 입궁해 보고했을 때부터 소흠은 내내 마음이 편치 않았다. 숙비의 갑작스런 죽음, 그리고 래양왕의 죄. 지난 상처와 아픔이 가시지도 않았는데 새로운 죄상이 밝혀지자 머리가 묵직하고 아파 눈을 꼭 감고 다시는 뜨고 싶지 않을 정도였다.

소흠의 마음을 누구보다 잘 아는 소정생이 얼른 위로의 말을 건넸다.

“이토록 오래된 사건의 진상이 밝혀진 것만 해도 안심이 되는 일이니 급히 처결하실 필요는 없습니다. 요 며칠 용체가 좋지 않으셨으니 보양이 우선이지요. 진노로 인해 용체가 상하시기라도 하면 그것이 바로 죄인이 바라던 것이 아니겠습니까?”

벌써 두 번이나 머리가 핑 돌고 눈앞이 까매지는 것을 느꼈지만 사람들이 놀랄까봐 억지로 감추고 있던 소흠은 그 말을 듣자 손을 내저으며 낮게 말했다.

“확실히 다소 피곤하긴 하군요. 왕형 말씀대로 내일 처결할 것이니 모두 물러가십시오.”

소정생은 황제가 노심초사하지 않도록 즉시 일어나 사람들과 함께 계단 아래에서 예를 올린 뒤 서둘러 물러났다. 전각에 남은 순 황후는 소흠이 천천히 몸을 뒤로 기울이자 재빨리 다가가 조심스럽게 부축하며 목 뒤에 베개를 받쳐주었다. 그리고 태감에게 비단 이불을 가져오게 하여 덮어주고 모서리를 잘 눌러 바람이 들지 않게 정리했다.

소흠이 이불 속에서 손을 빼내어 그녀의 손을 꽉 잡더니 눈도 뜨지 않은 채 희미하게 말했다.

“이제 보니 짐의 숙비가 동족 자매의 손에 목숨을 잃었구려.”

순 황후의 등이 뻣뻣하게 굳었다. 고개를 숙이고 마주 잡은 두 손을 가만히 내려 보던 그녀는 한참 후에야 비로소 조용히 입을 열었다.

“신첩 또한 폐하처럼 슬플 따름입니다.”

소흠의 눈가로 눈물이 약간 배어나왔다. 그는 천천히 눈을 떠서 한동안 위쪽을 응시하다가 시선을 돌려 곁에 있는 순 황후를 바라보았다. 흰자위에 빨갛게 핏발이 서 있었다.

"그동안…… 황후를 섭섭하게 했소."

슬픔과 괴로움이 수문을 연 듯 심장에서 쏟아져나오자 순 황후는 갑자기 견딜 수가 없어 소흠의 품에 엎드려 울음을 터뜨렸다.

황궁에서 새로운 어명이 없었기에 래양후부는 여전히 금군의 통제 아래 있었고, 순비잔은 이런 중요한 순간에 또 다른 소란이 벌어지는 것을 원치 않아 전각에서 물러나기 무섭게 장림왕에게 작별하고 서둘러 그곳으로 향했다.

소평정은 소원계의 부탁을 기억하고 있었지만, 조금 전 전각의 분위기는 그가 끼어들 상황이 아니어서 말을 꺼내지 못했다. 곰곰이 생각해보아도 다른 방법이 없자, 그는 우선 형에게 제안해볼 생각으로 걸음을 서둘러 앞서가는 소평장을 따라잡았다.

"그 여인의 죄는 벌을 받아 마땅하지만 원계는 참여하지 않은 게 분명해요. 부중에 갇혀 곤란한 처지가 되었는데도 다른 것은 바라지도 않고 오로지……."

이야기가 거의 끝나갈 즈음에야 그는 형이 멍한 얼굴로 눈을 내리뜬 채 자신이 한 말을 전혀 듣고 있지 않았다는 것을 깨달았다. 그가 다급히 형의 소맷자락을 잡아당기며 불렀다.

"형님? 형님, 왜 그러세요?"

그제야 흠칫 정신을 차린 소평장은 주저하며 아버지의 뒷모습으로 시선을 던졌다.

"소설의 이야기를 내내 부왕께 숨기고 있었는데 오늘 알게 되셨으니 책망을 들을 수밖에 없겠구나."

"책망 좀 들으면 어때요?"

소평정은 어깨를 으쓱했다.

"우리 두 사람을 두드려 패실 것도 아닌데 겁날 게 뭐예요?"

젊은이들의 일로 어른들을 걱정시키지 않으려고 숨긴 것이 무슨 잘못인가 싶어 소평정은 가볍게 대꾸했다. 진심으로 별일 아니라고 생각하는 그는, 형이 무엇 때문에 저렇게 걱정하는지 알 수가 없었다.

왕부로 돌아온 뒤 소정생은 예상대로 두 사람을 서재로 불렀고, 아들들이 들어서기 무섭게 꿇으라고 호령했다. 처음에는 아무렇지 않게 생각하던 소평정도 형이 일각이 되어가도록 공손히 대답했는데도 일어나라는 명이 떨어지지 않자 그제야 단순한 일이 아니라는 것을 알아차렸다.

꾸지람, 무릎 꿇기, 책 베껴 쓰기, 심지어 볼기짝을 맞는 일마저 장림부 둘째 공자에게는 일상다반사였다. 하지만 그의 기억에 부왕은 형을 야단친 적이 몇 번 없었고, 이렇게 오랫동안 바닥에 꿇어앉힌 적은 더욱더 없었다.

되찾아온 조그마한 분합은 지금 창 앞 탁자에 놓여 있었다. 소정생은 뒷짐을 지고 굳은 얼굴로 자세한 내용을 캐물었고, 질문이 끝난 뒤에도 말투를 누그러뜨리지 않았다.

"임 낭자가 진맥을 한 뒤 뭐라고 하더냐?"

소평정이 황급히 끼어들었다.

"치료할 수는 있지만 시간이 좀 걸린다고 했어요. 칫, 조금만 일찍 발견했더라면 7년이나 끌지도 않았을 텐데."

소정생은 뺨 근육을 실룩이며 등 뒤에 있던 양손을 질끈 주먹 쥐었다. 그는 더욱더 분기탱천한 얼굴로 싸늘하게 말했다.

"평장은 남아라. 평정, 너는 먼저 나가보거라."

흠칫 놀란 소평정은 부왕의 안색과 말없이 눈을 내리깐 형을 번갈아 보다가 참지 못하고 말했다.

"부왕, 화를 내시는 건 당연해요. 하지만 아무리 그래도 형님께 화내실 일은 아니잖아요, 네?"

소정생이 탁자를 힘껏 내리쳤다.

"나가지 못할까!"

부왕이 화난 척하는 것인지 정말 화가 난 것인지 정확히 구분할 줄 아는 소평정은 더는 끼어들지 못하고 일어서서 의아하고 걱정스런 표정으로 물러났다.

적막이 방 안을 휘감았다. 소정생은 창틀을 짚고 서서 마음을 가라앉힌 뒤에야 돌아섰다. 다시 한 번 꾸짖을 생각이었지만 창백한 얼굴에 입술마저 핏기가 가신 장남을 보자 마음이 약해져 탄식을 내뱉으며 말했다.

"일단 일어나거라."

소평장은 손가락으로 바닥을 짚어 균형을 잡으려 애쓰면서 몸을 일으켜 세웠다.

"아비가 들으니 동쪽 원락을 주 집사가 아닌 동청에게 맡겼다던데, 무엇 때문이냐?"

"주 집사가 연로하신데 왕부의 일이 너무 많아 쉴 틈이 없을까 걱정되었습니다. 그래서……."

주절주절 말하던 소평장은 스스로도 아무 의미 없음을 깨닫고 슬며시 말끝을 흐렸다.

소정생이 눈을 살짝 찌푸리자 눈가의 주름이 더욱 깊어졌다.

"왜, 랑야각에서 비단 주머니를 받아 알고 싶던 것을 다 알고 나니 더는 이 아비에게 마음을 털어놓고 싶지 않은 게냐?"

한참 동안 꾸지람을 들었지만, 쓸쓸함이 담긴 이 한마디보다 더 소평장의 마음을 뒤흔들어놓은 것은 없었다. 소평장은 또다시 바닥에 털썩 꿇어앉았다.

"부왕, 어찌 그런 말씀을 하십니까?"

"그렇다면 사실대로 말해다오."

소정생은 차 탁자를 향해 돌아섰다.

"와서 앉거라."

소평장은 잠시 망설였지만, 더 이상 숨길 수 없음을 알고 천천히 부왕의 맞은편에 앉았다.

"그 분합은 혼례를 올리던 날 밤 소설이 실수로 떨어뜨리는 바람에 한쪽이 망가졌습니다. 정양궁에서 하사하신 물건인데 하루 만에 망가뜨린 것이 소문나면 좋지 않을 것 같아 바깥에 맡기기가 어려웠는데, 마침 주 집사의 목공 솜씨가 떠올라 수리해달라고 부탁했습니다. 이 안에 숨겨진 공간을 주 집사가 발견하지 못했을 리 없는데 결국 아무 말도 하지 않았고, 주교가 담긴 채…… 돌아왔지요."

여기까지 들은 소정생은 상황을 알아차리고 저도 모르게 이뿌리에 힘을 주었다.

주 집사는 왕부에서 오래 지냈으니 젊은 부부의 마음을 잘 알고 있었고, 설사 몽천설이 아이를 낳지 못하더라도 세자가 첩을 들일 리 없다는 것도 알았다. 숨겨진 공간을 알고도 알리지 않은 것은 그 역시 소평장의 후사를 끊고 싶기 때문이었다.

"주 집사는 어머니를 따라 왕부에 온 사람이니 자연히 그리로 마음이 기울겠지요."

소평장은 괴로워하는 부왕을 위로하려 해보았다.

"오랫동안 정성을 다해 부왕을 보살폈으니 크나큰 공적을 세웠다 할 수는 없어도 노고가 컸을 겁니다. 주 집사가 다른 뜻이 있어 그리하지 않았다는 것은 소자도 잘 압니다. 그저 어머니께 조금이나마 위로가 되리라 생각했겠지요."

"네 어머니가 아직 살아 있었더라면 가장 먼저 주 집사를 용서치 않았을 게야!"

소정생의 백발이 부르르 떨렸다. 분노에 찬 주먹이 탁자를 내리치자 쩍 하고 금이 갔다.

"그런 말로 호소할 필요 없다. 아비가 알아서 할 테니 돌아가 쉬거라."

소평장은 다시 입을 열었지만 별달리 위로할 말이 떠오르지 않아 어쩔 수 없이 인사를 올리고 천천히 물러났다.

어느새 하늘이 어두워져 있었고, 서재 바깥문 회랑에는 소식을 듣고 달려온 몽천설이 서 있었다. 당연한 일이지만 먼저 쫓겨난 소평정도 함께였다. 두 사람 다 영문을 몰랐지만 차마 들어가볼 수도 없어 멍하니 밖에서 기다리고 있었던 것이다.

다행히 오래지 않아 꽉 닫힌 문이 열리고 소평장이 천천히 걸어 나왔다. 비록 표정은 울적했지만 크게 동요한 것 같지는 않았다. 겨우 안심한 몽천설이 다가가 그의 팔을 감싸 안으며 물었다.

"부왕께서 당신만 남겨놓고 무슨 말씀을 하셨어요?"

소평장은 빙그레 미소를 지었다.

"별것 아냐. 어떻게 래양후부를 생각하게 되었는지 물으셨어."

몽천설은 고개를 끄덕였지만, 소평정은 그리 호락호락하지 않았다.

"겨우 그런 질문을 하실 거면 왜 저를 쫓아내셨겠어요?"

소평정은 본래 눈과 눈썹이 장림왕비를 쏙 빼닮았는데, 두 눈을 잔뜩 치켜뜬 지금 모습은 영락없이 살아생전 장림왕비와 똑같았다. 멍하니 그 얼굴을 바라보던 소평장은 갑자기 어머니에 대한 그리움이 사무쳐 아무 말도 하기 싫어졌다. 그는 살짝 고개를 저으며 말했다.

"조금 피곤하구나. 너도 그만 돌아가거라."

정월이 채 끝나지 않아 회랑에는 아직 눈이 쌓여 있었다. 반짝이는 눈이 옆얼굴을 비스듬히 비추자 형의 피부는 투명하리만치 하얗게 보였다. 소평정은 의심이 뭉게뭉게 솟아 끝까지 캐묻고 싶었지만 차마 못하고 형과 형수가 그를 외로이 남겨둔 채 돌아서서 떠나는 모습을 멍하니 바라보았다.

평소에는 부왕이 형만 편애한다고 투덜거렸지만, 사실 소평정 스스로도 마음속 깊은 곳에서는 자신이 받는 관심과 사랑이 누구 못지않다는 것을 잘 알았다. 그리고 이 집안의 모든 사람이 서로에게 솔직하고 아무것도 숨기지 않는다고 믿었다. 부왕과 형에게 비밀이 있다고 생각해본 적도 없어 이렇게 혼자 따돌림 당하는 듯한 느낌을 견딜 수가 없었다. 마치 아는 사람 하나 없는 낯선 곳에 버려져 무엇을 해야 할지 몰라 갈팡질팡하는 기분이었다.

원숙이 서재에서 나오다가 그쪽을 돌아보았지만, 무슨 이유에선지 다가와서 말을 걸지 않고 빠른 걸음으로 옆문을 통해 바깥뜰로 나갔다. 소평정은 갑자기 화가 치밀어, 거칠게 발을 구르며 돌아서서 광택헌으로 갔다.

저녁이 되자 동쪽 원락의 시녀가 찬합 두 개를 가져와 세자는 일찍 잠들었으니 오늘은 혼자 식사하라는 말을 전했다. 찬합에 든 반찬을 하나하나 꺼내보니 몽천설이 손수 만든 것도 몇 접시 있었다. 소평정은 멍하게 바라보았지만 도저히 식욕이 나지 않아 청주 한 병만 들고 지붕으로 훌쩍 올라가 기와를 베개 삼아 꿀꺽꿀꺽 마셨다.

밤이 되자 바람이 불었다. 하늘에 뜬 달도 이지러져, 무성한 나뭇가지 사이로 비스듬히 흘러드는 달빛은 옅고 희미했다. 소평정은 술을 마시며 생각의 바다를 헤맸다. 그러다가 어느새 술병이 바닥을 드러내고 소평정 역시 깊은 잠에 빠졌다.

이튿날 정신을 차려보니 동이 트고 희미한 빛이 엷은 온기를 전해주었다. 소평정은 얼굴을 비비며 일어나 앉았다. 관자놀이가 욱신욱신해서 일단 방으로 돌아가 세숫물을 가져오게 했다. 주량이 커서 청주 한 병쯤은 아무것도 아니었지만 밤바람에 잠을 깊이 이루지 못해 기운을 차릴 수가 없었다.

장림왕은 본래 번잡한 예를 싫어하여 아들들에게도 밤낮으로 문안인사를 드리라고 강요한 적이 없었다. 할 일 없이 심심하게 앉아 있던 소평정은 벌떡 일어나 가볍고 짧은 옷으로 갈아입고 검을 들고 밖으로 나가 안채 동북쪽 연무장에서 아침 수련을 했다.

막 여명이 밝아오는 시각이라 깨어 있는 사람은 아침 일찍 청소를 하는 하인들뿐이었다. 한동안 검법을 연습한 소평정은 등에 땀이 송골송골 맺히자 옆에 있는 나무 시렁에서 수건을 꺼내 땀을 닦았다.

장림왕부 연무장의 남쪽은 서재 뒷문과 이어져 있고, 북쪽으로 한 골목 더 가면 바깥으로 통하는 샛문이 있었다. 소평정이 땀을 닦고 다시 검을 들려는데, 1년 내내 닫혀 있는 북쪽 샛문이 별안간 삐거덕 소리를 내며 열리고, 어렴풋하게 마차가 멈추는 소리가 들렸다.

왕부 안쪽에서도 발소리가 울리더니 누군가 고개를 푹 숙이고 양팔을 뒤로 묶인 채 호위병들에게 호송되어 왔다. 두건을 쓰지 않아 새벽바람에 새하얀 백발을 어지러이 휘날리는 그 사람은 놀랍게도 주 집사였다.

소평정은 깜짝 놀라 단걸음에 그쪽으로 달려가 외쳤다.

"멈춰라!"

일행이 걸음을 멈췄고, 호위병을 이끌던 사람이 몸을 돌렸다. 바로 엄숙한 표정을 한 원숙이었다. 그는 호위병들에게 주 집사를 데려가라는 손짓을 하는 한편 소평정에게 다가와 차분한 목소리로 말했다.

"주 집사를 한주(寒州)의 시골 장원에 유폐하라는 전하의 명령입니다. 둘째 공자께서는 나서지 마십시오."

소평정은 경악에 찬 목소리로 물었다.

"주 아저씨는 연세가 많이 드셨어. 어제만 해도 아무 일 없었는데 하룻밤 사이 무슨 죄를 지었다고 변경에 유폐를 한다는 거야?"

원숙은 그의 시선을 피하며 대답했다.

"제가 설명할 수 있는 일이 아닙니다. 왕명이니 용서하십시오."

말을 마친 그는 예를 올린 뒤 서둘러 앞서 나간 사람들을 쫓아 갔다.

소평정은 어쩔 줄 몰라 그 자리에 멍하니 서 있다가 얼굴에 서서히 노기를 띠며 홱 돌아섰다. 그가 간 곳은 아버지가 계신 안채가 아니라 동쪽 원락이었다. 그는 뜰 문으로 들어서기 무섭게 소리쳐 불렀다.

"형님! 형님!"

병풍 뒤로 그림자가 어른거리고 몽천설이 마중을 나왔다. 외출을 하려는지 단정하게 차려입은 모습이었다.

"왜 소리는 치고 그래? 그냥 불러도 다 들려! 형님은 어젯밤에 잠을 제대로 못 주무시고 이제 막 일어나셨어. 오늘 아침 식사는 안 할 거야."

소평정은 그녀를 지나쳐 방 안으로 들어가면서 단도직입적으로 물었다.

"형님, 주 집사가 부왕의 명으로 한주에 유폐된대요. 무엇 때문인지 아세요?"

뒤에 있던 몽천설도 그 말을 듣고 화들짝 놀랐다.

"주 아저씨가? 그럴 리가! 무슨 일이 생겼어?"

머리를 빗다 만 소평장은 침의를 살짝 여미고 새까만 머리카락을 어깨 위로 늘어뜨린 채 눈을 내리뜨며 담담하게 대답했다.

"부왕께서 내리신 명이라면 그만한 이유가 있겠지. 우리가 나설 일이 아니다."

몽천설이 부군의 의견에 반대하는 일은 거의 없었지만, 그 말에는 그녀마저 두 눈썹을 찡그리며 고개를 저었다.

"주 아저씨는 어머님께서 장성하시는 것을 지켜본 분이에요. 어떻게 남들과 같을 수 있겠어요? 항상 신중하고 세심한 분인데 무슨 이유로 부왕의 노여움을 사셨는지 모르겠군요. 어머님을 봐서라도 당신이 가서 한번 물어봐요."

소평장은 억지웃음을 지으며 위로했다.

"알았어. 곧 부왕을 찾아뵙고 물어보지. 임 낭자가 기다리고 있으니 어서 가봐."

몽천설은 그 말을 믿고 서둘러 바람막이를 걸치면서 다시 한 번 덧붙였다.

"꼭 확실하게 물어보았다가 저녁에 내게 알려줘야 해요."

소평정은 팔짱을 끼고 벽 귀퉁이에 기댄 채 입을 다물고 있다가 몽천설이 사라지자 형 곁으로 다가가 눈을 들여다보며 물었다.

"내 생각에는…… 묻지 않아도 이유를 아실 것 같아요, 그렇죠?"

소평장의 눈동자에 우울한 빛이 스쳤다. 그는 즉답하지 않고 돌아서서 묵묵히 창밖을 바라보았다. 초조해진 소평정은 단박에 그 앞으로 돌아가 화난 목소리로 말했다.

"어젯밤에도 이상했어요. 부왕과 형님은 분명 뭔가 숨기고 있어요. 두 사람은 다 알고 있으면서 나한테만 말하지 않는 거잖아요! 안 돼요, 한집안 식구인데 이렇게 아무것도 모르고 흐리멍덩하게 있는 건 싫으니 오늘은 꼭 알아야겠어요. 알려주지 않으면 안 갈 거예요!"

씩씩거리며 창 아래 놓인 팔걸이의자에 털썩 앉는 그의 두 뺨이 팽팽하게 당겨져 있었다.

상처를 입은 탓에 소평장이 묵는 방에는 화로가 세 개나 있어 따뜻했다. 하지만 그는 여전히 추운지 옷걸이에서 장포를 꺼내 걸치고, 느릿느릿 침실 문 쪽으로 걸어가 반쯤 열린 문을 다시 닫고 돌아와 늘어진 머리카락을 천으로 묶어 올린 뒤 화로 근처에 앉았다. 소평정의 시선이 멀뚱멀뚱 그의 움직임을 좇았다. 조금 전 폭발할 것 같던 기세는 어디로 갔는지 어색하게 팔걸이를 쥐고 있던 그는 형이 자리에 앉아 쳐다보자 움찔 놀라 벌떡 일어났다.

"분합의 비밀 공간에 들어 있던 동해주교는, 사실 그 분합이 처음 왕부에 왔을 때 이미 주 집사의 눈에 띄었다."

소평장의 미간에 괴로움이 스쳤지만 말투는 무척 차분했다.

"부왕께서는 그 때문에 주 집사에게 벌을 내리신 거야."

"뭐, 뭐라고요?"

소평정은 눈을 휘둥그레 뜨며 저도 모르게 말을 더듬었다.

"이해가 안 돼요. 그렇게 빨리 알아차렸다면 주 아저씨가 왜 말씀을 안 하셨겠어요? 혹시 그게 뭔지 몰랐더라도 물어보기는 했어야죠!"

"주 집사가 입을 다문 까닭은 그 일이 그의 바람과도 일치했기 때문이지. 주 집사에겐 내게 후사가 없는 것이 좋은 일이었으니까."

"그게 무슨 말이에요? 난 못 믿겠어요!"

소평정은 재빨리 고개를 저으며 목소리를 높였다.

"말이 안 되는 소리잖아요! 주 아저씨는 왕부에 40년이나 계셨고 어머니와 형님, 그리고 저를 돌봐주셨어요. 그런 일을 했다면 분명 무슨 이유가 있었을 거예요."

소평장의 시선이 화로에 일렁이는 불꽃으로 서서히 움직였다. 목구멍에서 쥐어짜내는 듯, 말하는 것이 몹시 힘들어 보였다.

"너도 알다시피 부왕은 선제께서 키우신 양자가 아니냐."

느닷없이 화제가 바뀌자 소평정은 어리둥절해서 잠시 멍하게 있었다.

"네? 그야…… 물론 알죠. 모두 아는 사실이잖아요."

"나도 그렇다."

"그렇다니, 뭐가요?"

소평장은 고개를 돌리고 아우의 눈을 똑바로 보았다.

"나도 부왕의 양자다."

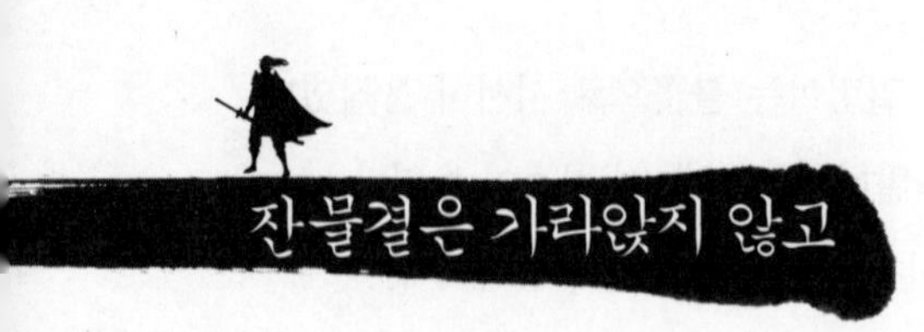

22

임해는 몽천설을 치료하는 데 전심전력을 다했지만 아무래도 장림왕부의 전속 의녀가 아니다보니 평소에는 다른 환자를 진맥해야 했다. 게다가 여 당주는 그녀를 경성에 묶어놓으려고 제풍당의 일까지 맡겼다. 유난히 바빠 몸을 빼기 어려울 때면, 오늘처럼 몽천설이 몸소 제풍당을 찾아와 임해가 분주하게 왔다갔다하지 않도록 해주었다.

침놓는 것이 끝났을 때 오늘 오기로 한 약재가 아직 도착하지 않아 예상치 못하게 틈이 났고, 임해는 몽천설을 자신의 숙소로 안내하여 약차를 대접했다.

금군이 래양후부를 봉쇄한 일로 경성은 적잖은 충격을 받았고, 임해 역시 동해주교 사건과 관련이 있었기에 개인적인 호기심에 차를 끓이면서 물어보았다.

"풍문으로 듣긴 했지만 잘 이해가 가지 않더군요. 래양 태부인에게 대체 무슨 원한이 있었을까요? 무엇 때문에 장림왕부를 겨냥했을까요?"

몽천설은 그녀를 한집안 사람처럼 여겼고 침착하고 믿을 만한 낭자라고 생각했기에 몸을 살짝 숙이며 소리 죽여 대답했다.

"동생은 모르는 것이 당연해. 오래전 래양왕이 자결하라는 명을 받은 일은 황실의 약점이었기 때문에 밖에는 알려지지 않았고, 선태후께서도 그 이야기를 함부로 하는 것을 단단히 금하셨으니 상세한 속사정을 아는 사람은 많지 않거든. 나도 어젯밤에 평장에게 물어보고 대강 알았어."

여기까지 말한 그녀는 고개를 숙이고 자신의 배를 바라보며 다소 슬픈 표정을 지었다.

"래양왕이 저지른 일은 부왕께서 가장 먼저 알아내셨고 폐하께서 나서서 막으셨지. 그리고 마지막에 선제께서 처벌을 내리신 거야. 래양 태부인은 그 일과 관련된 사람을 모두 미워했어. 하지만 신분 때문에 남몰래 무고를 하는 것 외에는 폐하를 어떻게 해볼 기회가 없었고, 그러다보니 장림왕부에 칼끝을 겨눈 거야. 그렇게 악독한 사람이 부왕이나 평장에게 접근하지 못해서 정말 다행이라니까."

임해는 몽천설이 말을 할수록 우울해하자 재빨리 뜨거운 차를 건네며 위로했다.

"그렇게 오래된 음모가 밝혀졌으니 하늘이 무심하시지 않군요. 그동안 언니가 겪은 마음고생도 금방 지나갈 거예요."

그때 두중이 와서 뒷문에 약재가 도착했다고 알렸다. 마침 몽천설도 어젯밤 푹 잠들지 못한 부군이 걱정되던 참이라 두 사람은 서둘러 차를 마시고 일어났다.

오늘 도착한 것은 제풍당이 성 서쪽 약왕곡(药王谷)에서 사온 진

귀한 약재들이었고, 꼼꼼하게 살피느라 두 시진이 걸려서야 겨우 모두 창고에 넣을 수 있었다. 피로를 느낀 임해는 두중에게 후속 조치를 맡기고 방으로 돌아가 잠시 쉬기로 했다.

덩굴이 어지러이 휘감긴 둥근 문을 막 지났을 때, 정원의 돌 탁자 옆에 선 운 아주머니가 보였다. 운 아주머니는 괴이한 표정으로 위를 가리키며 그녀를 향해 이해가 안 된다는 표정을 지어 보였다.

임해가 눈을 찡그리며 운 아주머니의 손가락을 따라 올려다보니, 높디높은 안채 처마 위에 소평정이 한쪽 다리를 접고 앉아 고개를 푹 숙이고 있었다. 옆얼굴이 늘어진 머리카락에 반쯤 가려져 표정이 보이지 않았고, 무슨 일로 왔는지, 얼마나 오래 앉아 있었는지도 알 수가 없었다.

경성으로 돌아온 뒤로 저 장림부 둘째 공자는 자주 왕래했다는 이유로 제풍당을 마음대로 드나들었지만, 이렇게 몰래 들어와 처마 위에 앉은 적은 한 번도 없었다. 어찌해야 할지 몰라 멍하니 서 있던 임해는 운 아주머니가 입을 오므리고 쿡쿡 웃자 얼굴이 화끈거려 결국 고개를 들고 외쳤다.

"둘째 공자, 어쩐 일이세요? 내려와서 말씀하시지 않겠어요?"

그녀의 목소리를 들은 소평정은 용마루를 짚고 뛰어내렸다. 하지만 내려와서도 아무 말 하지 않고 남쪽 곁채에 있는 다실로 쑥 들어가더니 울적하게 벽에 기대앉은 채 얼굴을 팔 안에 깊이 묻어버렸다.

임해도 뒤따라 들어가 이리저리 살폈다. 여전히 얼굴을 볼 수는 없었지만 기분이 좋지 않다는 것은 알 수 있었기에 그녀는 문가에 선 운 아주머니에게 자리를 비켜달라고 손짓한 뒤 옆에 나란히 앉았다.

차 한잔 마실 시간쯤 지났을까, 마침내 소평정이 움직였다. 그는 천천히 고개를 들고 눈시울이 불그스름해진 채 잠긴 목소리로 말했다.

"알고 있소? 이게 다 나 때문에 벌어진 일이었소."

임해는 어리둥절했다.

"무엇이 공자 때문이라는 건가요?"

"형수님을 그렇게 오랫동안 괴롭히고 형님이 아이를 얻지 못하게 한 일이 알고 보니 모두 내 탓이었단 말이오."

눈동자가 촉촉하게 젖었지만 그는 억지로 눈물을 삼켰다.

"어떤 사람이 장림왕부는 내가 이어받아야 한다고 생각했기 때문에……."

옹알옹알 말을 배울 때 장난을 거는 형의 손가락을 잇몸으로 깨물고, 비틀비틀 걷기 시작했을 때도 형의 옷자락을 잡고 있던 그였다. 20여 년 동안 쌓아온 형제의 깊은 정은 출생의 비밀 하나로 무너질 만큼 가볍지 않았다. 그를 힘들게 하는 것은 충격이 가신 뒤 갑작스럽게 떠오른 명백한 사실이었다.

세상을 떠난 장림왕비가 아무리 양자를 친아들처럼 대했다 해도, 어려서부터 그녀를 돌보아온 주 집사에게 소평장은 누가 뭐래도 그녀의 진짜 아들이 아니었던 것이다. 세자에게 후사가 없으면 훗날 장림왕부는 그녀의 친아들 손에 넘겨질 수도 있었다.

소평정은 이 모든 괴로움이, 이 모든 잔인함이 결국 자신을 위한다는 명목으로 벌어졌다는 사실에 도저히 견딜 수가 없었다. 지금까지는 괴롭고 힘든 일이 생길 때마다 가장 먼저 형을 찾아가 하소연했지만 이번만큼은 고개를 들고 형을 바라볼 용기조차 없었다. 그래서 왕부를 나와 한참 동안 멍하니 걷다가 임해가 머무는 곳에 숨어 있었던 것이다.

임해는 꼬치꼬치 따져 묻는 사람이 아니었다. 그가 입 밖에 낸 몇 마디로는 무슨 말인지 알아들을 수 없었지만 캐묻지 않고 일어나 따뜻한 차를 따라 내밀었다.

소평정은 두어 번 얼굴을 힘껏 문지르고는 눈앞의 찻잔을 보고 물었다.

"술이 있소?"

의술을 베푸는 사람은 당연히 술로 시름을 달래는 것을 찬성하지 않지만, 지금껏 이렇게 낙담한 소평정을 본 적이 없는 임해는 마음이 약해져 운 아주머니에게 좋은 술 한 단지를 사오게 했다.

마음이 복잡하던 소평정은 비록 천천히 마시기는 했으나 해가 있을 때부터 달이 뜰 때까지 줄곧 마셔 결국 술 한 단지를 모두 뱃속에 쏟아 넣었다. 취기가 약간 오르자 그는 느닷없이 흥이 솟구쳐 검을 뽑아 정원에서 검무를 추었다.

그의 검법은 랑야각에서 익힌 것으로 본래부터 청산유수같이 자연스럽고 표표한 맛이 있었는데, 지금은 힘이 빠진 다리가 정해진 움직임을 벗어나 제멋대로 움직이는 통에 하늘에 둥실 뜬 달이 속세를 비추듯 더욱 멋들어졌다. 검무가 절정에 이르자 그는 숫제 겉에 입은 장포를 벗어던지고 검의 움직임을 따라 크게 읊었다.

"그 맑디맑은 절개, 백이와 나란히 놓을지니. 신하 된 이 몸, 그 고결함을 숭상하리라." [조식(曹植)의 〈선부(蟬賦)〉 중 한 구절-옮긴이]

방에서 의서를 읽으려던 임해는 맑은 노랫소리에 이끌려 밖으로 나와 회랑을 받치는 둥그런 기둥에 기대어 그 모습을 바라보았다. 점점이 번쩍이는 검광 사이로 움직이는 훤칠한 그림자가 몹시도 아름다워 가만히 보고 있자니 저도 모르게 푹 빠져들었다. 정신을 차렸을 때에는 두중과 운 아주머니는 물론이고 점원들까지 회랑에 모여들어 구경하고 있었다. 임해는 까닭 없이 얼굴이 빨개져 황급히 방으로 돌아가 문과 창문을 꼭 닫았다.

한바탕 취한 소평정은 누가 부축해서 방으로 데려갔는지도 몰랐다. 깨어난 뒤에도 머리가 맑지 못해, 깨끗한 객방과 몸을 반쯤 덮은 솜이불을 한참 동안 바라보다가 가까스로 자신이 어디에 와 있는지 기억해냈다.

문이 삐걱 소리를 내며 열리고, 임해가 들어와 탁자에 탕약 그릇을 놓으며 말했다.

"술 깨는 데 도움이 될 테니 드세요."

소평정은 말 잘 듣는 아이처럼 탕약을 단숨에 꿀꺽 마신 뒤 입을 쓱쓱 닦으며 민망한 듯 말했다.

"임해, 당신을 귀찮게 하면 안 되는 줄은 알지만 달리 갈 곳이 없어서…… 한 이틀 여기 숨어 있으면 안 되오?"

임해는 이해가 가지 않는지 두 눈썹을 살짝 치켰다.

"어째서 숨으려는 건가요?"

"가슴이 답답하고 돌아갈 면목이 없소."

소평정은 씁쓸한 눈빛으로 고개를 푹 숙였다.

"무슨 낯으로 형님과 형수님을 대해야 할지 정말 모르겠소."

"숨으면 그 일이 없었던 것이 되나요?"

소평정은 그 말에 대답하지 못한 채 뾰로통한 표정으로 울적하게 침상 위에 쓰러져 머리에 이불을 푹 뒤집어썼다.

임해는 이런 그의 기분을 잘 이해하지 못했지만, 제풍당에 빈 객방이 있는 것은 사실이고 잠시 머물게 해도 상관없었기에 억지로 쫓아내지는 않았다.

그런데 한번 고민에 빠진 장림부 둘째 공자는 그 속에서 쉽게 빠져나오지 못했다. 장장 닷새가 지났는데도 그는 여전히 돌아갈 기색조차 없이 매일처럼 제풍당에 나와 약재를 분류하거나 책을 정리하는 일을 도우며 바삐 시간을 보냈고, 덕분에 두중과는 점점 가까워졌다.

이따금씩 운 아주머니가 그 모습을 보고 의미심장하게 웃자, 아무리 냉담한 임해도 더는 견딜 수가 없어 아무도 없는 틈을 타 소평정에게 물었다.

"대체 언제까지 이곳에 있을 생각이죠?"

둥근 광주리를 들고 정원 돌 탁자 앞에 앉아 체로 약재를 거르던 소평정은 눈을 내리뜨고 약속한 듯 말했다.

"임해, 내가 매일 이렇게 당신 일을 도와주고 있는데 며칠 더 머물게 해주면 안 되겠소? 나를 안 좋아하는 것도 아니잖소."

농담을 하는 것 같지만 태도가 하도 진지해서 정말인가 싶기도 했지만 곰곰이 헤아려보니 역시 농담이었다. 임해의 뺨 위로 홍조가 진하게 떠올랐다. 순간적으로 어떻게 반응해야 좋을지 몰라 그녀는 피하듯이 돌아서서 약 창고로 들어가버렸다.

"참 다행이구나. 네가 낭자에게 그런 말 하는 것을 부왕께서 듣지 못하셨으니."

낯익은 목소리가 뜰 문밖에서 들려왔다. 책망하는 것 같으면서도 어딘지 웃음이 섞인 듯한 목소리였다.

"그런 말투도 랑야각에서 배웠겠지?"

소평정은 화들짝 놀라 일어나다가 돌 탁자에 무릎을 찧는 바람에 아파서 팔짝팔짝 뛰며 법석을 부렸다. 그는 통증이 가라앉은 다음에야 겨우 멈춰 서서 어색한 듯 뜰 문 앞에 선 형을 흘낏 보고는 입을 꾹 다물고 고개를 숙였다.

아우의 성품과 습관에 대해서 소평장보다 더 잘 아는 사람은 세상에 없었다. 속상한 일이 생기면 정면으로 맞서지 못하고 어딘가에 숨어버리는 것은 어려서부터 소평정의 버릇이었다. 천천히 마음을 가라앉힐 시간을 줄 필요는 있었지만 알아서 깨달으리라는 확신이 없었기 때문에 그는 일부러 아우에게 며칠 말미를 주었다가 때가 되었다 싶어 직접 찾아온 것이다.

"닷새나 임 낭자를 귀찮게 해놓고 아직도 떠날 마음이 없다고? 꼭 이렇게 형이 직접 데리러 와야만 하겠느냐?"

소평장은 고개를 숙이고 말이 없는 아우를 살피며 일부러 으름장을 놓았다.

"아니면, 이제 내가 친형이 아니라는 것을 알았으니 말을 들을 필요도 없고 집으로 돌아가고 싶지도 않은 거냐?"

이런 말을 듣자 소평정은 견뎌낼 재간이 없어 형에게 달려가며 외쳤다.

"그런 건 아니에요! 형님은 언제까지나 제 형님이라고요!"

그 말을 하자마자 며칠 동안 끈적끈적하게 심장에 달라붙어 있던 불편한 감정이 순식간에 옅어지는 것 같았다. 그는 다소 민망한 얼굴로 머리카락을 만지작거리며 조그맣게 중얼거렸다.

"그냥 형님을 볼 낯이 없고 약간 겁이 났어요."

"무엇이 말이냐?"

"형님이 화를 내실까봐……."

소평장은 웃음을 금치 못했다.

"네가 잘못한 일도 없는데 왜 화를 내겠느냐?"

소평정은 그래도 마음에 걸리는지 입술을 잘근잘근 씹다가 불쑥 말했다.

"형님, 변한 건 아무것도 없지요? 다 예전과 똑같은 거죠, 네?"

"변했으면 좋겠느냐?"

소평장은 재빨리 고개를 젓는 아우를 바라보며 빙그레 웃었다.

"묻지 않아도 너도 속으로는 그 대답을 알고 있을 것이다. 자, 가자. 폐하께서 맡기신 일도 완수하지 못하고 게으름 피울 기회만 찾는구나."

소평정은 어리둥절했다.

"완수를 못하다니요? 묵치후는 숙비의 복수를 했으니 틀림없이 떠났을 거예요!"

"이치를 따지자면, 금릉성을 찾아온 목적을 이루었고 살인 사건에 연루되기까지 했으니 위험을 무릅쓰고 경성에 남는 어리석은 행동은 하지 않겠지."

소평장은 다소 걱정스런 얼굴이었다.

"하지만 묵치후의 움직임은 항상 이치에 맞지 않았다. 어쩌면 이 일이 완전히 끝나는 시점은 동해 사절단이 경성에 들어와 국서에 쓰여 있는 대로 숙비의 추모제를 지낸 뒤일지도 모른다."

며칠 마음이 어지러워 그 문제를 깊이 생각해본 적이 없는 소평정이지만 형의 말을 듣고 보니 일리가 있었다.

"그럼 제가 또 무얼 해야 하는지 알려주세요, 형님."

"구체적으로 할 일은 없구나. 아직 확실한 것이 없으니 묵치후가 금릉을 떠나지 않았다고 생각하고 방비해야겠지."

소평장은 돌아서서 천천히 문 쪽으로 걸어갔다.

"닷새 동안 푹 쉬었을 테니, 비잔과 함께 더 자주 순찰을 돌면서 상황을 보아 움직이도록 해라."

소평정은 알겠다고 대답한 뒤 자연스레 형을 따라 밖으로 나갔다. 문밖에서 기다리는 마차를 발견한 그는 문득 걸음을 멈추고 소평장을 불렀다.

"형님……."

"응?"

"형수님도 아세요?"

소평장은 고개를 저었다.

"부왕께서 나를 양자로 들이셨을 때 장림부는 경성에 없었다. 그 일을 아는 사람은 어머니와 주 집사 외에 선제와 폐하뿐이다. 그 후에는 자연스레 아무도 말을 꺼내지 않게 되었지."

"그 말이 아니에요."

소평정은 입을 삐죽였다.

"주 집사가 저 때문에…… 그런…… 그런 일을 했다는 것을 형수님이 아시냐고요."

소평장이 고개를 돌려 아우를 바라보더니 다시 한 번 고개를 저었다.

"그럼 제발 말하지 마세요."

소평정이 애원했다.

"네 형수가 알아도 너를 탓하지 않을 거야."

역시 아우의 마음을 잘 헤아리는 소평장이 위로하듯 말했다.

"하지만 네가 원치 않는다면 말하지 않으마. 일이 이렇게 되었으니 공연히 그런 말로 소설에게 근심을 더해주고 싶지 않구나."

소평정은 그제야 약간 기운이 나서 쪼르르 달려왔다.

"형님."

"응?"

"제가 형님 보기가 무서워서 달아나 숨었다는 것은 폐하께 말씀드리지 마세요. 놀리실 테니까요."

소평장은 고개를 들고 잠시 생각한 뒤 대답했다.

"그건 자신이 없구나. 너도 부왕을 잘 알지 않느냐."

소평장의 예상대로, 소정생은 둘째아들이 심통이 나서 달아난 일에 끼어들지 않았지만, 그 대신 곧바로 그 일을 소흠에게 고했다. 두 사람은 형이 알아서 아우를 잘 달래리라 믿고 조금도 걱정하지 않았고, 어린애 같은 소평정의 성품을 놓고 농을 하며 웃다가 동해 사절단 일을 상의했다.

아무래도 겨울이고 눈보라 때문에 여정이 힘들었는지, 동해 사절단의 방문은 예정일보다 며칠이나 늦어져, 묵치후가 경성을 발칵 뒤집어놓은 뒤에야 동해의 깃발을 든 수레와 말들이 금릉성의 대문을 통과했다.

순비잔과 소평정은 일찍부터 성문 누각에 올라 문을 통과하는 사람들을 자세히 살피고 있었다. 예상대로 제아무리 대범한 묵치후도 공개적으로 사절단 행렬에 끼어들지는 못했다. 어쨌든 사절단 명단에서 한 사람이 빠진 이유를 만들기는 어렵지 않으니 동해사신이 황제를 배알할 때 아무 핑계나 대면 그뿐이었다.

"그자가 저 일행에 없다고 해서 반드시 떠났다고 볼 순 없지."

순비잔은 성안의 널찍한 대로를 가득 메운 인파를 바라보며 여전히 심각한 얼굴로 말했다.

"묵치후가 구석에 조용히 몸을 숨기고 움직이지 않으면, 이 넓은 도성에서 무슨 수로 찾아낼지……."

"정말 숨어서 움직이지 않을 생각이라면 30년 동안 숨어 있은들 무슨 상관이에요."

아무래도 그보다 낙관적인 소평정이 눈썹을 세우며 말했다.

"우리는 그자가 경성에 남아서 소란을 피울까봐 막으려는 거잖아요? 그러니 그자가 움직이기만 하면 행적을 발견할 수 있어요. 금릉성이 넓긴 하지만 천하제일 고수가 흥미를 느낄 만한 장소는 그리 많지 않을걸요."

몽천설이 동해주교에 당했다는 사실을 안 뒤로 순비잔은 늘 걱정스럽고 마음에 걸렸다. 두 사람은 사형매 간이니 안부를 묻는 것은 이상한 일이 아니지만, 아무래도 그 자신은 마음속 깊은 곳에 자리한 본심을 잘 알기에 지나칠 정도로 조심했고, 장림왕이나 소평장 앞에서는 입도 벙긋하지 않았다. 다행히 오늘은 주변에 아무도 없었기에 용기를 내어 소평정에게 물었다.

"그런 일이 있었는데 너희 형…… 형님은 괜찮으시냐?"

소평정은 다소 의아한 듯 되물었다.

"어제 형님을 만나셨잖아요?"

순비잔은 목구멍이 턱 막히는 것 같아 허둥지둥 해명할 말을 찾았지만 소평정이 먼저 말했다.

"형님 성격은 잘 아시잖아요. 장남이라서 그런지 아무리 힘든 일도 마음속에 꽁꽁 숨기고 혼자 감당하니, 제가 무슨 수로 알겠어요? 역시 형수님 같은 성격이 제일 좋은 것 같아요. 울고 싶으면 울고, 다 울고 나면 마음 편히 내려놓으니까요."

순비잔은 다소 멍한 표정을 지으며 중얼거렸다.

"울어서 풀었다니 다행이구나."

그리고 잠시 멈췄다가 한마디 덧붙였다.

"네가 잘 달래드려라."

소평정은 갑자기 다른 일이 생각나 황급히 물었다.

"참, 궁궐에 계시니까 묻는 건데, 요즘 폐하의 기분은 좀 어떠세요? 원계가 어머니의 장례를 치르게 해달라고 부탁했으니 아직 소식을 기다리고 있을 거예요."

순비잔은 다소 의외라는 듯 물었다.

"모르느냐?"

"뭘요?"

"그 악독한 여인이 지은 죄가 얼마인데 시신을 수습해 장례를 치르게 해주겠느냐? 벌써 성 밖 들판에 아무렇게나 묻었겠지."

요 며칠 형이 털어놓은 비밀에만 신경을 쏟느라 이쪽 일은 전혀 생각지 못한 소평정은 그 말에 넋이 나가 멍하니 있다가 미안한 마음을 견딜 수 없어 순비잔에게 작별하고 서둘러 래양후부로 달려갔다.

래양 태부인의 죄는 명백했고 묵치후 손에 죽었으니 그 시신을 어찌할지는 신경 쓸 일도 아니었다. 황제를 난처하게 만드는 것은 소원계를 어떻게 처벌하는가 하는 것이었다.

순비잔의 보고에 따르면 사건이 벌어진 그날 소원계는 거의 제정신이 아니었고, 이번 일에 대해 전혀 모르는 것 같다고 했다. 죄인 우씨가 아무리 악독했다 해도 아들을 사랑하는 마음은 있었던 모양으로 그녀가 저지른 일 중에는 아들이 도울 만한 일이 전혀 없었다. 그러니 가능한 한 아들에게 숨기려 한 것도 어찌 보면 당연한 일이었다.

무정제의 다섯 아들 가운데 소흠과 래양왕만 한 배에서 태어난 적출 황자였고, 그 아우는 유복자 하나만 남기고 죽었다. 소원계는 누가 뭐래도 선제의 황손이니, 본인이 죄를 지은 것도 아닌데 부모의 죄에 연루시키는 것은 실로 가엾은 처사였다. 소흠은 망설이고 또 망설였지만 끝내 결심을 내리지 못해, 일단 태감 한 명을 래양후부로 보내어 그 부모의 죄목을 똑똑히 밝힌 뒤 한동안 조용히 생각할 시간을 주면서 동해 사절단 일이 끝나면 다시 불러 처벌을 내리겠다고 전했다.

소원계는 어머니가 몰래 한 일들에 관해 정말 아무것도 몰랐고, 래양왕이 어떤 죄에 연루되었는지 또한 알려준 사람이 없어 전혀 알지 못했다. 천자가 보낸 태감의 말을 듣고, 지난 사건을 기록한 문서 사본과 선제의 조서를 읽은 그는 철저하게 절망에 빠져 방문을 닫아걸고 밤새 울었다. 앙상해진 그에게 남은 한 줌 희망은 오직 소평정에게 달려 있었다.

장림부 둘째 공자는 황제의 총애를 듬뿍 받고 있었으니, 소원계는 그가 어전에서 여러 차례 간곡히 권하면 황제가 분명히 자신을 풀어주어 어머니의 장례를 치르게 해주거나, 적어도 고려는 해줄 것이라 생각했다.

그러나 하루 또 하루가 지나고, 문을 떡하니 막은 병사들이 금군에서 순방영으로 바뀔 때까지도 소평정은 그림자조차 보이지 않았다. 시간이 갈수록 초조해진 소원계는 결국 참지 못하고 억지로 중문을 뚫고 나가 손 통령에게 물어보았지만, 싸늘한 대답만 돌아왔다.

"래양후부를 맡은 것은 우리 순방영인데, 장림부 둘째 공자가 무엇 하러 오겠소?"

어려서부터 지금까지 혁혁한 위명을 날린 적도 없지만, 대놓고 이런 냉대를 당한 적도 없는 소원계였다. 병사들에게 떠밀려 다시 안으로 들어간 그는 가슴에 커다란 구멍이 생기고 그 속으로 찬바람이 쌩쌩 들어오기라도 하는 듯 온몸이 싸늘해지는 것을 느꼈다.

그날 그는 물 한 모금, 쌀 한 톨도 삼키지 못했고, 아태마저 쫓아낸 채 어머니의 시신이 매달렸던 안방 앞에 홀로 꿇어앉아 밤이 깊도록 묵묵히 눈물을 흘렸다.

빛이라고는 하늘 끝에 덩그러니 뜬 갈고리 같은 그믐달뿐, 래양후부에는 켜진 등불 하나 없었다. 쥐 죽은 듯 고요한 어둠 속에서 유리로 된 조그마한 등잔이 나타나 흔들흔들 정원의 오솔길을 따라가다가 소원계 뒤로 몇 장 떨어진 곳에 멈췄다.

바닥이 푹신한 새까만 비단 신발이 정원의 청석을 살짝 밟자, 대청에 있던 소원계는 마치 귓가에서 무슨 소리가 들리는 것 같아 흠칫 고개를 돌렸다가 그림자 하나를 발견했다. 그는 본능적으로 벌떡 일어나 장법을 펼쳤다.

그림자는 꼼짝도 않고 서서 널따란 옷자락을 부풀려 날아드는 장력을 가볍게 털어냈다. 별로 힘을 준 것도 아닌데 젊은 래양후는 그 힘에 휘말려 휭 날아갔다가 바닥에 나동그라졌다.

본래도 굳센 성품인 소원계는 혼란과 분노가 뒤섞여 벌떡 일어나 다시 공격했고, 또 나가떨어졌지만 다시 일어나 공격했다. 이렇게 몇 차례 반복하다가 더 이상 일어날 힘도 없자 그는 결국 풀 위에 쭉 뻗은 채 숨을 헐떡였다.

"기초가 제법 괜찮고 내공이 튼튼하구나. 잘 가르치면 진전이 있겠군."

소원계는 앞에 선 그림자가 누구인지 어렴풋이 짐작이 갔지만, 핏발 선 눈으로 노려보며 확인차 물었다.

"당신…… 대체 누구요?"

묵치후는 대답하지 않았다. 뒤에 있던 유리 등잔이 한들한들 흔들리더니 복양영이 등불 뒤로 얼굴을 드러내며 소리 내어 웃었다.

"역시 제가 소개를 해드려야겠군요. 래양후 나리, 이분은 바로 나리가 마음속에 품은 것을 이루어주실 유일한 분입니다."

소원계의 시선이 두 사람 사이를 왔다갔다하더니 눈빛이 싸늘하게 식었다.

"내가 마음속에 무엇을 품고 있는지 너희가 어찌 아느냐?"

—

23

—

그런 그의 앞으로 서신이 든 봉투 하나가 쑥 내밀어졌다. 희미한 불빛 아래 노르스름한 빛을 띤 봉투는 모서리가 약간 말려 있었는데, 그 위에 적힌 부드러운 필체는 매우 낯이 익어 절대로 잘못 볼 리 없었다.

소원계는 '어미가 마지막으로 남긴다' 는 글귀를 뚫어지게 바라보았다. 시야가 눈물로 뿌옇게 흐려졌지만 손을 뻗어 서신을 받으려고는 하지 않았다.

"왜 그러십니까? 자당께서 임종 전에 피와 눈물로 쓰신 유서인데, 읽어볼 생각조차 없으신 겁니까?"

이런 반응을 예상 못했는지 복양영이 눈썹을 치키며 물었다.

소원계는 이를 악물고 냉소를 흘렸다.

"내 분명 세상 경험은 부족하지만, 아무에게나 놀아나는 멍청이는 아니다. 어머니께서는 의미 없는 원한 때문에 20여 년 동안 기만을 당하셨고, 돌아가시기 전까지 너희에게 이용당하셨다. 오늘 이렇게 찾아온 것도 어머니와 똑같은 길을 가도록 나를 몰아붙이기 위해서가 아니냐?"

지켜보기만 하던 묵치후는 눈을 가늘게 뜨며 더욱 흥미가 동한 표정을 지었다.

복양영은 강요하지 않고 돌아서서 정원의 돌 탁자에 유서를 내려놓았다.

"태부인의 행동이 영리하지 못했던 것은 맞습니다. 하지만 래양후, 그분의 아들인 당신이 정말로 그 원한을 의미 없다고 생각하십니까?"

"나는 당시의 문건을 보았고 사건 내용을 상세하게 알고 있다. 내 입으로 말할 일은 아니지만, 돌아가신 아버지께서 억울하게 당하셨다고는 할 수 없다."

"그럴지도 모르지요. 하지만 억울하지 않다고 해서 꼭 죽어야 했을까요?"

소원계는 저도 모르게 동공을 조그맣게 모았지만, 아무 말도 하지 않았다.

"적출 황자시니 유배를 보내거나 감금하거나 황릉을 지키며 반성하라는 처벌을 내릴 수도 있었습니다. 하지만 결과는 어땠습니까?"

복양영이 싸늘하게 그의 눈 속을 들여다보았다.

"고집스럽고 매정한 아버지와 아비 말만 듣는 태자 형님, 그리고 그를 죽여 군의 위엄을 세우려던 장림왕 때문에…… 래양후께서는 태어나기 전부터 아버지를 잃으셨고, 이제는 어머니의 시신마저 들판에 버려지는 상황에 처하신 겁니다. 잘 생각해보시지요. 그 마음속에 정말로 아무런 원망이 없으십니까?"

어머니 이야기에 소원계는 얼굴이 눈처럼 새하얘져 날카롭게 물었다.

"뭐라고? 어머니께서…… 어머니께서 들판에……."

"내정사에서 일찌감치 성 밖에 내다버렸지요. 설마 수의를 입혀 장례를 치르게 해줄 줄 아셨습니까?"

"그럴 리 없다!"

소원계의 목소리가 떨리고 있었다.

"평정이 약속했다. 어떻게든 방법을 찾아보겠다고……."

복양영은 가엾다는 듯 쯧쯧 혀를 찼다.

"장림부 둘째 공자에게 래양후 나리와 나리의 어머니가 그리 중요할까요? 그야 원한을 품지 않은 것만으로도 관용을 베풀었다 볼 수는 있지만, 별생각 없이 던진 말을 전력을 다해 지키리라 기대하셨습니까?"

그래도 소원계는 떨리는 입술을 힘껏 깨물며 고개를 저었다.

"아니…… 네가 무슨 짓을 하려는지 나도 안다. 나를 원망에 찌들게 만들 생각이겠지만 그럴 수는 없다. 어머니처럼 원한을 품고 사는 것이야말로 가장 어리석은 짓이다. 아무도 동정하지 않고, 잘했다고 칭찬하지도 않아. 결국 자신만 해칠 뿐 아무것도 바뀌지 않는……."

"맞습니다. 래양후께서는 호의호식하며 자라셨으니 아무래도 자당과 같은 원한은 못 느끼시겠지요."

복양영은 서두르지 않고 한가롭게 정원을 거닐며 말했다.

"하지만 최소한 분노는 느끼실 거라 믿습니다, 아닙니까? 그자들은 높디높은 곳에 올라앉아 있지요. 마치 정의로운 이유는 모조리 자신들이 가지고 있는 것처럼 말이지요. 관용을 베풀고 싶으면 베풀고, 매섭게 질책하고 싶으면 질책하고…… 하지만 래양후께서는 어떠십니까? 선택할 수도 없고 힘도 없습니다. 여기서 그들의 결정을 기다리는 것 말고는 아무것도 하실 수가 없지요."

그 몇 마디가 쇠못처럼 심장을 파고들자, 소원계는 귀를 막으며 목이 쉬도록 외쳤다.

"닥쳐라! 아니야, 그렇지 않아!"

"원망하지 않으실 수도, 복수를 원치 않으실 수도 있습니다."

복양영이 몸을 숙여 그의 귀에 대고 속삭였다.

"하지만 폐하나 장림왕같이 되고 싶다는 생각은 해보지 않으셨습니까? 지위도 있고 권력도 있고 모든 것을 주재할 수 있는 사람, 마음 내키는 대로 남들의 운명을 결정할 수 있는 사람 말입니다. 래양후께서는 선제의 핏줄이자 소씨 가문의 아들입니다. 소평정 같은 자도 제멋대로 활개를 치고 다니는데, 어찌하여 래양후께서는 일생을 허비하며 궁성 가장자리에서 바라보기만 해야 한단 말입니까?"

소원계의 손가락이 귓가에서 힘없이 미끄러져 축축하고 차가운 풀뿌리 속에 묻혔다. 벌게진 눈동자에서는 어느덧 분노의 불길이 이글거리고 있었다.

복양영이 일어나서 두어 걸음 물러서더니 돌 탁자에 놓은 유서를 톡톡 쳤다.

"시간이 나면 한번 보시지요. 지난날 춘부장께서 목숨 하나를 살리기 위해 어떻게 애원하셨는지, 자당께서 궁궐에서 고개조차 들지 못하던 시절을 얼마나 비참하게 보내셨는지는 보셔야지요.

춘부장과 자당이 가신 길은 밟고 싶지 않다 하시지 않았습니까? 부중에 숨어 아무 말도, 아무 행동도 하지 못한 채 숨만 겨우 붙어 죽은 사람이나 다름없이 살아간다면, 그분들과 다른 길을 가는 것일까요?"

복양영이 할 말을 마치자, 유리 등잔의 희미한 불빛은 올 때처럼 한들한들 멀어져갔다. 새까만 장포가 펄럭이며 일으킨 찬바람은 칼날처럼 날카로워 소원계의 얼굴 살갗을 찢어놓을 것만 같았다. 그는 고통에 빠진 몸이 차츰차츰 얼어붙는 것도 아랑곳 않고 멍하니 그 자리에 앉아 있었다.

금릉성의 겨울밤은 사람 목숨을 앗아갈 만큼 추웠다. 해 뜨기 전에 이대로 죽는다면 어머니의 유서를 펼쳐볼 필요도, 자신의 장래를 걱정할 필요도 없을 것이다.

어질어질한 상태로 시든 풀숲에 맥없이 늘어진 소원계는 즐거운 마음으로 그런 생각을 했다.

다시 깨어나 의식을 되찾았을 때, 소원계는 자신이 악몽을 꾸었다고 생각했다. 눈앞에는 매우 익숙한 광경이 펼쳐져 있었다. 얇은 비단으로 만든 장막이 팔랑이고, 몸에 걸친 보드랍고 뽀송뽀송한 침의는 가슴팍까지 덮은 솜이불처럼 폭신폭신했다. 조금 있으면 나지막이 그를 부르는 어머니의 목소리가 들릴 것만 같았다.

짤막한 환상은 아태의 출현과 동시에 깨어지고 말았다. 아태는 초췌하고 속 타는 얼굴로 다가와 걱정스럽게 물었다.

"나리, 좀 어떠십니까? 어젯밤에 정원에 쓰러져 계시는 것을 보고 놀라 죽을 뻔했지 뭡니까?"

소원계는 견디기 힘들 만큼 욱신거리는 이마를 꾹꾹 눌렀다. 몽롱한 상태에서 퍼뜩 돌 탁자에 있던 유서가 생각나, 그는 화닥닥 일어나 맨발로 뛰쳐나가려 했다.

"아이고, 서두르실 것 없습니다."

아태가 서둘러 그의 앞을 막아서며 속삭였다.

"봉투는 베개 밑에 있습니다. 본 사람도 없어요."

소원계는 넋이 나간 사람처럼 걸음을 멈췄다. 또다시 온몸에서 힘이 쑥 빠져나간 것처럼 맥없이 침상받이에 기대어 바닥에 앉은 그는 베개 밑으로 손을 넣었다. 손가락 끝에 차갑고 매끄러운 종이가 만져졌다.

"나는 괜찮아. 그만 나가봐."

아태는 위로라도 하고 싶어 입을 벙긋거렸지만 결국 무슨 말을 해야 좋을지 몰라 한숨을 쉬며 물러갔다.

사방이 고요하게 잦아들자 소원계는 침소의 대들보에 조각된 복을 부르는 연꽃무늬를 올려다보며 꼼짝없이 반 시진을 앉아 있었다. 그러다가 마침내 결심을 내리고 베개 밑에서 유서를 끄집어내 힘껏 봉투를 뜯었다.

대여섯 장이나 되는 서신은 두툼했고 종이마다 눈물 흔적이 있었다. 한 장 한 장 읽어 내려가는 소원계의 눈이 점점 빨개졌다. 슬픈 표정이 점차 가시고, 얼굴은 차갑고 어두우면서도 무감각해졌다. 빠른 속도로 유서를 읽은 그는 눈을 질끈 감고 마음을 가라앉힌 뒤 다시 읽기 시작했다.

조용하던 방 밖에서 갑자기 아태의 목소리가 들렸다. 일부러 목소리를 높인 것 같았다.

"아니, 둘째 공자께서 어쩐 일이십니까? 어서 오십시오."

소원계는 흠칫 놀라 재빨리 옷소매로 얼굴을 닦고 유서를 둘둘 말아 다시 베개 밑에 밀어 넣었다. 침상 휘장을 다듬어 정리한 뒤 돌아서는 순간, 막 들어온 소평정과 딱 마주쳤다.

며칠 만에 바싹 야윈 그를 보자 소평정은 차마 입을 열지 못하고 한동안 머리를 긁적이다가 비로소 신중하게 단어를 고르듯이 더듬더듬 말했다.

"오기 전에 들었는데, 내정사에서 사람을 시켜 태부인을 묻었대. 비석 같은 것은 없지만 어디에 묻었는지는 알아낼 수 있을 거야. 그날 내내 폐하께 말씀드릴 기회를 기다렸지만 그 후로 집에 일이 좀 생겨서…… 그래서……."

소원계는 담담하게 고개를 끄덕였다.

"알았어. 보잘것없는 죄인이니 생각나면 말을 꺼내볼 수도 있지만 생각나지 않아도 그뿐이겠지."

말문이 턱 막히게 하는 대답이었지만, 핏기 하나 없는 얼굴과 넋 나간 모습이 가엾어, 소평정은 대거리를 하지 않고 달랬다.

"갑작스럽게 큰 변고를 겪었으니 마음이 어지러울 거야, 나도 이해해. 하지만 차분히 생각해보면 이게 모두 나쁜 씨앗을 뿌렸기 때문에 나온 결과야. 폐하의 처결은…… 추호도 틀린 곳이 없어."

"참으로 옳으신 말씀이군요, 둘째 공자."

소원계의 입술에 처량한 냉소가 떠올랐다.

"아버지께서 죄를 짓고 돌아가셨는데도 내게 작위를 내리시고 우리 모자를 경성에서 살게 해주셨으니, 확실히 폐하께서는 인의롭고 후덕하신 군주이시고 틀린 곳은 추호도 없으시지. 하지만 나는…… 내게는 이 경성의 부귀를 누릴 복이 없었어. 차라리 처음부터 이 번화한 곳에서 우리 모자를 쫓아내셨다면 좋았을 텐데. 그랬다면 집착을 버리고 허황된 생각도 하지 않고 서로 의지하며 살다가 천수를 다할 수도 있었을 거야."

소평정은 저도 모르게 눈을 찌푸렸다.

"부왕께서는 당시 사건은 옳고 그름이 명확해서 모호한 부분은 없었다고 하셨어. 따지고 보면 태부인께서 마음속 악마를 뿌리치지 못하고 폐하의 은혜를 복수의 기회로 삼으신 거야. 넌 언제나 사리에 밝았으니 그 이치를 모르지는 않겠지?"

옳고 그름, 잘잘못, 사리…… 반박하기 어려운 말들이지만 소원계는 심장이 쥐어짜듯 아팠다.

"폐하께서 마음이 하해같이 넓은 분이라면 어째서 아버지의 목숨을 살려주지 않으셨지?"

"선제께서 건재하실 때인데 폐하께서 결정하실 수 있었겠어? 게다가 너도 문건을 봤겠지만, 래양왕께서 지으신 죄는 죽을 수밖에 없는 죄였으니 애초에 용서할 여지도 없었어."

"그래?"

머리에 열이 확 치밀자 소원계의 말투가 절로 날카로워졌다.

"아버지께서 폐하와 연배가 비슷한 적출 황자가 아니셨다면 살아날 여지가 있었을지도 모르지."

소평정은 깜짝 놀라 그를 뚫어져라 보았다.

"무슨 말을 하는 거야?"

조금 전 소평정이 방에 들어올 때부터 소원계는 속으로 스스로에게 경고했다. 모든 것은 변했다. 익숙하던 사람들, 익숙하던 세상은 자신의 곁을 떠났고, 지금 눈앞에 있는 저 장림부 둘째 공자도 더 이상 단순한 사촌동생도, 친구도 아니다. 그러니 무슨 일이 있어도 말조심을 해야 한다.

그러나 습관이란 짧은 시간 내에 바뀌는 것이 아니고, 극도의 슬픔과 허탈감에 빠진 지금은 스스로를 제어하기가 쉽지 않았다. 생각나는 대로 내뱉은 소원계는 부적절했다는 것을 곧 깨닫고 슬며시 두려움에 빠졌다.

"너와 나는 한집안 친척이고 오랫동안 알고 지냈어. 태부인께서 그런 잘못을 저지르셨지만 나는 아직도 네가 무고하다고 믿고 싶어. 너라면 옳고 그름과 착하고 나쁜 것을 구분할 수 있을 거라고 믿어."

소평정의 눈동자가 뜨겁게 타오르고 미간에는 분노가 어렸다.

"그런데 방금 그 말은 무슨 뜻이지? 설마 폐하께서 오랫동안 종실에 베푸신 관심은 그저 위선일 따름이고, 네 아버지 사건도 권력 싸움이었다는 말이야?"

"물론 그런 뜻은 아니야! 그렇게 생각해본 적도 없고. 왜 갑자기 그런 말을 했는지 나도 모르겠어."

무슨 일이 있어도 소평정이 그렇게 믿어서는 안 되기에 소원계는 즉각 부인하며 말투도 누그러뜨렸다.

"너는 어려서부터 아버지와 형님의 사랑을 받았으니, 아버지 없이 태어나 의지할 데 없이 외로운 내 기분을 이해하지 못하겠지. 하지만 평정, 내가 얼마나 폐하의 인정을 받고 싶어 했는지는 네가 누구보다 잘 알 거야."

소평정은 잠시 더 그를 노려보았지만, 결국 표정을 약간 풀고 말했다.

"폐하께서는 종친의 정을 보아, 종실과 대신들을 불러 몇 차례 상의하시면서 네게 알맞은 처분을 내리려고 하셔. 만약 네가 그런 말을 한 것을 아시면……."

그는 잠시 말을 끊었다가 활짝 웃으며 소원계의 어깨를 툭툭 쳤다.

"별생각 없이 한 말이고 들은 사람이 나밖에 없어서 다행이야."

그러자 소원계도 다소 마음이 놓였는지 두 뺨에 혈색이 돌아왔다. 그는 잠시 마음을 가다듬은 뒤에야 다시 입을 열었다.

"혹시…… 폐하께서 언제 나를 불러주실지 알고 있어?"

소평정은 잠시 생각한 뒤 대답했다.

"아마 동해 사절단이 경성을 떠난 뒤일 거야. 초조해할 것 없어. 사절단이 오래 머물지는 못할 테니까."

동해와 대량은 늘 우호적이었고 혼인 동맹과 국경 무역을 한 지도 수대째라 정해진 규칙이 많았다. 숙비의 일을 제외하면, 이번 사절단은 예의상 방문한 것이나 마찬가지여서 오래 머물 수는 없었다.

동해의 사신은 묵치후가 빠진 일에 대해서 병이 나서 도중에 돌아갔다고 부득부득 해명하며 계단 아래에서 재삼 머리를 조아리며 죄를 청했다. 소흠은 사신을 몇 마디 떠본 후, 동해의 국왕이 조국 출신의 천하제일 고수를 완벽하게 통제하지 못한다는 사실을 알아냈다. 몹시 민망한 듯한 사신의 대답에는 대량이 묵치후를 따끔하게 혼내줬으면 하는 바람이 암암리에 묻어 있었다.

숙비의 제사는 그녀가 생전에 머물던 금화궁에서 진행되었는데, 동해의 예식에 따라 하루가 꼬박 걸렸다. 순비잔은 일부러 경계를 느슨하게 풀어줬지만 표(表)를 사르고 제사를 마무리 지을 때까지 묵치후의 모습은 나타나지 않았다. 제사를 주재한 동해 사신마저 다소 실망한 것 같았다.

"묵치후가 제례에도 나타나지 않았고 한동안 경성도 평안했으니, 이미 떠났다고 보아도 되지 않을까요?"

소평정은 양거전 남쪽 돈대 위에 서서 옆에 있는 순비잔을 돌아보며 물었다.

순비잔은 주위를 경계하면서 대답했다.

"아무리 절세 고수라도 머뭇거릴수록 위험할 뿐이야. 그자가 남아 있어야 할 마땅한 이유도 생각나지 않고……."

이렇게 말하면서 아래쪽으로 널찍하게 펼쳐진 정원을 둘러보던 그가 갑자기 입을 다물었다.

소평정이 그의 시선을 따라가보니, 소원계가 새하얀 소복을 입고 태감 두 명의 안내를 받아 양거전 앞의 기나긴 계단을 향해 걸어가고 있었다. 소평정은 저도 모르게 얼마 전 소원계가 했던 말이 떠올라 안타까운 목소리로 물었다.

"순 형님, 자당께서 세상을 떠나실 때 형님은 몇 살이셨어요?"

"일곱 살이었지."

순비잔이 그를 흘낏 보았다.

"갑자기 그건 왜 묻느냐?"

"저는 늘 아버지와 형님이 보살펴주셔서 혼자라는 기분이 어떤 것인지 생각해본 적이 없거든요."

"네가 사랑둥이라는 것을 모르는 사람이 없는데 어디서 자랑질이냐?"

순비잔은 장난스럽게 퉁을 놓았지만, 그가 왜 이런 말을 하는지 알고 곧 한숨을 섞어 대답했다.

"사람이란 큰 변고를 당했을 때 견디기 힘들 만큼 고통스럽기 마련이지. 하지만 다른 누군가가 그 기분에 공감하는지 아닌지는 중요하지 않다. 앞으로 어디로 가는지는 결국 자신에게 달려 있는 거야."

고개를 숙인 채 태감을 따라 계단을 오르는 소원계는 뒤쪽의 시선을 느끼지 못했다. 머리가 텅 빈 것 같은데다 긴장되고 불안하여, 온 힘을 쏟아부어야만 휘청거리지 않고 걸을 수 있을 정도였다.

황제에게는 종실 자제와 관련한 일은 항상 장림왕과 상의하는 습관이 있었고 이번에도 양거전에서 소원계를 맞이한 사람은 그들 두 사람뿐이었다. 소흠의 어두운 눈빛에 비해 소정생의 얼굴은 도리어 온화한 편이었지만, 엄숙하고 웃음기가 전혀 없는 것은 다르지 않았다.

큰절을 올렸는데도 일어나라는 허락이 없자, 소원계의 이마에는 어느새 송골송골 땀이 맺혔다. 그는 머리를 땅에 대고 엎드린 채 손가락 하나 까딱하지 못했다.

한참 후, 상석에서 황제의 목소리가 느릿느릿 들려왔다.

"선제의 다섯 아들 중에서 네 아버지와 짐만 한 어머니에게서 태어났다. 허나 네 아버지가 지은 죄는 변경의 안녕을 위협하고 셀 수 없이 많은 피를 흘리게 했으니 도저히 용서받을 수 없었다. 선제께서 남기신 당시의 조서를 네게 보여주었는데, 너는 어찌 생각하느냐?"

소원계는 깊이 조아렸던 머리를 겨우 살짝 들고 떨리는 목소리로 말했다.

"폐하께 아뢥니다. 어머니께서는 세상일을 잘 모르는 부녀자로서 부군을 하늘처럼 여기셨고 그 때문에 옳고 그름보다는 사사로운 원한만 생각하시게 되었습니다. 신은 어려서부터 궁궐에서 학문을 배웠으니, 차마 그런 행위를 옹호하지는 못합니다. 하지만 폐하, 어머니께서 천 번 만 번 잘못하셨더라도 신을 낳아주신 분입니다. 부디 은혜를 베푸시어 어머니의 시신을 수습하고 새로이 매장하여 그 넋을 위로할 수 있도록 허락해주십시오."

말을 마친 그는 바닥에 엎드려 통곡을 했다.

흠잡을 데 하나 없는 그 대답에 소흠도 별달리 거슬리지는 않았지만, 마지막에 한 부탁은 다소 불만스러워 살짝 눈을 찡그리며 장림왕을 돌아보았다.

소정생이 일어나 천천히 소원계에게 다가갔다.

"죄인 우씨는 잘못을 숨기기 위해 숙비마마를 음해하고 황실의 자손마저 해쳤다. 이 죄를 네게 묻지 않는 것은 네 몸에도 황실의 피가 흐르기 때문이다, 알겠느냐?"

소원계는 나지막이 대답했다.

"잘 알겠습니다."

"너는 선제의 황손이니, 예에 따라 대역죄인의 장례를 치를 수 없다. 반드시 장례를 치러야겠다면 종실을 완전히 떠나야 한다.

둘 다 가질 수는 없으니 둘 중 하나를 선택해야 하는 법, 곰곰이 생각해보아라."

그가 정말로 래양 태부인의 죄에 연루되었다면, 황제를 무고한 죄만으로도 죽음을 내리기에 충분했다. 하지만 대량의 종실을 자랑스럽게 생각하는 황제와 장림왕은 선제의 황손이라는 신분이 죄인의 아들이라는 출생보다 더 귀하다고 생각하여, 타민족 여인의 죄를 소씨의 자제에게 묻고 싶은 생각이 없었다. 이 때문에 이미 관용을 베풀기로 결정하고 일부러 이런 말로 두 핏줄을 명확히 구분한 것이었다.

소원계는 영리한 청년이었기 때문에, 말로는 둘 중 하나를 선택하라고 하지만 황제의 진정한 뜻은 그것이 아님을 알 수 있었다. 그는 다소 마음이 놓이기는 했으나 오랜 세월 쌓아온 모자의 정을 단번에 끊어내기가 어려워 눈물을 펑펑 흘리며 목멘 소리로 말했다.

"폐하…… 백부님…… 어머니께서는 저를 낳아 길러주셨고, 아버지의 혈족은 제게 피와 살을 주셨습니다. 신이 어찌 그 둘 중 하나를 선택할 수 있겠습니까? 무엇을 선택해야 좋을지 신은 정말 모르겠습니다."

유복자로 태어난 그가 오랜 세월 홀어머니와 서로 의지하며 살아온 것은 누구나 아는 사실이었으니, 쉽사리 황실을 택했다면 도리어 무정하게 느껴졌을 것이다. 저 울음과 눈물은 비록 황제의 결심을 바꿔놓지 못했으나 반감을 일으키지도 않았다. 적어도 서로 마주 보는 소흠과 소정생의 얼굴에는 불쾌한 기색이 없었다.

"됐다, 네가 선택할 수 없다면 짐이 도와주마."

소흠은 눈을 살짝 찡그리며 엄한 표정으로 말했다.

"네 어머니의 죄는 용서받을 수 없으니, 먼 교외에서 간단히 장례를 치르되 비석을 세우거나 제를 올리지는 말라. 래양부의 작위를 말단으로 강등하며, 석 달 동안 부중에서 효를 다하는 것은 허락하겠다. 석 달 후에는 더 이상 예외를 두지 않을 것이다, 알아들었느냐?"

처음 나눈 몇 마디는 대화였지만, 이 마지막 말은 절대 토를 달 수 없는 천자의 어명이었다. 소원계는 글썽이는 눈물을 삼키려 이를 악물면서, 몸을 숙여 푸르뎅뎅해진 이마를 다시 한 번 바닥에 찧었다.

"죄 많은 신이…… 폐하의 성은에 감사드립니다."

이 알현 이후로 래양후의 처분도 최종 결론이 난 셈이었다. 순방영이 봉쇄를 풀자, 내정사에서 사람을 보내 강등된 작위에 따라 기물을 몰수하거나 바꾸고 태부인이 머물던 안채를 폐쇄하느라 부산을 떠는 통에 며칠이 지나서야 겨우 안정을 되찾았다. 곧이어 래양부는 대문을 단단히 걸어 닫고 상을 치를 준비를 했지만, 상인방(上引枋)에 하얀 마 한 조각 걸어놓지 못하고 후원에 조그마한 빈소만 차려야 했다.

황제가 부중에서 효를 다하라고 허락했으나 이는 참최(斬衰, 밑단을 꿰매지 않은 베로 만든 상복─옮긴이)를 입고 정식으로 상을 치르라는 뜻이 아니었다. 소복에 마끈 하나만 머리에 두르고, 저녁이 되면 빈소에 흰 초 한 쌍을 켜고 지전 세 묶음을 태우는 것이 허락된 전부였다. 그럼에도 불구하고 소원계는 곡을 할 때마다 두 시진 넘게 꿇어앉아 울었다.

태부인이 시집올 때 따라온 하인들은 래양부에서 모조리 쫓겨났고, 내정사에서 예에 따라 시종들을 줄이고 새로 바꾼 덕에, 낯익은 이들은 선태후께서 내리신 집사 몇 명과 아태처럼 나중에 들인 하인 10여 명뿐이었다. 사람 수가 절반 가까이 줄어들자 저택은 밤낮없이 텅텅 빈 듯했고, 한밤중이면 소원계 혼자 빈소에 남아 하얀 초 앞을 외로이 지키곤 했다.

묵치후는 빈소 밖의 담장에 올라 아래쪽에서 희미하게 빛을 내는 새하얀 등롱 두 개를 바라보며 입가에 냉소를 떠올렸다. 소원계가 죽든 살든, 무슨 일을 당하든, 사실 그는 아무런 관심도 없었다. 위험을 무릅쓰고 금릉성에 오랫동안 남아 있는 것은 소원계보다는 복양영의 말에 흔들렸기 때문이다.

"대량의 태평성세를 뒤흔드는 것은 결코 하루아침에 이룰 수 있는 일이 아닙니다. 도화선을 오래오래 묻을수록 효과도 더욱 좋아지는 법, 때가 되면 소원계는 동해가 대량 황실에 깊숙이 묻어둔 칼이 될 것입니다. 그것을 위해서라면 3년, 아니 5년을 더 기다린들 대수일까요?"

소원계가 길러볼 만한 재목인지는 지금 묵치후로서는 판단할 방도가 없었다. 하지만 며칠 동안 몰래 관찰해본 결과 어느 정도는 흥미를 불러일으켰고 한번 시험해볼 만하다는 생각이 들었다.

구리 그릇 속 지전을 태우던 불길도 어느덧 사그라지고 거무스름한 재가 바닥에 얇게 깔렸다. 묵치후의 신발이 소리 없이 문지방을 넘자 하얀 초의 불꽃심이 출렁이는 공기를 따라 팔랑거리고 그릇에 깔렸던 재가 날아올랐다.

초 앞에 꿇어앉아 있던 소원계는 움찔했다. 올 줄은 알았지만 그래도 심장이 서늘해지는 것은 어쩔 수 없었다.

"우리 래양부에 이렇게 아무나 들락거리다니, 내가 무능해서 어머니의 목숨도 지키지 못했구나."

소원계는 느릿느릿 몸을 일으키며 뻣뻣한 얼굴로 말했다.

"나를 죽이러 왔다면 마음대로 하시오."

"죽여? 너 하나 죽이는 일에 내 어찌 이렇게 품을 들이겠느냐?"

묵치후는 영전에 놓인 하얀 초를 흘끗 보더니 얼음장 같은 목소리로 말했다.

"어쨌거나 너는 반쯤은 동해인이고 복양영도 네가 쓸모가 있다 했으니 기회를 줄까 한다. 우리 동해가 정말로 이득을 취할 수 있다면 네게 약간의 품을 들이는 것쯤 아무것도 아니지."

소원계는 이뿌리에 살짝 힘을 주었다.

"기회를 준다고 해서 내가 당신을 믿으리라는 보장은 없을 텐데. 그래, 동해는 대체 나를 어떻게 이용할 생각이오?"

묵치후는 가늘게 뜬 눈으로 잠시 그를 훑어보다가 별안간 고개를 젖히고 냉소를 터뜨렸다.

"지금의 너는 상가의 개나 마찬가지인데 내게 그런 질문을 할 자격이 있다고 생각하느냐?"

입술이 부르르 떨리는 바람에 소원계는 힘껏 깨물었다. 조롱, 멸시, 모욕. 이제는 신경 쓸 가치조차 없는 것들이었다. 게다가 묵치후의 말은 듣기는 거북해도 틀린 데가 없었다.

"지난번에 나더러 잘 가르치면 진전이 있을 거라고 했소."

"그랬지."

묵치후가 빙그레 웃었다.

소원계는 결심을 내린 듯 한 자 한 자에 힘을 주며 물었다.

"어떻게 하면…… 진전을 볼 수 있겠소?"

2권에 계속

랑야방:풍기장림1

제1판 1쇄 인쇄 | 2018년 6월 21일
제1판 1쇄 발행 | 2018년 6월 28일

지은이 | 하이옌(海宴)
옮긴이 | 전정은
펴낸이 | 한경준
펴낸곳 | 마시멜로
편집주간 | 전준석
책임편집 | 윤혜림
저작권 | 백상아
홍보 | 정준희 · 조아라
마케팅 | 배한일 · 김규형
디자인 | 김홍신
본문디자인 | 디자인 현

주소 | 서울특별시 중구 청파로 463
기획출판팀 | 02-3604-553~6
영업마케팅팀 | 02-3604-595, 583 FAX | 02-3604-599
H | http://bp.hankyung.com E | bp@hankyung.com
T | @hankbp F | www.facebook.com/hankyungbp
등록 | 제 2-315(1967. 5. 15)

ISBN 978-89-475-4354-5 04820 (1권)

마시멜로는 한국경제신문 출판사의 문학 브랜드입니다.
책값은 뒤표지에 있습니다.
잘못 만들어진 책은 구입처에서 바꿔드립니다.